Susanne Fülscher
Wo die Liebe hintanzt

PIPER

Zu diesem Buch

Sommer in Cannes! Zusammen mit ihrer besten Freundin Sarah möchte Karla hier ihren fünfzigsten Geburtstag feiern – und sich endlich der Vergangenheit stellen. Doch als sie die Villa besichtigt, die sie von ihrem geliebten Ehemann geerbt hat, wird sie von der Trauer über seinen frühen Tod überwältigt. Um sie auf andere Gedanken zu bringen, schenkt Sarah ihr einen Abend mit einem Eintänzer. Nach anfänglichem Zögern lässt sich Karla darauf ein – und als sie von dem attraktiven Franzosen Pascal über das Parkett gewirbelt wird, fühlt sie sich wie im siebten Himmel. Obwohl es beim Cha-Cha-Cha gewaltig zwischen den beiden knistert, traut Karla ihren Gefühlen nicht. Und als sie ihrem alten Jugendfreund Lucien wieder begegnet, der ihr Avancen macht und seine Hilfe beim Umbau der Villa zu einem Hotel anbietet, scheint ihr diese Liaison weitaus angemessener. Doch Pascal bittet sie um ein Wiedersehen – und Karla muss sich entscheiden, ob sie bereit ist, das Leben zu einem neuen Tanz aufzufordern …

Susanne Fülscher widmete sich nach ihrem Germanistik- und Romanistikstudium bald dem Schreiben. Bisher sind von ihr um die fünfzig Romane und Kurzgeschichten für Kinder, Jugendliche und Erwachsene erschienen, die mehrfach ausgezeichnet und in viele Sprachen übersetzt wurden. Susanne Fülscher lebt als freie Schriftstellerin und Drehbuchautorin in Berlin.

Susanne Fülscher

Wo die Liebe hintanzt

Roman

PIPER

Mehr über unsere Autoren und Bücher:
www.piper.de

Wenn Ihnen dieser Roman gefallen hat, schreiben Sie uns unter Nennung des Titels »Wo die Liebe hintanzt« an *empfehlungen@piper.de,* und wir empfehlen Ihnen gerne vergleichbare Bücher.

Von Susanne Fülscher liegen im Piper Verlag vor:
Das rosa Haus am Meer
Wo die Liebe hintanzt

Originalausgabe
ISBN 978-3-492-31339-1
Mai 2019
© Piper Verlag GmbH, München 2019
Umschlaggestaltung: FAVORITBUERO, München
Umschlagabbildung: Michele Falzone/Getty Images (Stadt);
Shutterstock.com (Wäscheleine)
Satz: Uhl + Massopust, Aalen
Gesetzt aus der Berkeley Oldstyle
Druck und Bindung: CPI books GmbH, Leck
Printed in the EU

Für meine Eltern

Ne me quitte pas
Je ne vais plus pleurer
Je ne vais plus parler
Je me cacherai là
À te regarder danser et sourire et
À t'écouter chanter et puis rire
Laisse-moi devenir l'ombre de ton ombre
L'ombre de ta main
L'ombre de ton chien
Ne me quitte pas
Ne me quitte pas
Ne me quitte pas
Ne me quitte pas.

Jacques Brel

Prolog

Cannes ächzte unter der Julihitze. Kaum ein Lüftchen ging, das Meer war eine milchig blaue Fläche, die im diesigen Licht mit dem Himmel verschwamm. Die Franzosen blieben die Mittagsstunden über in den Büros, verkrochen sich in ihren abgedunkelten Wohnungen oder aßen einen Happen in einem klimatisierten Restaurant. Anders die Touristen. Es störte sie nicht, dass das Thermometer schon am Morgen die Dreißig-Grad-Marke erklomm. In Sandalen und mit krabbenroten Schultern schlenderten sie durch die backofenheiße Stadt, aßen Eis und schossen Selfies.

Fritz hatte Karla zu einem verlängerten Wochenende an die Côte d'Azur eingeladen. Ihr zwanzigster Hochzeitstag. Den wollten sie gebührend begehen. Das erste Mal ohne ihren Sohn Erik, der mit einem Freund und dessen Vater im Spreewald zeltete. Kurz nach neun waren sie in Nizza gelandet und mit dem geschulterten Handgepäck zur Gare de Nice-Saint-Augustin gewetzt, um den nächsten Zug nach Cannes zu ergattern. Sie hatten Glück, es fuhr gerade einer ein, und eine knappe halbe Stunde später erreichten sie ihr Ziel. Das Hotel lag fußläufig, sie erfrischten sich und brachen gleich darauf wieder auf. Keine Sekunde verpassen. Alles auskosten, alles mitnehmen, was ihnen die kurze Auszeit bot. Ein Bummel durch die Fußgängerzone mit den unzähligen Geschäften, Kaffeetrinken an der Promenade der Croisette, das erste buttrige Croissant genießen und den Meerblick – den vor allem. Nach einem zweiten Kaffee flanierten sie durch die kleinen Gässchen der Altstadt Le Suquet und stiegen den Hügel hinauf zum Schloss und zur Kirche Notre-Dame-d'Espérance. Wie die Teenager blieben sie ab und zu stehen, um sich verliebt anzulächeln und verstohlene Küsse auszutauschen. Es war fast wie damals. Als sie sich, beide Mitte zwanzig, in einer Kneipe in Kreuzberg kennengelernt hatten und nur eine Woche darauf, gegen den Willen ihrer überbesorgten Eltern, nach Frankreich getrampt waren. Nizza, Cannes, Antibes und Saint-Tropez. Rasch hatten sie spitzgekriegt, was die Leute meinten, wenn sie vom Savoir-vivre redeten. Frühstück im Bett mit Café au Lait und Croissants. Faule Vormittage am Strand, während derer sie die Finger nicht voneinander lassen konnten. Ein leckeres Mittagessen in einem der Bistros, wenn die Sonne im Zenit stand. Sex am Nachmittag im abgedunkelten Pensionszimmer.

Die Abende verbrachten sie mit einer Flasche Rotwein, Baguette und Käse am Strand. Sie redeten, aßen und manchmal hatten sie sich vor dem dunklen, unermüdlich rauschenden Meer geliebt.

Und jetzt, so viele Jahre später, war es ihnen gelungen, das alte Gefühl wiederzubeleben. Erst beim Mittagessen – Fritz hatte Champagner und Austern bestellt – ließ er die Bombe platzen.

»Du hast was?« Karla stellte das Glas mit einem Knall auf dem Tisch ab. »Nein, Fritz, das hast du nicht! Ich bitte dich, wir haben doch so oft darüber gesprochen…« Sie redete sich in Rage, erhob die Stimme, und es war ihr egal, dass die Leute vom Nebentisch zu ihnen herübersahen.

Dieses runtergekommene Haus in Cannes. Schon lange war Fritz mit der Idee schwanger gegangen. Wie ein übergroßes Straußenei hatte er sie ausgebrütet. Seit Monaten war es das Streitthema zwischen ihnen gewesen. Er wollte kaufen. Sie nicht. Er wollte immer noch kaufen. Sie immer noch nicht. Weil es verrückt war, sich eine verfallene Immobilie ans Bein zu binden, auf ewig verschuldet zu sein. Und wer wusste schon, was erst die Renovierungsarbeiten verschlingen würden? Das Haus klaffte zwischen den pompösen Villen in Le Cannet wie eine offene Wunde, die sich womöglich niemals schließen lassen würde. Eine Besichtigung hatte Karla gereicht, danach hatte sie das Thema ad acta gelegt. Fritz nicht. Anfang des Jahres hatte er geerbt – seine Großtante Isolde war überraschend gestorben –, und hinter Karlas Rücken hatte er zugeschlagen. Gemeinsam mit seinem besten Freund Lucien, der die ersten Lebensjahre in Antibes gelebt hatte und in der Gegend verwurzelt war. Fritz hatte die eine Hälfte des Hauses erworben, Lucien die andere. Es sollte eine Überraschung sein.

Sonne, Meer und französische Küche. Karla hatte sich so auf das Wochenende gefreut. Und jetzt das. Dabei hatten sie beide ganz andere Pläne für die Zukunft gehabt. Gemeinsam reisen, Italien, Spanien, Portugal. Vielleicht auch Island oder New York. Unabhängig sein, sich mit der Erbschaft in der Tasche nicht immer einschränken müssen.

Die letzten Austern blieben liegen und auch die Petits Fours rührte sie nicht mehr an. Stattdessen stritten sie miteinander. Hässliche Worte flogen wie Geschosse zwischen ihnen hin und her und hinterließen kleine Kratzer und auch größere Blessuren. Karla wünschte sich so sehr, dass es aufhörte, dass sie sich wieder versöhnten. So wie jedes Mal, wenn es zum Streit kam. Doch Fritz' Gesichtszüge blieben hart, und in diesem Augenblick wusste sie, dass von jetzt an etwas zwischen ihnen stehen würde. Dass ihre Wünsche, Träume und Hoffnungen nicht mit denen ihres Mannes überenstimmten. Dennoch liebte sie ihn. Mehr als sie je einen Menschen geliebt hatte.

»Lass uns doch zum Haus gehen, ja?«, schlug er vor, nachdem er die Rechnung beglichen hatte. Die Spur eines Lächelns zeigte sich auf seinem Gesicht. »Der Garten ist voller wilder Orchideen und Palmen. Du wirst ihn lieben!«

Karla willigte zähneknirschend ein. Was blieb ihr auch anderes übrig? Ihr weißes Kleid, das vom Sitzen knittrig geworden war, blähte sich wie ein Segel, als sie aus dem Windschatten der engen Gasse traten. Vielleicht musste sie nur ein paar Tage verstreichen lassen und sie würde sich an die Idee gewöhnen, dass Fritz sein eigenes Baby hatte und sie nur noch eine Statistin in seinem neuen Lebensentwurf war.

Karla griff sich an die rechte Schulter und erschrak: Wo war ihre Tasche? Vor lauter Gezanke hatte sie sie im Restaurant vergessen.

»Fritz, wartest du bitte kurz?«

Es waren bloß ein paar Meter zum Lokal, und zum Glück stand ihre Handtasche noch unter dem Tisch, an dem sie gegessen hatten. Erleichtert klemmte sie sich die Tasche unter den Arm. Ein Drama, wenn alles weg gewesen wäre, ihr Ausweis, die Kreditkarten, das Geld. Die Karten sperren lassen, unzählige Behördengänge – und das wäre nur die Spitze des Eisbergs gewesen.

Sie atmete tief durch und eilte zurück zu Fritz. Als sie einen Wimpernschlag darauf um die Ecke bog, sah sie, wie ihr Mann auf die Straße trat, den Blick aufs Handy gerichtet.

»Fritz!«, schrie sie, da rauschte ein cremefarbener Wagen heran. Einen Sekundenbruchteil später gab es einen ohrenbetäubenden Knall.

Die folgenden Stunden verlebte Karla wie in Trance. Ein Notarztwagen kam. Sie saß auf einem Krankenhausflur und schaute in eine flimmernde Neonröhre, während französische Wortfetzen zu ihr herüberdrangen. Jemand reichte ihr einen Pappbecher mit Kaffee, der sich, weil ihre Hände so sehr zitterten, auf ihrem Sommerkleid ergoss. Ein Pfleger kam mit einer Papierrolle angelaufen und wischte hektisch auf dem Stoff herum. Sie rief ihre Freundin Sarah an, dann ihren Sohn, doch kein zusammenhängender Satz wollte ihr über die Lippen kommen. Eine Schwester drückte ihr ein Formular in die Hand, dessen Inhalt sie nicht verstand, und erst als Lucien, der gerade in Cannes eingetroffen war, zu ihr ins Krankenhaus eilte, flossen die Tränen. Gemeinsam bangten und hofften sie und mussten am Ende der grausamen Tatsache ins Auge sehen: Der schlimmste aller denkbaren Fälle war eingetreten. Die Ärzte hatten Fritz nicht mehr retten können.

Am Tag darauf packte Karla die Koffer – sie schaffte es nur unter großen Mühen – und immer wieder flackerte der Gedanke in ihrem Kopf auf, wie gerne sie doch Statistin in Fritz' Leben geworden wäre.

1.

Fünf Jahre darauf

Ne me quitte pas, perlte Jacques Brels Stimme aus den Laut-
sprecherboxen des Straßencafés. Karla saß halb im Schatten der Markise, halb in der Sonne und genoss jeden Bissen
der lauwarmen Aprikosentarte. Der Teig dünn und nicht zu
zuckrig, die Aprikosen saftig und aromatisch. Es gab keine
bessere Art, in Frankreich anzukommen. Eine Viennoiserie
kosten, eine Noisette trinken und einem Brel-Chanson lauschen. Dazu die schmeichelnde Wärme, die Essensdüfte, die
von den umliegenden Bistros herbeigeweht wurden und sich
mit dem Summen der südfranzösischen Hafenstadt zu einem
unnachahmlichen Cocktail vermischten.

Kaum dass Karla mit ihrer Freundin Sarah in Cannes aus
dem Zug gestiegen war, hatten sie sich auf die Suche nach
einem Café begeben. Es musste sofort eine Noisette sein.
Sofort etwas zu essen. Sofort mit allen Sinnen genießen.

Allein der Duft des Gebäcks setzte in Karla eine Flut von
Erinnerungen in Gang: der erste Frankreichurlaub mit knapp
achtzehn in Cap d'Agde. Der Paris-Trip mit Sarah im zweiten Semester an der Uni. Und einmal mehr Fritz. Ihre Reisen
nach Arcachon, Biarritz und Saint-Tropez. So viele gemeinsame Erlebnisse kamen ihr in den Sinn, Erinnerungsfetzen,

die wie Nebelschwaden durch ihren Kopf zogen und gleich wieder verschwanden. Wehmütig dachte sie daran, dass so einiges auf ihrer Agenda gestanden hatte, was sie durch den tragischen Unfall nicht mehr gemeinsam hatten erleben können.

»Darf ich?« Zwischen zwei Schlucken Kaffee deutete Karla auf Sarahs Croissant.

»Nur zu.« Ihre Freundin lachte ihr ungeniert lautes, herzerfrischendes Lachen.

Karla probierte und seufzte, weil das Gebäck so durch und durch französisch schmeckte. Buttrig, knusprig, fettig – einfach köstlich. Gleich eine Dusche im Apartment, etwas Luftiges anziehen und sich ins Getümmel stürzen. Die Croisette rauf- und runterflanieren, das Meer begrüßen und sich den Wind durch die Haare pusten lassen.

»Nachschub?«

Bevor Karla antworten konnte, winkte Sarah auch schon nach dem Kellner und gab die Bestellung auf. Noch ein Croissant und zwei Cafés au Lait. Sie wollten von allem ein bisschen mehr.

Bereits um halb fünf hatte der Wecker geschrillt. Karla hatte eilig geduscht, ihre Kulturtasche in den Koffer gepfeffert, den Inhalt ihrer Handtasche überprüft, kurz darauf war das Taxi vorgefahren und sie mit nassen Haaren aus der Tür gestolpert. Es wäre auch eine spätere Maschine nach Nizza geflogen, aber sie brauchte diesen Tag, brauchte ihn, um sich langsam an diese Stadt heranzutasten und um in dem Restaurant, in dem sie morgen ihren fünfzigsten Geburtstag feiern würde, die Menüfolge abzusprechen.

Der Kellner brachte das Croissant, doch Karla biss nur einmal davon ab, dann schob sie den Teller von sich.

»Also, wenn du nicht magst…«, sagte Sarah. »Ich opfere mich gerne.«

»Nur zu. Lass es dir schmecken.«

Der Ort, an dem sich dieser entsetzliche Unfall ereignet hatte… Die Erinnerung daran versetzte Karlas Magen nach wie vor in Aufruhr. Fünf Jahre lang hatte sie zu ignorieren versucht, dass sie die Hälfte einer maroden Immobilie geerbt hatte. An manchen Tagen war es ihr besser, an anderen schlechter gelungen. Die meiste Zeit hatte sie das Thema ausgeblendet, weil allein der Gedanke an Cannes die Wunde jedes Mal aufs Neue aufriss. Doch auch in zehn, zwanzig Jahren, ja bis zu ihrem Lebensende würde es diese tiefe Verletzung geben. Sie war Teil ihres Lebens und Karla wusste, dass sie sich nicht ewig drücken konnte. Also hatte sie ihren runden Geburtstag zum Anlass genommen, sich der Vergangenheit zu stellen. Das Haus verkaufen? Es nicht verkaufen? Bei aller Unentschlossenheit – sie musste endlich mit Lucien reden, irgendeine Art von Einigung erzielen. Ihr Kontakt hatte sich in den letzten Jahren auf ein paar wenige WhatsApp-Nachrichten zum Geburtstag und zu Weihnachten beschränkt. Sie hatte ihr Leben in Berlin gelebt, er war wegen eines Großprojekts nach Dubai übergesiedelt.

Aber Karla hatte ihn auch gar nicht treffen wollen. Fritz und Lucien – die beiden hatten eine Einheit gebildet, waren so eng wie Zwillingsbrüder miteinander gewesen. Karla brauchte sich nur Luciens Lachen vorzustellen und schon sah sie im Geiste ihren Mann vor sich. Wie sie die Köpfe zusammensteckten und sich über eine Zeitungsnachricht oder ein Video auf ihrem Handy königlich amüsierten. Sie sah sie einen exquisiten Rotwein genießen und zu Saxofonklängen wippen. Sie sah sie beim Squash über den Court jagen und jede einzelne Sequenz, die wie automatisiert vor ihrem inneren Auge ablief, schmerzte. Noch immer. Aber es war an der Zeit, neu anzufangen. Das Vergangene zu akzeptieren und nach vorne zu schauen.

Die Luft stand unter der Markise, und Karla drängte zum Aufbruch. Das T-Shirt klebte ihr am Körper, als sie knappe zwanzig Minuten später die steile Treppe des in der Fußgängerzone gelegenen Apartments erklommen. Sie stellten ihre Rollkoffer im Eingangsbereich ab und inspizierten neugierig ihre Bleibe.

»Entzückend!«, rief Sarah immer wieder aus. »Ist das nicht zauberhaft?«

Karla nickte ihr zustimmend zu. Die Räume mit dem cremefarbenen Mobiliar im Landhausstil sahen wie aus dem Prospekt aus. Schwarz-Weiß-Fotografien von Ikonen wie Jeanne Moreau, Catherine Deneuve und Brigitte Bardot hingen, von schlichten Passepartouts umrahmt, an den Wänden. Die Nachttische und Fensterbänke der Schlafräume zierten antike Lämpchen vom Trödel. Und die offene Küche lud zum Kochen und Genießen ein. In einem Regal stapelte sich Blümchengeschirr neben bunt gemusterten Wasserkrügen, Bols und Töpfen. Gleich daneben surrte ein hellblauer Retro-Kühlschrank behaglich vor sich hin. Nur das Wummern der Bässe in der Sportbar im Erdgeschoss stieß Karla übel auf. Seit dem Unfall reagierte sie auf überlaute, penetrante Geräusche empfindlich.

Sarah stöckelte in den Flur. Dort gab sie ihrem Koffer einen Fußtritt und bugsierte ihn in das kleinere der beiden Schlafzimmer, das wie das Wohnzimmer zur Fußgängerzone rausging.

»Lass mich doch da schlafen«, schlug Karla vor.

»Kommt ja gar nicht infrage.« Lächelnd fuhr Sarah sich durch das verstrubbelte Haar. Erst vor Kurzem hatte sie sich von ihren schulterlangen roten Haaren getrennt und trug seitdem einen blondierten Pixie-Cut, der ihr zu den knallrot geschminkten Lippen ausgezeichnet stand. »Morgen ist dein Ehrentag, schon vergessen?«

Karla nickte Sarah dankbar zu und trug ihren Koffer in den Raum am Ende des Gangs. Es ging ihr nicht darum, in dem größeren und kühleren Raum zu schlafen, auch ihren Geburtstag fand sie nebensächlich, sie war nur erleichtert, dass das Hämmern der Bässe auf dieser Seite des Apartments kaum noch zu hören war.

Sie zwängte sich am Bett vorbei, trat ans Fenster und blickte hinaus. Schräg unter ihr lag ein gepflasterter Innenhof. Kein Baum, kein Strauch, kein Blumentopf – Betonwüste pur. An der Toreinfahrt, gleich neben den Mülltonnen standen zwei Frauen mittleren Alters in Kitteln und rauchten. Vermutlich arbeiteten sie im Käseladen nebenan, in dessen Fenster Karla bei ihrer Ankunft einen Blick geworfen hatte. Bei der Auswahl der vielen Käsesorten war ihr das Wasser im Munde zusammengelaufen. Morbier, Roquefort, Beaufort, Mimolette, Epoisses de Bourgogne – es hatte förmlich durch die Scheibe geduftet.

Das französische Bett mit den rosafarbenen und blauen Kissen schien ihr *Leg dich hin, Karla!* zuzuflüstern. Im Nu hatte sie sich die Schuhe von den qualmenden Füßen gestreift und streckte sich quer auf der Matratze aus. Bloß einen Moment ausruhen. Trotz der zwei Tassen Kaffee verspürte sie eine bleierne Müdigkeit. Das frühe Aufstehen, die lange Reise, die Bilder, die auf dem Hinflug unaufhörlich in ihr aufgestiegen waren.

19

»Karla?«, drang Sarahs Stimme an ihr Ohr und sie schreckte hoch.

»Hab ich geschlafen?«

»Aber hallo! Fast zwei Stunden.«

»Nicht dein Ernst.«

»Alles gut. Du hast nichts verpasst. Es hat kurz geregnet, und ich hab mich auch ein bisschen ausgeruht. Und köstliche Pfirsiche und Käse gekauft.«

Doch Karla fand, dass überhaupt nichts gut war. Es gab so viel zu erledigen. Sie musste sich frisch machen, ihre Sachen auspacken und vor allem versuchen, in dieser Stadt, die so schicksalhaft mit Fritz verknüpft war, nicht an ihn zu denken. Sie schob sich an Sarah vorbei ins Bad, wo ihr ein bleiches Gesicht aus dem Spiegel entgegenblickte. Es hatte so wenig mit der aschblonden, aparten Person gemein, die sie vor fünf Jahren gewesen war. Und plötzlich, sie schaffte es nicht, sich dagegen zu wehren, weinte sie. Wegen allem. Und als Sarah hinter sie trat und tröstend die Arme um sie schlang, zerfloss sie erst recht in Tränen.

»Vielleicht hätte ich nicht herkommen sollen«, sagte sie, kaum dass der Anfall vorüber war. Die guten Vorsätze. Alles Quatsch, wenn sich eine Gefühlslawine Bahn brach.

»Unsinn, Karla. Wenn du mich fragst, aber du fragst mich ja nicht – schon klar –, hättest du viel früher herkommen sollen. Fritz hätte das auch gewollt.«

»Was weißt du schon von Fritz?« Ihre Stimme klang ihr selbst fremd. Abweisend und harsch.

»Nicht so viel wie du, aber er hätte ganz sicher gewollt, dass du endlich wieder lebst«, erwiderte ihre Freundin sanft.

»Und ich meine damit nicht, dass du es richtig krachen lässt und Männer verschleißt. Ich meine nur, dass du dir einfach diese Geburtstagsreise gönnst. Und sie verdammt noch mal genießt.«

Sarah sagte noch viel mehr. Dinge, die sie ihr schon oft gesagt hatte. Dass Fritz auf einer Wolke säße und ihr zuriefe: Los, Schatz, stürz dich endlich ins Leben! Sie wurde nicht müde, immer wieder dieselben kindlichen Vorstellungen zu bemühen. Karla wusste, dass Sarah es nur gut meinte, doch mitunter waren ihr diese Gespräche einfach zu viel. Es reichte schon, dass sie ab und zu zum Hörer griff, um Fritz anzurufen. Es geschah ganz automatisch, und manchmal wurde ihr erst im allerletzten Moment bewusst, wie unsinnig das war. Weil es ihren Mann nicht mehr gab. Er existierte lediglich als Zahlenfolge in den Telefonkontakten ihres Handys. Trotzdem konnte sie sich nicht vorstellen, die Nummer jemals zu löschen. So wie sie auch Fritz niemals aus ihrem Herzen radieren würde.

Karla trat an den Spiegel, wischte sich die Spuren der verschmierten Wimperntusche weg, dann legte sie ein Lächeln auf, griff beherzt nach ihrer Tasche und sagte: »Komm, Sarah, wir machen jetzt die Stadt unsicher. Das Auspacken kann warten.«

* * *

Erik saß, einen leeren Pappbecher zwischen den ausgelatschten Chucks, in der Rue Grignan in Marseille und schnorrte. Peinlich, dass es überhaupt so weit gekommen war, aber er war abgebrannt. Alles bis auf den letzten Cent ausgegeben. Er hatte versucht, per Anhalter aus der Stadt rauszukommen – ohne Erfolg. Niemand hatte ihn mitnehmen wollen. Weder die Einheimischen in ihren Kleinwagen noch die Ausländer, die in ihren Luxusschlitten an ihm vorbeigeschnurrt waren. Vielleicht lag es ja an dem Bart, den er sich aus purer Faulheit hatte stehen lassen. Zugegeben, es war ein ziemliches Gewächs. Und während er die Schuhe der vorüberlaufenden Menschen scannte, fragte er sich, ob er einen Typen mitgenommen hätte, der so verlottert und zottelig wie er aussah. Sein Rucksack war vollgestopft mit dreckigen Klamotten, im Seitenfach steckten die nigelnagelneuen Sneakers, die ihm sein Ex-Gastbruder Guy geschenkt hatte. Für die coolen Treter hatte er sich bei ihm mit einem Shirt von einer angesagten französischen Marke revanchiert und seiner Ex-Gastmutter Claire als Dankeschön für die Gratis-Woche im Hotel Mama einen teuren Duft gekauft. Mit der Folge, dass er jetzt wie ein Penner auf der Straße hockte. Sei's drum. So oder so hatte es sich gelohnt.

Vor drei Jahren, mit siebzehn, war er für zwei Monate nach Marseille gegangen, um sein Französisch fürs Abi aufzupeppen. Doch statt die Sprache zu lernen, war er mit seinem Gastbruder Guy um die Häuser gezogen, er hatte den ersten Alkoholrausch durchlebt, Mädchen angeschmachtet und sich ganz nebenbei mit Guy angefreundet. Guy war in den Weihnachtsferien zu ihm nach Berlin gekommen – eine echt coole Zeit –, und sie hatten abgemacht, einander bald wieder zu besuchen. Aber erst hatte Guy sein Bakkalaureat gemacht, dann Erik sein Abi, und ruck, zuck waren drei Jahre um gewesen. Grund genug, das Versprechen endlich wahr zu machen und ihn zu besuchen. Heute, spätestens morgen musste Erik in Cannes auflaufen, sonst würde es Stress mit seiner Mutter geben. Der fünfzigste Geburtstag… Nicht mal ein Geschenk hatte er für sie. Weil es ihm wichtiger gewesen war, sich bei Claire zu bedanken.

Ein paar Mädchen stöckelten mit Kaffeebechern vorüber.

Blitzschnell checkten sie ihn ab und trippelten, die Nasen in die Luft gereckt, weiter. Am liebsten wäre er hinter ihnen hergelaufen, um das Missverständnis aufzuklären. Nein, ich bin kein Obdachloser, also, nicht grundsätzlich, nur heute, weil ich die Kohle für die Fahrkarte brauche. Vielleicht hätten sie Mitleid mit ihm gehabt und ein paar Cent rausgerückt, aber er hatte seinen Stolz und blieb sitzen. Fahrig fummelte er sein Handy aus der Gesäßtasche. Mist, die Zeit drängte. Wenn er es in den nächsten Stunden nicht schaffte, genug Geld zu erbetteln, musste er eine weitere Nacht in Marseille ausharren. Und das ging gar nicht. Seine Mutter würde einen Riesenaufstand machen. Na klar, es war ein Affront, auf den letzten Drücker oder verspätet zum runden Geburtstag der eigenen Mutter aufzulaufen. Warum feierte sie auch ausgerechnet in Cannes? Sie würde sich ja doch bloß wieder die Augen aus dem Kopf heulen. Wie jedes Jahr rund um Papas Todestag. Erik weinte auch noch um seinen Vater, aber nur für sich im stillen Kämmerchen und seit einiger Zeit immer seltener.

Es gab Tage, da plagten ihn Zweifel, ob es ein Unfall gewesen war. Vielleicht hatte er einfach genug gehabt. Von dem öden Job als Bühnenpförtner. Schon als Schüler hatte er von einem Leben auf den Brettern, die die Welt bedeuten, geträumt. Als Bariton in *La Traviata*, *La Bohème* und *Carmen*. Aber es hatte nicht sein sollen. Sein Talent hatte nicht ausgereicht, was auch immer. Gegen die Theorie sprach, dass er das Haus gekauft hatte, diese Wahnsinnsvilla, die er gar nicht mehr hatte genießen können.

Erik schaute in den Himmel, alles grau in grau, und dann begann es zu nieseln. Ungünstig. Wenn es regnete, gaben die Passanten noch weniger Geld. Wer hatte schon Lust, stehen zu bleiben, das Portemonnaie zu zücken und sich dabei nass regnen zu lassen?

Sein Handy piepte, eine Nachricht von Hannah. Nahezu in derselben Sekunde schiffte es richtig los, und Erik rettete sich unter das Vordach der Boutique mit bretonischen Ringelshirts gegenüber.

Die Sache mit Hannah lief noch nicht lange, aber Erik konnte sich nicht erinnern, jemals so glücklich, so verliebt gewesen zu sein. Hannah war ein Hauptgewinn. Sie hatte alles, was er sich von einer Frau wünschte. Brüste, Hintern, Hirn. Okay, andere Reihenfolge: Hirn, Brüste, Hintern. Sie studierte Medizin im zweiten Semester und hatte Großes vor. Anästhesistin. Seine Mutter fand das cool. Ein Mädchen, das so klare Vorstellungen von der Zukunft hatte. Im Gegensatz zu ihm, der auch noch zwei Jahre nach dem Abi haltlos über den Globus gondelte und keine Ahnung hatte, was er mit sich und seinem Leben anfangen sollte. Er blickte auf das Handydisplay und las: »Hey, du. Ich muss dir was sagen … äh, sorry, es klingelt gerade.« Ende der Nachricht. Im spannendsten Moment aufhören, das konnte er ja gut leiden. Hannah hatte diese Art mitunter auch drauf, wenn sie im Bett zugange waren. Dann ließ sie jäh von ihm ab, weil irgendetwas anderes wichtiger war. Ihr Handy, ihr Make-up, ihr fiel so einiges ein.

Mit dem Smartphone in der Hand starrte Erik in den Regen. Gut, es war südfranzösischer Regen, aber auch der war grau und ließ die Laune in den Keller rauschen. Ihn beschlich ein mulmiges Gefühl. Was um Himmels willen musste sie ihm so dringend sagen? Dass er der Größte war? Wohl kaum. Dass sie ihn liebte und vermisste? Vielleicht. Oder dass sie schwanger war? Ein Albtraum! Er wollte kein

Kind. Grundsätzlich schon, aber garantiert nicht jetzt, da er keinen blassen Schimmer hatte, wie es mit seinem Leben weitergehen sollte. Er war nicht reif für das Projekt Familie. Im Geiste spulte er die Male ab, die sie miteinander geschlafen hatten. Wie üblich mit Kondom und keins war gerissen. Nur einmal hatten sie es im Eifer des Gefechts weggelassen.

In seinem Kopf brach ein ziemliches Tohuwabohu aus, und als das Handy erneut piepte, blieb sein Herz beinahe stehen.

»Sorry, Erik«, las er, »es haut nicht mehr mit uns hin. Ich hab keinen anderen, falls du das denkst. Mir ist nur klar geworden, dass du es nicht bist. Tut mir leid. Hannah.«

Seine Beine gaben nach, und er ließ sich an der Schaufensterscheibe der Boutique nach unten gleiten. Irgendetwas bohrte sich ihm in den Rücken, doch das war ihm egal. Sie hatte per SMS mit ihm Schluss gemacht. Das war erbärmlich. Und feige. Natürlich tat es ihr nicht leid. Im Gegenteil. Sie war sicher heilfroh, dass ihr eine Aussprache erspart blieb. Schon beim letzten Konzertbesuch in Berlin hatte er gemerkt, wie sie auf Abstand gegangen war. Die Küsse hatte sie sich noch gefallen lassen, aber als er sie ein paar Biere später zu sich in sein frisch bezogenes Bett einlud, hatte sie geschäftig auf ihrem Handy herumgetippt und erklärt, dass das nicht gehe. Die Cousine einer Freundin habe Geburtstag, und sie müsse mit den beiden um die Häuser ziehen. Klar, ganz dringend. Erik hatte sich gönnerhaft gezeigt. Weil man Frauen besser nicht unter Druck setzte. Diesen Fehler hatte er nur einmal mit siebzehn begangen. Erste große Liebe. Er hatte gedrängelt, genörgelt, wiederholt Szenen gemacht – und Lisa verloren. Er hatte auch Ella verloren, seine zweite Freundin. Weil er sich zu wenig für sie interessiert hatte, angeblich. Dabei hatte er sich absichtlich nicht wie ein Blutegel bei ihr angedockt, sondern ihr Raum zum Atmen gelassen. Nach Ella war er mit Nele zusammen gewesen, ein Festival-Wochenende lang. Am Montag darauf war ihr eingefallen, dass sie einen Freund hatte und der so eifersüchtig war, dass er schon mal auf einen Nebenbuhler mit dem Messer losgegangen war. Es hatte noch ein paar andere Mädels gegeben, flüchtige Begegnungen, manchmal nur ein One-Night-Stand, aber nie hatte er Schluss gemacht. Immer waren es die Mädchen gewesen. Der Super-Gau für sein angeknackstes Selbstbewusstsein, und hätte Guy nicht immer wieder auf ihn eingeredet, hätte er es mit den Frauen, mit dem Sex und mit diesem ganzen Gefühls-Wahnsinn einfach gelassen.

Doch dann war er buchstäblich in Hannahs Leben gefallen. Er hatte sie das erste Mal in der Sauna getroffen. Ein Teil war abgesperrt, nur für Frauen zugänglich, aber er war, das Handy vor der Nase, wie ein Volltrottel hineingestolpert. Mann, gab das ein hysterisches Gekreische! Als hätte er vorgehabt, über die vier Damen – durchschnittliches Alter zwischen vierzig und scheintot – herzufallen. Nur eine hatte nicht geschrien. Hannah. Sie hatte gegrinst und ihm kurz darauf, als er mit erhitzten Wangen an der Tram-Station vorm Schwimmbad stand, zugelächelt. Total süß. Und beim Sex, zu dem es exakt eine Stunde später in ihrer WG gekommen war, hatte sie leise geseufzt und ihm gesagt, wie aufregend sie ihn fände.

Und jetzt das. Warum zum Teufel? Wieso liebte sie ihn nicht mehr?

Der Regen ließ nach, und während er erneut seinen Platz an der Straßenlaterne bezog, beschloss er, ihr nicht zu antworten. Wozu auch? Um ihr was zu sagen? Vielen Dank für die Info, ich wünsche dir ein cooles Leben?

»Erik?« Die Stimme drang wie aus einer anderen Galaxie an sein Ohr, und als er aufblickte, stand Guy vor ihm. Womöglich schwebte er in einer Blase seiner Fantasien, sicher war sich Erik nicht.

»What are you doing here?«, fragte Guy.

»Well …«, hob Erik an, wusste dann jedoch nicht weiter. Sie redeten fast nur Englisch miteinander. Reine Faulheit. Erik hatte keine Lust, in stümperhaftem Französisch vor sich hin zu stammeln, und Guy stand nicht darauf, sich Eriks stümperhaftes Französisch anzuhören.

»Warum bist du noch nicht in Cannes?«, fragte sein Kumpel.

Erik rappelte sich hoch, klopfte sich das Hinterteil ab und sagte: »Erwischt. Hab kein Geld mehr.«

Guy strich sich die nassen Locken aus der Stirn, aber sie fielen ihm gleich wieder über die Augen. »Warum hast du nicht angerufen? Ich hätte dir doch was gepumpt.«

Erik nickte seinem Freund dankbar zu. Das Zugticket war ihm im Moment herzlich egal. Er hatte andere Probleme. Und als Guy grinsend zwei Scheine zückte, sagte Erik: »Hannah hat Schluss gemacht.«

»Echt? Deine Hannah?«

»Sie ist nicht mehr meine Hannah, und vielleicht war sie es auch nie.«

Guy klopfte ihm auf die Schulter und erklärte, dass es Wichtigeres gäbe, als einer bescheuerten Kuh nachzutrauern, die es nicht wert war.

»Und was?«

»Ein Bier trinken gehen, zum Beispiel.«

Erik stöhnte. »Meine Mutter wird mich köpfen, wenn ich heute nicht mehr in Cannes auftauche.«

»Keine Panik. Du fährst morgen… ganz früh. Und jetzt erzählst du mir erst mal alles.«

Sie steuerten ein Bistro an, Guy suchte eine günstige Verbindung für den nächsten Morgen heraus und bei einem Bier, das zugegebenermaßen Eriks Lebensgeister weckte, hielt sein Kumpel ihm einen Vortrag über Gefühle und über Männerfreundschaften. Und dass die am Ende mehr als alles andere zählten.

»Es kommt schon wieder eine Frau. Du musst nur dranbleiben, Alter.«

»Wie lange? Bis ich sechzig bin?«

Guy lachte schallend auf. »Achtzig ist die Deadline. Wenn du bis dahin nichts aufgerissen hast, kannst du es ebenso gut bleiben lassen.«

2.

Es war heiß, ja stickig im Apartment. Die Klimaanlage hatte einen Sekundenbruchteil, nachdem Sarah sie eingeschaltet hatte, den Geist aufgegeben. Dumm gelaufen. Vielleicht war sie auch schon vorher hinüber gewesen, und das kurze Aufflackern des grünen Lämpchens war ein letztes Aufbäumen, kurz bevor die Technik endgültig versagte.

Unten wummerten die monotonen Bässe der Sportbar. Bum-bum-bumbum, Pause, bum-bum-bumbum, Pause.

Sarah strampelte das Laken beiseite und riss das Fenster auf. Mit der kühleren Luft drang Gelächter zu ihr herauf. Draußen auf den Barhockern saß eine muntere Truppe und wurde mit jedem Drink enthemmter. Das war kaum zu ertragen; selbst Sarahs Schmerzgrenze war inzwischen erreicht. Sie hatte Karla das ruhigere Zimmer überlassen, weil die Nerven ihrer Freundin seit Tagen blank lagen. Wegen Fritz. Wegen ihres Geburtstags. Wegen allem. Karla war immer die Sensiblere von ihnen gewesen, schon damals, als sie sich im Studium kennengelernt hatten – rund ein Vierteljahrhundert war das her. Gemeinsam hatten sie in verschiedene Studienfächer reingeschnuppert, ein Semester lang auch in Romanistik. Was wurde man eigentlich mit einem Abschluss in Romanistik? Römerin ja wohl kaum. Gerade Karla mit den aschblonden, glatten Haaren und den grünblauen Augen.

Damals hatte Karla als Statistin an der Oper gejobbt und war im Laufe der Zeit dort hängen geblieben. Sie hatte Opernkarten verkauft, an der Garderobe ausgeholfen und eine Spielzeit lang in der Bühnenbild-Abteilung assistiert. Kurz darauf war die Referentin des künstlerischen Betriebsdirektors in Elternzeit gegangen, und Karla hatte ihre Chance genutzt. Innerhalb kürzester Zeit hatte sie sich unentbehrlich gemacht, und als die Kollegin ein Jahr später abermals schwanger wurde und ausschied, bot man ihr einen unbefristeten Vertrag an. Ein sicherer Job, nicht sonderlich aufregend, aber Monat für Monat hatte er zuverlässig Geld in die Familienkasse gespült.

Sarah sog tief die frische Abendluft ein, dann lehnte sie das Fenster an und streckte sich wieder auf dem Bett aus. Nur im Slip lag sie da und versuchte, das Geplapper und Gelächter von draußen auszublenden. Wann gingen diese Leute eigentlich zu Bett? Gingen sie überhaupt jemals zu Bett? Ihre Gedanken schweiften zu ihrem Mann – was Götz jetzt wohl trieb? Da fiel ihr ein, dass sie gleich nach ihrer Ankunft in Berlin samt Gepäck zur Arbeit in die Seniorenresidenz musste. Sie sah die Papierberge auf ihrem Schreibtisch förmlich vor sich und fing an zu gähnen. Ja, es gab auch die berührenden Momente. Wenn sie einer Bewohnerin ein Zimmer mit Spreeblick anbieten konnte und die sich wie ein kleines Kind freute. Oder wenn die Angehörigen ihr Blumen mitbrachten und die Arbeit des Teams in höchsten Tönen lobten. Dennoch war der Großteil ihres Jobs längst Routine, und manchmal bereute sie es, dass sie keinen ihrer Studiengänge zu Ende gebracht hatte. Was hätte sie alles werden können! Journalistin vielleicht. Oder Apothekerin. Oder Galeristin. Götz hingegen hatte es geschafft. Er war Anwalt mit eigener Kanzlei. Weil sie, die dusselige Ehefrau, ihm stets den Rücken freigehalten hatte.

Der Strom der Gedanken wollte nicht abreißen, und ihr Blick ging zum Wecker. Halb drei. Himmel, wieso war sie nur so putzmunter? Zur Probe hatten sie in Karlas Geburtstagslokal zu Abend gegessen – der Wildkräutersalat und das Kalbssteak waren ein Gedicht gewesen –, den Espresso zur Crème Brûlée hatte sie absichtlich ausgelassen. Sie angelte sich das T-Shirt, das sie achtlos auf die andere Betthälfte geworfen hatte, und zog es über, dann tapste sie barfuß in die Küche.

Der Schreck fuhr ihr in die Glieder, als sie eine geduckte Gestalt auf dem Hocker am offenen Fenster sitzen sah.

»Karla?«

Ihre Freundin fuhr herum. »Meine Güte, mir ist fast das Herz stehen geblieben! Was tust du hier?«

»Und du?«, entgegnete Sarah.

»Ich warte darauf, dass ich Geburtstag habe.« Karla schlug die Beine übereinander. »Ich bin um halb vier geboren. Wenn du es genau wissen willst.«

»Ist Erik eigentlich schon da? Ich hab gar nichts gehört.«

Karla strich sich die Haare aus dem Gesicht. »Ihm ist was dazwischengekommen. Er nimmt einen frühen Zug. Hat er mir versprochen.«

Sarah widerstand dem Impuls zu fragen, was bitte schön wichtiger sein konnte als der Geburtstag der eigenen Mutter. Es ging sie nichts an. Sie hatte sich nie in die bisweilen fragwürdigen Erziehungsstile ihrer Freundinnen eingemischt.

Da es sich zu zweit besser wartete, knipste Sarah die Lichtröhre unter der Spüle an, öffnete den Kühlschrank und nahm den Begrüßungs-Chardonnay raus, der bloß darauf zu warten schien, ausgetrunken zu werden.

Doch dann war kein Flaschenöffner da, und Karla half ihr beim Suchen. Sie zogen sämtliche Schubladen auf, durchwühlten die Schränke und fanden alles, was man zum Überleben brauchte. Nur ein Flaschenöffner ließ sich nicht auftreiben. Sarah wollte den Korken reindrücken, aber Karla, die nach nebenan gegangen war, kam triumphierend lächelnd mit einem Öffner zurück.

»Wo hast du den denn jetzt her?«

»War in meiner Kulturtasche. Fritz hat ihn mir mal reingesteckt. Für Notfälle.« Karla lachte erstickt. »Und jetzt ist wohl so ein Notfall.« Sie verstummte, und ihr Lächeln erstarb.

Sarah versuchte, die heikle Situation zu überspielen, indem sie beherzt die Flasche entkorkte und zwei Gläser Wein einschenkte. Sie stießen an, auf den Kurzurlaub, auf Südfrankreich, auf die Chardonnay-Rebe. Die Zeit tröpfelte, nachts schien sie einem anderen, langsameren Rhythmus zu folgen. Erst als sie sich über die Filme unterhielten, die sie zuletzt im Kino gesehen hatten, tickte die Uhr schneller, und plötzlich war es halb vier. Sarah drückte Karla an sich.

»Glückwunsch, meine Schöne.« Sie überschüttete sie mit guten Wünschen, was man eben so sagte, wenn man der Freundin wohlgesonnen war, dabei hoffte sie nur eins: dass sie Fritz endlich losließ und das Leben lebte, das sie verdient hatte.

»Findest du mich eigentlich alt?«, fragte Karla.

»O ja, steinalt. Das Greisentum klopft an.« Sarah lachte. Im Nachthemd, die Füße angezogen, sah Karla aus wie damals als Studentin. »Falls es dich tröstet: Bei mir dauert's auch nicht mehr lange. Aber bis dahin…« Sie nahm einen letzten Schluck, stellte das Glas schwungvoll ab und sagte: »Komm. Wir gehen runter zum Meer.«

»Mitten in der Nacht? Du bist ja verrückt!«

»Damit hab ich kein Problem.«

Und bevor Karla in eine sentimentale Leier verfallen konnte, dass sie das Bergfest des Lebens nun hinter sich hätte und abgesehen vom Umzug in ein Seniorenheim nichts Aufregendes mehr passieren würde, entführte Sarah sie an den Strand.

* * *

Eine entrückte Stille lag über dem Meer. Ein kaum spürbarer Wind blies, der Mond stand als schmale Sichel über dem tiefschwarzen Wasser, hin und wieder gaben die Wolken die Sicht auf die blinkenden Sterne frei.

Karla war beschwipst. Mehr noch, in ihrem Kopf war Seegang ausgebrochen. Aber das war in Ordnung, wenn man Geburtstag hatte und eine geradezu mystische Nacht mit der besten Freundin erlebte. Morgen würde sie unausgeschlafen sein – na und? Viel zu selten hatte sie sich in den letzten Jahren so lebendig gefühlt. Und sie wollte den Zustand jetzt so richtig auskosten.

Sarah hatte im Nu zwei Liegestühle auseinandergeklappt und malte mit dem Zeh Kreise in den vom Regen feuchten Sand. Nach den Kreisen ein Herz, das sie gleich wieder verwischte.

»Möchtest du dein Geschenk haben?«, fragte sie.

»Hast du's denn dabei?«

Sarah hatte nichts mitgenommen, und die Taschen ihrer Lederjacke beulten sich kein bisschen aus.

»Klar doch!« Ihre Zähne blitzen im Dunkeln auf. »Ich bin immer bestens vorbereitet.«

»Dann her damit!«

Sie wühlte in den Gesäßtaschen ihrer Jeans, fand aber nicht, wonach sie suchte. Sie kramte weiter, griff in ihre Jackentasche und zog ein zusammengefaltetes Blatt Papier hervor.

Triumphierend wedelte sie damit vor Karlas Augen. »Aha? Was haben wir denn da, liebe Karla?«

»Einen Zettel?«

»Brillant, Miss Marple!«

»Das ist mein Geschenk? Aber was soll das sein? Steht was drauf?«

»Erst lesen, dann dumme Fragen stellen.«

Ihre Freundin grinste in diebischer Vorfreude, und Karla wurde immer gespannter. Sarah und ihre ausgefallenen Ideen! Bestimmt hatte sie sich etwas Besonderes für sie zum Fünfzigsten ausgedacht.

Karla entfaltete das Papier, und im Licht von Sarahs Handytaschenlampe las sie: Gutschein.

»Ein Gutschein? Wofür?«

Sarah zog ein weiteres Blättchen heraus, auf dem stand ebenfalls nur ein Wort: »Taxiboy.«

Taxiboy? Was sollte das sein? Ein Mann, der sie im Taxi von A nach B fuhr?

Karla räusperte sich. »Ich steh auf dem Schlauch. Gibt es zufällig noch einen dritten Zettel?«

»Gut, dass Sie danach fragen, Miss Marple.«

Sarahs Hand verschwand abermals in der Jackentasche, und sie angelte einen dritten Wisch hervor. Darauf stand in Schönschrift:

Liebe Karla,
du wirst sicher überrascht sein, vielleicht wird sich sogar
Widerstand in dir regen, aber ich möchte dir einen Abend mit

*einem sogenannten Taxiboy oder – wie man in Deutschland
sagt – einem Eintänzer schenken. Der Mann, den ich in einer
Agentur gebucht habe, wird dich einen Abend lang stilvoll
begleiten, mit dir Samba, Cha-Cha-Cha, Rumba oder was
immer dein Tänzerinnen-Herz begehrt, tanzen und dir
hoffentlich ein paar vergnügliche Stunden bescheren.
Deine Freundin Sarah*

Die Enttäuschung sackte Karla wie ein Stein in den Magen.
Womöglich war es sogar eine ganze Lawine, die sich mit
jeder Menge Geröll ihren Weg ins Tal bahnte.

»Karla?«

»Ja, sehr schön, Sarah.« Sie beugte sich zu ihrer Freundin rüber, gab ihr ein Küsschen auf die Wange und bedankte sich pflichtschuldig. Weil man das ja so tat, wenn man etwas geschenkt bekam.

»Du freust dich gar nicht, oder?«

»Natürlich freue ich mich«, entgegnete Karla mit einem bitteren Geschmack im Mund. »Aber ich weiß offen gestanden nicht, was du damit bezweckst.«

Ein paar Jugendliche zogen, einen französischen Song grölend, vorüber. Sie hatten Bier- und Weinflaschen dabei, und einer ließ seine leere Zigarettenschachtel in den Sand fallen. Irgendwer machte das schon wieder sauber, klar. Kaum war die Gruppe vorbei, sagte Sarah: »Du bist doch früher immer so gerne mit Fritz tanzen gegangen, oder?«

Karla nickte.

»In den letzten fünf Jahren warst du nicht ein Mal aus.«

Das stimmte, aber war das verwunderlich? Nach Fritz' Tod hatte es niemand Neues in ihrem Leben gegeben. Und selbst wenn, hätte sie keine Lust gehabt, mit einem Fritz-Ersatz tanzen zu gehen. Dadurch würde ihr Mann auch nicht wieder lebendig werden.

»Und da dachte ich«, fuhr Sarah fort, »dass du vielleicht Lust hast, es mal wieder zu probieren.«

»Es?« Karla stand auf und klappte den Liegestuhl mit einem Ruck zusammen. »Was meinst du damit? Tanzen? Sex? Oder beides?«

»Nein, Quatsch...«

Unbehagen stieg in Karla auf, und in der nächsten Sekunde brach es aus ihr hervor: »Jetzt mal im Ernst, Sarah. Wirke ich so bedürftig, dass du mir jetzt schon einen Callboy organisierst?«

»He, he, he! Kein Sex. Eintänzer sind keine Männer für gewisse Stunden. Sie haben ihren Ehrenkodex.«

Sarah lächelte angestrengt. Sie schien enttäuscht und auch eine Spur verletzt zu sein.

Eintänzer, Taxiboy, Escort, Callboy – war das nicht alles ein und dasselbe? Eine einsame Frau zahlte für die Dienste eines Mannes, damit sie sich für ein oder zwei Stunden nicht mehr ganz so bedauernswert fühlte. Das hatte sie nicht nötig, und sie würde es nie so weit kommen lassen, es jemals nötig zu haben.

Sarah war verstummt. Sie stand auf und versuchte ihren Liegestuhl zusammenzuklappen, doch es gelang ihr nicht, und Karla kam ihr trotz ihres Ärgers zu Hilfe. Immer noch sprachen sie kein Wort miteinander.

»Tut mir leid«, murmelte Sarah, als sie etwas später an der Küstenstraße an der Ampel warteten. Sogar um diese Uhrzeit brausten schnittige Wagen, Vespas, selbst Lieferwagen an ihnen vorüber. »Wirklich. Ich wollte dir nicht zu nahe treten.«

Eine Pause trat ein. Nachdem ein Cabrio vorbeigeflitzt war, fuhr sie fort:

»Wenn du magst ... ich könnte dich begleiten. Es gibt da diesen Flotten Dreier, den könnte ich buchen, und dann rette ich dich, falls der Tänzer ein Reinfall ist.« Sie lächelte zerknirscht. »Aber wenn du so gar nicht magst, gebe ich den Gutschein zurück, und du bekommst was anderes. Wie wär's mit einem Seidentuch? Gemustert oder uni, was würde dir gefallen?«

»Nein, Sarah, mir tut es leid.« Karla hielt ihre Freundin, die schon loslaufen wollte, am Arm fest. »Du hast dir so viel Mühe gegeben, und ich blöde Kuh weiß es nicht zu schätzen.«

»Schon okay. Ich dachte nur ...«

Die Ampel sprang auf Grün, und sie huschten über die Straße.

»Dass es dir vielleicht Spaß machen würde«, fuhr Sarah fort, als sie sicher auf der anderen Straßenseite angekommen waren.

Spaß, was war das noch gleich? Auf jeden Fall nichts, was häufig in Karlas Leben vorkam. Tag für Tag hockte sie in dem Glaskasten-Büro, langweilte sich und fieberte den Opernpremieren – Highlights in ihrem sonst so schnöden Arbeitsalltag – entgegen. Und über Erik ärgerte sie sich, das auch. Warum kam der Junge nicht in die Gänge? Was war so schwer daran, das Lotterleben aufzugeben und etwas Sinnvolles anzufangen? Wollte er etwa noch ein paar Jahre im Hotel Mama hocken und sich von vorne bis hinten bedienen lassen? Das kam bei den Mädels gar nicht gut an. Sie hätte sich früher nicht mit einem eingelassen, der noch mit zwanzig in seinem Kinderzimmer hauste. Überhaupt, Eriks

Zimmer war auch so ein Thema. Verlottert bis zum Geht-nichtmehr. Zog er sich abends die Klamotten aus, verteilte er sie überall, als müsste er sein Revier markieren. Aß er vor dem Fernseher – was oft genug vorkam –, blieb das schmutzige Geschirr auf den Dielen oder auf der Sessellehne stehen. Karla war es leid. Endgültig. Ihr Sohn musste endlich aufwachen und erwachsen werden.

Sie musterte Sarah von der Seite und dachte traurig, dass es unehrlich wäre, wenn sie sich ihretwegen verbog.

»Entschuldige, Sarah«, sagte sie und lehnte sich an ihre Schulter. »Es geht nicht. Ich kann einfach nicht mit anderen Männern tanzen. Sei mir bitte nicht böse.«

»Das bin ich nicht, alles okay.«

Ihr Lächeln war entwaffnend ehrlich, und als sie ins Apartment zurückkehrten, setzten sie sich in die Küche, um Karlas Ehrentag mit einem Absacker zu begießen und den heraufdämmernden Tag zu begrüßen. Kurz darauf musste Sarah gähnen, Karla ebenfalls, sie putzten sich rasch die Zähne, dann sanken sie bleischwer ins Bett. Morgen war auch noch ein Tag. Und Karla schlief in dem beruhigenden Gefühl ein, dass alles zwischen ihnen in Ordnung war. Weil sie sich, was auch immer vorgefallen sein mochte, immer wieder verziehen.

3.

Luciens erster Gang führte zu seinem Stadtpalais. Pardon, zu Karlas und seinem Stadtpalais. So sehr er Karla schätzte, die Vorstellung, dass die Hälfte der Immobilie ihr gehörte, war nach wie vor eigenartig. Fritz und er und ihr Traum vom gemeinsamen Haus in Südfrankreich – das war so viele Jahre lang fester Bestandteil ihrer Freundschaft gewesen, dass selbst Fritz' Tod nichts daran zu ändern vermocht hatte.

Angefangen hatte es in der achten Klasse. Lucien, der von den Ferien bei den Großeltern in Antibes zurückgekommen war, hatte seinen besten Kumpel in seinen Lieblingsfilm *Ein mörderischer Sommer* geschleppt und ihm, da der Film im Original lief, souffliert. Wobei er sich das hätte sparen können, weil Fritz von Anfang an wie gebannt auf die Leinwand starrte und sich in Nullkommanichts in die blauen Augen von Isabelle Adjani verguckte. Lucien verguckte sich ebenfalls in ihre Augen, ihren Mund und ihre Haare, was aber kein Grund war, sich deswegen zu streiten. Im Gegenteil schweißte es sie umso mehr zusammen. Sie verknallten sich also bis über beide Ohren in die Schauspielerin mit den hübschen Brüsten, und während ihre Hormone ein wildes Spiel in ihnen trieben, hatten sie sich nebenbei in die südfranzösische Landschaft verliebt.

Ein Jahr später fuhren die befreundeten Familien gemeinsam an die Côte d'Azur – Lucien und Fritz hatten ihren Eltern lange genug in den Ohren gelegen –, und ein anderes Mädchen war Objekt ihrer Begierde gewesen. Marie – Lucien erinnerte sich an sie, als wäre es gestern gewesen. Erst hatte Fritz sie küssen dürfen, später Lucien, und als Marie ihnen am Ende der Ferien den Laufpass gab, erlebten sie ihren ersten Liebeskummer. Zum Glück litt es sich zu zweit gleich viel schöner. Und in ihrem Kummer schworen sie sich, für immer zusammenzuhalten und die Sache mit den Mädchen und der Liebe sein zu lassen. Doch dann, ein Jahr vor dem Abitur in Berlin, die Katastrophe. Luciens Mutter hatte eine Stelle als Toxikologin in Menton bekommen, und da sein Vater, ein wenig erfolgreicher Künstler, kaum Geld verdiente, ging die Familie zu Fritz' und Luciens Bestürzung zurück nach Frankreich.

Ihre Freundschaft hatte dennoch gehalten. Das war ein Glück, denn Lucien hatte in Menton nie wieder einen Freund wie Fritz gefunden. Einen Gefährten, der ihm zur Seite stand, so rau der Wind ihm auch entgegenblies. Fritz hatte ihm aus dem Schlamassel geholfen, als er sich gegen den Willen der Eltern ein Motorrad gekauft hatte und einem Betrüger aufgesessen war. Er hatte an seinem Krankenhausbett gesessen, als er sich beim Skilaufen in den Alpen einen komplizierten Beinbruch zugezogen hatte. Und er und Karla waren Trauzeugen gewesen, als Lucien Blanche geheiratet hatte.

Karla. Ach ja, Karla. Eine hinreißende Frau. Aber sie war Fritz' Frau – die beiden hatten sich in Berlin beim Tanzen kennengelernt und später am selben Opernhaus gearbeitet –, das respektierte er. Mehr, er hatte alles darangesetzt, sich nicht in sie zu verlieben. Das war ihm auch geglückt, vermutlich, weil er in dieser Zeit Blanche begegnet war. Seiner ersten Frau. Die Ehe hatte nicht gehalten, auch die zweite mit

Marie nicht. Das war traurig, und er fragte sich manchmal, warum er nicht in der Lage war, eine lange und stabile Beziehung zu führen. Dennoch vermisste er nichts. Das Thema Heiraten und Kinderkriegen hatte sich für ihn ohnehin erledigt. Mit knapp fünfzig war er nicht bereit, zurück auf Los zu gehen. Er wollte Häuser bauen, Wein trinken und frei sein. Er wollte aufs Meer schauen, in guten Restaurants essen und Affären haben. Er wollte sich die neuesten Filme ansehen, für eine Operninszenierung nach Mailand jetten und den Segelschein machen. Und vor allem wollte er das Leben mehr denn je auskosten. Wozu Geld sparen, wenn man es ebenso gut verprassen konnte? Das Hochhausprojekt, das ihn die letzten fünf Jahre an Dubai gekettet hatte, war stressig genug gewesen. Immer aus dem Koffer leben. Nie zu Hause sein. Wobei er inzwischen nicht mal mehr wusste, wo sein Zuhause war. In den anonymen Apartmenthäusern rund um den Globus? Oder bei seinem Cousin Jens und dessen Frau, die er besuchte, wenn er in München war? Die Wohnung war chaotisch, aber kuschelig, und oftmals, wenn er auf dem Schlafsofa lag, stellte er fest, dass er keinen Design-Schnickschnack brauchte, um sich wohlzufühlen. Er brauchte nur Menschen um sich herum. Menschen, die er mochte und die ihn mochten. Oder war sein Zuhause am Ende das spartanische Apartment in Amsterdam, in dem er sich in den letzten fünf Jahren über den Daumen gepeilt ein paar Wochen aufgehalten hatte? Damit war jetzt Schluss. Er würde kürzertreten, sich künftig auf überschaubarere Projekte konzentrieren. Keine Hochhäuser mehr in den Metropolen dieser Welt. Stattdessen das kleine Stadtpalais renovieren, den Rohdiamanten an der Côte d'Azur. Doch dazu brauchte er Karlas Zustimmung. Er wusste ja nicht, wie sie inzwischen zu dem

Haus stand. Das letzte Mal hatten sie sich auf Fritz' Trauerfeier gesehen. Er hatte sie im Arm gehalten und weinen lassen, wobei er viel lieber an ihrer Schulter Trost gesucht hätte. Das, was passiert war, tat so entsetzlich weh, dass sie beide keine Worte dafür gefunden hatten. Nur Tränen und hilflose, bisweilen wütende Gesten.

Kurz darauf war er nach Dubai abgereist, und er hatte Karla nur deswegen sich selbst überlassen, weil sie ein intaktes soziales Umfeld hatte. Ihre beste Freundin Sarah und ihre Mutter, eine Handvoll enger Freunde, die Kolleginnen an der Oper – Menschen, die sie auffangen und ihrem Leben einen Sinn geben würden.

Anfangs hatten sie regelmäßig miteinander telefoniert, sich Mails und Kurznachrichten übers Handy geschrieben, doch nach und nach war die Kommunikation spärlicher und unverbindlicher geworden, bis der Kontakt fast eingeschlafen war. An seinem Geburtstag und zu Weihnachten ließ Karla von sich hören, und Lucien, wie immer im Stress, schrieb meistens nur knapp zurück. O ja, er hatte ein schlechtes Gewissen. Was war er nur für ein Freund, der sich nicht mal eine Minute Zeit nahm, um eine Mail zu beantworten?

Umso mehr hatte er sich über die Einladung zu ihrem Geburtstag gefreut. Nein, er hatte sie nicht vergessen – niemand vergaß Karla einfach so –, aber in den letzten Jahren in Dubai hatte der Job ihn aufgesaugt. Hoffentlich hatte sie Fritz' Tod verwunden. Hoffentlich war der unerträgliche Schmerz wie bei ihm einer leisen Wehmut gewichen. Er wünschte es ihr von ganzem Herzen. Vielleicht hatte sie inzwischen einen neuen Partner. Auch das wünschte er sich für sie, und er war sich sicher, dass Fritz nichts anderes gewollt hätte. Dass sie ihr Leben weiterlebte und nicht an seinem Tod zerbrach.

Melancholie erfasste Lucien, als er die Fensterläden aufklappte und die Räume der Villa inspizierte. Der Boden war voller Staub, der Putz bröckelte, und Tapeten hingen in Fetzen herunter, aber so wie die hereinscheinenden Sonnenstrahlen den Verfall sichtbar werden ließen, so verwandelten sie jeden schmutzigen Quadratzentimeter in ein Kunstobjekt. Man musste nicht vom Fach sein, um zu begreifen, was für ein Potenzial in der Immobilie schlummerte. Gebaut um 1890 von einem unbekannten Architekten, feinster Belle-Époque-Stil. Ursprünglich hatten gutbürgerliche und adelige Pariser die Winter an diesem Ort verbracht. Das milde Klima, die Nähe zum Meer – Lucien wäre zu der Zeit ebenfalls gerne einer der betuchten Zeitgenossen gewesen.

Anfang des zwanzigsten Jahrhunderts hatte eine wohlhabende englische Familie das Haus gekauft und ganzjährig hier gelebt. In den Dreißigerjahren war die Villa in den Besitz eines deutschen Bankiers übergegangen, der sie kurz vor dem Krieg an eine Pariser Familie veräußert hatte. Diese hatte das Haus als Sommerresidenz genutzt, so wie die Berliner ihre Schrebergärten. Mit dem kleinen Unterschied, dass das Haus an der Côte d'Azur zweihundert Quadratmeter maß, das Grundstück mit den Palmen und Orchideen sogar um die zweitausend. Nach dem Tod der Eltern hatten sich die Kinder – beide waren der Liebe wegen in die USA ausgewandert – nicht weiter um die Immobilie gekümmert und sie Mitte der Neunzigerjahre an Fritz und Lucien veräußert. Selbst in dem maroden Zustand war das Haus immer noch eine Perle, und es tat Lucien in der Seele weh, dass er es so lange hatte brachliegen lassen.

Behutsam strich er über die Wände und tätschelte sie, als müsste er sich dafür entschuldigen. Er riss ein paar Tapetenfetzen ab und schichtete sie säuberlich auf der Fensterbank übereinander, damit Karla, wenn sie gleich vorbeikam, nicht sofort wieder den Rückwärtsgang einlegte.

Es war ein beruhigendes Gefühl, Eigentümer des Objektes zu sein. Die letzten Jahre hatte er es vorgezogen, durch die Welt zu jetten und Häuser für andere zu bauen. Nun sah er die Chance gekommen, den Anker auszuwerfen und sich hier in Cannes seinen Lebensmittelpunkt aufzubauen. Über kurz oder lang würde er für das Vagabundenleben zu alt sein. Schon jetzt spürte er die Folgen der vielen Flüge, Jetlag inklusive, der unregelmäßigen Mahlzeiten und der vielen Arbeitsstunden. An manchen Tagen stolperte sein Herz wie aus heiterem Himmel, ihm wurde übel, und beim Treppensteigen schmerzten die Knie. Und sicher war das erst der Anfang.

In seinen Fantasien bewohnte er das Untergeschoss und Karla, sofern sie einverstanden war, das Obergeschoss mit den verschnörkelten Balkonen. Oder umgekehrt, falls sie Wert darauf legte, vom Wohnbereich aus in den Garten treten zu können. Aber das waren nur Spinnereien. Karla hatte ihre Arbeit in Berlin. Sie war dort ebenso verwurzelt, wie er es gewohnt war, als Vagabund herumzuziehen.

Lucien strich von Zimmer zu Zimmer, und obwohl er den Grundriss in- und auswendig kannte, wunderte er sich, wie groß das Haus war. Vielleicht eine Nummer zu groß für Karla, die sicher nicht im Geld schwamm. Und nun? Was hatte Sie vor? Was könnte alles passieren?

Szenario eins: Karla und er würden die Renovierung des Palais gemeinsam in Angriff nehmen und später hier einziehen. Extrem unwahrscheinlich.

Szenario zwei lag schon eher im Bereich des Möglichen: Er würde das Palais mit Karlas Zustimmung allein auf Vordermann bringen, es parzellieren lassen und eine der Wohnungen beziehen. Die restlichen Apartments und Zimmer würde er an Urlaubsgäste vermieten. Wovon Karla, nach Begleichung der Instandsetzungskosten, ebenfalls profitierte.

Szenario drei war das realistischste, aber es behagte Lucien am wenigsten: Karla würde ihm ihren Anteil verkaufen und nie wieder hier aufkreuzen.

Schon seit ein paar Wochen schob Lucien die Gedanken wie Schachfiguren in seinem Kopf hin und her. Er fürchtete sich vor dem Moment, in dem er mit Karla das erste Mal offen und ehrlich über die Villa reden würde. Nur ein Wort, eine Geste, ein Blick, und all seine Träume könnten platzen.

In dem plötzlichen Bedürfnis nach frischer Luft wollte er die Verandatür öffnen, die zum Palmengarten hinausging. Sie klemmte. Er rüttelte daran, da tauchte ein ihm bekanntes Gesicht auf der anderen Seite der Scheibe auf, und er lächelte reflexhaft. Es war Henri, der Nachbar von nebenan, der ab und zu nach dem Rechten sah und ihn erst kürzlich am Telefon über den Sturmschaden am Dach informiert hatte. Noch letztes Jahr war der Alte wie ein Wiesel umhergesprungen, nun humpelte er am Stock, und seine Bewegungen wirkten verlangsamt, als er Lucien bedeutete, dass dieser die Tür nur anzuheben brauchte.

Ja, richtig! Jetzt erinnerte er sich wieder, und beim nächsten Versuch sprang sie wie von selbst auf.

»Monsieur Morel, comment allez-vous?«

Lucien hüpfte die wenigen Stufen zur Terrasse hinab, und während er Henri zum x-ten Mal klarmachte, dass sie per Du waren und er Lucien hieß, klopfte er dem alten Mann, der wie üblich schon am frühen Morgen nach Zigaretten und Pastis roch, auf die Schulter.

»Bei mir alles bestens, und bei dir?«, fuhr er auf Französisch fort.

»Muss ja, muss ja, man wird nicht jünger. Sieh nur,
Lucien«, Henri deutete auf das üppige Grün des Gartens,
»die Palme da hat auch schon bald achtzig Jahre auf dem
Buckel.«

»Wirklich wahr?«

Henri strich sich über die weißen Bartstoppeln, die nur
spärlich sprossen, und versicherte ihm, dass sein Vater sie
als junger Mann, also etwa zehn Jahre vor seiner Geburt,
gepflanzt hatte. »Du siehst nicht gut aus, mein Freund«, fuhr
er mit schief gelegtem Kopf fort. »Wenn ich das mal so sagen
darf.«

»Du darfst.«

»Hast du Sorgen? Zu viel gearbeitet? Du arbeitest immer
so viel. Das sage ich auch immer meiner Tochter, die den
ganzen Tag im Büro sitzt und Steuererklärungen macht.
Wozu das alles? Eines Tages steht sie an der Himmelspforte,
und der liebe Gott fragt sie: Und, meine Schöne? Was hast
du mit deinem Leben angefangen? Und dann sagt Sylvie:
mich um die Steuer fremder Leute gekümmert. Und dann
sagt Gott: Tut mir leid, da hast du dein Leben leider verplem-
pert. Hättest du besser mal zugeschaut, wie sich die Palmenblätter im Wind biegen. Und am Meer gesessen und das Salz
auf den Lippen geschmeckt. So muss ich mir überlegen, was
ich mit dir anstelle und ob du es wert bist, dass du zu mir ins
Paradies kommst.«

Der Alte schwatzte munter weiter, und nachdem Lucien
einen raschen Blick in den Keller geworfen hatte, bestand
Henri darauf, ihn auf ein Tässchen Kaffee einzuladen. Lucien
mochte nicht Nein sagen. Obwohl er Blumen für Karla besor-

gen wollte, um sie in der Villa gebührend willkommen zu heißen. Das eigentliche Geschenk hatte er schon vor ein paar
Wochen für sie ausgesucht. Es war ihm zufällig bei einem
Juwelier am Flughafen Heathrow ins Auge gestochen: ein
weißgoldener Ring mit grünen und violetten Amethysten.
Nicht gerade ein Schnäppchen, aber Lucien fand, dass es für
die Frau seines ehemals besten Freundes ein angemessenes
Geschenk war. Grün und violett. Die Farben passten zu Karla
wie die Lavendelfelder zur Provence. Die Frage war nur, ob
sie das genauso sehen würde. So viel Zeit war seit ihrer letzten
Begegnung verstrichen; er wusste ja kaum noch etwas von ihr.

Beim Kaffee – Henri hatte einen Rest vom Frühstück in
einem Topf erwärmt – erzählte Lucien ihm, dass er nicht
allein wegen der Villa hier war, sondern auch, um den
Geburtstag von Fritz' Frau zu feiern. Er nahm den Ring aus
seiner Jackentasche und zeigte ihn Henri.

»Oh, là, là!« Der alte Mann präsentierte ein amüsiertes
Zahnlücken-Grinsen. »Du bist in sie verliebt, nicht wahr,
mein Freund?«

Lucien wiegelte ab, Karla werde fünfzig, da müsse es etwas
Besonderes sein. Doch Henri grinste bloß noch eine Spur
breiter, und als Lucien kurz darauf in die Villa zurückkehrte,
kamen ihm plötzlich Zweifel. Womöglich war der Ring doch
nicht passend. Was, wenn er Karla damit zu nahe trat? Er
schüttelte den Kopf. Ach was, schalt er sich. Es war nur ein
Ring. Nichts weiter.

* * *

Karla wachte davon auf, dass ihr ein jäher Schmerz in den
Rücken fuhr. Na bravo – musste das sein? Ausgerechnet
heute, an ihrem Geburtstag, meldete sich ihr ebenso vertrau-

ter wie lästiger Begleiter. Meistens begann es in der Lenden-
gegend, mal stechend, mal dräuend, im Laufe des Tages wanderte der Schmerz höher, er kroch über den oberen Rücken
bis in den Nacken, und wenn sie Pech hatte oder nicht rechtzeitig eine Schmerztablette nahm, wurde eine handfeste Migräne daraus.

Es half ja nichts. Sie musste aufstehen, irgendwie diesen
Tag hinter sich bringen, vor dem sie sich so fürchtete. Am
späten Vormittag war sie mit Lucien in der Villa verabredet.
Sarah und Erik wollten sie begleiten; zumindest hatten sie es
versprochen. Wobei gar nicht klar war, ob der gnädige Herr
von Sohn bis dahin eingetrudelt wäre. Für Karla stand fest:
verkaufen. Egal, was Lucien ihr vorschlagen würde. Endlich
diese Immobilie abstoßen, die nur Unglück über sie gebracht
hatte. Frei sein. Vielleicht reichte das Geld für eine Zweizim-
merwohnung in Friedenau, Charlottenburg oder Mitte.

Noch im Bett schaltete Karla ihr Handy ein. Etliche Glück-
wünsche waren eingetroffen. Ihre Pilates-Gruppe gratulierte,
ebenso ihre Cousine Merle und selbstverständlich ihre Mutter. Sie war um sechs Uhr dreiunddreißig die Erste gewesen
und hatte gleich drei Nachrichten losgeschickt, an die sie alle
möglichen und unmöglichen Smileys angehängt hatte. Ihre
Mutter liebte Smileys und vorzugsweise die, die sie mit ihren
alten Augen nicht zu deuten wusste. So kam der sympathisch
grinsende braune Haufen gleich zehnmal bei ihr an, wohl,
weil ihre Mutter ihn für eine schokoladige Süßigkeit hielt.

Nach einer heißen Dusche murrte ihr Rücken schon weniger, und als sie in Jeans und in einem locker sitzenden Shirt
in die Küche platzte, hatte Sarah eingekauft und den Tisch
gedeckt. Es gab frisches Baguette und Croissants, verschiedene Käsesorten, Aufschnitt, Butter und Lavendelhonig, ja

sogar Petits Fours, und neben Karlas Teller stand ein üppiger Feldblumenstrauß. So etwas konnte nur Sarah: die Welt rosiger erscheinen lassen, als sie tatsächlich war. Karla umarmte ihre Freundin; vergessen waren die Unstimmigkeiten der vergangenen Nacht.

»Erik kommt gleich«, sagte Sarah und kostete ein Petit Four.

»Woher weißt du das?«

»Er ist unten vorbeigeschlurft, aber als ich ihn rufen wollte, war er schon um die Ecke.« Ein spöttisches Grinsen zuckte um ihre Mundwinkel. »Kann es sein, dass er ein bisschen verpeilt ist?«

»Ein bisschen?« Karla lachte auf. »Manchmal wundere ich mich, dass er es schafft, einen Fuß vor den anderen zu setzen.«

Sie wollte nach ihrem Handy greifen, um ihren Sohn anzurufen, da klingelte es Sturm. Sie sprang auf, und als sie Erik kurz darauf umarmte, vergaß sie, was sie eben über ihn gedacht und gesagt hatte. Er war eine Nervensäge, aber sie liebte ihn über alles.

»Kannst du bitte mal aufhören, mich zu zerquetschen?« Er stieß sie sanft von sich und taxierte sie mit schief gelegtem Kopf. »Oder machst du jetzt auf alte gefühlsduselige Mutti?«

Karla deutete zum Spaß eine Ohrfeige an. »Ich bin fünfzig, da darf man das. Und du könntest übrigens mal wieder zum Friseur gehen und dich rasieren.«

Erik gratulierte seiner Mutter mit ein paar Küsschen links und rechts, dann ließ er den versifften Rucksack auf den Boden plumpsen, begrüßte Sarah und verschlang noch im Stehen ein Croissant.

»Wie wär's mit Händewaschen?«

An Sarah gewandt und mit rollenden Augen erwiderte Erik: »Ist die immer so?«

Sarah, die die typische Mama-Sohn-Kabbelei wohl amüsant fand, meinte, sie sollten sich nicht streiten, sondern lieber den himmlischen Brie probieren. Bevor sie ihn ganz verputzt habe.

Erik wusch sich folgsam die Hände, aber als wollte er Karla für ihren Anraunzer eins auswischen, antwortete er nur einsilbig auf ihre Fragen, wie es in Marseille gewesen sei, wieso er erst heute gekommen sei und ob er noch etwas mit Guy unternommen habe. Je tiefer sie in ihn drang, desto mehr verschloss sich ihr Sohn. Karla machte das rasend. Warum benahm er sich mit zwanzig immer noch wie ein Teenager? Wie so oft beschlich sie der Gedanke, dass Fritz' Tod Eriks normale Entwicklung zum Erwachsenen verhindert haben könnte. Und dass alles anders gekommen wäre, hätte sie sich damals nicht mit ihrem Mann wegen der Villa gestritten. Kurzum, dass sie schuld an seiner Macke war.

Sarah legte Karla die Hand auf den Arm, und obwohl ihre Freundin keinen Ton sagte, wusste Karla genau, was sie dachte. Nun lass den Jungen doch mal, das ruckelt sich von ganz allein zurecht. Immer wieder hatte Sarah ihr das geraten, aber bei ihrem Sohn hatte sich rein gar nichts zurechtgeruckelt. Er war ein Dauerpubertierender ohne jedes Ziel im Leben, und das tat ihr in der Seele weh.

Wie die Raupe Nimmersatt schlang Erik alles hinunter, was auf dem Tisch stand. Käse, Pastete und Honig landeten gleich zentimeterdick auf dem gebutterten Baguette. Arme Sarah. Sie hatte nur das Beste und Teuerste eingekauft. Dabei war es Erik herzlich egal, ob er den geschmacksneutralen Scheiblettenkäse vom Discounter in sich hineinstopfte oder einen edlen Tomme de Savoie. Und Leberwurst zu neunundneunzig Cent mochte er mindestens genauso gerne wie eine Terrine de foies de volaille.

Mit vollen Backen erklärte er, wie gespannt er auf die Villa sei. Er kannte sie ja nur von Fotos; das Wochenende, an dem sein Vater gestorben war, hatte er im Spreewald gezeltet.

»Und welches Zimmer krieg ich in der Villa?«, fragte er. »Bitte nicht so ein kleines wie meins zu Hause. Auf Schuhschachtel hab ich echt keine Lust.«

»Momentchen mal«, schaltete sich Karla ein, und ihr Tonfall hatte etwas ungewollt Scharfes. »Wir sind nicht hier, um die Räume unter uns aufzuteilen, und das weißt du auch.«

»Schon gut, Mama.« Erik zeigte sein Gebiss mit den abgerundeten Eckzähnen, die er von Fritz geerbt hatte. »War nur ein Scherz. Du musst ja nicht gleich ausflippen.«

»Doch, das tue ich. Und vielleicht kannst du es bitte lassen, mich an meinem Geburtstag zu ärgern.«

Etliche Male hatten sie über das Haus gesprochen. Und genauso viele Male hatte Karla Erik erklärt, dass sie ihren Anteil verkaufen wollte. Und nun fiel ihrem Stubenhocker von Sohn nichts Besseres ein, als es sich, wenn auch nur in Gedanken, in ihrer und Luciens Villa bequem zu machen.

»Äh, Mama?« Erik tätschelte ihr unbeholfen die Hand. »Ich muss dir noch was beichten.«

Bitte nicht! Wehe, er reiste gleich wieder ab.

»Dein Geschenk ...« Er räusperte sich. »Ich reich's nach. Bin gerade ziemlich abgebrannt.«

Karla atmete erleichtert auf. »Kein Problem, Schatz. Du sollst mir auch gar nichts schenken.« Und bevor Erik ein weiteres Mal in den Brotkorb langen konnte, setzte sie nach: »Jedenfalls nichts Materielles.«

»Wie meinst'n das jetzt?«, fragte er, während seine Hand über den duftenden Croissants schwebte. Einen Sekundenbruchteil lang sah er aus wie Fritz. Fritz, wenn er besorgt oder verwirrt gewesen war.

»Du weißt ganz genau, was ich mir von dir wünsche. Und falls nicht, denk bitte mal scharf nach.«

»Äh, ach so.« Seine Hand zuckte zurück, und er salutierte grinsend.

»Was soll das heißen?«

»Ja, ich versprech's dir, Mamilein.« Er stand auf und schulterte den Rucksack. »Wo kann ich hier schlafen?«

»Zweite Tür links«, sagte Sarah.

Er huschte hinaus, zog die Tür hinter sich zu, und Sarah fragte: »Worum ging's gerade? Um seine Ausbildung?«

Karla nickte. Das leidige Thema …

Während Sarah sich daranmachte, den Tisch abzuräumen, pickte Karla einen Baguettekrümel auf, naschte ein bisschen Käse, dann blickte sie aus dem Fenster, wo ein Streifen blauer Himmel zu sehen war. Seit dem Abi hing Erik zu Hause herum und wusste nichts Besseres mit sich und seiner Zeit anzufangen, als ihr auf die Nerven zu fallen. Keinen Schlag tat er im Haushalt, schleppte andauernd irgendein vollbusiges Mädchen an, das kaum länger als eine Nacht blieb. Doch nie hatte er ihr wie eben versprochen, sein Leben in Ordnung zu bringen. Vielleicht – Karla wagte es kaum zu hoffen – hatte es Klick bei ihm gemacht. Egal, ob er eine Ausbildung beginnen oder studieren würde – Hauptsache, das Vegetieren im Gammelmodus fand ein Ende.

4.

Sarah konnte deutlich sehen, wie sehr Karlas Hände zitterten, als sie am späten Vormittag zur Villa aufbrachen. Drei
verschiedene Kleider hatte sie anprobiert – in jedem sah sie
hinreißend aus –, um sich am Ende wieder in die alten Levi's
zu zwängen und das weiße T-Shirt vom Morgen überzustrei-
fen. Als wollte sie an ihrem fünfzigsten Geburtstag absichtlich langweilig erscheinen.

»Guck nicht so, ich mag's eben praktisch«, hatte Karla zu
Sarah gesagt und war in ihre Penny Loafer geschlüpft, die
auch schon bessere Tage hinter sich hatten.

Sarah hatte sich einen Kommentar verkniffen. Sie fand
Karlas Outfit weder weiblich noch festlich, und um ihr zu
beweisen, dass es auch anders ging, hatte sie sich so richtig aufgerüscht. Das neue wild gemusterte Kleid in Wasser-
farben saß knalleng am Körper, dazu trug sie dunkelblaue
Peeptoes. Karla warf ihr einen skeptischen Blick zu – schließlich wollten sie zu Fuß gehen –, aber Sarah hatte auf diesen
Schuhen schon ganze Nächte durchgetanzt, Sex im Stehen
darin gehabt und Spaziergänge auf den holprigen Sandwegen
in der Uckermark bewältigt. Die zwanzig Minuten bis zur
Villa würde sie locker schaffen. Es war ihr ohnehin schlei-
erhaft, warum Karla, die aparte Schönheit, die früher so vielen Männern den Kopf verdreht hatte, nicht mehr aus sich

machte. Als setzte sie seit Fritz' Tod alles daran, die Kerle auf Abstand zu halten. Tagein, tagaus trug sie Jeans und T-Shirt, Jeans und Pulli, Jeans und Bluse. Keine Schminke. Die Haare fielen, wie sie eben fielen. Guckt mich bloß nicht an! Mein Name ist Madame Unsichtbar.

Die Sonne stand im Zenit, als sie in die glutheiße Stadt eintauchten. Sarah, das Handy wie einen Revolver griffbereit, stöckelte beherzt voraus. Der Weg führte sie durch die Fußgängerzone, nach etwa zweihundert Metern bog sie links in eine Gasse und lotste die Truppe über die Avenue Bachaga Saïd Boualam, die in das Quartier Petit Juas mündete. Um ihre Freundin abzulenken, die wegen der Hausbegehung zunehmend nervöser wurde, schwärmte sie von den schönen Geschäften, von den schönen Menschen und dem schönen Wetter. Mehr schöne Dinge fielen ihr nicht ein, aber es war auch egal, weil der Verkehr ihre Worte ohnehin verschluckte und Karla wohl auch keine Lust hatte, etwas zu erwidern.

Erik, der im Abstand von ein paar Metern hinter ihnen herschlurfte, starrte unentwegt auf sein Handy. Wie alle jungen Leute heutzutage. War ja nichts weiter dabei. Doch plötzlich fuhr Karla herum und fauchte ihn an, er solle das gefälligst lassen, und falls ihm sein Handy wichtiger als alles andere sei, könne er auch gern den nächsten Flieger nach Berlin nehmen.

»Hallo, geht's noch?«, erwiderte Erik, steckte aber sein Smartphone weg.

»Du läufst noch vors Auto!«, rief Karla. »Wie dein Vater!«

Erik blieb abrupt stehen. Puterrot im Gesicht schnaubte er irgendetwas, das weder Karla noch Sarah verstand, dann schloss er zu ihnen auf und sagte mit einer Stimme, die wie klirrende Eiswürfel klang: »Papa ist tot, ich weiß. Und er hat auf sein Handy geguckt, als es passiert ist, das weiß ich auch. Aber deswegen können wir doch nicht aufhören zu leben. Ich pass schon auf, Mama. Oder glaubst du wirklich, ich bin so idiotisch und mach denselben Fehler?«

Karla packte ihren Sohn am Arm. »Papa war nicht idiotisch.«

»Du weißt genau, dass ich das so nicht gemeint habe. Es war ein Unfall! Einfach ein ganz beschissener Unfall!«

Eine Entschuldigung murmelnd schnippte sie nach einem Taxi. Sarah war es nur recht, da ihre von der Wärme geschwollenen Füße in den Peeptoes nun doch drückten.

Wenige Minuten später erreichten sie die Adresse, die Karla dem Taxifahrer genannt hatte. Das Einfahrtstor war abgesperrt, aber zwischen hochgewachsenen Palmen, deren fedrige Blätter sich wie zu einer Walzermelodie im Wind wiegten, gelang es Sarah, einen Blick auf die mattgelbe Fassade mit den grünen Fensterläden zu erhaschen.

Sie pfiff kaum vernehmlich durch die Zähne. Das Leben hatte ihrer Freundin übel mitgespielt, aber bei allem Kummer war dieses Anwesen inmitten von Palmen ein echter Glücksfall. Verrückt, dass sie es so viele Jahre sich selbst überlassen hatte.

Karla zahlte, stieg aus und ging langsam auf das Tor zu. Keine Regung in ihrem Gesicht. An diesem paradiesischen Ort, an dem jeder andere losgejubelt hätte, wirkte sie starr und voller Abwehr.

»Wie cool ist das denn!«, rief Erik aus. In wenigen Sätzen war er am Tor und drückte den eingerosteten Klingelknopf.

Nichts geschah. Er läutete ein zweites Mal, kurz darauf hörte man jenseits des Tors knirschende Schritte im Kies und jemand brummte: »Einen Moment! Ich komme gleich. Muss nur schnell den Schlüssel holen.«

Lucien. Sarah erinnerte sich genau an diese heisere Stimme, die nach Seemann und Pfeiferauchen klang und so gar nicht zu seiner überschlanken Erscheinung und dem schütteren Haar passte.

Ein paar Minuten verstrichen. Quälend langes Warten. Erik schien es vor Ungeduld kaum auszuhalten und hangelte sich an der maroden Mauer ein Stück nach oben. Karla sah aus, als wollte sie am liebsten auf dem Absatz kehrtmachen. Sie war so blass, die Haut durchscheinend wie bei einer Untoten.

»Du schaffst das, Karla«, flüsterte ihr Sarah ins Ohr, dann öffnete sich das Tor knarrend, und als sich die Villa vor ihnen in ihrer ganzen heruntergekommenen Pracht präsentierte, stapfte Karla ein paar Schritte über den knirschenden Kies und fiel Lucien weinend in die Arme.

* * *

Damit hatte er nicht gerechnet: dass Karla ihn, kaum dass sie einen Fuß auf das Grundstück setzte, vollkommen aus der Bahn werfen würde. Er strich ihr über den Rücken, der von Schluchzern geschüttelt wurde, nahm ihren Lavendelduft wahr und spürte, wie sich ihr Körper an seinen schmiegte. Das war zu viel. All die Jahre hatte er sich erfolgreich eingeredet, dass sie nur eine gute Freundin für ihn war, doch jetzt kam es ihm mit einem Schlag zu Bewusstsein: Er hatte sich was vorgemacht, die ganze Zeit über.

Dabei war Karla nicht mehr die mädchenhafte Person von vor fünf Jahren. Sie war molliger, ja, mütterlicher geworden, und ein feines Liniengeflecht durchzog ihr Gesicht wie Flüsse und Bäche den Erdball. Die aschblonden Haare trug sie kinnlang, und die runde John-Lennon-Sonnenbrille verlieh ihr einen intellektuellen Touch. Und dann ihre Augen, als sie die Brille abnahm. Sie waren immer noch grünblau changierend wie das Mittelmeer, von dichten schwarzen Wimpern umrahmt. Schon damals war er ihren Augen verfallen. Wie oft hatte er Karla angeschaut, und hätte er nicht irgendwann den Blick abgewandt, wäre er verloren gewesen. Allein wegen Fritz hatte er sich am Riemen gerissen. Ihre Freundschaft war ihm heilig gewesen, niemals hätte er sie für eine Liebesbeziehung mit Karla aufs Spiel gesetzt.

Er gratulierte ihr zum Geburtstag und reichte ihr ein Taschentuch, eine reine Verlegenheitsgeste, dann begrüßte er Sarah und Erik. Sarah kleidete sich immer noch wie ein heißer Feger; abgesehen von einer neuen Frisur hatte sie sich kaum verändert. Anders Erik. Er war in den letzten fünf Jahren vom Teenager zum Mann gereift und hatte sich einen modischen Vollbart stehen lassen.

»Kommt rein!«, sagte Lucien. »Das Haus wartet schon auf euch.«

Während Karla kaum ein Wort von sich gab, plapperte Sarah auf dem kurzen Weg zur Villa umso mehr. Gestikulierend erzählte sie von ihrer Anreise, dass sie ein richtig tolles Apartment gemietet hätten und lediglich die zu laut aufgedrehte Musik in der Sportbar im Erdgeschoss nerven würde.

Lucien hörte bloß mit halbem Ohr hin. Karla bereitete ihm Sorgen. Sie war so blass, hatte die Stirn in Falten gelegt, und ein Teil von ihm litt mit ihr. Es war wirklich kein leichter Gang für sie, all die Jahre, die sie keinen Fuß in das Stadtpalais gesetzt hatte. Alles musste sie an Fritz erinnern, jede Kachel, jedes Fitzelchen Tapete, jedes marode Fenster.

»Ich kann euch leider gar nichts zu trinken anbieten«, sagte er. »Ich bin auch erst heute Morgen angekommen. Aber wenn wir hier fertig sind, gehen wir noch in ein Lokal, d'accord?«

Er nutzte den Moment, als Karla ihm flüchtig zunickte, und hakte sich bei ihr unter. Nicht dass sie gleich umkippte, sie hatte wirklich kaum Farbe im Gesicht.

»Oder mögt ihr vielleicht einen Pastis?«, fuhr er fort. »Ich glaube, in der Küche steht noch eine Flasche, und das Zeug verdirbt ja nicht.«

»Nein, danke«, entgegnete Karla und entzog ihm den Arm.

»Geht doch einfach schon rein«, rief er Erik und Sarah nach, die bereits die Treppe hinaufstapften.

Der junge Mann ließ sich nicht lange bitten, stieß die Tür auf, und einen Pulsschlag darauf rief er: »Wie geil ist das denn?!«

»Wahnsinn!«, rief Sarah. »Einfach irre! Ich glaub, ich werd verrückt!«

Bloß Karla verharrte wie ein Kind am ersten Kita-Tag auf der Schwelle und wollte das Haus nicht betreten.

»Komm.« Lucien reichte ihr die Hand, und sie ergriff sie.

»Hat sich was verändert?« Ihre Stimme klang papierdünn.

»Henri hat regelmäßig nach dem Rechten gesehen und im Winter geheizt, aber sonst…« Er schüttelte den Kopf.

Stumm betraten sie die Diele. Es war kühl und roch nach Holz. Durch das Milchglasfenster über der Tür fiel spärliches Licht herein und malte diffuse Flecken an die Wände.

»Pass auf, wo du hintrittst, es fehlen ein paar Fliesen«, warnte er Karla, als diese zögerlich das erste Zimmer links von der Diele ansteuerte. Es war Luciens Lieblingszimmer.

Fischgrätparkett, Stuck an der Decke – beides würde er bei der Renovierung erhalten.

»Hm, ach so, ja«, murmelte Karla und huschte wie auf der Flucht gleich wieder hinaus.

Zwei Räume weiter trafen sie auf Sarah und Erik, die sich aus dem geöffneten Fenster lehnten und in den Palmengarten guckten.

»Ist das krass!« Erik drehte sich um und strahlte Karla an. »Mama, ist das nicht der Wahnsinn?«

Karla nickte, und Sarah fügte selig lächelnd hinzu, sie fühle sich wie beschwipst. Beschwipst von so viel Schönheit. »Einfach ein Traum«, bekräftigte sie und schmiegte sich lächelnd an ihre Freundin.

»Wenn du den Schuppen hier verkaufst, Mama … echt …, dann ist dir nicht mehr zu helfen.« Erik stieß einen Pfiff aus, dann zog er einen imaginären Revolver. »Idee! Ich hab's!«

»Was?«, fragte Sarah.

»Man könnte ein richtig cooles Bed & Breakfast draus machen. Ich würde auch beim Renovieren helfen und …«

»Erik!«, fiel Karla ihrem Sohn so harsch ins Wort, dass er verstummte.

Er warf erst Sarah, dann Lucien einen Hilfe suchenden Blick zu, doch beide wussten, dass es kein guter Zeitpunkt war, um irgendetwas zu forcieren. Karla brauchte Zeit, um anzukommen und sich an das Haus zu gewöhnen. Vielleicht würde sie schon morgen ganz anders über alles denken.

»Okidoki«, brummte Erik und schlurfte zur Tür. »Kommt ihr?«

»Geht ruhig schon weiter«, sagte Karla. »Ich warte hier auf euch.«

»Alles okay?«, erkundigte sich Lucien.

Karla strich sich eine Strähne aus dem fahlen Gesicht, ihr Blick irrte umher, dann nickte sie knapp. »Ich brauche nur einen Moment für mich.«

Während Sarah zu ihrer Freundin trat, folgte Lucien Erik hinaus. Er zeigte ihm die verbleibenden Zimmer im Parterre, danach streiften sie durch das Obergeschoss und kraxelten am Ende die wackelige Treppe zum Dachboden hinauf. Hier oben stand die Luft, und es war so heiß, dass es Lucien den Atem raubte.

Er wollte sich einen Eindruck vom Zustand des Daches verschaffen – vor ein paar Wochen hatte ein Sturm an der Côte d'Azur gewütet –, und leider bestätigte sich, was er vermutet hatte: Der Schaden auf der Westseite war beträchtlich, Henri hatte bei ihrem Telefonat nicht übertrieben. Dachpfannen hatten sich gelöst, Wasser war eingedrungen, und der Ast einer Zypresse ragte durch ein dreißig Zentimeter breites Loch.

»Du musst mit Mama reden!« Erik tauchte neben ihm auf. »Sie darf diese Hammer-Villa nicht verkaufen. Das wäre doch bescheuert!«

Lucien öffnete eine Dachluke, und Staub wirbelte auf.

»Nein, Erik«, erwiderte er und gab dem quälenden Hustenreiz nach. »Das soll sie selbst entscheiden. Es ist ihre Sache, hörst du?«

»Aber es wäre bescheuert, oder?«

»Ja, natürlich.« Er grinste ihn konspirativ an. »Richtig bescheuert.«

»Dann sind wir ja einer Meinung.«

Sie gaben sich ein High Five, und Erik fuhr fort: »Ich hab das übrigens ernst gemeint. Handwerklich bin ich fit. Ich könnte mit anpacken.«

Es war durch und durch ehrenwert, wie er sich ins Zeug legte – er erinnerte Lucien nicht nur äußerlich, sondern auch in der begeisterungsfähigen Art an Fritz –, aber mit ein bisschen Streichen und Fliesenverlegen war es nicht getan. Da mussten Profis ran.

»Das sehen wir dann, in Ordnung?« Lucien legte eine Hand auf Eriks Schulter. »Aber tu mir bitte einen Gefallen, und lass deine Mutter heute damit in Ruhe. Es ist ihr Geburtstag.«

»Ist mir nicht entgangen«, brummte Erik.

Und als Lucien ihn fragend anschaute, fügte er an, seine Mutter sei an Feiertagen und Geburtstagen schrecklich sentimental. Und hier in Cannes, da müsse man kein Psychologe sein, würde es ihr bestimmt richtig dreckig gehen.

Erik sollte recht behalten. Als sie kurz darauf die Treppe ins Erdgeschoss hinabstiegen, war Karla nirgends zu sehen. Sarah saß auf einem wackeligen Stuhl in der Diele, hatte die Beine umeinandergeschlungen, und blickte ihnen mit gerunzelter Stirn entgegen.

»Wo steckt Karla?«, fragte Lucien.

»Im Bistro schräg gegenüber. Sie hat Kopfschmerzen.«

Erik verzog das Gesicht. »Migräne?«

Sarah stand auf und strich ihr Kleid glatt. »Keine Ahnung. Sie wollte prophylaktisch eine Tablette einwerfen. Und einen Espresso trinken. Soll ja gegen Kopfschmerzen helfen.«

Arme Karla. Lucien konnte sich in etwa ausmalen, wie es in ihr aussah. Hier, in dieser Stadt, in der ihr Mann tödlich verunglückt war. Das würde an niemandem spurlos vorübergehen. Den Kopf voller düsterer Gedanken schloss er das Palais ab, dann trotteten sie rüber ins Bistro.

»Hallo, da seid ihr ja!« Karla wirkte wie verwandelt. Vielleicht zeigte das Medikament schon Wirkung.

Sie ließ kein Wort über das Haus verlauten, erwähnte aber auch nicht ihre vermeintliche Migräne. Sie trank den Kaffee in winzigen Schlucken und schlug vor, gleich hier einen Mittagsimbiss einzunehmen, bis zum Abendessen sei es ja noch ein Weilchen hin.

»Sehr gerne«, sagte Lucien. Er hatte schon öfter in dem Bistro gegessen und nichts zu beanstanden gehabt. »Darf ich euch einladen?«

»Darfst du nicht«, entgegnete Karla. »Ihr seid heute meine Gäste.«

Sie winkte dem Kellner und bestellte eine Käseplatte sowie gebeizten Lachs und gratinierte Muscheln für alle.

Sie stießen mit Champagner an, und während sich Sarah und Erik über das Haus austauschten, als wären sie bereits eingezogen, ging Karla immer wieder ans Handy, um redselig Gratulationen entgegenzunehmen. Doch bei aller Heiterkeit entging es Lucien nicht, dass hinter dieser Fassade eine tiefe Trauer schlummerte.

* * *

Was für eine bizarre Veranstaltung, Erik konnte es kaum fassen! Sarah wie auf Speed, seine Mutter ein dauergrinsender Zombie, er von der Wahnsinnsvilla ebenso geflasht wie vom Liebeskummer gebeutelt. Der einzig Normale in der Runde war Lucien. Netter Kerl. Früher war er ein Womanizer gewesen, Typ Marlon Brando in Anzug und mit Hut. Anzüge und Hüte trug er immer noch, inzwischen hatte er schütteres graues Haar, staksig dünne Beine und einen Bauchansatz. Aber so sahen die Leute nun mal aus, sobald sie die fünfzig überschritten hatten. Erik machte es unendlich traurig, dass er seinen Vater nicht mehr in späteren Jahren hatte erleben dürfen. Mit Schmerbauch, Glatze und allem, was zum Älterwerden dazugehörte. Die Unterhaltung plätscherte dahin, und er fragte sich, wie sie das eigentliche Geburtstagsessen, das ja in derselben Konstellation geplant war, über die Bühne bringen sollten. Stundenlanger Small Talk war anstrengend, vor allem, wenn man das einzig spannende Thema nicht ansprechen durfte: die coole Villa und wie es damit weitergehen würde. Seine Mutter war eine Idiotin, sollte sie ihre Androhung wahr machen und ihren Anteil verkaufen. Selbst Erik hatte begriffen, dass sich eine Immobilie heutzutage besser machte als Schotter auf dem Konto.

So atmete er erleichtert auf, als ihn seine Mutter zum Kuchenholen in die Patisserie zwei Häuser weiter schickte. Sie hatte Lucien, der in einem schicken Hotel residierte, eingeladen, den Nachmittag mit ihnen im Apartment zu verbringen. Dazu gehörten, ganz traditionell, Kaffee und Kuchen. Während Erik den Geldschein in die Gesäßtasche seiner Jeans stopfte, erkundigte er sich, worauf die Herrschaften denn Appetit hätten.

»Egal, Erik.« Seine Mutter nickte ihm zu. »Entscheide du.«

Das klang gut. Allein der Gedanke an Macarons, Zitronentarte und cremige Törtchen löste Speichelfluss bei ihm aus. Eilig huschte er hinaus und lief rüber zur Bäckerei.

Wie in dem Tante-Emma-Laden bei seiner Oma in Baden-Württemberg bimmelte eine Ladenglocke, als er eintrat. Himmlisch, der Geruch von frischen Kuchen und Torten. Konditor wäre auch kein übler Beruf. Den ganzen Tag mit süßen Backwaren zu tun haben. Immer naschen können, wenn einen die Lust auf eine Leckerei überkam.

Ein Grüppchen schnatternder Weiber stand vor ihm und

versperrte ihm die Sicht auf die Vitrine. Ungeduldig stellte er sich auf die Zehenspitzen, doch auch das änderte nichts daran, dass es nur in Zeitlupe voranging. Die Verkäuferin, eine Matrone mit gigantischem Busen, der aus der weißen Schürze quoll, hielt mit jeder Kundin ein Schwätzchen. Ziemlicher Slang, wovon er nicht mal einen Bruchteil verstand. Endlich trat die Mutti vor ihm einen Schritt zur Seite, um zu bezahlen, und er spähte an ihr vorbei in die Kuchenvitrine. Wie einem Kind im Bonbonladen gingen ihm die Augen über. Es gab Aprikosen- und Apfeltartes, bunte Cremetörtchen mit Obst und ohne. Daneben lag ein Blech mit verführerisch duftenden Pains au chocolat. Die liebte er ganz besonders, vorzugsweise zum Frühstück mit einer riesigen Schale Milchkaffee.

»Monsieur, s'il vous plaît?«, drang eine tiefe Stimme an sein Ohr, und er sah auf.

Halluzinierte er? Er hätte schwören können, dass eben nur die Matrone verkauft hatte, jetzt schaute er in die haselnuss-braunen Augen einer jungen Frau, die ihre langen dunkel-blonden Haare zu einem losen Dutt auf dem Kopf zusam-mengebunden hatte. Es war die ungewöhnlichste Stimme, die er je gehört hatte. Und ein Hingucker war das Mädel auch noch. Erik kramte in seinem Hirn, glich die Verkäuferin mit den Frauen ab, die ihm bisher über den Weg gelaufen waren. Ihm fielen jede Menge ein. Hannah natürlich und ein paar Mädchen von der Schule, doch keine konnte dieser hier das Wasser reichen. Sie sah außergewöhnlich aus, dabei war sie nicht mal sein Typ. Kein Busen, kein Hintern, kein nichts – und doch wäre er am liebsten über den Tresen geklettert, um sie auf der Stelle wie ein Petit Four zu vernaschen.

»Monsieur? Hé!?«

»Äh, oui«, stotterte er und lief rot an. Extrem rot! Was mit das Peinlichste war, das einem jenseits der dreizehn passieren konnte. Zum Glück hatte er den Bart nicht abrasiert, da fiel die Feuermelderfarbe nicht ganz so auf.

»Was möchten Sie?«, fragte sie auf Französisch.

Wow, dieser Singsang und dazu diese tiefe Stimmlage, auf die er so abfuhr!

Er zwang sich, in die Vitrine zu starren und sich auf die Kuchen zu konzentrieren. Was sollte er noch gleich holen? Ach ja, er hatte freie Wahl, nur leider war ihm im Zuge des Hormonflashs sein stümperhaftes Französisch komplett abhandengekommen, und nach dem Zufallsprinzip deutete er wahllos auf diverse Teilchen.

»Wie viele Stücke werden es insgesamt?«, fuhr sie lächelnd fort, und weil er augenscheinlich den Eindruck erweckte, dass er die französische Sprache nicht beherrschte, wiederholte sie die Frage auf Englisch.

»Je ne sais pas«, antwortete er.

Sie lachte auf. Blendend weiße Zähne hatte sie auch noch. Der linke Eckzahn stand hervor, und diesen winzigen Makel fand er besonders sexy. »Ah, vous parlez français?«

»Non, seulement un petit peu.«

Herrje, was war er bloß für ein Idiot! Natürlich sprach er mehr als ein bisschen Französisch. Zumindest so viel, um in einer Bäckerei in Frankreich zurechtzukommen. Abgesehen davon war seine Antwort auf ihre Frage, wie viele Gebäckstücke er wolle, die dümmste aller nur möglichen Antworten. Ich weiß es nicht. Was für einen Eindruck musste sie von ihm haben? Dass er ein Volltrottel war? Bekifft? Nicht von dieser Welt?

»Sie wissen nicht, wie viele Kuchen Sie möchten?« Sie lächelte immer noch, halb spöttisch, halb mitleidig.

»Dix-huit«, stieß er hervor, was achtzehn hieß, ihm in diesem Moment jedoch nicht bewusst war. Er war der felsenfesten Ansicht, huit, also acht, gesagt zu haben. Der Groschen fiel erst, nachdem sie Teilchen für Teilchen aufgeladen hatte, von jeder Sorte gleich drei und die Beträge in die Kasse eintippte. Verdammt, sein Geld reichte nicht aus.

»Pardon«, sagte er und hielt achselzuckend den Schein seiner Mutter hoch. Er hatte nur noch ein paar Cent in der Hosentasche, die würden ihm auch nicht weiterhelfen.

»Pas de problème. Dann bezahlen Sie den Rest beim nächsten Mal.«

Beim nächsten Mal, ratterte es durch seinen Kopf. Ihre Worte klangen in seinen Ohren so verheißungsvoll, als hätte sie ihn in ihr Bett eingeladen. Dumm nur, dass es ein nächstes Mal vorerst nicht geben würde. Morgen reisten sie wieder ab. Doch da sie ihn weiterhin aufmunternd anlächelte, griff er nach dem monströsen Kuchenpaket und taumelte aus dem Laden. Wie betrunken überquerte er die Straße, und erst als seine Mutter ihn fragte, wieso um Himmels willen er Kuchen für eine ganze Kompanie eingekauft hatte, wurde ihm klar, dass etwas mit ihm passiert war. Hannah war gestern. Vor ihm breitete sich eine rosige Zukunft mit der schönen Verkäuferin aus der Patisserie aus. Er hatte sich vom Fleck weg in sie verliebt. Wenn so etwas überhaupt möglich war. Das Blut rauschte ihm in den Ohren, das Herz schlug ihm bis zum Hals, und seine Hände schwitzten. Und dann dachte er, wie abgefahren das Leben doch war. Es kam immer dann mit den irrsten Überraschungen um die Ecke, wenn man gar nicht damit rechnete.

5.

Das war also ihre Geburtstagsfeier. Dieses Fest, vor dem sie sich so geängstigt hatte. Zu ihrer Überraschung wühlte es sie weniger auf als befürchtet. Im Gegenteil, sie fühlte sich wie beschwipst, weil sie sich nach so vielen Jahren überwunden und wieder die Villa betreten hatte. Ein Schmuckstück, das musste selbst sie zugeben.

Den Nachmittag verbrachten sie in launiger Runde auf dem Balkon des Apartments. Kaffee und Kuchen, alles ganz entspannt. Reihum brachen sie immer wieder in Gelächter aus, weil Erik sage und schreibe achtzehn Teilchen besorgt hatte. Das machte viereinhalb Kuchenstücke für jeden. Karla musste schon nach dem cremigen Himbeercremetörtchen und einem Happen von der Zitronentarte passen.

Lucien war so feinfühlig und respektierte ihren unausgesprochenen Wunsch, heute, an ihrem Ehrentag, nicht über das Haus zu reden. Dafür blieb immer noch Zeit. Zum Beispiel morgen Vormittag bei einem Kaffee oder im Laufe der Woche am Telefon. Das Eis zwischen ihnen war nach der langen Pause gebrochen, und das fühlte sich richtig gut an. Noch vor ein paar Tagen hätte Karla sich überwinden müssen, Lucien anzurufen, jetzt freute sie sich, dass sie beisammensaßen, ihren Geburtstag feierten und ab und zu über Fritz sprachen.

Am frühen Abend brachen sie zu einem Spaziergang über die Croisette auf. Einen Blick aufs Meer erhaschen, das Farbenspiel auf der Wasseroberfläche beobachten, den Wind, der vom Wasser her wehte, an den nackten Beinen spüren. Erik verabschiedete sich für ein Stündchen, aber auf ihre neugierige Nachfrage, was er denn so ganz allein vorhabe, bekam sie keine Antwort.

»Tschüss, Mama!«

Weg war er.

»Mach dir nichts draus.« Sarah hakte sich bei ihr unter. »Er geht jetzt seiner eigenen Wege.«

»Na, hoffentlich«, gab Karla zurück.

Lucien nahm sie beim anderen Arm, so ließen sie sich im Strom der Touristen über die Promenade treiben. Überall in den Cafés saßen Menschen bei einem Kaffee oder Glas Wein. Bald wurde es Karla selbst in der milden Abendsonne zu warm, und sie wechselten auf die andere Straßenseite, um ihren Weg unter den Markisen der Luxusboutiquen fortzusetzen.

Als Sarah in einem der Geschäfte verschwand, sagte Lucien – und Schalk blitzte in seinen Augen auf: »Karla?«

»Ja?«

»Ich hab was für dich. Möchtest du es jetzt haben?«

»Auf gar keinen Fall, wieso auch?«, erwiderte sie mit todernster Miene.

Natürlich wollte sie sein Geschenk haben, sie konnte es kaum erwarten! Lucien schenkte gerne, und seine Ideen waren immer sehr besonders. Zu Fritz' vierzigstem Geburtstag hatte er eine Heißluftballonfahrt mit anschließendem Picknick im Grünen organisiert. Ein anderes Mal, Karla erinnerte sich genau, hatte er seinem Freund fünfzehn nutzlose

68

Badeentchen in einem leeren Schuhkarton überreicht. Weil Fritz so gerne in der Wanne lag. Und ein paar Jahre später war Karla zu Weihnachten ein Autogramm von ihrer Lieblingssängerin Cecilia Bartoli per Post ins Haus geflattert.

Gespannt beobachtete sie, wie Lucien in der Hosentasche grub, dann in der Jackentasche. Bitte nicht noch ein Gutschein für einen Tänzer, Callboy oder Gigolo!, schoss es ihr durch den Kopf, da wanderte seine Hand in die Innentasche seines Leinensakkos, und in Zeitlupe zog er ein winziges quadratisches Päckchen hervor. In Kárlas Magen grummelte es, und ihr wurde flau. Sehr kleine Geschenke waren ihr suspekt. Meistens besaßen sie einen materiellen Wert, und so etwas wollte sie nicht von Lucien.

»Zieh nicht so ein Gesicht. Wenn es dir nicht gefällt, hebst du es eben für deine Enkel auf.«

Karla sah Sarah in der Boutique mit einem Kleidungsstück wedeln, gleichzeitig löste sie die grün-violette Schleife, die locker um das Päckchen gewickelt war, als wäre ein Kind am Werk gewesen. Eine Gruppe Amerikanerinnen lief gackernd vorüber, aus einem der Restaurants wehte Karla der Geruch von Frittierfett an, dann riss sie ungeduldig das Papier ab und lüpfte den Deckel der Samtschatulle.

Es war ein Ring. Eine Flut wirrer Gedanken rauschte heran, während sie auf das Schmuckstück starrte.

»Gefällt er dir?«, drang Luciens rauchige Stimme wie aus weiter Ferne an ihr Ohr. »Du kannst ruhig ehrlich sein.«

»Ja, er ist toll. Die Farben … wunderschön.«

Grüne und lilafarbene Steine, wie war Lucien darauf gekommen, wo sie fast nur Grau, Schwarz und manchmal ein dunkelblaues Shirt trug? Der Ring war nicht vom Flohmarkt, mit Sicherheit hatte er ihn bei einem teuren Juwelier gekauft. Behutsam nahm sie ihn aus der Verschalung und hielt ihn gegen das Licht.

»Was sind das für Steine?«

»Amethyste.«

»Silber?«

»Weißgold.«

Karla musste wohl ziemlich entsetzt dreinschauen, denn Lucien fragte mit zerknirschtem Gesichtsausdruck: »Wäre dir Gelbgold lieber gewesen?«

Sie erwiderte nichts, sie konnte nichts erwidern. Das Geschenk war ihr zu viel. Freunden schenkte man keine weißgoldenen Ringe.

»Probier ihn doch mal an.« Lucien lächelte ihr aufmunternd zu. »Ich dachte, er würde dir vielleicht am Mittelfinger passen.«

Niemals! Er hatte nicht wissen können, dass ihre Gelenke in den letzten Jahren kräftiger und ihre Füße größer geworden waren. Sie schob es auf die hormonelle Umstellung, nicht auf die Kilos, die sie Jahr für Jahr draufbekommen hatte.

Ihr Augenmaß hatte sie nicht getäuscht. Der Ring saß am Ringfinger zu locker, am Mittelfinger war er zu klein.

»Tja, schade«, sagte sie und dachte sich im Stillen: Was für ein Glück, dann muss ich das Geschenk nicht annehmen.

Lucien ruckelte am Ring, aber er wollte sich beim besten Willen nicht auf den Mittelfinger schieben lassen.

»Kannst du ihn zurückgeben?«, fragte Karla.

Lucien nahm den Sommerhut ab, dann verneinte er. Keine Frage, er war enttäuscht.

»Ich könnte ihn weiten lassen«, schlug er vor. »Oder enger machen lassen. Je nachdem, an welchem Finger du ihn lieber tragen möchtest.«

Karla legte den Ring in die Schatulle zurück und ließ sie zuschnappen. »Sei mir nicht böse, aber ich kann ihn nicht annehmen.«

»Warum denn nicht? Karla, du musst! Oder gefällt er dir nicht? Wenn ich deinen Geschmack nicht getroffen habe, sag es einfach, und du bekommst einen anderen Ring, den wir gemeinsam aussuchen.«

Aber wir sind kein Liebespaar!, dachte sie und schüttelte sacht den Kopf. »Lucien... Er ist wirklich unglaublich schön, ich finde nur...« Sie presste die Zähne ungewollt zusammen, dann fuhr sie fort: »Ich finde, so ein Ring ist einfach zu viel.«

Luciens Augenbrauen tanzten auf und ab. »Du bist jetzt ein halbes Jahrhundert alt, warum findest du so einen Ring nicht angemessen?« Er begriff es nicht. Vielleicht wollte er es auch nicht begreifen.

Da sie durch die Scheibe sah, dass Sarah ihre Geldbörse wegsteckte und ihre Einkaufstüte entgegennahm, beeilte sie sich zu sagen: »Aber zwischen uns bleibt doch alles beim Alten, oder?«

Für einen Sekundenbruchteil zuckte es um Luciens Mundwinkel, dann entspannten sich seine Gesichtszüge, und er erklärte lächelnd, dass ihm zwar nicht ganz klar sei, worauf sie anspiele, aber natürlich würde alles zwischen ihnen wie bisher bleiben. Im besten Sinne freundschaftlich.

Die Ladentür flog auf, und Sarah kam herbeigestöckelt. »Kinder, ihr glaubt nicht, was für einen Traum von einem Kleid ich gefunden habe. Ich habe euch zugewunken, ihr solltet mal gucken kommen, aber ihr wart so in euer Gespräch vertieft.« Ihr Blick fiel auf das Schmuckkästchen in Karlas Hand. »Nein, was ist das denn? Zeig mal her!«

Karla reichte ihr die Schatulle, und Sarah lugte hinein.

»O mein Gott, der ist ja wunderschön! Lucien, hast du den ausgesucht?«

Ja, wer denn sonst?, lag es Karla auf der Zunge. Ich war es ja wohl kaum selbst.

Lucien rückte seinen Hut zurecht, murmelte etwas wie »Ja, sicher«, worauf Sarah erst recht aus dem Häuschen geriet. Sie lobte Luciens ausgezeichneten Geschmack und flötete und säuselte, als hätte sie selbst den Ring geschenkt bekommen. Karla wusste, wie sehr sie sich nach kleinen Aufmerksamkeiten von ihrem Mann sehnte. Ein Blumenstrauß, eine überraschende Einladung zum Pizzaessen oder auch nur ein flüchtig hingekritzeltes Herz auf einem Schmierzettel. Doch nichts dergleichen passierte. Götz benahm sich wie ein gefühlloser Betonklotz. Er lebte sein Leben mit den Kollegen in der Anwaltskanzlei, seinen Handballfreunden und gelegentlichen Sauftouren durch Berlins Kneipen.

Auf dem Weg zum Restaurant erkundigte sich Lucien, was Karla darüber hinaus Schönes geschenkt bekommen habe. Dabei blickte er Sarah an, die nervös auflachte. »Schlechtes Thema.«

»Warum?«

Ihre kryptische Antwort schien ihn erst recht neugierig zu machen, denn sein Blick hüpfte wie beim Pingpong zwischen ihnen hin und her.

»Darf ich es erzählen, Karla?«

»Na klar. Ist doch kein Geheimnis.«

»Also gut.« Sarah fuhr sich durch die strubbeligen Haare. »Ich habe ihr einen Tänzer geschenkt. Also, nicht zum Dauergebrauch.« Sie lachte leise. »Bloß für einen Abend.«

Weil Lucien nicht verstand, was sie damit meinte, hob

Sarah zu einem Vortrag über die sogenannten Eintänzer der Goldenen Zwanzigerjahre des letzten Jahrhunderts an. Aber auch Karla, für die das Neuland war, spitzte die Ohren. Bisher hatte sie nicht mal gewusst, dass sich Sarah für Geschichtliches interessierte. Nun erzählte sie, dass Offiziere, die nach dem Ersten Weltkrieg nicht gleich eine Arbeit gefunden hatten, sich als professionelle Eintänzer etwas Geld dazuverdienten. Ihre Aufgabe war es, alleinstehende Damen, Kriegswitwen, Hausfrauen und Tippmamsellen zum Fünfuhrtee in die Berliner Hotels zu begleiten. Ein Service, der mit äußerster Diskretion verbunden war. Sarah wusste zu berichten, dass die Herren um 1927 fünf Mark für einen Tanztee und fünfundzwanzig Mark für einen ganzen Ball berechneten, zuzüglich der Getränke. Einige Eintänzer waren sogar fest angestellt und sozialversichert.

»Und Sex?«, fragte Lucien, der offenbar ebenso wie Karla im ersten Moment annahm, ein Eintänzer sei so etwas wie ein Callboy. »Gab's den gratis dazu?«

»Nein, das war verpönt«, antwortete Sarah und lächelte, wie es Karla schien, eine Spur unterkühlt.

Bevor die Situation unangenehm werden konnte, kam ihre Freundin auf Billy Wilder zu sprechen. In Krakau unter dem Namen Samuel Wilder geboren und in Wien aufgewachsen, hatte er sich als Reporter durch das Berlin der Zwanzigerjahre geschlagen und sich zwei Monate als Eintänzer im *Hotel Eden* verdingt.

»Tatsächlich?«, rief Lucien aus. »*Der* Billy Wilder?«

»Genau, der Billy Wilder!«

»Interessant! Das wusste ich nicht.«

Sarah fuhr fort, dass er schon bald darauf als Co-Autor an Drehbüchern der Ufa mitgearbeitet hatte, bevor er 1933 in die USA emigriert und dort als Billy Wilder bekannt geworden war.

Karla staunte über Sarahs Wissen, und je länger ihre Freundin dozierte, desto mehr schämte sie sich. Sie hätte ihr irgendein langweiliges Nullachtfünfzehn-Geschenk machen können. Stattdessen hatte sie sich etwas wirklich Originelles ausgedacht und sogar gründlich zu dem Thema recherchiert.

Lucien nickte ebenfalls anerkennend und erkundigte sich, was für Männer das seien, die heutzutage dieser Profession nachgingen. Das interessierte Karla nun auch brennend.

Sarah zuckte mit den Schultern. »Ehrlich? Ich weiß es nicht. Ich bin nur zufällig über diese Agentur gestolpert.« Sie schenkte Karla ein knappes Lächeln. »Aber die Männer, die dort ihre Dienste anbieten, sehen alle recht appetitlich aus.«

Karla lächelte zurück. Sosehr sie sich auch unterschieden, Sarah war ihr über all die Jahre immer eine gute Freundin gewesen, und dafür war Karla ihr unendlich dankbar.

Sie gelangten zu dem Restaurant, in dem der Tisch für den Abend reserviert war.

»Also, wenn du willst«, sagte Lucien beim Betreten des Lokals und strich ihr flüchtig über die Schulter. »Ich könnte auch mal mit dir tanzen gehen.«

»Wir werden sehen.« Sie war froh, dass sie Erik entdeckte, der im hinteren Restaurantbereich an einem Vierertisch saß und an einem Pastis nippte. Dafür, dass ihr Sohn bis vor Kurzem keinen Tropfen angerührt und Alkohol – O-Ton – scheiße gefunden hatte, ließ er es in letzter Zeit reichlich krachen.

Karla wünschte sich nur eins: dass es ein harmonischer Abend werden würde. Doch irgendwie war von Anfang an der Wurm drin. Erik wirkte aufgekratzt, und Karla fragte sich, ob nur die paar Schlucke Pastis daran schuld waren. Sarah schaltete nach einem Glas Champagner nahtlos von dem ersten in den fünften Gang und redete ohne Punkt und Komma auf Lucien ein. Lucien wiederum guckte immer genau dann in Karlas Richtung, wenn sie zufällig zu ihm rübersah: Als die Schnecken serviert wurden, an denen Erik herummäkelte und die er unangetastet auf dem Teller liegen ließ. Beim Rinderfilet, das allen zum Glück ausgezeichnet schmeckte. Und beim Nachtisch, einer sahnigen Crème Brûlée.

Nach dem übertriebenen Geschenk beunruhigten Karla seine Blicke umso mehr. Schaute er sie so an, weil er plötzlich mehr als nur Fritz' Frau in ihr sah? Oder wollte er sie wegen der Villa weich kochen? Beides war denkbar, und sie brauchte Klarheit.

»Kommst du mit raus, eine rauchen?«, fragte sie ihn nach dem Kaffee. Es war schon spät und eigentlich Zeit, um langsam aufzubrechen, aber Sarah hatte in Feierlaune einen halben Liter Wein nachbestellt.

»Äh, ja?«, antwortete er, und sowohl Sarah als auch Erik musterten sie irritiert.

Kein Wunder. Sie hatte nie geraucht und sah auch keinen Sinn darin, mit fünfzig damit anzufangen.

»Seit wann rauchst du?«, fragte Lucien prompt, als sie sich, etwas abseits vom Lokal auf eine noch sonnenwarme Mauer setzten.

»Gummibärchen?«, entgegnete sie und bot ihm ein staubiges Bärchen an, weil dies das Einzige war, was sie in ihrer Handtasche fand.

Er lehnte lachend ab.

»Du willst über die Villa reden, richtig?«

»Auch. Aber erst mal möchte ich etwas klarstellen.«

»So förmlich?«

»Lucien«, fuhr sie fort. »Wir sind gute Freunde…«

»Sehe ich auch so.« Sein Lächeln erstarb. »Da bin ich ganz deiner Meinung.« Der heitere Unterton war wie weggeblasen. »Das mit dem Ring… das tut mir leid. Ich glaube, du hast da was falsch verstanden. Ich wollte dir einfach nur eine Freude machen. Und ich finde, dass er sehr gut zu dir passt.«

Karla bedankte sich, war sich aber unschlüssig, ob sie ihm Glauben schenken konnte. Seine Blicke an diesem Abend – sollte das alles nur Zufall gewesen sein?

»Und was das Haus betrifft«, hob sie an, wusste jedoch nicht weiter und schaute zu Boden.

Eine beklemmende Stille trat ein. Entferntes Autorauschen. Zikaden, die in den Blumenrabatten ringsum ein zirpendes Konzert gaben. Gelächter, das aus dem Lokal drang.

Lucien räusperte sich. »Du willst verkaufen?«

»Ja, am liebsten schon.«

»Das ist schade. Sehr schade.«

»Aber für mich die einzig sinnvolle Lösung. Hör mal…« Sie wollte ihm über den Arm streichen, doch ihre Hand zuckte gleich wieder zurück. »Was soll ich auch mit dem Haus? Es war Fritz' Traum, nicht meiner.«

Lucien nickte, dann spulte er Sätze ab, die klangen, als hätte er sie sich extra für diesen Moment zurechtgelegt. Dass es in der heutigen Zeit unklug sei, so eine Immobilie abzustoßen. Auch wenn sie einiges in den Umbau investieren müssten, am Ende hätten sie eine Perle, die ein hübsches Sümmchen wert sein würde.

»Was schwebt dir denn so vor?« Karla putzte den Dreck vom Gummibärchen ab und steckte es sich in den Mund.

»Was dein Sohn vorgeschlagen hat … Ich finde, das ist gar keine schlechte Idee.«

Erik? Was hatte Erik schon groß außer »Boah«, »Geil!« und »Voll cool!« gesagt?

»Das Haus würde sich hervorragend für ein lauschiges Chambre d'Hôtes eignen. Vier Gästezimmer mit Bad im Erdgeschoss. In der ersten Etage wäre genug Platz für zwei Apartments, eins für dich, eins für mich. Und wir hätten immer noch die Möglichkeit, später das Dachgeschoss auszubauen.«

Ach, das Bed & Breakfast, von dem Erik in seiner jugendlichen Unbedarftheit fantasiert hatte – jetzt fiel es ihr auch wieder ein.

»Und ich koche dann den Kaffee für die Gäste oder wie stellst du dir das vor?«

Lucien atmete schwer aus. »Für den Service würden wir selbstverständlich jemanden einstellen. Mir ist schon klar, dass du deinen Hauptwohnsitz in Berlin hast und das auch so bleiben soll.«

Unfähig, etwas zu sagen, nickte Karla bloß.

»Glaub mir, auf Dauer würde sich das rentieren. Du hättest regelmäßige Einkünfte aus dem Chambre d'Hôtes und gleichzeitig eine schöne Bleibe, wenn es dich nach Frankreich verschlägt. Und falls wir das Dach ausbauen, könntest du eines Tages ganz herziehen.«

Hitze kroch Karla ins Gesicht, ihr wurde heiß und heißer, und sie hatte keine Ahnung, warum. War es die Wut auf Lucien, der ein Konzept aus dem Ärmel schüttelte, das gar nicht mal so hanebüchen klang? Oder die pure Hilflosigkeit, weil sie beim besten Willen nichts zu entgegnen wusste? Vielleicht waren es auch die Wechseljahre. Diese Hitze, die sie immer in den unpassendsten Augenblicken überfiel. Kaum war die heiße Welle abgeflaut, schoss ihr ein Schmerz in den Rücken, und sie stützte sich an Lucien ab.

»Was ist?« Er blickte sie erschrocken an.

»Nichts.«

»Lüg mich bitte nicht an.«

Froh, jemanden an ihrer Seite zu haben, der sie festhielt, erklärte sie ihm, dass sie schon seit Jahren heftige Rückenschmerzen plagten. Kein Arzt habe eine Ursache finden können, das sei eben so, damit müsse sie leben. Lucien mochte das kaum glauben und legte ihr einen Osteopathen in Berlin ans Herz, der noch jeden wieder hingekriegt habe.

Karla notierte sich den Namen im Geiste, wusste aber schon jetzt, dass sie nicht hingehen würde. Vier Jahre lang hatte sie alles abgeklappert, was der Markt an Physiotherapeuten, Orthopäden und Osteopathen hergab. Niemand hatte ihr bisher geholfen, auch die vermeintlichen Koryphäen nicht, durch die Bank Empfehlungen von Bekannten. Und sie war es leid, immer wieder darüber zu reden. Jeder Mensch hatte einen Rücken und weil das so war, glaubten auch alle, sich fachkundig dazu äußern zu können. »Hast du es schon mit Pilates oder Yoga versucht?« – »Das ist doch alles nur psychisch.« – »Probier's mal mit Meditation, eine halbe Stunde täglich und du fühlst dich wie neugeboren.«

Ein anderer Mensch wurde man nicht, egal, was man auch anstellte, man konnte nur versuchen, gnädiger mit sich selbst zu sein und sich nicht ständig optimieren zu wollen. Die Schmerzen gehörten zu ihr, das hatte sie längst akzeptiert.

Ein frischer Wind kam auf, und sie kehrten ins Lokal zurück.

Karla war erleichtert, dass Lucien nicht weiter in sie drang. Er bat sie, in Ruhe über alles nachzudenken, es eile ja nicht, schließlich hätten sie sich fünf ganze Jahre Zeit gelassen.

»Wir telefonieren demnächst mal, in Ordnung?«

»Gerne«, entgegnete Karla und war froh, dass die Sache mit dem Ring keine Schrammen auf der fragilen Oberfläche ihrer Freundschaft hinterlassen hatte.

Sarah und Erik wirkten angeschickert, als sie sich wieder zu den beiden an den Tisch setzten.

»Und?«, fragte Erik, die Sprache verwaschen und mit sensationslüsternem Blick.

»Was, und?«

»Ihr habt doch sicher über die Villa geredet, habt ihr doch, oder?«

»Nun lass die beiden mal«, mischte sich Sarah leicht lallend ein.

»Ja, Erik, haben wir«, antwortete Lucien. »Aber noch ist nichts spruchreif. Wir lassen uns mit der Entscheidung Zeit.«

»Na großartig«, murrte Erik. »Wenn ihr noch mal fünf Jahre wartet, ist das Haus schrottreif.« Sein schläfriger Blick wanderte zu Karla. »Mama, ich könnte doch hierbleiben und schon mal ein bisschen renovieren.«

Ein bisschen renovieren – war ihr Sohn wirklich so naiv? Erfreulicherweise schlug sich Lucien auf ihre Seite.

»So eine Instandsetzung muss man professionell angehen. Da reicht es nicht, einen Pinsel in die Hand zu nehmen und eine Wand überzustreichen.«

»Weiß ich doch auch«, räumte Erik ein.

»Gut. Dann hätten wir das ja geklärt.«

Karla zahlte und erklärte das Thema für beendet, doch auf dem Nachhauseweg fing Erik erneut damit an. Er würde schrecklich gerne hierbleiben, er könne sich eine Matratze in die Villa legen und so weiter und so fort.

»Nein, Erik. Ich hab dir schon den Marseille-Trip bezahlt, und jetzt kommst du mit nach Hause.«

Sein Gejammer und Genöle ging in eine neue Runde. Erst als Karla ihn daran erinnerte, dass er ihr etwas zum Geburtstag versprochen hatte, lenkte er zähneknirschend ein. Es war nicht leicht, einen ewigen Teenager zum Sohn zu haben. Doch so viel sie auch an Erik zu kritisieren hatte, er war immer noch das Beste, was ihr in ihrem Leben passiert war.

6.

Eine Wolkenflotte segelte über Berlin hinweg, und ein stürmischer Wind pfiff wie im Spätherbst. Dabei war es Anfang Juni. Schon seit Tagen regnete es, es gab kaum eine Minute, in der sich der Himmel aufklärte. Pascal, der seit dem Morgengrauen Taxi fuhr, hatte Mühe, sich auf den Verkehr zu konzentrieren. Er war müde, sehnte sich nach Sonne, Süden und einem Espresso, aber Urlaub war nicht in Sicht. Noch hatte er kaum Rücklagen. Alles nur wegen dieses einen Fehlers in der Vergangenheit. Die verrückte Idee, eine eigene Tanzschule zu eröffnen. Pascal hatte daran geglaubt, genauso wie seine Freunde und die Bank, die ihm den Kredit gewährt hatte. Alle hatten sich verschätzt. Es waren zu wenige Paare gekommen, um die Unkosten zu decken. In Prenzlauer Berg war es anscheinend uncool, Standard und Latein zu tanzen. Und die älteren Semester, die vielleicht Lust dazu gehabt hätten, waren im Zuge der Gentrifizierung längst weggezogen und lebten in den günstigeren Randbezirken. Kaum hatte die Tanzschule den Betrieb aufgenommen, war es auch schon mit der Abwärtsspirale losgegangen, Monat für Monat hatte sie Pascal weiter nach unten gezogen. Er hatte die Lehrer bezahlen müssen, die Saalmiete und die laufenden Kredite und war mehr und mehr in die Schuldenfalle gerutscht. Acht Jahre war das nun her – ohne die finanzielle Unterstützung seines besten

Freundes Andreas wäre er in die Privatinsolvenz geschlittert –, seit Januar dieses Jahres war er endlich schuldenfrei. Seitdem legte er jeden Cent beiseite, um ein Polster anzusparen. Also weiter Taxi fahren. Leute herumkutschieren, die ihm so oft die Laune verhagelten. Verschwitzte, betrunkene, besserwisserische Menschen, die ihn beschimpften, weil er die Navi-Route statt einer vermeintlichen Abkürzung nahm. Oder sich eben nicht am Navi orientierte, er konnte es kaum jemandem recht machen. Aber es gab auch die anderen. Fahrgäste, die ihn nicht anpöbelten, und manchmal ergaben sich sogar anregende Gespräche. Doch all das änderte nichts daran, dass er eins nie gewollt hatte: Taxi fahren. Wie Andreas. Wie all die Versager, die an der Uni gescheitert und an ihrem Studentenjob hängen geblieben waren.

Er setzte die Kundin, die er am Hauptbahnhof aufgesammelt hatte, am Bodemuseum ab, fuhr weiter in die Chausseestraße und parkte das Taxi in zweiter Reihe vor einem Coffeeshop. Einen doppelten Espresso, dazu einen Schokomuffin – das brauchte er jetzt. Gleich nach dem ersten Schluck Kaffee fühlte er sich frischer, und die Welt hatte wieder einen rosigeren Anstrich.

Über Taxifunk kam eine Anfrage rein, ein Kunde wollte vom Hackeschen Markt zum Flughafen gefahren werden, und er ließ den Wagen an. Eine gute Tour. Schönefeld lohnte sich immer.

Sein Handy klingelte, als er im Rückwärtsgang aus der Parklücke rollte. Die Eintänzer-Agentur, bei der er sporadisch jobbte. Hoffentlich ein Auftrag, das wäre mal wieder was. Sein letzter Einsatz lag beinahe einen Monat zurück.

Sein Chef Samuel war dran.

»Hi, Pascal, wie geht's denn so?«

»Alles bestens.«

»Schifft's bei dir auch gerade so?«

Los, komm zur Sache, dachte Pascal. Samuel hatte die lästige Angewohnheit, endlos lange zu smalltalken.

»Noch nicht.«

Kaum hatte Pascal zu Ende gesprochen, da brach die schwarze Wolke über ihm auf und ergoss sich auf die Stadt. Der Regen prasselte gegen die Windschutzscheibe, Wasser spritzte vor ihm auf, und er sah sich gezwungen, wie die anderen Autofahrer das Tempo auf zwanzig Stundenkilometer zu drosseln. Trotzdem konnte er kaum etwas sehen.

»Warte mal kurz«, sagte er in die Freisprechanlage, während er langsam rechts ranfuhr und abbremste.

»Wo bist du, Pascal? Fährst du Taxi?«

»Ja, ich musste anhalten. Jetzt schüttet es hier auch.«

»Okay, ich mach's kurz. Ich hab eine Kundin für dich. Berthold ist krank geworden. Wäre allerdings schon morgen. Passt dir das?«

Morgen Abend war er mit Andreas zum Squash verabredet, aber für einen Auftrag als Eintänzer sagte er jedes Treffen ab. So selten wie er und seine Kollegen zum Einsatz kamen. Beim jährlichen Swing-Ball im Adlon waren sie meistens dabei; hin und wieder trat auch eine Firma an die Agentur heran und bestellte Tänzer für die Betriebsfeier. Privatbuchungen kamen hingegen selten vor. Dabei machten die ihm am meisten Spaß. Er konnte sich auf eine Tanzpartnerin konzentrieren, das Repertoire individuell anpassen, und oftmals verlebte er einen amüsanten Abend. Pascal fürchtete sich ohnehin vor dem Tag, an dem Samuel ihn ausmustern würde. Weil er geeignetere Tänzer als ihn gefunden hatte. Männer, die es sich leisten konnten, alle paar Wochen zum

Friseur zu gehen und sich neue Schuhe zu kaufen, wenn die alten auf dem Tanzboden gelitten hatten.

»Mach ich gerne«, sagte er.

»Du bist für den Flotten Dreier gebucht. Ach, und die Damen sind schon etwas älter.«

Flotter Dreier war ein Volltreffer. Das gab am meisten Trinkgeld.

»Wie alt sind sie denn?«

»Um die fünfzig.«

Pascal konnte bloß müde schmunzeln. Fünfzig war doch kein Alter. Er hatte bereits Siebzigjährige, einmal eine weit über achtzigjährige Dame übers Parkett geschoben und nicht nur den Frauen, sondern auch sich selbst ein paar kurzweilige Stunden beschert. Er mochte nicht der perfekte Standard- und Lateintänzer sein – seine Vorlieben lagen beim Salsa und Tango Argentino –, aber er hatte die Gabe, sich auf die jeweilige Partnerin einzustellen. Ein, zwei Tänze, und er wusste, wie die Frau tickte und was sie wollte: einen schmissigen Foxtrott oder Quickstepp, eine heiße Rumba, einen eleganten langsamen Walzer, vielleicht einen Discofox mit ein paar kecken Drehungen. Manch eine wollte nichts von alldem und brachte ihre eigenen Schrittfolgen mit, die sie angeblich anno dazumal in irgendeiner Tanzschule gelernt hatte. Auch das war in Ordnung, und durch gekonntes Führen gelang es ihm, dass jede von ihnen eine blendende Figur auf der Tanzfläche abgab.

»*Clärchens Ballhaus*«, sagte Samuel. »Der Freitagabend-Schwof. Kannst also lässig kommen.«

Lässig war gut. Wann immer es ging, tanzte er in Jeans und T-Shirt, wahlweise im weißen Hemd, sofern er denn ein gebügeltes zur Hand hatte, und in dem schummerigen

Ballhaus in der Auguststraße fielen auch seine ramponierten Lackschuhe nicht auf. Er liebte diese immer noch angesagte Location von 1913, über die er erst vor Kurzem eine Reportage gesehen hatte. Zwei Weltkriege hatte das Vergnügungslokal überstanden und war heute bei Jung und Alt beliebter denn je.

»Ihr trefft euch um zwanzig Uhr vorm Lokal.«

»Geht klar, Chef.«

Er legte auf. Inzwischen hatte es aufgehört zu regnen, und Pascal ließ den Wagen an. Er fuhr die Tour nach Schönefeld, übernahm drei kleinere Fahrten im Ostteil Berlins, dann stand er eine Weile am Hauptbahnhof in der Schlange und hörte Jazz. Diana Krall, Astrud Gilberto, Helen Merrill. Das war immer noch die beste Art, sich die Zeit zu vertreiben. Leider fiel ihm bei *Bésame Mucho* Ina ein, ausgerechnet. Die Stunden mit ihr hatten zu den intensivsten seines Lebens gehört, aber er wollte nicht nur ihr Geliebter sein. Das reichte ihm nicht.

Andreas verstand das nicht. Gerade er, der seit zwanzig Jahren mit seiner Jugendliebe Christina verheiratet war. Er fand das im Gegenteil aufregend und schlug ihm vor, sich eine Zweitfreundin zuzulegen. Das Leben sei kurz und überhaupt …

Doch Pascal hatte an solchen Spielchen keinerlei Interesse. Ihm hatte Ina gereicht, und da sie nicht bereit gewesen war, ihren Mann zu verlassen, hatte er den Schritt tun müssen und sich von ihr getrennt. Um nicht weiter zu leiden. Und um für etwas Neues frei zu sein. Bisher war keine Frau an Ina herangekommen. Im Moment führte er eine halbherzige On-und-Off-Beziehung mit Anna. Wenn man es denn überhaupt Beziehung nennen konnte. Faktisch gingen sie nur miteinander ins Bett, wenn sie sich trafen. Und auch da lief es nicht so, wie er es sich erhofft hatte. An manchen Tagen kam er sich vor wie ihr Sextoy. Ab in die Kiste, auf ging's. Kaum waren sie fertig, rollte sie sich zusammen und schlief ein. Es brachte ihn auf die Palme, dass sie sich so gefühlskalt aufführte. Warum tat sie das? Was wollte sie ihm oder sich selbst damit beweisen?

Er rückte ein paar Meter in der Schlange vor, da klopfte es gegen die Scheibe, und ein von blonden Haaren umrahmtes Gesicht schob sich in sein Blickfeld.

Marc!

Pascal freute sich unbändig, Andreas' Sohn zu sehen. Schon immer hatten sie einen speziellen Draht zueinander gehabt. Pascal wusste nicht mal, woher diese Verbundenheit rührte, er hatte nie Kinder gewollt, und auch Marc hatte nichts an seiner Einstellung geändert.

Pascal ließ die Scheibe runter. »Wo kommst du denn jetzt her?«

»Hamburg.« Marc stützte den Rucksack, der von seiner Schulter zu rutschen drohte, mit der freien Hand.

»Komm, steig ein, ich fahr dich nach Hause.«

Er öffnete die Beifahrertür, und Marc schob sich ins Taxi. Ächzend plumpste er auf den Sitz.

»Und?«, fragte Pascal, während er sich in den Verkehr einfädelte. »Wieso bist du so fertig? Was hast du in Hamburg angestellt?«

Statt zu antworten, blies Marc die Backen auf und ließ die Luft geräuschvoll entweichen.

»Ist schon okay, du musst auch nichts sagen. Manchmal möchte man ja einfach nicht drüber reden.«

»Worüber?«

»Liebeskram und so.«

»Liebeskram und so?« Marc lachte aus vollem Halse. »Ey, das ist im Moment das Letzte, was mich interessiert.«

Pascal nickte. »Trotzdem ... Du musst wissen, ob du drüber reden willst oder nicht.«

»Ich will ja schon ...« Seine Augen wurden schmal, als er ihn ansah. »Aber du tratschst es bestimmt gleich meinem Vater weiter, und das will ich nicht.«

»Und wenn ich dir verspreche, es nicht zu tun?«

»Ehrenwort?«

»Ehrenwort.«

Ein erleichtertes Lächeln glitt über Marcs Gesicht, dann sagte er: »Ich war drei Tage bei einem Workshop an der Stage School.«

»Echt?« Die Ampel vor ihm sprang auf Orange, und Pascal stieg auf die Bremse.

Marc rollte mit den Augen. »Nee, ich verscheißere dich. Mach ich ja meistens so.«

»Hey, das ist großartig!« Pascal klopfte ihm auf die Schulter. »Richtig genial! Ich hab dir ja immer gesagt, probier's aus.«

Marc erzählte, dass gleich am ersten Tag eine superanstrengende Audition in den Sparten Gesang, Schauspiel und Tanz stattgefunden hatte.

»Und? Wie ist es gelaufen?«

»Ganz okay, glaube ich.« Er grinste mit leicht angehobenen Mundwinkeln. »Ich konnte mich zu Hause drauf vorbereiten. An den beiden anderen Tagen hatten wir dann Training und Unterricht. War mindestens genauso anstrengend.«

Er schwärmte von den Dozenten und Dozentinnen, die die

Teilnehmer wie echte Profis behandelt hätten. Das sei cool, aber auch ganz schön hart gewesen.

»Die Konkurrenz ist echt nicht ohne«, kam er zum Ende. »Keine Ahnung, ob ich da mit meinem bisschen Tanz- und Gesangsunterricht mithalten kann.«

Pascal hielt Marc für überdurchschnittlich begabt – er hatte ihn schon als Modern-Tänzer und Sänger auf einer Kiez-Bühne in Kreuzberg gesehen – und nickte ihm aufmunternd zu.

»Wie geht's jetzt weiter? Wann ist die Aufnahmeprüfung?«

»Das war meine Aufnahmeprüfung!« Er erklärte, dass es zu Beginn des Workshops die Option gab, das Training als Prüfung werten zu lassen. »Kostete noch mal extra, aber ich dachte, ich mach das gleich in einem Rutsch.«

Pascal fuhr an. Weiter ging es Richtung Straußberger Platz und nach Friedrichshain. »Was denkst du? Hast du eine Chance?«

Marcs Schultern hoben und senkten sich, und seine Augenbrauen zuckten nervös.

»Du hast gar kein Gefühl?«

»Na, doch. Tanzen war okay. Singen auch. Aber Schauspiel ... Ich glaub, meine Improvisation war nicht so gut. Das können andere viel besser.«

»Wann bekommst du Bescheid?«

»Nächste Woche.«

»Und du sagst Papa wirklich nichts?«

»Nein, ich hab's dir doch versprochen!«

Marc konnte auf ihn zählen. Genauso wie er Andreas gegenüber loyal war, wenn dieser ihm etwas unter dem Siegel der Verschwiegenheit anvertraute, würde er auch Marcs Privatangelegenheiten nicht ausplaudern.

Die Sache mit der Stage School war einer der wenigen Streitpunkte zwischen ihm und seinem Freund. Während Andreas immer noch darauf hoffte, dass Marc eines Tages den familiären Reinigungsbetrieb übernahm, wollte der seine Leidenschaft zum Beruf machen. Tanzen und singen. Seit dem neunten Lebensjahr ging er zum Ballett, Modern Dance und Hip-Hop, er nahm Gesangsunterricht, und vor dem Desaster mit der Tanzschule hatte Pascal den Jungen, so gut es ging, finanziell unterstützt. In den letzten Jahren hatte er die Zahlungen einstellen müssen, aber Marc hatte sich auch so nicht unterkriegen lassen und sich den Großteil der Unterrichtsstunden mit Gelegenheitsjobs finanziert. Es war ja nicht so, dass Andreas und Christina ihren Sohn kurzhielten, aber sie konnten nicht begreifen, dass er wegen ein bisschen Gehüpfe und Geträller, wie sie es nannten, den Familienbetrieb ausschlug.

»Hast du dir eigentlich mal überlegt, was passiert, wenn sie dich nehmen?«, fragte Pascal, als er in die Simon-Dach-Straße einbog. Auch die Ausbildung würde eine Stange Geld kosten. Geld, das Andreas nicht hatte und sowieso nicht bereit wäre zu zahlen.

Marcs Lachen klang kratzig. »Frag mich lieber, was ich mache, wenn sie mich nicht nehmen. Mir einen Strick nehmen?«

Man kann immer noch Taxifahrer werden, schoss es Pascal durch den Kopf, und ein Gefühl von Bitterkeit stieg in ihm auf. Einen Strick hatte er damals nicht in Erwägung gezogen, dafür liebte er das Leben viel zu sehr.

Marc berichtete, dass es für besonders begabte Schüler Stipendien gäbe, andernfalls könne er BAföG beantragen. Irgendeine Lösung werde sich schon finden lassen.

Pascal bremste vor dem mit Graffiti besprühten Haus, das zwischen zwei Kneipen lag, der Junge bedankte sich mit Schulterklopfen für die Gratis-Taxifahrt, und beim Aussteigen sagte er: »Ich geb dir Bescheid, wenn ich was höre, okay? Und vorher kein Wort zu meinem Alten.«

»Kein Wort zu deinem Alten«, echote Pascal.

Er war selbst so ein Alter, fast vierzig. An guten Tagen fühlte er sich wie Anfang dreißig, an schlechten wie sein eigener Vater. Achtzig war der inzwischen, nur hatte Pascal keine Ahnung, wie es ihm ging. Er lebte in Paris, und das war nicht gerade um die Ecke.

Marc klopfte zum Abschied gegen die Scheibe. Dann lief er mit nach auswärts gedrehten Tänzerfüßen zum Haus, und Pascal erfasste ein Glücksgefühl, als wäre er selbst dieser junge Mann, dem eine Tänzerkarriere zu Füßen lag.

7.

Karla trommelte auf die Computertastatur. Halb sechs
durch. Bis nach Hause brauchte sie eine gute halbe Stunde.
Duschen, einen Happen essen, etwas Passendes zum Anziehen raussuchen, schminken und gleich wieder los. Das
konnte knapp werden. Und falls ihr Chef noch den Termin-
plan für die nächste Woche mit ihr durchgehen wollte, sah
sie schwarz. Unverzeihlich, wenn sie zu Sarahs Einladung zu
spät kam. Das war so gar nicht ihre Art.

Seit Karla zurück in Berlin war, quälten sie umso heftigere
Rückenschmerzen. Mal im Lendenbereich, mal links oben,
mal mittig. Das viele Sitzen im Büro. Heute war sie nicht einmal dazu gekommen, an die frische Luft zu gehen. Sie hatte
die Verträge für das Regieteam der neuen *Carmen*-Produk-
tion geschrieben und im Vorfeld die Auslastung der Hotels
sondiert. Danach war sie in die Tonabteilung geflitzt, um
die *Aida*-Mitschnitte für die junge georgische Sopranistin zu
bestellen, die wegen eines Krankheitsfalls überraschend ein-
springen musste. Nach einer schnellen Suppe in der Kantine
hatte sie das Casting für die Schauspieler, die für *Faust* benö-
tigt wurden, in die Wege geleitet und bis gerade eben unzählige Abrechnungen kontrolliert. Monotone Tätigkeiten, die
ihr Raum ließen, sich nach dem Meer, dem Duft frischer
Croissants und dem Fischgeruch auf dem Marché Forville

zu sehnen. Sogar Lucien und die Villa vermisste sie ein klein wenig, auch wenn sie sich das nur ungern eingestand.

Ein paar Tage Bedenkzeit hatte sie sich wegen Sarahs Geschenk genommen. Doch nachdem sie sich, bequem auf dem heimischen Sofa, *Darf ich bitten?* mit Richard Gere und Jennifer Lopez angeschaut hatte, war die Lust aufs Tanzen zurückgekommen, und sie hatte Sarah beauftragt, den Flotten Dreier für sie beide zu buchen. Warum auch nicht? So oder so brachte es Abwechslung in den tristen Alltag.

Karlas Blick glitt zur Glastür, hinter der ihr Chef, das Telefon am Ohr, mit energischen Schritten auf und ab lief. Das tat er häufig, und an manchen Tagen regte es Karla auf, weil permanent das Rumsen der Hacken durch die Tür zu hören war. Seine Stimme murmelte, brummte und röhrte, doch jetzt trat er an die Tür, lächelte und bedeutete ihr mit einem zarten Wedeln der linken Hand zu gehen.

Erleichtert fuhr Karla den Computer runter. Sie verabschiedete sich von ihrer Kollegin Beata im Nebenzimmer, schnappte sich die Tasche und eilte hinaus. Unterwegs versuchte sie Erik zu erreichen. Am Himmel braute sich etwas zusammen, und sie war sich nicht sicher, ob sie das Dachfenster zugemacht hatte. Zu dumm, der Anrufbeantworter sprang an. Schon den ganzen Tag hatte sie ihren Sohn nicht ans Telefon bekommen. Vielleicht hatte er ja die Studienoder Berufsberatung aufgesucht. Alles war ihr recht, Hauptsache, er wurde endlich aktiv.

Die U-Bahn fuhr unter Getöse ein, als Karla im Strom der Menschen die Stufen hinabhastete. Sie rannte los, quetschte sich im letzten Augenblick in den Waggon, die Signalhupe ertönte, und die Türen schlossen sich. Wie sie es hasste, um diese Uhrzeit Bahn zu fahren! Dicht an dicht mit fremden Menschen zu stehen, die nach Essen, Alkohol, Schweiß und Zigaretten rochen. Die geräuschvoll atmeten, husteten, Burger aßen, aus denen Soße tropfte, telefonierten oder wie Zombies auf ihre Handys starrten. Es gab Tage, da wünschte sie sich einen Schutzoverall am Leib, der sie von den anderen abschirmte, und dann fragte sie sich, ob Fritz' Tod etwas damit zu tun hatte. Dass sie so verschroben und misanthropisch geworden war. Sie stieg am Potsdamer Platz um, fuhr weiter bis zum Nordbahnhof, und exakt achtunddreißig Minuten, nachdem sie das Büro verlassen hatte, schloss sie die Haustür auf. Der Schweiß stand ihr auf der Stirn, das T-Shirt klebte ihr am Körper, und ihr Puls raste. Draußen war es zum Glück trocken geblieben, die dunklen Wolken hatten sich gen Osten verzogen.

»Erik, bist du da?«

Alles blieb ruhig. Ihr Sohn war offenbar noch unterwegs.

Karla streifte sich die Schuhe von den Füßen, trank in der Küche einen Schluck Wasser aus dem Hahn, dann schlappte sie in ihren Hausschuhen rüber ins Bad. Sie war Meisterin im Schnellduschen, zack, zack ging das bei ihr, schon war sie fertig und hüllte sich in den Bademantel. Ein Hauch Parfüm hinters Ohr, eilig die Wimpern tuschen, und noch während sie überlegte, was sie gleich essen würde – wohl ein Käsebrot im Stehen –, wurde die Badezimmertür aufgestoßen und Erik stand wie hergezaubert da. Karla wich erschrocken zurück und stieß sich den Fuß an der Duschkabine.

»Ich bin's doch nur, Mama.«

»Gut, dass du mich daran erinnerst. Wäre ich jetzt gar nicht drauf gekommen.«

Ihr Sohn sah blass aus, seine Haare waren zerzaust, und er trug ein schlabberiges T-Shirt zu Boxershorts.

»Und wo kommst du jetzt her?«

»Aus meinem Zimmer.«

»Dann warst du also doch zu Hause! Bist du mit deinen Recherchen vorangekommen?«

»Was für Recherchen?« Er guckte sie tranig an.

»Bitte, Erik! Mach mich nicht schwach. Du wolltest doch im Internet Studienfächer recherchieren.«

»Ach so, ja.« Er gähnte herzhaft und kratzte sich am Bein. »Mach ich morgen.«

Karla stöhnte und zwängte sich an ihrem Sohn vorbei. Für Kindereien hatte sie keine Zeit. Und sie wollte auch nicht fünf Minuten vor Aufbruch mit ihm diskutieren. Über das Leben als solches. Und dass eine Ausbildung durchaus von Vorteil war, wollte man später auf eigenen Beinen stehen. Sie zog die Kleiderschranktür auf und griff nach dem erstbesten Fummel. Ein senfgelbes Kleid mit angedeuteten Puffärmeln und ausgestelltem, schwingendem Rock. Irgendwann in den späten Achtzigern hatte sie es todschick gefunden; heute galt es als Modesünde, aber das war ihr egal. Sie wollte nur tanzen und niemanden mit ihrer Garderobe beeindrucken. Schon gar nicht den älteren Herrn, den die Agentur Sarah und ihr zugeteilt hatte.

Beim Hinausgehen fiel ihr Blick auf das Schmuckkästchen. Aus einem unerklärlichen Impuls heraus öffnete sie es und schob sich Luciens Ring auf den Ringfinger. Durch die Wärme waren ihre Finger leicht geschwollen, und er saß nicht so locker, dass sie ihn verlieren würde.

»Was hast du denn da an?«, fragte Erik, als sie sich kurz darauf in der Küche ein Brot schmierte. Es war bloß noch ein Rest Frischkäse da, alles andere hatte ihr Herr Sohnemann verputzt.

»Das geht dich gar nichts an«, gab sie zurück.

»Hä?«, machte Erik.

Verständlich. Barsche Töne war er von seiner Mutter nicht gewöhnt.

»Du wolltest dich heute intensiv um deine berufliche Zukunft kümmern, schon vergessen? Stattdessen hast du den Kühlschrank leer gefuttert.«

Erik grinste auf diese einnehmende Art, mit der er ihr Mutterherz immer wieder in Nullkommanichts erweichte.

»Hey, Mama! Chill mal! Kann ich doch immer noch machen. Ich wollte sowieso gerade los und noch was einkaufen.«

»In Unterhose.«

Erik schaute verwundert an sich hinunter, als würde ihm erst jetzt aufgehen, dass er gar nicht richtig angezogen war.

»Wo willst du eigentlich in dem Aufzug hin?«, fragte er.

»Tanzen gehen.«

»Mit Sarah?«

Karla nickte.

»Du weißt aber schon, dass das Kleid etwas... äh... unstylisch ist.«

»Macht nichts, Hauptsache, ich kann mich gut darin bewegen.« Beim Brotschmieren hatte sie tatsächlich überlegt, das neue dunkelblaue Kleid anzuziehen, das sie in Cannes kein einziges Mal getragen hatte. Jetzt würde sie das so unstylische Kleid aus purem Trotz anbehalten. Obwohl die Vorstellung, gegen den eigenen Sohn zu rebellieren, schon ein wenig bizarr war.

»Erik, ich muss los. Schließt du bitte die Dachfenster, falls es regnet?«

»Ich will aber auch noch weg.«

»Herrje, dann machst du sie eben vorher zu!« Karla schob

sich den letzten Happen in den Mund, warf Schlüssel und Geld in ihre Handtasche und stöckelte auf ihren Pumps für besondere Anlässe zur Tür.

* * *

Seit knapp fünf Minuten stand Sarah an der Ecke August-straße, Tucholskystraße und trat von einem Fuß auf den anderen. Wo Karla nur blieb? Sie war doch sonst immer so überpünktlich.

Machte aber nichts. Noch einmal tief durchatmen, bevor es zum Tanzen ging. Götz hatte vorhin, als sie sich geschminkt und ihre Haare mit Gel in Form gezupft hatte, einen Streit angezettelt. Irgendeine Laus war ihm über die Leber gelaufen. Vielleicht passte es ihm nicht, dass sie statt mittelaltem Gouda einen Bergkäse besorgt hatte oder dass noch ihre Kaffeetasse vom Frühstück auf dem Tisch stand – Sarah wusste es nicht. Es war auch egal, weil er sich so oder so mit ihr gezofft hätte. Die unschönen Auseinandersetzungen, die meistens in Sprachlosigkeit endeten, waren in letzter Zeit keine Seltenheit.

Während sie darüber nachdachte, wie traurig sie ihre Ehe machte, eilte ein flotter Mann mit grau melierten Haaren, Gigolo-Schuhen und einem Einstecktuch im Sakko an ihr vorbei. Bestimmt ihr Eintänzer, Sarah wettete darauf. Unikate wie diese liefen doch sonst nicht in dieser Gegend herum. Nur jede Menge Touristen und feierwütige Jugendliche in Sneakers, die sich, bevor es zum Flatratesaufen ging, in die großräumigen indischen Restaurants entlang der Oranienburger Straße ergossen und billiges Hähnchencurry aßen.

Endlich! Karla bog in die Tucholskystraße ein und kam zügigen Schrittes auf sie zu. O mein Gott, was hatte sie bloß für ein Kleid an! Diese Farbe ... vogelschissgelb. Und dann noch Puffärmel! Als wollte sie zum Kindergeburtstag. Sarah wusste nicht, ob sie lachen oder sich schütteln sollte. Das Vogelscheuchenkleid, das überdies an der Brust spannte, war der Gipfel der Geschmacklosigkeit.

»Erzähl!«, rief sie kurz darauf und drückte Karla an sich. »Wo hast du denn den Fetzen ausgegraben?«

Sie erwartete, ihre Freundin würde das Kleid entrüstet verteidigen, doch sie lachte nur.

»Frag besser nicht. Es hing halt die letzten Jahrzehnte so im Schrank rum.« Amüsiert fuhr sie fort, Erik sei schuld daran, dass sie sich nicht mehr umgezogen hatte.

»Wieso das? Du willst mir jetzt aber nicht weismachen, dass die Klamotte angesagt ist und nur ich den Trend nicht mitbekommen habe.«

Während sie durch die Auguststraße zum Lokal gingen, erzählte Karla von dem nonverbalen Machtkampf zwischen Mutter und Sohn. Sarah konnte nicht ganz folgen und beschleunigte ihren Schritt. Sie wollte den Tänzer, den sie ja bezahlte, nicht warten lassen.

»Ich brauch gleich erst mal einen Sekt«, kam Karla zum Ende. »Am besten intravenös. Ich fühle mich, als hätte ich einen Stock verschluckt, und wenn ich mir vorstelle, dass ich gleich mit einem fremden Mann ... na, du weißt schon ...«

Sarah lachte auf. »Du sollst nicht mit ihm schlafen!«

»Aber tanzen.«

»Was nicht dasselbe ist.«

»Aber es ist intim. Ich muss ihn anfassen, komme ihm näher, als ich vielleicht möchte.«

Herrje, was war nur mit Karla los? Hatte sie die ewige Treue zu Fritz derart prüde werden lassen, dass es ihr bereits zu viel war, die Hand und die Schulter eines x-beliebigen Kerls zu berühren?

Zur Beruhigung hakte sie ihre Freundin unter. »Damit das klar ist«, sagte sie, »du tanzt als Erste.«

»Wieso ich?«, entrüstete sich Karla. »Du hast das Ganze angeleiert.«

»Jetzt mach aber mal einen Punkt! Du weißt doch, dass ich schon beim Discofox versage.«

»Und du denkst, ich habe mehr drauf?«

O ja, das dachte sie nicht nur, sie wusste es zufällig sehr genau. Es hatte Zeiten gegeben, da waren Karla und Fritz jedes Wochenende tanzen gegangen. Karla hatte sogar mit dem Gedanken gespielt, sich zur Tanzlehrerin ausbilden zu lassen. Doch das schien ihr aus unerfindlichen Gründen entfallen zu sein. Sarah war im Vergleich zu ihrer Freundin ein regelrechter Trampel auf dem Parkett. Schon als Teenie in der Tanzschule hatte sie sich nicht mal die einfachsten Schritte merken können und war den Jungs gnadenlos auf die Füße getreten. Mit dem Resultat, dass am Ende des Kurses niemand mit ihr zum Abschlussball hatte gehen wollen. Ein Trauma, das bis heute nachwirkte.

Sie traten in den Durchgang zum Ballhaus, und Sarah kniff die kurzsichtigen Augen zusammen, um den Gigolo-Typen, der vorhin an ihr vorbeigelaufen war, zu erspähen. Aber er war nirgends zu sehen. Ein Grüppchen Frauen stand schnatternd im üppig begrünten Garten der Gaststätte und wartete darauf, dass ein Tisch frei wurde.

»Und?«, fragte Karla, deren Schritte von Sekunde zu Sekunde zögerlicher geworden waren. »Siehst du ihn?«

Sarah verneinte. »Wir sind um acht verabredet.«

»Draußen?«

»Keine Ahnung.«

»Weißt du wenigstens, wie er aussieht?« Karlas Blick flackerte nervös, während sie über den asphaltierten Hof schlenderten.

»Keine Sorge, wir finden ihn schon.«

Aber auch im Eingangsbereich des Lokals, wo ein älterer Herr mit gezwirbeltem Schnurrbart durch das Guckfenster der hölzernen Garderobe lugte, wartete niemand, der ihr Eintänzer hätte sein können.

Sie warfen einen Blick in den Tanzsaal, der mit dem Glitzerlametta an den Wänden, der geräumigen Tanzfläche und den Holztischen mit den putzigen Nelkenvasen Nostalgie verströmte. Sarah war vor langer Zeit zum letzten Mal hier gewesen, doch alles war so, wie sie es in Erinnerung hatte.

»Komm, wir warten draußen«, schlug sie vor, hakte Karla unter und zog sie ins Freie.

Der Duft von Pizza und Wiener Schnitzel wehte sie an, und das Stimmengewirr der speisenden Gäste vermischte sich mit den Discoklängen, die aus dem Ballsaal drangen. Sarah ließ den Blick schweifen, aber ihr Eintänzer war nicht zu sehen. Nur ein junger Mann mit dunklem, lockigem Haar saß mit halber Pobacke auf einem einsam herumstehenden Gartenstuhl und hämmerte auf sein Handy ein.

»Jetzt sind wir auch nicht schlauer«, meinte Karla, während sie auf dem Hof ein paar Schritte auf und ab flanierten. »Bist du sicher, dass die Agentur seriös ist?«

Sarah zuckte mit den Schultern. Der Herr am Telefon hatte auf jeden Fall sympathisch geklungen.

»Du hast den Abend aber noch nicht bezahlt, oder?«

»Doch, natürlich.«

Karla starrte sie so erschrocken an, als hätte Sarah einem

Ganoven der Nigeria-Connection alles vermacht, was sie besaß. Dabei hatte sie nur zweihundert Euro überwiesen. Die waren schlimmstenfalls zu verschmerzen.

»Jetzt mach mal kein Drama. Ist doch egal. Wenn er nicht kommt, machen wir uns eben einen schönen Abend, hm? Kino? Essen gehen? Worauf hättest du…«

Der dunkel gelockte junge Mann schlenderte herbei, und sie brach ab.

»Sarah Bernhard?«

»Ja?«, entgegnete Sarah. »Sie sind Berthold?«

Der Mann schüttelte lachend den Kopf. »Tut mir leid, nein, das bin ich nicht. Ich hoffe, Sie sind nicht enttäuscht… ich vertrete ihn heute Abend.« Er streckte erst ihr, dann Karla, die plötzlich eingeschüchtert dastand, die Hand hin. »Berthold ist leider krank. Ich bin Pascal.«

Himmel, er sah hinreißend aus, wie ein römischer Gott, den man in Jeans und ein Sakko gesteckt hatte.

»Ah, auch gut«, sagte Sarah und guckte zu Karla rüber, die den Eindruck erweckte, als wollte sie am liebsten die Flucht ergreifen. Der junge Kerl verunsicherte sie, und Sarah konnte das in gewisser Weise nachvollziehen. Er war eine Nummer zu heiß für sie beide.

»Und Sie sind…« Pascals Blick wanderte zu ihrer Freundin.

»Karla.«

»Freut mich.« Er lächelte charmant, vielleicht auch nur professionell, und Sarah kam es so vor, als würde er Karla ein paar Sekunden länger anschauen. Klar, bei diesem unmöglichen Kleid. Da guckte man automatisch zweimal hin.

»Darf ich bitten, die Damen?«, sagte er und bot ihnen, als wären sie ein Jahrhundert zurückgebeamt worden, den Arm.

* * *

Karlas Rücken fühlte sich an, als hätte sie stundenlang in leicht vorgebeugter Haltung gebügelt, ohne sich auch nur einmal zwischendurch aufzurichten. Ein ziehender Schmerz, der kaum zu ertragen war. Was für eine absurde Idee! Sie, Sarah und dieser gut aussehende Tänzer, der bestimmt überhaupt keine Lust hatte, sich einen ganzen Abend lang mit zwei mittelalten Schachteln abzugeben. Sicher, das gehörte zu seinem Job, aber bestimmt hatte er schon angenehmere Aufträge gehabt. Was würde er bloß von ihnen denken? Dass sie es dringend nötig hatten? Ein letztes Mal die Hormonproduktion ankurbeln wollten, während sie hinter der noch halbwegs passablen Schale vor sich hin dörrten?

Sarah verschwand Richtung Bar, um Sekt zu ordern, und Karla sah sich gezwungen, ein paar Sätze mit dem Mann mit dem französischen Namen zu wechseln. Wie hieß er noch gleich? Ach ja, Pascal. Sie tauschten sich übers Wetter aus, über die Kunstgalerien in der Auguststraße, über ein neues Café in der Linienstraße – der übliche Small Talk.

Sarah ließ sich Zeit. Herrje, wieso dauerte das bloß so lange? Pascal kam auf *Clärchens Ballhaus* zu sprechen. Er erzählte, dass sich die Nachtschwärmer bis in die 1940er-Jahre gleich in zwei Sälen, im unteren und im oberen, amüsiert hatten. Erst Goebbels habe 1944 dem bunten Treiben einen Riegel vorgeschoben. Tanzveranstaltungen waren fortan verboten. Im unteren Saal gab es von da an nur Stricknachmittage und Kaffeekränzchen; der obere Saal soll ein Offizierscasino gewesen sein.

Karla beeindruckte es, wie gut er informiert war. Dennoch war sie froh, als Sarah mit einem Kellner im Schlepptau zurückkam und sie sich an einem Glas Sekt festhalten konnte. Kaum hatten sie angestoßen und einmal genippt, forderte Pascal Sarah auf.

»Möchtest du nicht als Erste…?«, sagte diese mit hochgezogenen Augenbrauen, aber Karla schüttelte energisch den Kopf. Sie wollte erst ein bisschen lockerer werden, und das funktionierte nur mit Alkohol. Während sie den Sekt schlückchenweise wie eine Medizin trank, beobachtete sie das Geschehen auf der Tanzfläche. Pascal und Sarah tauchten in der schwofenden Menge ab, hin und wieder sah sie den weißblonden Schopf ihrer Freundin vorbeifliegen, und Karla freute sich, dass sie ihre Tanzscheu überwunden hatte und sich augenscheinlich ausgelassen amüsierte.

Ein paar Musikstücke darauf kehrten sie an den Tisch zurück, Sarah mit erhitzten Wangen und nassen Haarspitzen. Pascal zog sein Sakko aus, hängte es über die Stuhllehne und krempelte die Ärmel des tadellos gebügelten weißen Hemdes auf. Zwei Knöpfe standen am Kragen offen, und ein Lederband mit einem Sternanhänger schmiegte sich um seinen Hals.

»It's your turn, Karla!« Sarahs Mund näherte sich ihrem Ohr. »Der Hottie tanzt super. Sogar mich hat er nicht allzu plump aussehen lassen. Du wirst begeistert sein.«

Karla stellte das Sektglas ab, und während sie klopfenden Herzens hinter dem Hottie die Tanzfläche ansteuerte, stachen ihr seine Lackschuhe ins Auge. Fritz hatte sich über solche Modelle bei Männern lustig gemacht, aber Karla gefielen sie, weil sie aus dem Meer von Sneakers heraustachen. Als hätte Pascal ihre Blicke gespürt, drehte er sich zu ihr um und lächelte. »Quickstepp? Schon mal getanzt? Oder lieber Foxtrott?«

»Ich… ich weiß gerade nicht.«

Pascal griff lächelnd nach ihrer Hand, nahm die Tanzhaltung ein – und los. Während der ersten Schritte fühlte sie sich noch gehemmt, doch nach und nach fand sie in den Rhythmus, und schon bald flogen sie mit den anderen Paaren dahin. Vielleicht war es Quickstepp, vielleicht Foxtrott, was spielte es für eine Rolle? Pascal war ein ausgezeichneter Tänzer. Er führte sicher, aber nicht zu dominant, er blieb auf Abstand, und wenn sie patzte, gab er ihr beiläufig einen Tipp, ohne sie dumm dastehen zu lassen. Das Stück war zu Ende, und bevor Karla die ersten Takte des Folgesongs einordnen konnte, ging ein Ruck durch ihren Magen, und ihr Herz verfiel in einen freudigen Beat. Schostakowitsch, fiel es ihr mit einer Verzögerung von einer Sekunde ein. Der *Walzer Nr. 2.* Sie liebte diesen Walzer, der kaum auf Tanzveranstaltungen gespielt wurde und doch zu dem Schönsten gehörte, was man im Dreivierteltakt tanzen konnte.

»Hurra!«, rief sie, und während sie noch dachte, wie albern das rüberkommen musste, wirbelte Pascal sie schon herum. In Tanzrichtung durch den Saal, bis ihr schwindelig wurde. Er bemerkte es, schaltete sofort einen Gang runter und walzte im Pendelschritt vor und zurück.

»Es geht besser, wenn Sie sich Fixpunkte im Raum suchen«, sagte er dicht an ihrem Ohr.

Sie versuchte es, schaffte ein paar Runden mehr, doch dann musste sie abermals pausieren. Früher hatten ihr nicht mal die wildesten Drehungen etwas ausgemacht.

»Was für ein herrlicher Walzer!«, sagte er atemlos.

Karla bemerkte die winzigen Schweißperlen auf Pascals Nase und erwiderte: »Für mich gibt es keinen schöneren. Johann Strauß ist dagegen der reinste Schlager.«

Pascal grinste verschmitzt. »Der Gute kann ja nichts dafür. Ihm fehlte einfach die russische Seele.«

»Ja, das sagt man immer, aber ist das wirklich so?«

»Vielleicht ein Klischee.« Er lachte leise. »Ich fürchte, wir werden nie dahinterkommen.«

Karla spürte, wie er den Druck auf ihr Schulterblatt verstärkte. Bloß einen flüchtigen Moment lang, als sei ihm bewusst geworden, dass die Geste zu intim war.

Auf den Walzer folgte ein Jive, danach tanzten sie ausgelassen zu einer Serie von Discofox-Stücken. Pascal überschüttete sie mit Lob, da setzten die ersten Takte einer gefühligen Rumba ein. Karla tat das einzig Sinnvolle: Sie befreite sich aus der Tanzhaltung und winkte Sarah herbei.

Rumba – das war Fritz' und ihr Lieblingstanz gewesen. Den konnte sie nicht in den Armen eines Fremden tanzen, selbst wenn dieser Fremde wie sie Schostakowitsch liebte und auch sonst ein anständiger Kerl zu sein schien.

Sarah kam mit den Händen wedelnd herbeigestöckelt und löste sie ab. Klitschnass geschwitzt ließ sich Karla auf den Stuhl fallen. Ihr Herz schlug schnell, gleichzeitig fluteten Glückshormone ihren Körper. Tanzen war Euphorie, Rausch und Besessenheit – sie hatte es ganz vergessen. Immer wieder wanderte ihr Blick zur Tanzfläche, auf der sich Sarah unter der glitzernden Discokugel abmühte. Die Arme! Sie gab sich wirklich Mühe, aber Tanzen war ihr nicht in die Wiege gelegt. Unrhythmisch tapste sie auf ihren Stilettos übers Parkett und umhalste Pascal dabei, als wäre der Ballsaal ein Baggersee und sie kurz davor zu ertrinken. Die Rumba endete, es folgte *Sway* von Dean Martin, ein Cha-Cha-Cha, und Karla setzte sich wie elektrisiert auf. Sie hatte große Lust, danach zu tanzen. Wie aufs Stichwort kehrten Sarah und Pascal an den Tisch zurück.

»Amüsier dich«, zwitscherte ihre Freundin ihr zu, während Pascal ihr auffordernd die Hand hinstreckte.

Sie tanzten den schmissigen Cha-Cha-Cha, darauf einen Slowfox, einen langsamen Walzer und eine Samba. Nach und nach kamen alle Schritte zurück, und das Beste daran war, dass ihr Rücken kein bisschen wehtat. Sie spürte bloß ihre Füße, die in den Pumps kochten, ihre heißen Wangen und Pascals Hand auf ihrem Schulterblatt, und im Geiste bedankte sie sich bei Sarah für die verwegene Idee.

Erst beim Tango musste sie wieder passen. Tango Argentino – wie wundervoll! Sie liebte es, wenn Paare in sich versunken zu den melancholischen Klängen hochkomplexe, ja scheinbar unergründliche Schrittfolgen tanzten. Fritz und sie hatten sich vorgenommen, einen Einsteigerkurs zu belegen. Damals, in diesem heißen Sommer in Cannes.

»Wollen wir uns setzen?«, fragte Karla und rückte ein Stück von Pascal ab.

»Kein Tango?«

»Nein, kein Tango.«

Er wirkte enttäuscht, dabei konnte er sich wahrscheinlich, wenn er nur wollte, kreuz und quer durch Berlins Tango-Szene tanzen.

»Soll ich noch Sekt bestellen?«, fragte Sarah, als Klara mit Pascal im Schlepptau an den Tisch zurückkehrte. Wie ein Kavalier der alten Schule ließ er ihr den Vortritt und rückte ihr den Stuhl zurecht.

»Nur Wasser«, sagten Pascal und sie wie aus einem Munde.

Sarah winkte der vorbeieilenden Kellnerin, aber da sie es nicht mitbekam, sprang sie auf, um rasch zur Bar rüberzugehen.

Pascal schlug die langen, schlaksigen Beine übereinander, und Karla fiel auf, dass seine Lackschuhe reichlich ramponiert aussahen. Bestimmt ging er häufig tanzen und leistete sich nicht alle paar Monate neue Schuhe. Ihre Blicke begegneten sich, und sie sah verlegen weg. Pascal erinnerte sie an jemanden. Sie wusste im Moment bloß nicht, an wen.

»Wo haben Sie so gut tanzen gelernt?«, fragte er.

»Ach, hier und da. Ich habe immer mal wieder einen Tanzkurs belegt.«

»In Berlin?«

»Auch«, antwortete sie vage. Sie wollte nicht darüber reden, denn wenn sie es tat, würde sie unweigerlich auf Fritz zu sprechen kommen. Das fand sie unpassend. Pascal war so etwas wie ein Dienstleister, dem erzählte man nicht sein halbes Leben.

»Und Sie? Ich meine …« Eigentlich wollte Karla wissen, wie er dazu gekommen war, als Eintänzer zu arbeiten, fragte dann aber, ob er früher Turniere getanzt habe.

»Um Himmels willen, nein!«

»Ist das so abwegig?«

»Wenn man mit einer klassischen Tanzausbildung angefangen hat, schon.«

»Sie waren früher Balletttänzer?«

Er winkte ab. »In meiner Schulzeit hatte ich Unterricht an einer Ballettschule. Aber nur ein paar Jahre. Damals hat unsere Familie in Köln gelebt. Meine Mutter stammte aus Nordrhein-Westfalen. Mein Vater ist gebürtiger Pariser.« Er nahm sein Glas und versuchte ihm einen letzten Tropfen zu entlocken. »Durch einen Freund bin ich später, da war ich aber schon in Berlin, zum Standardtanz gekommen«, fuhr er fort, »durch eine gute Bekannte zum Tango Argentino und Salsa, danach habe ich mich an Swing und Lindy Hop versucht.« Er grinste sie mit schief gelegtem Kopf an. »Ab und zu was Neues. Und Sie? Ich wette, Sie haben früher auch Ballett getanzt.«

Karla lachte auf. Für den klassischen Tanz hatte sie sich immer nur als Zuschauerin interessiert. »Es wäre bestimmt schön gewesen«, sagte sie, »aber es hat nicht sein sollen.«

»Warum nicht?«

»Ich hätte niemals das Zeug dazu gehabt... Also, ich meine die körperlichen Voraussetzungen und den nötigen Biss.« Sie blickte sich nach Sarah um, doch die stand nach wie vor an der Bar an. »Und wenn ich mir so die Tänzer bei uns im Haus ansehe«, fuhr sie fort, »Ballett ist wirklich Knochenarbeit.«

»Wo arbeiten Sie denn?«

»O Entschuldigung!« Karla wischte sich verstohlen den Schweiß von der Stirn. »An der Deutschen Oper.«

»Ach, wirklich?« Pascals Miene hellte sich auf. Die meisten Leute fanden es aufregend, wenn sie von ihrem Job an der Oper erzählte. Doch im weiteren Gespräch stellte sich oft heraus, dass die wenigsten jemals einen Fuß hineingesetzt hatten und zu Hause nicht mal klassische Musik hörten.

»In welcher Abteilung arbeiten Sie? Requisite? Kostüm? Bühnenbild? Oder sind Sie Sängerin?«

Sie musste lachen. Singen war noch absurder als Tanzen. Es gab nichts, was Karla weniger beherrschte.

»Nein, nein«, antwortete sie. »Ich bin die Referentin des Betriebsdirektors.«

Pascal pfiff anerkennend. »O wow!«

Karla lächelte ein einstudiertes Lächeln. Nichts war wow an ihrem Job. Der Großteil ihrer Tätigkeit war Routine. Täglich acht Stunden Gewehr bei Fuß stehen, telefonieren, kopieren, Ablage machen, all die Dinge erledigen, die im

Büro so anfielen. Pluspunkt waren die geregelten Arbeitszeiten, sie durfte sich die Generalproben anschauen und bei den Premieren im Parkett sitzen.

Pascal hatte ein paar Sekunden an dem Sternanhänger im aufgeknöpften Hemd gespielt und hob den Blick. »Kennen Sie auch die Tänzer?«, fragte er.

Schwul, fiel es Karla wie Schuppen von den Augen, und sie ertappte sich dabei, dass sie dachte: schade. Pascal war der erste Mann seit Fritz, der ihr gefiel. Gleich darauf schalt sie sich für ihre Albernheit. Ein so viel jüngerer Mann in Lackschuhen. Erik würde sich totlachen und Pascal erst recht, wenn er wüsste, was ihr durch den Kopf gegangen war.

»Meinen Sie jemand Bestimmtes?«, hakte sie mit fester Stimme nach. »Soll ich Ihnen... ich meine, ich könnte mal einen Kontakt herstellen. Aber ich kenne natürlich nicht alle persönlich, das Staatsballett tanzt ja nicht nur bei uns im Haus.«

Was plapperst du da nur, Karla?, maßregelte sie sich im Stillen. *Rede nicht so viel! Und nicht so dummes Zeug.*

Sarahs platinblonder Schopf tauchte in der Menge auf, gleichzeitig beugte sich Pascal zu ihr rüber. »Das verstehen Sie jetzt völlig falsch, Karla«, sagte er. »Ich bin nicht... Also, es ist nicht so, wie Sie denken.«

»Was sind Sie nicht?«, fragte Sarah munter und stellte zwei Flaschen Wasser auf den Tisch.

»Schwul.« Er grinste Sarah keck an. Und an Karla gerichtet fuhr er fort: »Ich hab's nicht auf einen der Tänzer vom Ballett abgesehen, falls das hier irgendjemand gedacht hat.«

Ein Moment des Schweigens entstand, und Karla schaute peinlich berührt auf die Tanzfläche, wo ein fetziger Jive getanzt wurde. Rück am Platz, Wechselschritt, Wechselschritt, hatte sie wieder die Worte ihres Tanzlehrers im Kopf. Gleichzeitig schoss ihr die Hitze ins Gesicht, und Sarah brach in Gelächter aus.

»Sagt mal, was habt ihr bloß für Themen am Wickel? Hat Karla dich gefragt, ob du schwul bist? Weil du so gut tanzt? Hallo, Klischee, ick hör dir trapsen.«

»Sarah!« Karla stieß ihre Freundin unter dem Tisch an. »Wir duzen uns nicht.«

»Oh, Verzeihung, natürlich nicht.« Sarah grinste. »Obwohl es doch viel netter wäre.«

»Von mir aus gerne«, erwiderte Pascal, und Karla wünschte sich an einen Ort, an dem der Sekt in Strömen floss und sie nichts weiter tun musste, als ihn in sich hineinzuschütten.

Sie stand auf und sagte: »Bin gleich zurück.«

Nach einem Abstecher auf der Toilette holte sie drei Gläser Sekt an der Bar. Wenn die anderen nicht wollten, würde sie sie eben allein austrinken.

Als sie zurückkam, verstummten Sarah und der Eintänzer abrupt.

»Darf ich bitten, Karla?«, fragte Pascal und deutete eine galante Verbeugung an.

Ihr Blick glitt zur Tanzfläche, auf der die Paare einen europäischen Tango tanzten. Mit einem Mal hatte sie keine Lust mehr. Was sollte das auch, dieser Amüsierabend auf Knopfdruck, für den Sarah eine ganze Stange Geld hingeblättert hatte?

»Nein, vielen Dank«, entgegnete sie. »Wir trinken noch den Sekt aus, und dann machen wir uns auf den Heimweg.«

»Och, schade«, brummte Sarah. »Ich habe Pascal gerade vorgeschlagen, uns noch ein Stündchen länger zu beglücken. Er macht's sogar zum Sonderpreis.«

Sie wollte sich ausschütten vor Lachen, doch Karla konnte das nur mäßig witzig finden. Ihr missfiel Sarahs leicht anzüglicher Tonfall. Pascal war immer noch der Tänzer, den sie bezahlte, und nicht ihr Loverboy.

Charmant lächelnd hielt er ihr die Hand hin, und Karla stand wie an Marionettenfäden gezogen auf. Die Farbe seiner Augen ... irgendwas zwischen karamellfarben und braun. Und dann fiel es ihr ein. Pascal erinnerte sie an ihre Jugendliebe Oliver. Damals war sie zwölf, Oliver dreizehn gewesen, und sie hatten sich auf dem Schulhof aus sicherer Entfernung angeschwärmt. Und obwohl sie sich heute für eine reife und vernünftige Frau hielt, folgte sie Pascal mit weichen Knien auf die Tanzfläche.

8.

»Au!«

»Da tut's weh?«

»Ja, und links daneben und weiter unten an der Lenden-
wirbelsäule auch … also, eigentlich überall.«

Der Osteopath, den Lucien ihr empfohlen hatte und der
eine Koryphäe auf seinem Gebiet sein sollte, ließ seine Hände
über Karlas Körper wandern, doch so gut er ihr auch zure-
dete, sie solle sich bitte entspannen, alles in ihr verhärtete
bloß noch mehr.

Zwei Wochen waren seit dem Tanzabend in *Clärchens
Ballhaus* vergangen. Das fluffig-leichte Gefühl, es getan, sich
getraut zu haben, hatte sich rasch verflüchtigt.

Karla war wieder in ihrem Alltag angekommen. Tag für
Tag pilgerte sie mit Rückenschmerzen zur Arbeit, telefonierte
abends mit ihrer Mutter oder ging mit Sarah ins Kino, die
sich oftmals so heftig mit Götz stritt, dass sie es zu Hause
nicht aushielt.

Und dann Erik … Ihr Sohn tat alles Mögliche, nur nichts,
was seiner Zukunft zuträglich war. Zu der üblichen Lethargie
kam der Liebeskummer wegen Hannah.

»Den Bauch ganz locker lassen«, drang die monotone
Stimme des Osteopathen an ihr Ohr. »Und tief hineinatmen.«

Karla wollte entgegnen, dass sie in der festgetackerten

Bauchlage überhaupt nicht atmen konnte. Und dass sie es auch nicht appetitlich fand, dass der verschwitzte Mann mit dem Schnauzer, der vor ihr aus dem Behandlungszimmer gekommen war, ebenfalls auf dem Laken gelegen hatte, doch es kam bloß ein erstickter Laut aus ihrer Kehle.

Ein paar Handgriffe später war sie erlöst. Sie wälzte sich zurück auf den Rücken, doch kaum lag sie in halbwegs bequemer Position da, tauchte das gebleckte Gebiss des Osteopathen über ihr auf.

»Dann wollen wir doch mal sehen«, sagte er und drückte den Punkt zwischen den auslaufenden Rippenbögen. Sie stöhnte auf.

»Aha, da haben wir's. Ihre Zwerchfellkuppel ist ganz fest. Spüren Sie das?«

Ganz fest. Das war eine euphemistische Umschreibung dafür, dass der Schmerz kaum zu ertragen war.

»Pfff«, japste sie, während der Mann, der von bulliger Statur war, diesen äußerst unangenehmen Punkt oberhalb des Magens umso fester bearbeitete. Eine Weile hielt sie dem Druck stand und versuchte zu atmen, dann ließ er endlich los.

»Ich kann Ihnen nur einen Rat geben: Reduzieren Sie Stress. Und lernen Sie richtig zu atmen.«

Karla nickte, gleichwohl wissend, dass die Vorsätze schnell wieder vergessen wären. Meistens schon beim Verlassen der Praxis.

»Sind Sie zurzeit besonders gestresst?«

Seit mindestens fünf Jahren, dachte Karla und sagte: »Geht so.«

»Wissen Sie, wie das für mich klingt?«

»Nein?«

112

»Als bräuchten Sie dringend, wirklich sehr dringend eine Auszeit. Was arbeiten Sie? Haben Sie Sorgen? Können Sie sich mal für länger beurlauben lassen? Eine Kur beantragen? Vielleicht sogar ein Sabbatjahr einlegen?«

Karla antwortete nur knapp. Ihre eintönige Arbeit, Fritz' Tod und die ungeklärte Situation mit dem Haus gingen den Osteopathen nichts an. Er massierte die alte Blinddarmnarbe, er fand ihre Darmschlingen zu fest, grub seine Schaufelhände hinein, und Karla war froh, als er von ihrem Bauch abließ und sich ihrem Kopf zuwandte, den er mit kaum spürbarem Druck abtastete. Das ließ sich aushalten, und endlich konnte sie sich entspannen.

Kaum stand sie wenig später mit zerzaustem Haar und zerknitterter Bluse wieder auf der Straße, schrillte ihr Handy. Lucien. Meine Güte, sie hätte ihn längst anrufen sollen! In letzter Zeit hatte sie öfter über die Idee, die Villa zum Gästehaus umzufunktionieren, nachgedacht, doch sie war noch zu keinem Ergebnis gelangt. Denkbar, dass Lucien richtiglag und es nur vernünftig war, sich ein zweites Standbein aufzubauen. Das viele Sitzen im Büro. Sie merkte ja selbst, dass jede noch so kleine Auszeit ihrem Rücken guttat. Nur – musste es unbedingt ein südfranzösisches Chambre d'Hôtes sein? Sie sprach mehr schlecht als recht Französisch, außerdem war sie in Berlin verwurzelt. Und über die Kosten der Renovierung mochte sie schon gar nicht nachdenken. Das Haus würde Unsummen verschlingen. Allein bei dem Gedanken daran wurde ihr flau.

»Salut, Lucien«, sagte sie ins Handy. »Kann ich dich später zurückrufen? Ich bin noch unterwegs.«

»Selbstverständlich!«, entgegnete er launig. »Wann bist du wieder zu Hause?«

»In circa einer halben Stunde. Aber ich möchte gerne erst duschen und etwas essen. Ist halb acht okay?«

»Halb acht ist ganz wunderbar.«

»Prima.«

Auf dem Weg zur U-Bahn besorgte Karla französischen Käse, Baguette und einen Bordeaux – das hatte sie sich nach der Tortur auf dem Frotteelaken verdient. Doch als sie in die Gartenstraße einbog, sah sie am Tor zu ihrem Haus einen schlanken Mann im hellgrauen Sommeranzug und mit Hut stehen. Anzug und Hut – so kleidete sich kein Mensch in Berlin-Mitte. Sie kannte überhaupt nur einen, der Anzüge und Hüte trug, und dieser eine war Lucien. Er war schon immer so herumgelaufen, ein Relikt aus seiner Studienzeit.

»Entschuldige den Überfall!«, rief er, als sie näher kam. »Ich hatte heute an der UDK zu tun, und da ich morgen früh wieder fliege, dachte ich…« Er brach ab und zuckte mit den Schultern.

»Schön, dich zu sehen.« Karla begrüßte ihn mit Küsschen links, Küsschen rechts, dann schloss sie die Tür auf. »Du hättest mir vorhin aber schon sagen können, dass du in Berlin bist.«

»Pardon.« Er lächelte schuldbewusst. »Schlimm? Soll ich wieder gehen?«

»Natürlich nicht.«

Spontan sein – den Charakterzug hatte Fritz sehr an ihr geschätzt, und eigentlich fand sie es schade, dass Überraschungsbesuche wie diese in der digitalen Welt von heute unbeliebt geworden waren.

Lucien schwenkte eine Plastiktüte, die nicht zu seiner seriösen Erscheinung passen wollte. »Ich habe einen Rotwein mitgebracht. Und Käse und ein Landbrot. Ach, magst du eingelegte Artischocken? Und ligurische Oliven? Ich war eben noch auf einen Abstecher in den *Galeries Lafayette*.«

Den vollgepfropften Shopper geschultert, nahm Karla die ersten beiden Stockwerke in wenigen Sätzen. »Dann haben wir bis auf die Artischocken und die Oliven alles doppelt«, erwiderte sie amüsiert. »Ich war auch gerade einkaufen. Und ich warne dich: Es ist nicht aufgeräumt.«

Noch drei Treppen und sie waren oben.

»Erik?«, rief Karla beim Aufschließen. Keine Antwort. Vielleicht war er bei seinem Kampfkunsttraining. Oder er war mit einem Freund weggegangen.

Lucien trat zögerlich ein. Er war ein wenig aus der Puste und blickte sich um.

»Hübsch habt ihr's hier.«

Karla hatte verdrängt, dass Lucien kein einziges Mal hier gewesen war. Damals nach Fritz' Tod hatte sie die geräumige Vierzimmerwohnung in der Chausseestraße nicht halten können und war in eine halb so große Wohnung drei Querstraßen weiter gezogen. Altbau, drei Zimmer, so weit ganz passabel, aber es gab keinen Balkon, und ihr Schlafzimmer war so schmal, dass sie das Ehebett gegen ein kleineres Modell hatte ersetzen müssen.

Im Flur stapelten sich wie üblich Eriks Sneakers. Karla stieg gespielt lässig drüber hinweg und stellte die Tüten in der Küche auf einem Stuhl ab.

»Ist es in Ordnung, wenn ich mich kurz frisch mache? Ich komme gerade vom Osteopathen, also von dem, den du mir empfohlen hast.«

»Manuel Fischer?«

Sie nickte.

»Und? Wie war's?«

»Okay.«

»Nur okay?« Luciens linker Mundwinkel wanderte nach oben. Und als sie nicht gleich antwortete, fuhr er fort: »Du wirst sehen, morgen, spätestens übermorgen fühlst du dich wie neugeboren.«

Karla hoffte so sehr, er würde mit seiner Prognose recht behalten. Sie zeigte ihm das Wohnzimmer – und befahl ihm, es sich bequem zu machen –, dann huschte sie, Jeans und T-Shirt unter die Achsel geklemmt, ins Bad.

Es tat gut, das heiße Wasser über den Nacken und Rücken fließen zu lassen. Ihre Muskeln fühlten sich tatsächlich ein wenig lockerer an. Womöglich hatte der Osteopath, der optisch mehr Ähnlichkeit mit einem Schlachter hatte, ja doch goldene Hände und hinbekommen, was niemandem zuvor gelungen war.

Unschlüssig, wie sie Luciens Überfall finden sollte, kämmte sie sich die Haare und zog sich die frischen Sachen an. Einen Moment lang überlegte sie, ob sie sich seinen Ring anstecken sollte, um ihm zu signalisieren, dass ihr sein Geschenk nicht egal war. Doch gleichzeitig war da die Angst, Lucien könne es missverstehen, und sie legte ihn zurück in die Schatulle.

Die muntere Stimme ihres Sohns drang aus dem Wohnzimmer, als sie die Badezimmertür aufzog. Er musste nach Hause gekommen sein, als sie unter der Dusche stand. Lucien lachte schallend auf; die beiden schienen sich prächtig zu amüsieren. Ihr Verhältnis war immer schon harmonisch gewesen. Erik konnte kaum laufen, da hatte er einen Narren an Lucien gefressen; umgekehrt war es genauso. Zusammen hatten sie Gespenster gejagt, gegen unsichtbare Monster gekämpft, aber auch auf der Couch gekuschelt, und

116

Lucien hatte Erik so lange vorgelesen, bis beide vor Erschöpfung eingeschlafen waren.

Karla strich sich die Haare glatt, dann stieß sie die angelehnte Wohnzimmertür auf.

»Du musst sie bequatschen, so was kannst du doch gut...«, Erik brach ab, als er seine Mutter erblickte. »Komm her, Mama. Essen!«

Zu ihrer Überraschung war der Tisch gedeckt. Der Käse auf einer Platte angerichtet, das Baguette und das Landbrot aufgeschnitten und der Rotwein, den Lucien mitgebracht hatte, entkorkt. Sogar die miefigen Sportklamotten, die Erik gestern aufs Sofa gepfeffert hatte, waren weggeräumt.

»Wer soll bequatscht werden?« Karlas Blick flog zwischen den beiden hin und her. »Ich?«

»Nein, nein, niemand«, wiegelte Lucien ab. Mit geübtem Schwung schenkte er Wein aus.

»Ihr könnt es mir ruhig sagen. Ich möchte nur nicht für dumm verkauft werden.«

»Komm mal her, Mama.« Erik klopfte auf den freien Stuhl neben sich. »Es gibt was zu feiern.«

Das klang vielversprechend. Vielleicht hatte ihr Sohn ja einen Ausbildungsplatz oder einen Studienplatz in Aussicht. Alles war Karla lieber als das ewige Nichtstun.

Sie setzte sich und schaute von einem zum anderen.

»Also?«

»Lucien hat uns für die Sommerferien nach Cannes eingeladen.«

»Wie bitte?«, hakte Karla nach, obwohl ihr Sohn klar und deutlich gesprochen hatte und es gar nichts misszuverstehen gab.

»Cannes! Hallo!« Er wedelte mit der Hand vor ihrem Gesicht. »Das ist dieser Ort in Südfrankreich, in dem du ein Haus besitzt. Okay, nur die Hälfte des Hauses, aber immerhin.«

»Sehr witzig, ich weiß auch, wo Cannes liegt.«

»Die ganze Spielzeitpause, ist das nicht der Hammer?«

»Abgesehen davon, dass ich mit Sicherheit nicht so lange verreise, ja«, sagte sie und hatte plötzlich einen metallischen Geschmack im Mund.

Lucien erhob sein Glas. »Auf uns! Auf das Leben!«

»Und auf Südfrankreich!«, schmetterte Erik und nahm einen kräftigen Schluck.

Karla stellte das Glas gleich wieder ab, sie hatte nicht einmal genippt. »Verstehe«, sagte sie scharf. »Du hast dich also entschieden. Du ziehst die Sache über meinen Kopf hinweg durch.«

Sie musterte Lucien scharf, der auf das Schwarz-Weiß-Foto an der gegenüberliegenden Wand schaute. Der Strand von Arcachon. Fritz hatte das Foto in einem ihrer ersten gemeinsamen Urlaube aufgenommen, und sie hatte sich nie davon trennen können. Luciens Blick wanderte wieder zu ihr.

»Karla, ich will dich ganz bestimmt nicht überrumpeln. Oder dich zu etwas zwingen, was du nicht möchtest.« Lucien berührte flüchtig ihre Hand. »Für mich ist der Ausbau des Stadtpalais aber wichtig. Es ist nicht nur ein Herzensprojekt, sondern auch meine Altersvorsorge, verstehst du? Aber wenn du nicht mitziehen willst, zahle ich dich selbstverständlich aus, kein Problem.«

»Und wovon?«

»Ich müsste einen Kredit aufnehmen.«

Erik rutschte hibbelig auf dem Stuhl hin und her. »Hast du nicht gehört, Mama? Stichwort Altersvorsorge. Klingelt's da nicht bei dir?«

Karla schwieg, und Erik fuhr fort: »Ich kapier's nicht, du bist doch sonst immer so auf Sicherheit bedacht. Und letztlich wäre es ja auch meine Altersvorsorge.«

»Denk du erst mal an deine Ausbildung, okay?« Der Schmerz schoss ihr wie ein Blitz in den Rücken, und sie griff sich an die Lenden.

»Guck dich doch an, Mama! Dir tut jeden Tag was weh! Wie lange, meinst du, kannst du damit noch im Büro sitzen? Ständig rennst du zum Arzt, und hat dir schon mal einer geholfen? Nee.«

Lucien räusperte sich. »Erik hat schon recht. Mit dem Chambre d'Hôtes würde irgendwann Geld fließen, ohne dass du auch nur einen Finger rühren müsstest.«

»Irgendwann, eben.« Karla lachte höhnisch auf. »Das ist genau der Punkt. Bevor es nämlich so weit ist, muss man investieren. Geld, das ich nicht habe.«

Sie nahm jetzt doch einen Schluck Wein, und weil er süffig war und nach mehr schmeckte, gleich noch einen, und plötzlich wurde ihr bewusst, dass sie das ganze Glas in einem Zug ausgetrunken hatte.

Lucien trommelte mit den Fingerspitzen auf den Tisch. »Folgendes, Karla: Ich habe schon mal ein Muster-Apartment im ersten Stock ausbauen lassen.«

Er hatte was? Einfach am Haus gewerkelt, ohne sie darüber zu informieren?

»Ich glaube, es wird richtig schön. Ihr könntet dort den Sommer über wohnen.«

»Cool!«, rief Erik aus. »Hast du Fotos?«

Lucien entriegelte sein Smartphone, klickte sich eilig durch die Fotogalerie, dann hielt er Karla das Handy hin.

»Es ist aber noch nicht ganz fertig.«

Das Apartment war schlicht und funktional eingerichtet. Eine anthrazitfarbene Küchenzeile mit einem schwarzen Gasherd, eine steingraue Sitzecke, das Schlafzimmer war in den gleichen Farben gehalten. Schick, aber ohne mediterrane Behaglichkeit, die man sich an so einem Ort wünschte.

»Es gefällt dir nicht«, stellte Lucien fest.

»Doch, schon, aber…« Sie schluckte gegen einen hartnäckigen Kloß an. »Es kommen ja sicher noch Bilder an die Wand.«

»Sonnenuntergänge, oder was?« Erik lachte von oben herab.

»Natürlich nicht«, schnappte Karla. »Aber ich finde nun mal… Ein Apartment am Meer könnte schon ein bisschen behaglicher sein. Ihr wolltet doch meine Meinung hören, oder nicht?«

Lucien zeigte Erik die Fotos, dann nahm er das Handy wieder an sich und scrollte mit gerunzelter Stirn durch die Fotogalerie. »Vielleicht hast du recht. Kann sein, dass die Urlauber heitere Farben erwarten.« Er sah auf, und der Anflug eines Lächelns huschte über sein Gesicht. »Danke, Karla. Ich nehme mir deine Kritik zu Herzen.«

Sie goss sich ein halbes Glas Wein nach. »Na, hör mal, du musst doch nicht nach meiner Pfeife tanzen. Es ist dein Apartment. Und das richtest du so ein, wie es dir gefällt. Wäre trotzdem nett gewesen, wenn du mir was davon gesagt hättest.«

Er nickte. »Du sollst es auf jeden Fall schön haben… Also, falls du meine Einladung annimmst.«

»Und du? Wo würdest du wohnen?«

Lucien winkte ab. »Es gibt genügend Zimmer, nicht wahr? So lange ich irgendwo duschen kann, passt das schon. Und vielleicht darf ich mir ja sogar mal was in eurer Küche brutzeln.«

»Zusammen kochen klingt geil«, sagte Erik. »Ich bin dabei.«

Karla seufzte leise. Ihr Sohn und kochen... »Ich weiß aber noch gar nicht, ob ich das annehmen kann...«

»Kannst du«, entgegnete Lucien.

»Und annehmen möchte«, brachte sie den Satz zu Ende.

Sie schaute zu Erik rüber, der verzweifelt den Kopf hin und her wiegte, als sei sie komplett verrückt geworden.

»Überleg's dir einfach, in Ordnung?« Lucien entschuldigte sich, ging aus dem Zimmer und zog die Tür hinter sich zu.

»Mama!« Erik beugte sich zu ihr herüber, und seine langen Wimpern flatterten. »Mach, was du willst, aber ich fahr auf jeden Fall.« Er stieß sie an der Schulter an. »Lucien hat uns eingeladen, wie bescheuert wäre das denn, das einfach auszuschlagen?«

»Und wovon willst du das bezahlen?«

»Wie, wovon? Jobben natürlich. Ich brauch da unten nicht viel.«

»Ich dachte, wir hätten eine Übereinkunft, Erik.«

»Hab ich auch nicht vergessen. Trotzdem kann ich ja wohl ein bisschen Urlaub machen, bevor der Wahnsinn mit der Ausbildung und so losgeht.« Seine Hand fuhr schräg nach oben in die Luft, und er imitierte das Geräusch eines Düsenjets.

»Willst du dich mit Guy treffen?«

»Weiß nicht. Mal sehen.« Er atmete genervt aus und schaute auf seine kurz geschnittenen Fingernägel. »Ich will einfach gar nichts. Außer mit Lucien ein bisschen Zeit verbringen, ist das denn so schlimm?«

»Nein, das ist nicht schlimm.« Sie lächelte ihren Sohn an. Es rührte sie, dass er so an Lucien hing, sollte er doch in Gottes Namen hinfliegen.

Kurz darauf kam Lucien zurück. Er war taktvoll genug, das Thema nicht noch einmal anzuschneiden, erzählte stattdessen von dem Vortrag über Nachhaltigkeit im Städtebau an der UDK, sie öffneten die zweite Flasche Wein, und irgendwann war Karla so angetrunken, dass sie Lucien anbot, bei ihnen zu übernachten.

Er nahm hocherfreut an. Was es bedeutete, ihn in der Wohnung zu haben, begriff sie erst, nachdem sie ein provisorisches Schlaflager auf der Couch aufgeschlagen, sich in ihrem Bett ein paar Kissen in den Rücken gestopft hatte, um zu lesen, und schon kurz darauf Schnarchgeräusche durch die Wand drangen. Bitte nicht! Das war zu viel. Und zu intim, das auch. Und dann fragte sie sich, ob es eine gute Idee war, gemeinsam mit Lucien, ausgerechnet mit ihm, ein neues Kapitel in ihrem Leben aufzuschlagen.

9.

Die Neonlampe über Eriks Kopf flirrte, und er fror, weil die Klimaanlage auf Niedrigtemperatur eingestellt war. Emsig belegte er ein Baguette nach dem anderen. Mit Cheddar oder Frischkäse, mit Salami oder Truthahnaufschnitt, er fischte Salatblätter, Tomaten, rote Zwiebeln und Jalapeños aus den Frischhalteboxen, aber am liebsten ließ er die Soßen aufs Brot kleckern. Es gab Joghurtsoße, Honigsenfsoße, süße Zwiebelsoße und manchmal, wenn er ganz verwegen drauf war, mixte er verschiedene Dips zusammen. Das war er seiner Berufsbezeichnung schuldig. Seit drei Tagen arbeitete er bei einer Fast-Food-Kette im Norden Berlins und durfte sich vollmundig Sandwich-Artist nennen. Sand-wich-Ar-tist. Das Wort musste man sich nur mal auf der Zunge zergehen lassen! Laut Definition war ein Artist ein Künstler im Zirkus und Varieté. Ähm, ja, das passte. Auf jeden Fall brauchte man ein gewisses Maß an Geschicklichkeit, um die gewünschten Beläge so ins vorgetoastete Baguette zu schieben, dass nichts herausfiel, sobald man das fertige Sandwich, züchtig im Papiermäntelchen, über den Tresen reichte.

Erik gab seiner Mutter gegenüber ungern zu, dass die Arbeit ihm gefiel. Er sprang zwar nicht jeden Morgen vor Freude jubelnd aus dem Bett, aber Baguettes zu schmieren war immer noch spannender, als den ganzen Tag zu Hause abzuhängen. Er bekam einen anständigen Stundenlohn, wurde von Tag zu Tag flinker, und manchmal war sogar ein Blickkontakt mit einer Kundin drin. Wobei ihn seit dem Vorfall in der Bäckerei in Cannes keine andere Frau mehr interessierte. Die Flirterei versüßte ihm bloß die Arbeit, die ihn seinem Ziel jeden Tag ein Stückchen näher brachte. Cannes. Sommer, Sonne und mit ein bisschen Glück machte er das Mädchen mit den haselnussbraunen Augen klar. An dem Geburtstag seiner Mutter war er nach dem Kaffeetrinken heimlich um den Laden herumgeschlichen, aber er hatte sich nicht getraut reinzugehen. Weil er ein Idiot war, ein feiger dazu.

Seine Mutter hatte noch keine Pläne für den Sommer – bisher konnte sie sich nicht dazu durchringen, Luciens Angebot anzunehmen –, doch Erik hatte nicht eine Sekunde gezögert. Logisch würde er hinfliegen. Worauf sollte er auch warten? Darauf, dass seine Mutter ihm grünes Licht gab? Oder dass es Geldscheine vom Himmel regnete? Lucien hatte ihn zwar explizit eingeladen, nur hieß das ja nicht automatisch, dass er ihn von morgens bis abends durchfütterte. Es bedeutete auch nicht, dass seine Mutter ihm jede Menge Kohle zusteckte, also hatte er sich aufgerafft und sich den Job gesucht.

Langsam konnte er nicht mehr nachvollziehen, was in seiner Mutter vorging. Sie sollte endlich mit der Vergangenheit abschließen, fünf Jahre trauern waren mehr als genug. Lucien war ein echt cooler Typ, immer gewesen, mit einem coolen Job und noch cooleren Ideen. Sie brauchte nur mit den Fingern zu schnippen, und er würde ihr die Welt zu Füßen legen. Jeder Hansel merkte doch, wie er auf sie abfuhr. Und das nicht erst seit gestern. So lange Erik denken konnte, hatte Lucien sie angehimmelt. Diese Blicke. Diese Komplimente.

Ihm war nicht klar, ob seine Eltern es nicht gemerkt hatten oder es nicht hatten merken wollen. Weil es tabu war, dass der beste Freund des Vaters dessen Frau anbetete.

Erik fertigte zwei Kundinnen ab, die wie die Teenies gackerten und sich nicht entscheiden konnten, welchen Belag sie auf ihrem Baguette haben wollten –, dann durfte er in die Pause gehen.

»Kommst du mit raus?«, fragte ihn sein Chef Arne und hielt ihm eine Schachtel Marlboro hin.

Erik lehnte ab. Weil er nicht rauchte und die Zeit nutzen wollte, um sein Französisch aufzufrischen. Er hatte sich eine App heruntergeladen, mit der das Lernen weitaus besser klappte als damals in der Schule. Vokabeln aufschreiben und auswendig lernen war nie sein Ding gewesen.

Jetzt dagegen schon. Die Blamage vor der Verkäuferin in der Patisserie steckte ihm immer noch in den Knochen. Nur deswegen kniete er sich so rein. Mädchen wollten reden. Das war für sie das Vorspiel vorm echten Vorspiel, und wenn er schon das nicht hinbekam, konnte er die Sache gleich vergessen.

»Du spinnst ja wohl«, hatte Guy gesagt, als er ihm am Telefon von der Kleinen in der Patisserie erzählt hatte. »Du weißt rein gar nichts über sie. Vielleicht hat sie einen Freund. Oder ist lesbisch. Oder durchgeknallt.«

»Und wenn schon«, hatte er entgegnet. »Das Risiko gehe ich ein.«

Etliche Male hatte er versucht, etwas über sie in Erfahrung zu bringen. Was sinnlos war, weil er ja nicht mal ihren Namen kannte. Und auch über die Patisserie war nichts im Internet herauszubekommen. Guy auf das Mädchen ansetzen? Besser nicht. Erik konnte kaum von seinem Freund verlangen, dass er den weiten Weg von Marseille nach Cannes auf sich nahm, um eine Braut für ihn abzuchecken. Zumal das Risiko bestand, dass sich Guy in das Mädchen und das Mädchen sich in Guy verknallte. Guy war seit dem Schüleraustausch ein richtig guter Kumpel, aber Erik legte nicht die Hand dafür ins Feuer, dass er infolge eines Hormonflashs nicht doch sich selbst der Nächste wäre.

Die Pause war viel zu schnell vorbei. Erik setzte das vorgeschriebene Käppi auf, mit dem er wie ein Vollidiot aussah, streifte sich die Hygienehandschuhe über, und als er zurück in den Laden kam und die Schlange sah, die sich bis auf die Straße gebildet hatte, rutschte seine Laune in den Keller. Eine Schulklasse stand an. Jasmin, mit der er sich die Schicht teilte, ackerte, was das Zeug hielt, doch allein kam sie kaum gegen die hungrige Meute an. Auch zu zweit schafften sie es nur mit Ach und Krach. Kaum war der größte Ansturm vorüber – kurz verschnaufen und das Käppi zurechtrücken –, flog die Tür auf und Hannah spazierte herein. Die Frau, die auf so unfassbar miese Art mit ihm Schluss gemacht hatte. Die Frau, die er niemals hatte wiedersehen wollen. Jetzt stand er in seinem lächerlichen Sandwich-Artist-Outfit vor ihr und guckte garantiert wie der Obertrottel vom Dienst aus der Wäsche.

Einen Sekundenbruchteil lang sah es aus, als wollte sie gleich wieder auf dem Absatz umdrehen, dann überlegte sie es sich anders und trat auf ihn zu.

»Hi.«

»Hi, Hannah.« Er hob die Hand, was hoffentlich lässig aussah.

»Du verkaufst jetzt also Sandwiches?«

Ihre Frage war vollkommen überflüssig, und es störte ihn,

wie sie ihn mit diesem blasierten Mundwinkelgrinsen von oben bis unten taxierte.

»Ja, ist 'n cooler Job.«

Sie nickte und starrte auf die Auslagen.

»Was möchtest du?«

»Ein Sandwich.«

»Schon klar.« Scheiße, sie sah echt mega aus. Nach wie vor. Die kastanienbraunen Haare fielen ihr in Wellen auf die Schultern, und der Mund, den er so oft geküsst hatte, war brombeerrot geschminkt. Küssen war ihre Spezialität gewesen. Keine hatte die Mischung aus weich, sinnlich und scharf besser hingekriegt.

»Putenbrust«, sagte sie nach etlichen Sekunden, und ihr Zeigefinger schnellte vor. »Salat, Tomaten und Joghurtsoße.«

»Und?« Er zog das Wort endlos in die Länge, während er mit der Zange drei Scheiben Putenaufschnitt aus der Box fischte. »Wie geht's so?«

»Super. Und dir?«

»Auch super.«

Ihr arrogantes Lächeln wurde breiter. Als könnte es jemandem, der hier arbeitete, kaum super gehen.

»Ich fliege demnächst nach Cannes«, fuhr er fort.

Hannahs Augenbrauen rutschten fragend unter ihren Pony. »Wieso das? Du warst doch gerade erst in Marseille.«

Jetzt lächelte er. Irgendwas zwischen charmant und schmalzig. Und er genoss es, sie einen Moment zappeln zu lassen. »Meine Mutter besitzt dort eine Villa. Pool, Palmengarten, das Meer zehn Minuten entfernt.« Ja, er trug dick auf, ziemlich dick sogar, aber es sollte Hannah so richtig aus den Schuhen hauen. Er hatte ihr nie von dem Haus in Cannes erzählt. Dazu war es nicht mehr gekommen. Jetzt würde sie vor Neid erblassen und sich womöglich ärgern, das Ganze vorschnell beendet zu haben.

Doch, durch und durch Schauspielerin auf der Bühne ihres Lebens, zuckte sie mit den Schultern und warf ihm ein emotionsloses »Cool« hin.

»Und du?«, fragte er, während er Joghurtsoße aufs Sandwich tropfen ließ. »Fährst du auch weg?«

»Nein, muss lernen.« Sie nahm ihre Geldbörse aus ihrer Tussi-Glitzer-Tasche. »Und Benedict beim Umzug helfen.«

Benedict? Umzug?

»Mein neuer Freund«, sprach sie weiter. Dabei lachte sie, und Erik konnte nicht raushören, ob es hämisch oder nur verlegen war. »Er zieht zu mir.«

Er schluckte trocken – eins zu null für Hannah –, reichte ihr das Sandwich, und als sie kurz darauf den Laden verließ, war er sich sicher, dass sie immer nur eine blöde, snobistische Kuh gewesen war, in die er sich besser niemals verliebt hätte.

* * *

Es war ein historischer Tag. Zumindest laut Erik, der am frühen Abend von der Schicht im Sandwichladen nach Hause kam, mit einem Hechtsprung auf dem Sofa landete, Füße hoch, Bierflasche auf. Zur Feier des Tages, wie er grinsend verkündete. Dabei trank er häufiger ein Bier, das war nichts Ungewöhnliches. Immer wieder hatte Karla ihm ins Gewissen geredet, er solle sich das gar nicht erst angewöhnen, irgendwann könne er nicht mehr ohne, aber es war ein Kampf gegen Windmühlen. Ihr Sohn war erwachsen, wenn er in absehbarer Zeit auszog, würde sie ohnehin keinen Einfluss mehr auf ihn haben.

Für Karla war es ein Bürotag wie jeder andere gewesen. Vormittags hatte sie ein Vorsingen auf der Bühne betreut, weil sich die Kollegin, die für die Sängerdisposition zuständig war, krankgemeldet hatte. Eine willkommene Abwechslung, doch nach dem Mittagessen in der Kantine war sie im üblichen Bürosumpf versunken. Ablage, Reisekostenabrechnungen, Verträge ausstellen. Jede Viertelstunde war sie aufgesprungen, um ein paar Schritte auf dem Gang auf und ab zu laufen. Die Rückenschmerzen waren unerträglich gewesen. Der Osteopath, dieser Wundermann der alternativen Medizin, hatte ihr auch nicht helfen können. Wie immer war Bewegung Balsam für ihren Rücken, wie immer war Sitzen pures Gift. Ergo: Der Job schadete ihrer Gesundheit. So hatte Karla, noch bevor sie über die Schwelle ihrer Wohnung getreten war, einen Entschluss gefasst. Lucien, Cannes und das Chambre d'Hôtes würden ihre Zukunft sein. Lucien nicht im erotischen Sinn, das stellte sie gleich klar, als sie mit ihrem Sohn darüber sprach. Nicht dass sich Erik da irgendetwas zusammenfantasierte.

Erik starrte sie regungslos an; es schien in ihm zu arbeiten. Dann tauchte ein schiefes Grinsen auf seinem Gesicht auf, und er pustete in die leere Flasche, sodass ein tiefer, dumpfer Ton erklang.

»Ist das alles, was du dazu zu sagen hast?«

»Nein, Mama. Das ist cool, richtig cool!« Er nahm die Beine vom Sofa und stellte die Bierflasche auf dem Couchtisch ab. »Wie kommt's? Ich mein, warum hast du deine Meinung so plötzlich geändert?«

Karla wollte nicht mit Erik über ihre Rückenschmerzen sprechen – die meisten Leute, ihr Sohn eingeschlossen, hielten sie für überspannt –, also winkte sie ab.

»Wir fahren wirklich zusammen, Mama? Du kommst echt mit?«

Als sie nickte, riss Erik wie ein kleiner Junge, der beim Fußball ein Tor geschossen hatte, die Arme in die Luft. Das freute und rührte sie zugleich. Endlich war es wieder da, dieses jugendliche Feuer, das sie so bei ihm vermisst hatte.

Nur noch zwei Wochen, dann war Spielzeitpause. Weg vom Computer, Alltagstrott adieu. Über kurz oder lang würde sich zeigen, ob sich ihr Rücken von allein erholte. Ihre Ärztin hatte ihr schon häufiger vorgeschlagen, sie für eine Weile aus dem Verkehr zu ziehen, doch Karla hatte bisher gezögert. Die Macht der Gewohnheit, zudem hielt sie große Stücke auf Kollegialität. Sie wusste doch, wie das lief: Dem Chef war es zu aufwendig, eine Aushilfe für ein paar Wochen einzuarbeiten, und alles blieb an den Kolleginnen hängen, die verfügbar waren.

Karla ging rüber in die Küche, um sich ein Brot zu schmieren. Keine fünf Sekunden später kam Erik hinterhergeschlurft.

»Kannst du mal bitte die Füße hochnehmen?«, maßregelte sie ihn. »Oder glaubst du, Mädchen stehen auf so was?«

»Reg dich ab, okay?«

Erik tat zwar lässig, doch Karla spürte, dass sie ihn mit der flapsigen Bemerkung verletzt hatte. Es war das Dilemma seines Lebens, dass kein Mädchen es länger mit ihm aushielt. Und eigentlich hatte sie ihn nicht daran erinnern wollen.

»Hunger?« Sie lächelte ihn versöhnlich an.

»Nein, danke.«

Er lehnte sich gegen den Küchenschrank, einen Fuß vor den anderen gestellt. »Hast du es Lucien schon gesagt?«

»Lass mich bitte eine Nacht drüber schlafen.« Sie zog den Kühlschrank auf. Ein Rest Käse war noch da und ein Topf

Quark auf wundersame Weise hinzugekommen. »Ich will nicht morgen aufwachen und feststellen müssen, dass es eine Fehlentscheidung war.«

»Mama! Das ist keine Fehlentscheidung. So oder so nicht. Das Haus ist die beste Kapitalanlage, die man sich nur vorstellen kann. Selbst wenn du nie einen Fuß hineinsetzt, arbeitet das Geld einfach so für dich.« Er trat neben sie und griff nach einem Bier.

»Du trinkst zu viel, Erik.«

Ihr Sohn blickte sie schläfrig an. »Zwei Bier sind doch nicht viel. Meine Kumpel ...«

»Deine Kumpel interessieren mich nicht, Schatz.«

Erik brummte etwas Unverständliches, stellte die Flasche Bier zu ihrer Überraschung aber brav zurück und nahm sich den Apfelsaft. Na also, ging doch.

Zufrieden, dass der Abend nicht wieder im Streit geendet war, sagte sie: »Ich ruf Lucien nachher an und sage ihm, dass wir kommen, gut? Aber nur für zwei, maximal drei Wochen.«

»Cool!« Erik schwenkte die Flasche. »Und ich guck im Internet nach Flügen.«

10.

Es war ein lauer Sommerabend, Pascal hatte sich mit Andreas und Marc zum Männerabend bei einem Vietnamesen in Friedrichshain verabredet. Sie gingen ab und an zu dritt weg, manchmal ins Kino, manchmal auch nur ein Bier trinken.

Pascal zog gerade die Stäbchen aus der Papierverpackung, da ließ Marc die Bombe platzen.

»Hört mal her«, sagte er. »Ich muss euch was sagen.«

»Aha?« Andreas blies sich eine angegraute Haarsträhne aus dem Gesicht. »Dann schieß mal los.«

»Aber wehe, du flippst aus, Papa.«

»Hab ich denn Grund auszuflippen?«

Marc lächelte, als hätte er Zahnschmerzen. »Die Stage School in Hamburg hat mich angenommen.«

Einen Moment war es totenstill. Andreas fischte eine Schachtel Zigaretten aus der Hosentasche und starrte auf den Warnhinweis, als läse er ihn zum ersten Mal.

Pascal grinste Marc an und reckte verstohlen den Daumen in die Luft. Das war großartig. Einfach nur fantastisch!

»Hab ich das richtig verstanden? Du willst wirklich diese Musicalausbildung durchziehen?«

»Ja, cool, oder?« Marc lächelte, doch im nächsten Moment flackerte eine Spur Verunsicherung in seinem Blick auf.

»Andreas, das ist wie ein Sechser im Lotto«, sprang Pas-

cal für Marc in die Bresche. »Es gibt keine bessere Bühnen-
fachschule in Deutschland. Alle wollen dorthin. Und nur die
wenigsten werden überhaupt angenommen.«

»Nee, schon klar.« Andreas zerknautschte die Zigarettenschachtel. »Und wer übernimmt später mal meinen Laden?«

Die Reinigung. Immer wieder die Reinigung! Als wäre das
Geschäft sein Lebenswerk und die chemische Säuberung
von Hemden ein Handwerk, das man unter allen Umständen von Generation zu Generation weitergeben musste. Das
war Unsinn, und Pascal verstand beim besten Willen nicht,
warum Andreas so stur war. Langsam sollte er sich damit
anfreunden, dass sein Sohn anders tickte als er. Vermutlich
wollte er nicht mal wahrhaben, dass Marc auf Männer stand.

Es kam zu einer hitzigen Auseinandersetzung, Pascal
kippte hastig ein Glas Wein nach dem nächsten hinunter,
und als er es bemerkte, war es schon spät. Das Fahrrad stehen lassen und mit den Öffentlichen nach Hause fahren?
Das kam ihm übertrieben vor, doch bevor er sich auf seinen
Drahtesel schwingen konnte, klingelte sein Handy.

Es war Samuel. Sonst telefonierten sie nur alle Jubeljahre
miteinander, in letzter Zeit hatte er sich häufiger gemeldet
und ihm beachtliche drei Aufträge beschert.

»Hast du übermorgen Abend Zeit?«, fragte er ohne Um-
schweife. »Ich hab eine Buchungsanfrage.«

Pascal ging seine Termine im Kopf durch, während Samuel
fortfuhr: »Mit der Dame hast du kürzlich schon getanzt.«

»Wer ist es?« Hoffentlich war es nicht diese aufgetakelte
Matrone aus Dahlem, deren penetrantes Parfüm einen hef-
tigen Kopfschmerzanfall bei ihm ausgelöst hatte. Da sie nur
Foxtrott tanzen konnte, war es ein recht eintöniger Abend
geworden.

133

»Karla Hermann. Erinnerst du dich an sie?«

Pascal atmete erleichtert auf. Natürlich erinnerte er sich an Karla! Abgesehen davon, dass sie gut tanzen konnte, hatte er sie auch sonst ausgesprochen sympathisch gefunden. Ihre flippige Freundin ebenso, wenn sie auch eine Spur exaltiert war.

»Sie will noch mal tanzen. Hat direkt nach dir gefragt.« Er hörte Samuel lachen. »Ist ein Ding, oder?«

Er hatte keine Lust, mit seinem Chef darüber zu diskutieren, ob das ein Ding war oder nicht, und sagte zu. Viele Frauen schätzten ihn als routinierten Tänzer.

»Und der Termin passt dir?«

»Klar.«

Samuel nannte ihm Uhrzeit und Treffpunkt, dann stieg Pascal aufs Rad und ertappte sich dabei, dass er wie zu seiner Jugendzeit übermütig und in Schlangenlinien durchs nächtliche Berlin juckelte. Mit viel zu viel Alkohol im Blut. Wenn er jetzt von der Polizei erwischt würde, müsste er den Lappen abgeben und könnte nicht mehr Taxi fahren. Doch das war ihm gerade herzlich egal. Man lebte nur einmal. Und im Moment lief es wie geschmiert.

* * *

Zwei Tage darauf saß Karla in der Küche, vor sich ein Glas Wasser, und manikürte sich die Fingernägel. Sie waren noch gar nicht zu lang, aber ihr fiel nichts ein, was sie ersatzweise hätte tun können, um sich zu beruhigen. Sie war nervös. Mehr noch, ihre Nerven lagen blank. Im Nachhinein kam es ihr völlig absurd vor, dass sie in der Agentur angerufen und diesen Tänzer geordert hatte. Das war doch nicht sie gewesen! Die Tatsache, dass ihr ein einsames Wochenende bevorstand, konnte es auch nicht sein. Erik war mit einem Freund auf einem Rockfestival, Sarah für ein paar Tage zu ihrer Mutter nach Hamburg gefahren, ihre eigene Mutter urlaubte mit ihrer besten Freundin Karin auf Sardinien. Für gewöhnlich machte es Karla nichts aus, die Wochenenden allein zu verbringen. Ausstellungen, Konzerte, Vernissagen – Berlin hatte reichlich zu bieten. Und sie empfand es auch nicht als Strafe, es sich mit einem Teller Spaghetti aglio olio und einem Glas Wein vor dem Fernseher gemütlich zu machen und sich eine Staffel *Downton Abbey* oder *House of Cards* anzusehen. Doch jetzt hatte ihre eigene Verwegenheit sie hinterrücks überrumpelt.

Der Mann am anderen Ende der Leitung war so unverschämt gewesen, dass sie beinahe wieder aufgelegt hätte.

»Wen wollen Sie buchen? Ach, Pascal. Frau... wie war noch gleich Ihr Name... ach so, Karla Hermann. Sie können bei uns nicht einen bestimmten Tänzer buchen, werte Dame, nur einen Tänzer, verstehen Sie?« Seine Lache hatte wie der Fanfarenstoß eines Elefanten geklungen.

Ja, du mich auch, hatte sie gedacht und trotzdem keinen Rückzieher gemacht. Letztlich war es ihr egal, mit wem sie tanzte. Hauptsache, ihr Partner beherrschte die Standardtänze und war ihr körperlich nicht unangenehm.

Ein Blick zur Uhr. Es war kurz nach sechs. Um acht war sie verabredet, und wie schon beim letzten Mal wusste sie nicht, was sie anziehen sollte. In dem gelben Kleid sah sie alles andere als vorteilhaft aus, das war selbst ihr klar, allerdings hatte sie nicht die leiseste Ahnung, wie sie es heute besser machen sollte. Sie war nun mal nicht der Typ Frau, deren Schrank von Klamotten überquoll, und abgesehen von ihren Pumps besaß sie nicht einen einzigen höheren Schuh. Ihre alten Tanzschuhe hatte sie beim Umzug in die kleinere Wohnung gleich mit entsorgt. Damals hatte sie sich nicht vorstellen können, jemals wieder tanzen zu gehen. Kurz überlegte sie, ob sie Sarah anrufen und um Rat bitten sollte. Doch dann fiel ihr ein, dass sie ihrer Freundin die Buchung – warum auch immer – vorenthalten hatte und die das sicher sonderbar finden und einen ganzen Kübel neugieriger Fragen über ihr auskippen würde. Ja, es war in der Tat merkwürdig. Sonst erzählten sie sich doch immer alles. Umso weniger begriff Karla, was auf einmal mit ihr los war.

Lucien rief genau in dem Moment an, als sie vorm Kleiderschrank stand und dachte: Was für ein Elend! Gab es nicht ein einziges Kleidungsstück, das sie gerne anzog? In dem sie sich souverän und attraktiv fühlte? Während ihre Finger über die dunklen Stoffe glitten, erzählte Lucien, dass bis zu ihrer Ankunft ein Zimmer im Erdgeschoss bezugsfertig sein würde, sie sich also nicht in die Quere kommen würden.

»Klingt super.« Karla hatte schon befürchtet, dass er am Ende bei ihr und Erik unterschlüpfen wollte. Und sie konnte ihn ja wohl schlecht aus seinem eigenen Apartment hinauskomplimentieren.

Gut gelaunt erzählte sie ihm, dass sie gleich tanzen gehen würde, aber partout nicht wisse, was sie anziehen solle.

Plötzlich war es still in der Leitung.

»Lucien?«

»Ja, bin dran.« Er räusperte sich. »Habe ich das richtig verstanden? Du gehst tanzen?« Er lachte leise, und in ihren Ohren klang es eine Spur arrogant. Er konnte sich wohl nicht vorstellen, dass es Leute gab, die sich auf diese Weise amüsierten, was Karla ärgerte. Schon früher war er manchmal so gewesen, eine Spur überheblich und besserwisserisch. »Dann hast du also doch noch Geschmack an Sarahs Geschenk gefunden?«

»Ja und nein«, antwortete sie ausweichend, weil sie keine Lust auf umständliche Erklärungen hatte.

»Heißt?« Es knisterte an ihrem Ohr.

»Dass ich deinen Rat in Sachen Mode brauche. Sarah klingelt jeden Moment.« Die Lüge war ihr ganz leicht über die Lippen gekommen. Aber was ging Lucien das eigentlich an?

»Willst du eine ehrliche Antwort?«

»Natürlich. Sonst hätte ich dich ja wohl kaum gefragt.«

»Jeans und T-Shirt. Aber du siehst eigentlich in allem hinreißend aus, und das weißt du auch.«

Schmeichler, dachte Karla, freute sich jedoch, dass er ihr zu den Jeans geraten hatte. Darin fühlte sie sich ohnehin am wohlsten.

Als sie kurz darauf auflegten, nagten erneut die Zweifel an ihr. Tat sie auch wirklich das Richtige? Sie und Lucien und dieses unüberschaubare Großprojekt? Was, wenn sie es später einmal bitter bereute?

* * *

Karlas Herz hämmerte, als sie in die Auguststraße einbog. Auf den letzten Drücker hatte sie sich für ihre schicken Jeans, ein weißes T-Shirt, einen blauen Leinenblazer und einen bunt gemusterten Schal entschieden. Dazu trug sie, weil sie besser darin tanzen konnte, weiße Sneaker.

Wie vor zwei Wochen spürte sie ihr Herz hämmern. Damals war sie genauso aufgeregt gewesen, aber sie hatte Sarah an ihrer Seite gehabt. Heute musste sie die Sache allein durchziehen. Vielleicht würde sie auf Pascal treffen, vielleicht auf einen Fremden, und sie wusste nicht, was sie nervöser machte.

Sie nahm ihr Handy aus der Handtasche: fünf vor acht. Auf keinen Fall wollte sie zu früh kommen und wie bestellt und nicht abgeholt am Eingang herumlungern. Besser, sie verspätete sich um ein paar Minuten. Kurz entschlossen drehte sie um und schlenderte den Weg, den sie gekommen war, zurück. Unterwegs schaute sie in die Auslagen eines neuen Schmuckgeschäftes, und als sie die Ecke zur Tucholskystraße erreichte, stieß sie mit einem Mann zusammen.

Es war Pascal, und für einen Sekundenbruchteil fühlte sie sich wie mit vierzehn, als sie ihrem Schwarm Hannes überraschend mit einer Packung Tampons in der Hand im Supermarkt begegnet und knallrot angelaufen war. Rot wurde sie jetzt zum Glück nicht, aber die Unsicherheit von damals war mit einem Schlag wieder da.

»Ach, hallo!«, sagte er, und ein würziger Duft von Bergamotte und Zedernholz stieg ihr in die Nase. »Sind wir gleich verabredet?«

»Schon möglich«, entgegnete sie keck, und die Freude darüber, dass es mit Pascal geklappt hatte, ließ sie hoffentlich nicht allzu einfältig grinsen.

»Schon möglich?«, wiederholte er, und die Augenbrauen verschwanden unter seinen Locken.

»Ich habe einen Tänzer gebucht, aber der Herr am Telefon wollte mir leider nicht verraten, mit wem ich das Vergnügen habe.«

Der Anflug eines Lächelns zeigte sich auf Pascals Gesicht. »Schätze, das bin ich. Enttäuscht?«

»Nein, ganz im Gegenteil.«

Während sie darüber nachdachte, ob ihre Antwort zu anzüglich gewesen war, sagte er: »Dann machen wir gleich da weiter, wo wir beim letzten Mal aufgehört haben?«

»Sehr gerne.«

Blitzschnell wanderten seine Blicke an ihr rauf und wieder runter. »Gut schaust du aus.«

»Danke, sind nur stinknormale Jeans.«

»Ich finde Frauen in Jeans oft viel attraktiver als diese Tussis, die sich bis zur Lächerlichkeit auftakeln.« Er beschleunigte den Schritt. »Wo wolltest du eben eigentlich hin? Zu *Clärchens Ballhaus* geht's doch hier lang.«

»Ich weiß, aber ...« Sie stockte.

»Ja?«

Und weil sie der Ansicht war, dass eine fünfzigjährige Frau es nicht mehr nötig hatte, sich wie eine Sechzehnjährige auf dem Schulhof zu benehmen, antwortete sie ehrlich: »Es wäre mir peinlich gewesen, als Erste da zu sein. Deswegen bin ich wieder umgekehrt.« Sie musste über sich selbst lachen. »Albern, oder?«

»Ich find's sehr sympathisch.« Er grinste sie mit Grübchen in den Wangen an, und weil der Moment intim war und etwas zu lange andauerte, lachte sie nur und ging mit ausholenden Schritten voraus.

* * *

Karla tanzte besser als beim letzten Mal. Früher, so erwähnte sie beiläufig, sei sie regelmäßig tanzen gegangen, in den vergangenen fünf Jahren habe sie ihr Hobby sträflich vernachlässigt und leider Gottes viele Schritte und Figuren vergessen. Pascal beruhigte sie, das sei völlig normal. Das passiere jedem, der nicht in der Übung war. Sogar Profis ging das so. Da Karla allein gekommen war, nutzte er die Zeit mit ihr, um ein paar Schrittfolgen bei ihr aufzufrischen. Ohne Zwang und Ehrgeiz, es ging bloß um die Freude am Tanzen. Er zeigte ihr die Promenade beim Jive, die gelaufene Linksdrehung beim Quickstepp, die Brezel und das Körbchen beim Discofox, und Karla war mit einem solchen Enthusiasmus bei der Sache, dass er wehmütig an die Zeit in seiner eigenen Tanzschule dachte. Er hatte es so genossen, wenn es ihm gelungen war, den Schülern und Schülerinnen ein Lächeln ins Gesicht zu zaubern, und er fragte sich, warum er in den letzten Jahren nicht nebenher als Tanzlehrer gearbeitet hatte. Für wenig Geld und noch weniger Ruhm, dafür aber mit Erfüllung.

Sie tanzten, bis ihre Hände schwitzig wurden und ihnen die Kleidung am Körper klebte.

»Ich geh mich mal kurz erfrischen«, sagte er und verschwand mit seinem Sportrucksack auf der Toilette.

Für Fälle wie diese hatte er immer ein Ersatzhemd dabei, und als er zurückkam, standen Wasser und ein Kübel mit einer Flasche Sekt auf dem Tisch.

»Danke für die private Tanzstunde.« Karla reichte ihm lächelnd ein Glas.

»Gern geschehen.«

Sie prosteten sich zu.

»Was ist mit Sarah? Wollte sie heute nicht mitkommen?«

Karla schüttelte knapp den Kopf, und es kam ihm vor, als sei sie eine Spur verlegen.

»Sie hatte die Stunde damals mir zuliebe gebucht. Eigentlich ist Tanzen gar nicht so ihr Ding.«

Während sie an ihrem Sekt nippte, glitt ihr Blick zu den vorüberschwebenden Paaren. Karlas Füße wippten im Takt, ihr Oberkörper bewegte sich unmerklich vor und zurück, und die Finger ihrer linken Hand waren unaufhörlich in Bewegung. Es war offensichtlich, dass es sie kaum auf ihrem

Stuhl hielt, und beim nächsten Cha-Cha-Cha streckte Pascal ihr die Hand hin und forderte sie abermals auf.

»Gute Idee«, sagte sie, als gäbe es in einem Tanzcafé noch eine Vielzahl anderer Möglichkeiten, Zeit zu verbringen.

Auf den schmissigen Cha-Cha-Cha folgte ein langsamer Walzer, danach ein Jive, der Pascal erneut ins Schwitzen brachte, und als eine Rumba sie runterkühlte, fasste er sich ein Herz und sagte: »Darf ich dich mal etwas fragen?«

»Natürlich.« Im schummerigen Discolicht hatten ihre Augen etwas Katzenartiges.

»Warum hast du so lange mit dem Tanzen ausgesetzt? Warst du verletzt oder…« Kaum ausgesprochen wusste er, dass es die falsche Frage zum falschen Zeitpunkt gewesen war. Karla wandte abrupt den Blick ab, kam aus dem Takt und trat ihm auf die Füße. Sie entschuldigte sich, ließ ihn los und legte beschämt die Hand vor die Augen.

»Ist doch nicht schlimm«, sagte er. »Ich hätte das nicht fragen sollen. Das war indiskret. Geht mich ja auch nichts an.«

Sie fanden wieder in den Takt, aber er spürte, dass es anders war als zuvor. Karla drückte das Kreuz durch, ging mehr auf Abstand und zerquetschte ihm fast die Hand.

»Schon okay«, sagte sie nach einer etwas holprigen Runde. »Mein Mann ist…« Sie streifte ihn mit einem flüchtigen Blick. »Also, vor fünf Jahren ist er tödlich verunglückt. Seitdem bin ich nicht mehr tanzen gegangen. So einfach ist das.«

Pascal fühlte sich, als rammte ihm jemand die Faust in den Magen, zugleich erfasste ihn ein heftiger Schwindel. Einen Moment darauf hatte er sich wieder unter Kontrolle und sagte: »Das tut mir leid. Wirklich sehr leid.« Er verstärkte den Druck auf ihr Schulterblatt. »Entschuldige bitte,

141

wenn ich dir zu nahe getreten bin. Möchtest du dich lieber setzen?«

Sie schüttelte den Kopf. Sie wollte weitertanzen, nun wieder mit verringertem Abstand zu ihm, und Pascal war froh, dass ein Foxtrott die gefühlsbetonte Rumba ablöste. Sie fielen in ihren alten Rhythmus, vergaßen die Zeit, und als Karla das nächste Mal auf ihre Armbanduhr blickte, war es Viertel nach zehn.

»O Pardon!«, rief sie aus. »Wir sind längst über die Zeit.«

»Macht doch nichts.« Er führte sie gentlemanlike an ihren Tisch.

Karla nahm die fast volle Sektflasche aus dem Kübel und hielt sie gegen das schummerige Licht. »Was machen wir denn jetzt damit?«

»Austrinken, oder?« Er lachte.

»Aber du hast längst Feierabend. Ich hab dich nur bis zehn gebucht.«

»Das lass mal meine Sorge sein.«

Er nahm ihr die Flasche aus der Hand und schenkte ein.

»Okay, dann buche ich noch eine Überstunde. Ist es in Ordnung, wenn wir ausnahmsweise nur plaudern? Mir tun ziemlich die Füße weh.«

»Gerne! Aber du wirst gar nichts mehr bezahlen. Ab jetzt sind wir rein privat hier. Also, wenn du magst…«

Statt zu antworten, drehte sie den Ring am Ringfinger ihrer linken Hand. Es war ein auffälliger Ring in Grün- und Lilatönen, sicher echt. Ein Geschenk ihres Mannes? Vielleicht der Verlobungsring von damals?

»Aber vielleicht möchtest du dich noch mit deiner Freundin treffen?«, fragte sie. »Es ist Samstagabend. Da hat man doch Besseres zu tun, als…«

»Nein, das möchte ich nicht«, fiel er ihr ins Wort.

Anna – war sie überhaupt seine Freundin?

»Und du?«, erkundigte er sich.

»Was ist mit mir?«

Er musterte sie, ihre Katzenaugen, ihr seidiges Haar, und fand sie mit dem Liniengeflecht im Gesicht sehr apart. Frauen um die fünfzig sahen heute nicht mehr aus wie in der Generation seiner Mutter. »Warum bist du nicht einfach mit deiner Freundin zum Tanzen gegangen? Ihr würdet sicher nicht lange unaufgefordert sitzen bleiben.«

In Wirklichkeit hatte er sie fragen wollen, ob sie solo sei, aber er hatte sich nicht getraut.

»So, meinst du.« Ihr Mund blieb neutral, nur ihre Augen lächelten.

»Ja, das meine ich.«

Karla griff nach ihrem Glas und zwirbelte den Stiel zwischen Daumen und Zeigefinger. »Sarah ist übers Wochenende weggefahren. Und mein Sohn auch. Ich gebe es ungerne zu, aber ich hatte wohl Angst, ich könnte mich langweilen. Obwohl ich sonst eigentlich sehr gern alleine bin.«

Kein Freund, ging es ihm durch den Kopf, und aus unerfindlichen Gründen freute ihn der Gedanke.

»Wie alt ist dein Sohn?«

»Zwanzig.«

»Oh, là, là! Und er wohnt noch bei dir?«

Karla nickte. »Leider. Irgendwie schafft er nicht den Absprung. Erst konnte er sich ewig nicht entscheiden, was er studieren will, dann war er plötzlich überzeugt davon, eine Ausbildung zu machen, wusste aber nicht, was für eine, und jetzt …« Sie atmete geräuschvoll aus. »Jetzt jobbt er in einem Sandwichladen.«

»Was ja nicht das Schlechteste ist.«

»Ich weiß, aber es wäre mir lieber, er würde eine Lehre anfangen oder studieren, irgendwas, worauf er später aufbauen kann. Als Ungelernter hat er auf dem Arbeitsmarkt doch gar keine Chancen.«

Schmunzelnd tastete Pascal nach seiner Lederkette, als könnte sie ihm abhandengekommen sein. Wie ihm das bekannt vorkam! Die Sätze hätten glatt aus dem Mund seines Vaters stammen können. Damals, als er ein Jugendlicher war.

»Findest du das witzig?«

»Nein, gar nicht. Ich bin nur, tut mir leid, wenn ich das so sagen muss… auch ein Ungelernter. Hoffentlich bist du jetzt nicht enttäuscht.«

»Tatsächlich?« Sie legte die Stirn in Falten. »Du hast gar nichts gelernt?«

»O doch, jede Menge sogar. Aber ich habe keinen Abschluss in irgendwas.«

Er erzählte von den unzähligen Büchern, die er in seiner Jugend gelesen hatte, dass er darüber aber das Lernen vergessen hatte und seine Abiturnoten grottenschlecht ausgefallen waren. »Außerdem…« Er schluckte gegen einen Kloß im Hals an. »Meine Mutter ist gestorben, als ich zehn war. Das hat mich für Jahre aus der Bahn geworfen.«

»O mein Gott! Das tut mir leid.«

»Den Ehepartner zu verlieren ist sicher sehr viel schlimmer«, erwiderte er gedämpft.

»Nein, jeder Tod ist auf seine Weise schlimm und tragisch. Man kann nicht den einen mit dem anderen vergleichen.«

Das stimmte. Und ihn hatte nichts im Leben so sehr niedergeschmettert wie der Tod seiner Mutter.

»Darf ich dich jetzt mal was fragen?«, sagte Karla, nachdem sie eine Weile dagesessen und ihr Sektglas zwischen den Fingerspitzen gezwirbelt hatte.

»Na klar.«

»Wenn du keine Ausbildung hast... Ich meine, lebst du ausschließlich von deinen Einkünften als Eintänzer?«

»Um Himmels willen, nein! Da wäre ich längst verhungert. Ich fahre Taxi. Wie zu Studienzeiten.«

Karla sah ihn ohne jede Regung an. Hätte er sich besser etwas Glamouröseres ausdenken sollen? Auch wenn es gelogen wäre?

»Ich weiß, Taxifahren macht nicht viel her«, schob er entschuldigend nach. »Aber der Job zahlt mir die Miete.«

»So hab ich das doch nicht gemeint. Ich dachte nur gerade... Du tanzt mit einer Eleganz und Leichtigkeit, dass man meinen könnte...«

Sie hielt inne und schaute ihn aus nachdenklichen Augen an.

»Was?«

»Dass du das Zeug zum Profitänzer gehabt hättest.«

Er starrte sie an. In seinen Ohren rauschte es, und in der Herzgegend spürte er einen dumpfen Schmerz. Dann schüttelte er vehement den Kopf. »Ganz sicher nicht.«

»Eigentlich schade.«

»Schade ist es, wenn wir nicht noch einmal tanzen, bevor wir betrunken sind.«

»Dann tanzen wir jetzt privat?«

Er nickte. »Aber so was von!«

Auf dem Parkett schoben sich die Paare inzwischen dicht an dicht, kaum jemand befolgte die Regel, sich kollektiv gegen den Uhrzeigersinn zu drehen. So musste er improvisieren, bewegte sich mit Karla auf einem winzigen Quadrat in der Mitte der Tanzfläche, und dann stellte sie plötzlich diese Frage, von der er gehofft hatte, dass er niemals mehr damit konfrontiert werden würde.

»Und dein Vater?«

Es waren nur drei Wörter, doch sie fuhren ihm wie eine Schockwelle durch den Magen.

Karla hob bestürzt die Augenbrauen. »Hab ich was Falsches gesagt? Ist dein Vater auch…«

»Nein, nein«, wiegelte er ab, »er ist nach dem Tod meiner Mutter nach Paris zurückgegangen.«

Aber es lohnt sich nicht, auch nur ein Wort über ihn zu verlieren, fügte er in Gedanken hinzu.

»Dann bist du jetzt sicher häufiger dort, oder?«

»Ab und zu.«

Ab und zu hieß im Klartext, dass er sich zuletzt vor drei Jahren bei ihm hatte blicken lassen. Eine unschöne Begegnung, die er in absehbarer Zeit keinesfalls wiederholen wollte. Nur mit seinen Freunden von damals schrieb er sich hin und wieder oder skypte.

Karla geriet beim Stichwort Paris ins Schwärmen. Sie erzählte, dass die Stadt, in die sie mit Sarah im zweiten Studiensemester gereist war, für sie immer die große weite Welt bedeutet hatte.

»Weißt du, was mich am meisten beeindruckt hat?«, fragte sie.

»Der Eiffelturm?«

Sie schüttelte den Kopf. »Auch nicht der Louvre, der Arc de Triomphe oder Notre-Dame.«

»Sondern?«

»Versprich mir, dass du nicht lachst.«

Er deutete mit den Fingern einen Reißverschluss an, der seinen Mund verschloss.

»Mein erstes Frühstück in einem Bistro. Ein Körbchen mit Croissants stand auf dem Tisch, das sah so einladend aus, so herrlich französisch, das Bild werde ich nie vergessen. Ich glaube, ich habe gleich drei Croissants aufgefuttert.«

Pascal lachte zwar nicht, aber ein Schmunzeln konnte er sich dennoch nicht verkneifen. Trotz ihrer fünfzig Jahre hatte sich Karla eine Prise Jugendlichkeit bewahrt, die ihn rührte.

Es war weit nach Mitternacht, als sie aufbrachen, beide vom Sekt beschwipst.

»Kommt es auch mal vor, dass eine Kundin mehr von dir will?«, fragte Karla, als sie auf den Hof traten. Obwohl es kühl war, legte sich Karla den Leinenblazer nur locker um die Schultern.

»Mehr als nur tanzen?«

»Ganz genau.«

»Kommt praktisch nicht vor.«

»Und wenn doch?«

»Dann darf ich nicht.« Er schaute in den schwarzen Himmel und fuhr fort: »Im Zweifelsfall riskiere ich meinen Job.«

»Was sehr schade wäre.« Sie reichte ihm die Hand. »Du tanzt wirklich klasse, Pascal.«

»Du aber auch. Danke für den wunderschönen Abend.«

Er wollte sie fragen, ob er sie ein Stück begleiten dürfe, doch da warf sie ihm ein berlinerisches »Tschüssi« hin und eilte in ihren Sneakers davon.

Pascal sah ihr lange nach. Erst als sie von einer Gruppe Nachtschwärmer verschluckt wurde, dämmerte ihm, dass er sie gerne, wirklich sehr gerne wiedersehen würde. Und nicht die leiseste Ahnung hatte, wie er es anstellen sollte.

11.

In Karlas Kopf schien irgendwer oder irgendwas mit einem Hammer gegen die Schädeldecke zu schlagen. Tock, tock, tock – es war ein pulsierender, gnadenloser Schmerz. Wie spät mochte es sein? Sie blinzelte auf den Wecker. Kurz nach elf. Nicht zu fassen! Seit Jahren hatte sie nicht mehr so lange geschlafen. Sie richtete sich langsam auf, spürte dem Kopfschmerz nach, der bei der kleinsten Bewegung heftiger wurde. Was für ein Wochentag war heute? Noch während sie darüber nachgrübelte, fiel ihr Blick auf die achtlos auf den Boden geworfene Jeans, und die Erinnerung war mit einem Schlag da. Der Samstagabend-Schwof in *Clärchens Ballhaus*. Sie und Pascal. Der Sekt, von dem sie zu viel in sich hineingekippt hatte. Zum Glück war Sonntag und sie hatte frei.

Sie beschloss, sich gleich wieder hinzulegen, als es an die Tür klopfte.

»Mama, schläfst du noch oder bist du schon tot?«

Die Tür öffnete sich in Zeitlupe, und Erik lugte herein. Sonnenstrahlen fielen ins Zimmer und warfen grafische Muster auf die Bettdecke.

»Tot. Aber komm ruhig rein.«

»Was machst du da?«

»Wonach sieht's denn aus? Schlafen, herrje!«

»Aber du hast seit zehn Jahren nicht mehr so lange gepennt.«

»Danke, dass du mich daran erinnerst.«

Richtig, das Problem hatte mit Eriks Geburt angefangen. Nicht mehr ausschlafen können, weil das Baby schrie. Irgendwann hatte sich ihr Körper daran gewöhnt, mit einem Minimum an Schlaf auszukommen.

»Warum bist du überhaupt schon hier? Ich dachte, du wolltest erst abends zurückkommen.«

»Es hat geregnet. Wir sind voll nass geworden, und die anderen Leute…« Er winkte genervt ab. »So, jetzt erzähl mal, warum du noch im Bett liegst. Hast du irgendwo einen Kerl versteckt?«

»Hast du zufällig Kaffee gekocht?«, entgegnete sie.

»Nicht zufällig, aber ich kann gerne absichtlich einen kochen.«

»Danke dir, mein Schatz.«

»Extra stark?«

Er tapste hinaus, und Karla freute sich mit einem Mal, dass sie an diesem bizarren Sonntagmorgen nicht allein sein musste. Dass sie das Schlurfen seiner Füße hörte, das Geklapper in der Küche, sein fröhliches Pfeifen.

Etliche Minuten später – die Dusche hatte sie ein wenig erfrischt – wusste sie, was sich neben den üblen Kopfschmerzen so ungut anfühlte. Sie hatte Pascal, das war ihr beim Abtrocknen siedend heiß wieder eingefallen, in ihrem Sektdusel angemacht.

Es schüttelte sie, wenn sie nur daran dachte. Was hatte sie bloß geritten, dieses pikante Thema anzuschneiden? Himmel noch mal, das war erniedrigend! Und peinlich dazu.

Eins würde sie garantiert nie wieder tun: einen Mann

buchen. Nicht zum Tanzen, nicht zum Reden, zu rein gar nichts.

* * *

Sarah trommelte den Takt des Musikstücks, das im Radio lief, aufs Lenkrad. *Je veux* von Zaz. Schon seit einer Viertelstunde stand sie im Stau, aber der Song hob ihre Laune. Egal um welche Uhrzeit sie von ihrer Mutter nach Hause fuhr, jedes Mal wurde der Verkehr kurz hinter Wittstock zäh fließender, bis sich die Blechlawine nur noch im Stop-and-go fortbewegte. Die vielen Wochenendausflügler, die von der Ostsee zurückkehrten. Ursprünglich hatte sie vorgehabt, noch eine Nacht bei ihrer Mutter zu bleiben. Die Einsamkeit war deren größtes Problem, seit sie aus der Wohnung in Hamburg-Barmbek in ein kleineres, ebenerdiges Apartment in Horn gezogen war. Ihre Knie hatten beim Treppensteigen gestreikt, außerdem war die Wohnung, in der Sarah ihre Kindheit verbracht hatte, für ihre Mutter allein zu groß. Es wäre auch überhaupt kein Problem gewesen, eine Nacht dranzuhängen, morgen hatte sie frei, und Götz feierte mit seinen Handballjungs einen runden Geburtstag. Doch Karla hatte am Telefon so verstört geklungen, dass sie sich sofort ins Auto geschwungen hatte und Richtung Berlin gebrettert war. Mit hundertsechzig Sachen, sofern die Verkehrslage es zuließ. Obwohl Karla immer wieder beteuert hatte, dass alles in bester Ordnung war, irgendetwas war los, das spürte Sarah.

Nie hatte sie es offen ausgesprochen, aber seit Fritz' Unfall war sie häufiger um ihre Freundin besorgt. Nach außen wirkte Karla immer so beherrscht und diszipliniert. Sie ging zur Arbeit, kümmerte sich um Erik, besuchte hin und wieder ihre Mutter in Reutlingen, gleichzeitig war da dieser traurige, fast schon verbitterte Zug um ihren Mund.

Als Sarah eine gefühlte Ewigkeit später über den Berliner Ring fuhr – hier flutschte es endlich –, rief sie Karla über die Freisprechanlage an.

»Dauert nicht mehr lange, Süße. Vielleicht eine halbe Stunde. Wo gehen wir hin?«

»Warum willst du unbedingt ausgehen?«

»Weil ich Hunger habe.«

»Gut. Ich auch. Dann kommst du am besten zu mir.«

»Wir essen auswärts und Punkt. Ich lade dich ein.«

Karla und ihre Bequemlichkeit. Am liebsten hockte sie abends in ihrer garantiert erlebnisfreien Bude. Auf dem Sofa. In Jogginghose und im Schlabbershirt. Einen Teller mit Schnittchen und sauren Spreewaldgurken vor der Nase. Tusch! Glückwunsch! Am besten verließ man überhaupt nie die eigene Komfortzone. Das war gefahrlos, und man fiel garantiert nicht auf die Nase.

»Aber ich hab schon ein Sugo auf dem Herd. Mit frischen Tomaten, Auberginen und Oliven.«

Sarah gab sich geschlagen, bestand aber darauf, Karla nach dem Essen auf einen Drink oder Espresso einzuladen. Wenn sie ehrlich war, war sie diejenige, die dringend unter Leute musste. Um das traurige Gefühl von Einsamkeit abzuschütteln, das sie bei ihrer Mutter in jedem Blick, in jeder ihrer Gesten gespürt hatte.

Im Treppenhaus duftete es köstlich nach angeschmorten Zwiebeln, als Sarah die knarzenden Stufen hochkeuchte. Fünfter Stock, kein Fahrstuhl – eine Zumutung. Dafür entschädigte sie Karlas Wohnung umso mehr. Dieses kuschelige Nest mit afrikanischen Decken, bunten Kissenlandschaften und unzähligen Kerzenleuchtern, das im krassen Gegensatz zu ihrer unaufgeregten Erscheinung stand.

Statt am Esstisch aßen sie am niedrigen Couchtisch zwischen Zeitschriften- und Bücherstapeln, einen Berg Kissen in den Rücken gestopft, den Teller auf dem Schoß. Weil es gemütlicher war.

Erik fand sich ebenfalls ein und verkündete stolz, zwei supergünstige Flugtickets nach Nizza geschossen zu haben. Hinflug siebter Juli. Rückflug ungewiss. Karla wollte frei sein zu entscheiden, wann sie von dem Wie-Gott-in-Frankreich-Leben genug haben würde.

Sarah freute sich für die beiden, sehr sogar, aber vor allem für Karla. So viele Jahre hatte sie gehofft, ihre Freundin würde nicht länger so tun, als existierte dieses Haus in Südfrankreich nicht, und aus ihrem selbst zementierten Schneckenhaus herauskommen. Jetzt war es so weit – endlich!

»Du wirst schon sehen«, sagte sie, als sich Erik zwei Teller Pasta später in sein Zimmer verkrümelte. »Irgendwann fühlst du dich in Cannes so pudelwohl, dass du am liebsten ganz dableiben möchtest.«

Karla zog die Nase kraus. »Sicher nicht.«

»Ich würde es dir aber wünschen. Auch wenn ich neidisch wäre und ich dich hier ganz schrecklich vermissen würde.«

Karla hob das Bein an und stupste Sarah mit dem Fuß. »Davor musst du keine Angst haben, wirklich nicht.«

Sarah entschlüpfte ein leiser Seufzer. »Aber stell dir bloß mal vor...«

»Was?«

»Du verliebst dich in Lucien. Nur mal zum Beispiel.«

Karla brach in ungläubiges, leicht hysterisches Gelächter

aus und sagte, das sei ausgeschlossen. Sie seien gute Freunde, mehr nicht.

Ein weiterer Punkt, in dem Sarah ihrer Freundin nicht folgen konnte. Lucien war kernig, knackig und von scharfem Verstand. Sie an ihrer Stelle hätte nicht lange gezögert und ihn sich geschnappt. Männer von seinem Format waren seltene Exemplare, da musste man zugreifen.

Sie räumten das Geschirr in die Spülmaschine, dann blies Sarah zum Aufbruch.

»Du meinst es also wirklich ernst? Wir gehen jetzt raus? Also, jetzt sofort?«

»Nein, übermorgen.«

Karla verzog das Gesicht und murrte etwas Unverständliches.

»Hopp, runter vom Sofa!«, befahl Sarah. »Du willst doch auch mal was erleben.«

»Schön, dass du besser weißt als ich, was ich will«, entgegnete Karla schmunzelnd und robbte in Zeitlupe vom Sofa.

»Ist normal unter Freundinnen, oder?«

Sarah legte Lippenstift auf, ungeschminkt wagte sie sich nicht mal ins Treppenhaus, dann zogen sie los.

Es dämmerte, und ein kurzer Schauer hatte die stickige Großstadtluft erfrischt. Sarah trug keine Jacke, sie war da nicht zimperlich, Karla hatte sich in einen unförmigen Regenmantel gehüllt. Es könnte ja theoretisch regnen. Seit Fritz' Tod war sie so. Auf jede Eventualität gefasst.

»Erzähl mal«, sagte Sarah und hakte sich bei Karla unter. »Warum warst du heute Morgen am Telefon so komisch?«

»Was meinst du?«

»Hattest du zufällig… Herrenbesuch?«

Gelächter sprudelte aus ihr hervor. »Was du immer gleich denkst! Ich war verkatert. Mehr nicht.«

Sarah musterte sie ungläubig. Nie hatte sie ihre Freundin angeschickert oder gar betrunken erlebt. Karla tat alles maßvoll. Trinken, essen, ausgehen und sich amüsieren. Vermutlich gehörte auch Sex dazu.

»Kann doch mal passieren, oder?«

»Aber nicht in deinem Leben. Sag bloß, du hast allein auf dem Sofa gesessen und dir einen hinter die Binde gegossen?«

Karla legte ein schnelleres Tempo vor, dann blieb sie abrupt stehen.

»Okay, ich war tanzen. In *Clärchens Ballhaus.*«

Sarah, die nie um eine Antwort verlegen war, hielt sich an einem Laternenpfahl fest und sog scharf die Luft ein. Hatte Karla das wirklich gesagt?

»Warum? Wieso? Mit wem? Jetzt sag aber bitte nicht…« Sie stockte, als sich ein verräterisches Grinsen auf Karlas Gesicht abzeichnete. »Das ist nicht dein Ernst, oder? Du hast Pascal gebucht? Nein, das glaube ich nicht.«

Statt sich zu empören und alles abzustreiten, antwortete Karla: »Doch, hab ich.«

»Und du veräppelst mich auch nicht?«

»Ich würde dir ja gerne ein Beweisfoto zeigen, aber ich hab leider kein Selfie von uns gemacht. Er hatte wieder diese ramponierten Lackschuhe an. Und ein Ersatzhemd dabei.«

Karla hatte Pascal gebucht. Das hörte sich so absurd an, dass Sarah einen Lachflash bekam. Was beichtete sie als Nächstes? Dass sie gleich im Anschluss einen Callboy bezahlt hatte?

»Findest du das so lustig?«

»Nein, ganz im Gegenteil, ich freu mich für dich. Aber ...
Ich hätte es dir nicht zugetraut.«

Karla hob zu einer Rechtfertigung an, doch jedes einzelne
Wort klang wie vorher zurechtgelegt und auswendig gelernt.
Langes Wochenende ... Langeweile ... Alle weg ... Einfach
mal etwas unternehmen ...

Sarah konnte nur müde schmunzeln. Langeweile war ein
Zustand, den Karla liebte. Nicht umsonst zelebrierte sie ihre
eintönigen Abende im häuslichen Nest. Zu diesem Zweck
hatte sie sich extra einen scheußlichen One-Piece-Jumpsuit
gekauft – in Rosa! –, in dem sie wie ein halb irrer Teletub-
bie aussah.

»Sarah?«

»Was?«

»Du sagst ja gar nichts mehr.«

»Ich darf ja nicht. Du bist immer gleich eingeschnappt.«

»Quatsch.«

»Du bist in ihn verschossen, stimmt's?«

Zwischen den fahrenden Autos entstand eine Lücke, und
mit wenigen Schritten überquerten sie die Torstraße. Sarah
erwartete Karlas Protest, doch die lächelte bloß und entgegnete mit tiefenentspannter Stimme: »Wo wollen wir eigentlich hin?«

»In den *Club der polnischen Versager*?«

»Was ist mit dir los? Keine Schickimicki-Bar?«

Ihre Freundin hatte recht. Für gewöhnlich zog es Sarah
in die angesagten Lokale im Kiez. Wo es vorzügliche Cock-
tails und etwas zu gucken gab. Aber ihr fiel auf Anhieb keine
andere Bar in der Nähe ein, obendrein liebte sie den studen-
tischen Charme des unaufgeregten Clubs. Es gab dort jede
Menge kulturell ambitionierte Veranstaltungen, die Gäste

lümmelten in ausrangierten Wohnzimmersesseln herum, und der Wein, den man sich selbst holte, war spottbillig. Götz ging ab und zu mit seinem Freund Pawel dort hin, einem Künstler aus Krakau, der schon mit etlichen Ausstellungen in Berlin brilliert hatte.

Sarah brannte darauf, mehr über Karlas Tanzabend zu erfahren, und beschleunigte den Schritt. Es war ja eine geradezu sensationelle Nachricht. Das erste Mal seit Fritz' Tod zeigte ihre Freundin Interesse an einem Mann. Das freute sie einerseits, andererseits räumte sie der Sache keine Zukunft ein. Pascal war zu jung, zu anders. Aber womöglich hatte Karla ihn sich genau deswegen ausgesucht. So konnte er eins nicht: ihr gefährlich werden.

Sie tauchten in das schummerige Lokal ein und nahmen die beiden Sessel am Fenster neben einer Retro-Stehlampe, die nur spärliches Licht spendete, in Beschlag.

»Ich hol uns mal was zu trinken, okay? Rotwein?«

Karla nickte, und als Sarah, zwei randvolle Gläser balancierend, zurückkam, lachte ihre Freundin gelöst und sagte: »Bevor du dir irgendwas zusammenfantasierst ... Es ging mir nur ums Tanzen. Von verschossen kann nun wirklich nicht die Rede sein.«

Ein muffiger Geruch stieg Sarah in die Nase, als sie sich in den Sessel fallen ließ. »Aber du schwärmst für ihn.«

»Jetzt lass doch mal!« Karla schnaubte.

Bingo! Sie hatte es doch gewusst. Spöttisch grinsend prostete sie ihr zu. »Ich hab's übrigens schon am ersten Abend bemerkt.«

»Was?«

»Dass er dir gefällt.«

»Aber da hat er mir noch gar nicht gefallen. Also, ich fand

ihn nicht unattraktiv, aber ...« Sie brach ab, und ihr Lächeln fiel in sich zusammen. »Sarah, ich glaub, ich hab ihn angemacht!«

»Bitte?«

»Na, angebaggert! Bist du schwerhörig?«

»Was hast du gesagt?«

Karla trank das halbe Glas auf ex, dann erzählte sie, wie sie Pascal bei der Verabschiedung gefragt hatte, ob eine seiner Kundinnen ihm schon mal ein eindeutiges Angebot gemacht habe.

Sarah gluckste. »Und weiter?«

»Er hat's verneint. Er darf nicht. Weil er sonst gefeuert wird.« Karla sank wie ein Häufchen Elend in ihrem Sessel zusammen.

»Na und? Was ist so schlimm daran? Du hast ihn nur gefragt, was wohl jede, die mit ihm tanzt, gerne wissen würde.«

Sarah entschuldigte sich und stemmte sich aus dem Sessel. Auf dem Weg zu den Toiletten fiel ihr Blick auf ein altes Radio aus den Fünfziger- oder Sechzigerjahren, und sie blieb stehen. So eins könnte ihr auch gefallen, als Deko fürs Wohnzimmer oder doch lieber fürs Esszimmer? Als sie weitergehen wollte, versperrte ihr ein Paar, das in einen innigen Kuss versunken war, den Weg. Musste das denn sein? Hatten die beiden kein Schlafzimmer, in dem sie es treiben konnten?

Weil es ihr widerstrebte, über die ausgestreckten Beine des Mannes hinwegzuklettern, räusperte sie sich.

Keine Reaktion.

Einen Pulsschlag darauf ging ein Ruck durch Sarahs Magen, und ein Strudel von Gedanken ließ sie taumeln. Diese Schuhe ... Braune Richelieus mit roten Schuhbändern. Sarah hatte sie Götz damals regelrecht aufschwatzen müssen. »Na komm, Schatz, mal was Peppiges«, hatte sie gesagt, als sie bei *Budapester Schuhe* am Ku'damm vor den reduzierten Modellen gestanden hatten. Götz war erst skeptisch gewesen, hatte dann aber, wohl weil eine Verkäuferin ihm unermüdlich Honig um den Bart schmierte, zugeschlagen. Wie groß war die Wahrscheinlichkeit, dass noch andere Kerle in Berlin solche Schuhe trugen? Und dass diese zufällig in einem von Götz' Stammlokalen saßen? Und dass das ausgerechnet an dem Abend passierte, an dem ihr Mann vermeintlich mit seinen Kumpels feierte? Verschwindend gering.

»Götz?«

Die Köpfe fuhren auseinander.

»Oh, hallo, Schatz«, hörte sie sich mit fremder Stimme sagen, dann machte sie auf dem Absatz kehrt und stob an Karla vorbei aus dem Lokal.

Das unschöne Ende eines harmonischen Abends. Zugegeben, zwischen Götz und ihr kriselte es schon länger. Mal mehr, mal weniger, dennoch waren sie sich immer, wie Sarah geglaubt hatte, auf Augenhöhe und mit Respekt begegnet. Aber dass Götz wie ein Pubertierender in der schummerigen Ecke einer Bar herumknutschte, war wirklich das Allerletzte! Und eine Bankrotterklärung für ihre zwanzigjährige Ehe. Wie hatte sie jemals glauben können, dass es bei ihnen anders laufen würde? Dass sie die Ausnahme im Heer der gescheiterten Ehen waren?

Auch später, Sarah lag längst in einem von Karlas Shirts auf deren Sofa, hatte sie immer noch den Moment vor Augen: wie Götz zu ihr aufsah, dieser erstaunte Blick, der jäh in Panik umschlug. Und dann hatte auch die Frau sie angeschaut. Kurze Haare, Jeans, weiße Bluse, die über der Brust spannte – eine farblose, beinahe unscheinbare Person. Wenn schon, hätte sie sich vorgestellt, dass Götz sich in eine Frau verlieben würde, die ihr das Wasser reichen konnte. Nicht so ... so ein Schmalspurmauerblümchen in zu enger Bluse.

Und jetzt?

Sarah wusste es nicht. Nicht um ein Uhr morgens, auch nicht um zwei, und als sie gegen drei endlich schläfrig wurde, dachte sie, dass es an der Zeit war, die Weichen neu zu stellen. So wie sie es Karla seit Jahren predigte. Ein Leben ohne Götz. Ein Leben, in dem sie auf sich gestellt wäre. Denkbar, dass ihr langweiliger Job im Seniorenheim darin auch keinen Platz mehr haben würde, dafür durfte sie vielleicht endlich so sein, wie sie war: schrill, laut, einfach Sarah.

12.

Pascal war die ganze Nacht Taxi gefahren, und als er am frühen Nachmittag von einem Hubschrauber geweckt wurde, der bloß wenige Meter über seinem Haus hinwegzudonnern schien, spürte er eine bleierne Müdigkeit in den Knochen. Er wollte sich umdrehen – noch ein Weilchen dösen –, als die Kinder in der Etage über ihm Murmeln über die Dielen kullern ließen. Resigniert schlug er die Decke beiseite – an Schlaf war nicht mehr zu denken – und beschloss, in den Tag zu starten. Das gelang ihm am besten mit einem doppelten Espresso.

In Boxershorts trat er auf den Balkon.

Von einem auf den anderen Tag hatte der Sommer Fahrt aufgenommen. Schon am Vormittag kletterte die Temperatur auf dem Thermometer auf knapp dreißig Grad, und Pascal war froh, dass er aufs klimatisierte Taxi ausweichen konnte. Er hatte einen Plan: Die Sommermonate über, wenn die Touristen die Stadt bevölkerten, mit Vollgas durcharbeiten, um im Winter für einen oder zwei Monate wegzufahren. Thailand, Sri Lanka, vielleicht China oder Japan, so genau wusste er das noch nicht. Er wollte nur weg. Fremde Orte, andere Kulturen kennenlernen, raus aus dem anstrengenden Berlin. Abgesehen von Andreas hielt ihn kaum etwas hier. Marc, der Glückliche, würde bald nach Hamburg ziehen. Er hatte

BAföG beantragt, alle Ersparnisse zusammengekratzt und sich ein winziges WG-Zimmer in St. Pauli gesucht.

Während er seinen Espresso genoss, las Pascal den *Tagesspiegel* auf dem iPad, danach briet er sich ein Omelett, das er heißhungrig verschlang. Ein weiterer Kaffee, erst dann duschte er, duftete sich verschwenderisch ein und zog ein frisches weißes Hemd an. Für den Abend hatte er eine Konzertkarte für die Philharmonie. Ravel, Britten, Debussy und Schostakowitsch. Er hatte sich die Karte nach dem ersten Tanzabend mit Karla gekauft. Weil er die Zeit mit ihr genossen hatte und ihm zum Glück wieder eingefallen war, wie sehr er Schostakowitsch liebte. Ravel mochte er sowieso, und Britten war für ihn nach einer Affäre mit einer Violinistin aus München in seinen frühen Zwanzigern das Symbol für Freiheit und die große weite Welt.

Die Lust auf einen ausgedehnten Spaziergang trieb ihn zwei Stunden zu früh aus dem Haus. Er schloss gerade die Haustür ab, als Anna anrief. Mist, das passte ihm jetzt überhaupt nicht. Er wollte raus in den Sommernachmittag und sich nicht ihr Gequatsche anhören. Aber das Handy klingelte unverdrossen weiter, der anklagende Ton sägte sich in sein Hirn, während er schon die Treppen hinablief, nahm er ab.

»Hi, Anna.«

»Pasci, hi, du ... ich steh hier gerade am Bahnhof Zoo. Ich gehe gleich in die Achtzehnuhrvorstellung in den *Zoopalast*, dieser neue isländische Film, der hat doch den Silbernen Bären bekommen, weißt du?«

Nein, Pasci wusste nicht. Kino war nicht sein Thema, das hatte er ihr oft genug klargemacht. Sie, die Cineastin, er, der Liebhaber des Balletts und der klassischen Musik, immer wieder hatte sie ihn deswegen belächelt.

»Nein, keine Ahnung.«

Er trat ins Freie. Es war nach wie vor heiß, aber Schleier-
wolken hatten sich vor die Sonne geschoben.

Während er zur S-Bahn lief, hielt Anna einen Monolog.
Sie referierte den Inhalt, zählte sämtliche Auszeichnungen
auf, berichtete von einzelnen Szenen, als hätte sie den Film
bereits gesehen. Mehrere Male versuchte Pascal einzuhaken,
aber sie ließ ihn nicht zu Wort kommen. Erst als er schon
auf dem Bahnsteig stand, sagte er, dass er Schluss machen
müsse.

»Was hältst du davon, wenn wir uns später treffen? Wir
könnten einen Happen essen gehen.«

»Tut mir leid, ich gehe in die Philharmonie«, entgegnete
er und war in diesem Moment heilfroh, keine Zeit für sie zu
haben.

Die S-Bahn fuhr unter Getöse ein.

»Schade«, gellte ihre Stimme in seinem Ohr. »Und wenn
ich später noch zu dir komme? So gegen elf?«

»Also, ehrlich gesagt… Anna, ich weiß gar nicht, wann
das Konzert zu Ende ist.«

»Zwölf?«

»Andreas will noch was mit mir trinken gehen«, log er.
Gleichzeitig ärgerte er sich, dass er ihr nicht die Wahrheit
sagte. Nämlich, dass er schon seit einiger Zeit nicht mehr
das Gefühl hatte, mit ihr zusammen zu sein, und auch nicht
wusste, ob es weiter Sinn mit ihnen hatte. Weil er nicht auf
Larifari-Beziehungen stand. Und wenn er ehrlich mit sich
selbst war, stand er nicht mal mehr auf sie.

Sie legten auf, doch kaum stieg er später am Potsdamer
Platz aus, überkam ihn das schlechte Gewissen. Er sollte es
beenden. Bevor er sich in weitere Lügen verstrickte, die es

noch schwieriger machen würden, sich von ihr zu trennen. Beklommen wählte er Annas Nummer, doch sie meldete sich nicht. Klar, sie saß im Kino; der Film hatte längst angefangen. Per SMS Schluss zu machen war feige, daher schrieb er:

Hast du morgen früh Zeit? Um zehn bei mir zum Frühstück? Würde mich freuen.
Gruß, Pascal

Er wusste, dass sie bei ihm auflaufen würde. Sie wollte mit ihm ins Bett. Immer, wenn sie sich bei ihm meldete, wollte sie mit ihm ins Bett. Aber morgen, das nahm er sich fest vor, würde er es gar nicht erst dazu kommen lassen. Gleich an der Tür würde er ihr reinen Wein einschenken, das war das Beste so.

Einen ausgiebigen Spaziergang später saß er im Seitenrang der Philharmonie, und schon mit den ersten Britten-Klängen tauchte er in einen anderen Kosmos ein. Das war seine Welt, die hatte er bisher weder mit Andreas noch mit seinen Verflossenen teilen können. Allenfalls mit Marc. Und er bedauerte es, dass die gemeinsamen Konzert-, Opern- und Ballettabende vorerst der Vergangenheit angehörten.

In der Pause strich er durchs Foyer, er kaufte sich eine Tüte Erdnüsse und eine Cola, und plötzlich stach ihm diese Frau ins Auge, die ihn von hinten an Karla erinnerte. Noch im selben Moment drehte sie sich zur Seite. Es war Karla. Sein Herz hämmerte. Hier, im Schein der Lichter des Foyers, sah sie eleganter und reifer aus als die Kundin, die er auf dem Tanzparkett kennengelernt hatte. Sie trug ein ärmelloses schwarzes Kleid, hatte Perlen à la Audrey Hepburn um den Hals geschlungen und die aschblonden Haare hoch-

gesteckt. War sie wie er alleine da? Oder war ihre Beglei-
tung auf der Toilette? Bloß aus diesem Grund zögerte er
und schlenderte nicht sofort zu ihr hinüber, um sie anzusprechen. Ihm fiel ihre nahezu kindliche Begeisterung wieder ein, als der *Walzer Nr. 2* von Schostakowitsch erklungen
war. In *Clärchens Ballhaus*. Vielleicht war sie deswegen hier.
Genau wie er.

Eine Gruppe Japaner schob sich durchs Foyer, und Karla
verschwand aus seinem Blickfeld. Pascal zwängte sich durch
die Umstehenden, er eilte ein paar Schritte in ihre Richtung,
doch sie war wie vom Erdboden verschluckt.

Der Pausengong ertönte, und nach und nach strömten die
Konzertbesucher aus dem Foyer. Schade! So gerne hätte er
mit ihr geplaudert, wenn auch nur, um ihre Stimme zu hören
und in ihre Katzenaugen zu schauen. Nach der Vorstellung,
wenn die Leute gar nicht schnell genug aus der Philharmonie kommen konnten, würde er sie im Gewühl kaum wie-
derfinden.

Geknickt kehrte er an seinen Platz zurück. Er ertappte
sich dabei, wie er die Logenterrassen rundum scannte. Ein
aussichtsloses Unterfangen, Karla unter rund zweieinhalb-
tausend Menschen ausfindig zu machen. Die Gesichter ver-
schwammen vor seinen Augen, und dann trat auch schon der
Dirigent ans Pult.

La Mer von Debussy. Die Harfenklänge, dazu die Bläser
und die Geigen rissen ihn mit sich. Er glaubte, das Meer zu
hören, die salzige Luft zu atmen und wusste so sicher wie
nie, dass es mit Anna vorbei war. Es gab kein Zurück, selbst
wenn sie versprach, sich zu ändern. Auf Debussy folgte der
Bolero von Ravel, er ließ sich vom Rhythmus tragen, aber die
Begeisterung, die er damals als Vierzehnjähriger empfunden

hatte, als sie das Stück das erste Mal im Musikunterricht an der Schule gehört hatten, blieb aus.

Ein kurzer Moment der Stille trat ein, dann brandete Applaus auf. Pascal zögerte nicht lange, stand auf und drängte sich aus der Reihe. Er hatte es eilig. Besser sofort Anna anrufen. Besser nichts aufschieben.

»Pascal?«

Die warme Frauenstimme traf ihn bis ins Mark. Er drehte sich um und sah als Erstes die um den Hals gewickelten Perlen.

Karla hatte die ganze Zeit schräg hinter ihm gesessen. Und wie sie ihn mit den unzähligen Fältchen um die Augen und den etwas schief stehenden Zähnen anlächelte, hatte er plötzlich nur noch einen Wunsch: Er wollte mit ihr schlafen. Und am nächsten Morgen gemeinsam mit ihr aufwachen.

* * *

Karla hatte die Wahl: bis zum Ende des Konzerts auf Pascals Locken zu starren, die sich auf dem weißen Hemdkragen kringelten, und klammheimlich verschwinden. Oder ihn wie eine erwachsene Frau, die sie ja nun mal war, ansprechen. War doch egal, dass sie sich beim letzten Treffen unabsichtlich in der Wortwahl vergriffen hatte. Sie waren eben beide nicht mehr nüchtern gewesen.

Mitten im frenetischen Klatschen stand er auf und huschte geduckt aus der Reihe, als wäre er auf der Flucht. Warum ging er jetzt schon raus? Hatte ihm das Konzert nicht gefallen? War er verabredet oder musste die letzte Bahn nach Keine-Ahnung-wohin erreichen? Es spielte keine Rolle, Karla hatte nur diese eine Chance. Ihr Herz verfiel in einen rasanten Galopp, sie hatte Mühe zu atmen, und dann rief sie seinen Namen.

Im ersten Moment hob Pascal überrascht die Augenbrauen, dann erhellte ein warmes Lächeln sein Gesicht. Sie folgte ihm ins Foyer, wo er sie mit zwei Küsschen auf die Wangen begrüßte.

»Na, was für ein Zufall! Freut mich, dich zu treffen. Damit hätte ich jetzt gar nicht gerechnet. Geht's dir gut?«

»Ja, danke der Nachfrage. Was für ein schönes Konzert, nicht wahr?«

Die Floskeln flogen zwischen ihnen hin und her, während sie im Strom der Menschen dem Ausgang zustrebten.

Kurz darauf standen sie auf dem belebten Vorplatz und tauschten sich über das Konzert aus. Es gab so viel zu bereden, Dinge, die Karla nicht mal mit ihren Kolleginnen und Kollegen diskutieren konnte. Pascal schwärmte von *La Mer*, das der noch unbekannte Dirigent mit Schmackes, fast ein wenig zu hitzig und mit *Le-Sacre-du-Printemps*-Anklängen dirigiert hatte. Sie stimmte ihm zu, sah aber ein großes Talent in dem jungen Mann, sie fachsimpelten weiter, und plötzlich – Karla blickte sich überrascht um – hatte sich der Vorplatz geleert.

Verlegenes Schweigen trat ein. Und weil auch Pascal nichts mehr einzufallen schien, erklärte sie, dass sie langsam losmusste.

»Gehst du zur S-Bahn?«

Sie nickte.

»Da muss ich auch hin.«

Ihr Gespräch nahm wieder Fahrt auf, und Karla ärgerte sich schon, dass sie sich halbwegs verabschiedet hatte, als Pascal sagte: »Also, wenn du willst … Ich meine, wenn du noch Zeit hast, könnten wir auch einen kleinen Spaziergang machen.«

»Sehr gerne.«

»Ich müsste nur…« Er zückte sein Handy. »Ach, egal, das erledige ich morgen.«

»Du kannst gerne telefonieren.«

Er schüttelte entschieden die Locken. »Dann mal los.«

Eine blauschwarze Dunkelheit hatte sich über die Stadt gesenkt, und die Luft war immer noch so lau, dass sie ihre Jacken nur über der Schulter baumeln ließen.

»Welche Richtung?«, fragte Pascal.

»Egal. Ich kann überall in die Bahn steigen. Und du?«

»Ich auch.«

Sie nahmen Kurs auf den Potsdamer Platz, flanierten weiter zum Pariser Platz und von dort zur Spree. Pascal fragte sie unterdessen über ihren Job aus. Er schien wirklich interessiert zu sein, dabei hatte sie kaum etwas Aufregendes zu berichten. Ihre Arbeit war ein ganz normaler Bürojob, mit dem Unterschied, dass sie es ab und zu mit kapriziösen Künstlern zu tun hatte. Aber Pascal wollte alles wissen. Über die Hierarchien im Haus, über die Probenarbeit, über Opern- und Ballettinszenierungen. Mit Begeisterung in der Stimme erzählte er von den Neumeier-Choreografien, für die er jede Spielzeit mindestens einmal nach Hamburg fuhr, und als sie am Reichstagufer entlangspazierten, fasste sie sich ein Herz und fragte: »Kann es sein, dass du selbst gerne Tänzer geworden wärst? Und es bereust, dass es anders gekommen ist?«

Er blieb abrupt stehen, blickte auf den Fluss, der im Mondschein glitzerte, dann lachte er heiser auf.

»Das hat mich noch nie jemand gefragt.«

»Ist es denn eine so abwegige Frage?«

»Überhaupt nicht. Ich bin nur… na ja… perplex. Weil du den Nagel auf den Kopf getroffen hast und es mir ein Rätsel

ist, woher du das weißt.« Er lehnte sich gegen das schmiede-
eiserne Geländer und fuhr sich durch die Locken, eine läs-
sige, beinahe unverschämt sexy Geste. »Kannst du etwa hell-
sehen?«

»Ich glaube, ich kann ganz gut zuhören. Und ich bin für
Zwischentöne empfänglich.«

»Eine hervorragende Eigenschaft.«

Er lächelte sie an, vielleicht eine Spur zu durchdringend,
denn es gelang ihr nicht, seinem Blick standzuhalten. Sie
schaute aufs Wasser.

»Warum hast du das Tanzen aufgegeben?«

»Ach, das ist eine lange Geschichte.«

»Und du willst sie mir nicht erzählen?«

»Nicht heute Nacht.«

Nicht heute Nacht… Signalisierte er ihr damit, dass er sie
gerne wiedertreffen wollte? Oder spekulierte er nur darauf,
ein weiteres Mal von ihr gebucht zu werden? Möglich war
es. Er verdiente an ihr, das durfte sie neben dem Spaß nicht
außer Acht lassen.

»Komm, Karla.«

Er griff nach ihrer Hand, als wären sie bereits seit Jahren
ein Paar, und zog sie mit sich fort. Seine Hand lag warm in
ihrer, und einen Moment zweifelte sie an ihrem Verstand.
Ging sie tatsächlich gerade händchenhaltend mit diesem
blutjungen Eintänzer an der Spree spazieren? Und blinkten
die Sterne so kitschig wie in *La La Land*? Das war absurd.
Sarah würde einen Lachanfall bekommen, wenn sie ihr
davon erzählte. Doch Karla tat nichts, um es zu beenden. Im
Gegenteil genoss sie den unschuldigen Körperkontakt, und
selbst wenn es bloß eine Masche war, um ein Geschäft für
sich abzuschließen, war es diesen intimen Moment wert.

Tangoklänge wurden zu ihnen herübergetragen, als sie sich dem *Bode-Museum* näherten. Auf einer winzigen Tanzfläche auf der gegenüberliegenden Spreeseite fand eine Milonga statt. Im Sommer wurde hier jeden Abend getanzt. Mal Salsa, mal Swing, mal argentinischer Tango, mal Standard und Latein. Und wenn es das Wetter zuließ, war das Parkett bis spät in die Nacht brechend voll. Fritz und sie waren früher öfter dabei gewesen. Sie hatten ihre Tanzschritte aufgefrischt, die warme Jahreszeit und auch ein bisschen ihre Liebe zelebriert. Beim Tanzen waren sie sich immer so nah gewesen und hatten den Alltag mit seinen Problemen ausblenden können. In den letzten Jahren hatte Karla einige Male nach dem Kino vorbeigeschaut und den schwofenden Paaren voller Wehmut zugesehen. Wie gerne hätte sie das noch einmal erlebt – Tanzen unter freiem Himmel –, und in diesen kurzen Augenblicken hatte sie Fritz umso schmerzlicher vermisst.

Pascal steuerte die Brücke am *Bode-Museum* an, doch Karlas Stimmung kippte jäh, und sie ließ seine Hand los.

»Keine Lust zu tanzen?«

Sie schüttelte den Kopf. »Ich kann keinen Tango.«

»Na und? Dann zeig ich's dir eben.«

»Ich will mich nicht lächerlich machen.«

»Das wirst du schon nicht.« Pascal lächelte sein Grübchen-Lächeln. »Du bist nicht allein.«

Karlas Herz schlug absurd schnell, und ihr war, als würde sie kaum noch Luft bekommen. Im nächsten Augenblick erfasste sie ein Schwindel, und sie war erleichtert, dass Pascal sie am Arm festhielt.

»Alles okay?«

»Klar, alles gut.«

Statt sie wieder loszulassen, nahm er ihre rechte Hand

und begann sich sachte im Rhythmus der Klänge, die unvermindert vom gegenüberliegenden Ufer herangetragen wurden, hin und her zu bewegen. Ein Gefühl, als stünden sie auf einem schaukelnden Boot. Es folgten zwei, drei Vorwärtsschritte, dann probierte er eine einfache Figur, und weil Karla gar nicht anders konnte, als ihm zu folgen, tanzten sie auf einmal Tango. Links vor, rechts zur Seite, links, rechts zurück.

»Geht doch schon richtig gut«, sagte er, als ein paar grölende Touristen im Anmarsch waren und sie sich gegen das Geländer lehnten.

»Na ja, nicht wirklich.«

»Hättest du Lust…?« Er strich ihr über die Schulter, und kleine Schockwellen liefen durch ihren Körper.

»Wozu?«

»Ich bringe dir Tango bei, und dann gehen wir hin und wieder zu einer Milonga.«

Karla lachte auf. Das meinte er ja wohl kaum ernst! Pascal konnte mit jeder tanzen. Und vor allem mit Frauen, die es draufhatten. Sie warf einen Blick über die Schulter zur anderen Spreeseite, wo die Paare innig tanzten. Es war ein irreales Bild, als säße sie im Kino und würde einen Film angucken, und doch sehnte sie sich danach, eine der Tanzenden zu sein.

»Nein, nicht das, was du denkst«, hörte sie Pascals Stimme dicht an ihrem Ohr. »Ich will kein Geld dafür haben. Ich hätte einfach Lust, mit dir zu tanzen.«

»Warum mit mir? Ich bin kein Profi wie du.«

»Weil ich glaube, dass wir ein gutes Team wären.«

Es war erstaunlich. Immer wieder schaffte er es, die richtigen Worte im richtigen Augenblick zu sagen.

170

»Also?«

»Das klingt schon verlockend, aber...«

»Was aber?« Er strich die Falte zwischen ihren Augenbrauen glatt.

»Genau das. Du könntest ebenso gut mit einer Frau in deinem Alter tanzen gehen. Wie alt bist du eigentlich?«

»Fast vierzig.«

»Also achtunddreißig?« Sie lächelte spöttisch.

»Neununddreißig und sechs Monate.«

»Schön, Pascal neununddreißig und sechs Monate. Ich bin fünfzig.«

Seine Augen verengten sich, gleichzeitig brach in ihrem Magen ein Tumult aus. »Bist du wirklich so konservativ?«, fragte er nach etlichen Sekunden. »Ich hab dich eigentlich für emanzipiert gehalten.«

»Ja, das bin ich auch.«

»Das wirkt auf mich aber gerade nicht so.«

Die Situation war so ungeheuer peinlich, dass Karla es fast schon bereute, Pascal in der Philharmonie angesprochen zu haben. Jetzt stand sie wie ein Schulmädchen vor ihm und war heilfroh, dass er ihre roten Ohren in der Dunkelheit nicht sehen konnte. Natürlich hatte er recht. Ein jüngerer Mann, eine ältere Frau – auch das war mittlerweile gesellschaftlich konform. In jeder x-beliebigen Zeitschrift konnte man über diese toughen Frauen lesen, die aufrecht durchs Leben marschierten, sich nicht um ihre Falten scherten und sich nahmen, was sie wollten. Und aus einem unbeherrschbaren Impuls heraus tat sie etwas, das sie nicht mal als junge Studentin fertiggebracht hatte: Sie trat einen Schritt auf Pascal zu, packte ihn an der Hüfte und küsste ihn.

* * *

Es war so unwirklich. Karla, die er für alles andere als eine draufgängerische Person gehalten hatte, hatte ihn geküsst. Und es war weitergegangen. Eine logische Abfolge von körperlichen Reaktionen. Sie waren zu ihm nach Hause gegangen, und sie hatten miteinander geschlafen.

Nun wusste er, was an dem Zusammensein mit Anna so schal gewesen war: ihr Mangel an Emotion und Hingabe. Immer nur hatte sie an sich gedacht, an ihre Probleme, an ihr Wohlbefinden, an ihre Lust, und aus dem Sex eine rein technische Angelegenheit gemacht. Mit Karla war es ganz anders. Sie hatte nichts gewollt, alles bekommen und noch viel mehr gegeben. Jetzt lag sie neben ihm auf dem Sofa – das Bett hatte er sich verkniffen, weil er am Tag zu faul gewesen war, es frisch zu beziehen –, und er strich mit den Fingerspitzen über ihren sich sanft wölbenden Bauch, ihre Brüste und ihre Arme, auf denen blonde Härchen schimmerten.

Sie hatte Durst, und er ging in die Küche, um ihr Wasser zu holen.

»Das vorhin an der Spree«, sagte er und reichte ihr grinsend die Wasserflasche, »das war ganz schön forsch von dir.«

»So, findest du?«

»Du weißt ja … Es könnte mich meinen Job kosten.« Er nahm ihr die Flasche ab und trank einen Schluck, dann liebkoste er die Kuhle unterhalb ihres Kehlkopfs, die leicht salzig schmeckte.

»Keine Sorge. Von mir erfährt niemand was.« Sie küsste ihn flüchtig auf den Mund. »Ich lass mir nicht gerne sagen, dass ich unemanzipiert bin.«

»Dann war es ja gut, dass ich dich provoziert habe.«

»Ja, vielleicht.«

Schmunzelnd drehte sie sich auf den Bauch, und er fuhr

mit den Streicheleinheiten auf ihrem Rücken fort. Ihre Haut war so zart und ihr Po wie ein Apfel geformt, ganz egal, dass er nicht mehr so prall wie bei einer Zwanzigjährigen war. Und wie sie küsste – weich und hingebungsvoll –, das hatten die Frauen, mit denen er sonst zusammen gewesen war, nicht draufgehabt.

»Wenn ich es nicht getan hätte ...« Sie rollte sich zurück auf den Rücken, und sofort waren seine Hände wieder an ihren Brüsten. »...wäre dann überhaupt was passiert?«

»Keine Ahnung.«

»Du weißt es nicht?«

»Nein.«

Es war nicht mal gelogen. Er war nicht der Typ Mann, der eine Frau gleich am ersten Abend abschleppte, und bei Karla hätte er sich vermutlich überhaupt nicht getraut.

»Ich bin schüchtern«, sagte er, worauf sie spöttisch auflachte.

»Ja, doch, wirklich!«

»Das eben war so ziemlich das Gegenteil von schüchtern. Aber es hat mir gefallen.«

»Und mir erst.«

Er streckte sich neben ihr aus, und mit Erstaunen stellte er fest, wie hell ihre Haut gegen seine war. Wie Porzellan, das über Jahrzehnte geschont worden war und nie einen Kratzer abbekommen hatte.

»Ich glaub, ich fand dich sofort sexy«, sagte sie und schmiegte sich in seine Armbeuge. »Aber ich hab mir den Gedanken daran verboten.«

Er fing an zu johlen, gluckste immer weiter in sich hinein.

»Was ist jetzt so komisch?«

»Das Kleid, das du an dem Abend anhattest ...«

Sie fiel in sein Gelächter mit ein, und zum ersten Mal bemerkte er die braunen Sprengsel in ihren grünblauen Augen. »Ich weiß, es war schrecklich. Ich hab's auch nur wegen meines Sohns angezogen.«

»Wegen deines Sohns? Wieso das?«

»Vergiss es. Blöde Geschichte. Und so unwichtig.«

Sie beugte sich über ihn, küsste ihn zärtlich, es war wie ein Windhauch auf seinen Lippen. Er erwiderte den Kuss, und abermals ging es von vorne los. Lange hatte er es nicht mehr erlebt, dass eine Frau nicht genug von ihm bekommen konnte. Und dass es ihm kein bisschen anders erging. Er fischte nach den Kondomen, die er unter dem Sofakissen versteckt hatte, als es klingelte.

Karla zog instinktiv die Decke über ihren nackten Körper. »Erwartest du Besuch?«

Eine ungute Ahnung durchzuckte ihn, aber er verscheuchte sie wie ein lästiges Insekt. »Nicht dass ich wüsste. Komm, Karla.« Zitternd vor Erregung riss er das Kondom mit den Zähnen auf.

Wieder schrillte die Türklingel.

»*Zut!*«

»Du fluchst auf Französisch?« Sie blickte ihn amüsiert an.

Er wollte etwas entgegnen, da hämmerte es an die Tür, und eine weibliche Stimme schrie: »Ich weiß, dass du da bist. Mach schon auf! Ich hab doch gesagt, dass ich noch vorbeikomme.«

Einen Seufzer ausstoßend ließ er sich zurück in die Kissen fallen.

»Pascal?«, sagte Karla, während das Gehämmer in eine neuerliche Runde ging. »Bin ich hier in etwas reingeraten, das mich eigentlich nichts angeht?«

Er verneinte, aber Karla setzte sich auf und schwang die Beine aus dem Bett. »Hör zu. Auf Spielchen hab ich keine Lust. Und schon gar nicht auf Männer, die eine Freundin haben und sich dann noch eine ältere fürs Bett nehmen.«

»Das siehst du völlig falsch!« Abermals klingelte es. »Anna und ich ... wir waren nie richtig zusammen. Also auf gewisse Weise schon, aber es war keine Beziehung. Und heute ...«

»Klär doch bitte erst mal, was zu klären ist, okay?« Sie verhakte sich mit dem Fuß im Slip, schimpfte undamenhaft vor sich hin, dann streifte sie sich ihr Kleid über, ohne erst den BH anzuziehen.

»Du bist so ein Idiot!«, keifte es vor der Tür. Ein letztes entschiedenes Hämmern, kurz darauf hörte man donnernde Schritte auf der Treppe.

»Karla, geh bitte nicht.«

»Nenn mir einen Grund, warum ich hierbleiben sollte.«

»Es war die perfekte Nacht. Ein echtes Geschenk.« Pascal atmete geräuschvoll aus, und dann sagte er es einfach. »Außerdem glaube ich, dass ich mich in dich verliebt habe.«

Karla entfuhr ein Grunzer. »Mach dich nicht lächerlich. Das ist absurd.«

»Ja, von mir aus.«

»Niemand, der ernsthaft bei Verstand ist, verliebt sich von jetzt auf gleich in eine ...« Sie brach ab, verbarg ihr Gesicht in den Händen.

»Ich dachte, das hätten wir geklärt. Du bist älter als ich – na und?«

»Aber ich wusste nicht, dass noch eine andere Frau im Spiel ist.«

Sie zerrte am Reißverschluss ihres Kleides, und Pascal griff nach ihrer Hand. »Setz dich bitte. Nur einen Moment.«

Sichtlich widerwillig und immer wieder den Kopf schüttelnd ließ sie sich aufs Bett sinken.

»Also, Anna«, hob er an.

»Mach's bitte kurz.«

Es fiel ihm nicht leicht, über ihre halbherzige On-und-Off-Beziehung zu reden – das ließ weder sie noch ihn in einem guten Licht dastehen –, aber er bemühte sich, so ehrlich wie möglich zu sein und erzählte ihr von seiner Absicht, sich gleich nach dem Konzertbesuch von ihr zu trennen. Aber dann sei Karla dazwischengegrätscht. »Du kannst mir das jetzt glauben oder auch nicht. Aber als du mich im Konzertsaal angesprochen hast, wollte ich gerade nach draußen gehen, um sie anzurufen.«

Karla schwieg. Durch das gekippte Fenster hörte man einen Betrunkenen krakeelen.

»Karla?«

Sie rieb sich das Kreuz, als hätte sie Schmerzen. »Hast du ein Glas Wein für mich?«

»Wenn du mit einem roten Primitivo vorliebnimmst, ja.«

Und um nicht Gefahr zu laufen, dass Karla auf den letzten Drücker ihre Meinung änderte, eilte Pascal auf wackeligen Beinen in die Küche.

13.

Lucien lehnte am schmiedeeisernen Tor und beobachtete die Bauarbeiter, die in den alten, klapprigen Renault einstiegen. Er hatte ihnen zwei Flaschen Bordeaux für den Feierabend mitgegeben. Fünfzehn Euro die Flasche, damit sie nicht immer diesen Fusel in sich reinkippten. Bestimmt würden sie den edlen Tropfen nicht zu würdigen wissen, aber es war ihm ein Bedürfnis, sich neben dem passablen Stundenlohn, den er ihnen zahlte, erkenntlich zu zeigen. Die Jungs waren tüchtig und kompetent, er hatte in seiner langjährigen Laufbahn schon ganz andere Pappenheimer kennengelernt. Instinktiv hatte er bei der Zusammenstellung des Teams ein gutes Gespür bewiesen. Der überwiegende Teil der Arbeiter stammte aus der Region, unter anderem der Leiter der Baustelle Pépin, zudem waren ein paar Polen und Bulgaren dabei.

Unter Hochdruck hatte Lucien eines der geräumigen Zimmer im Erdgeschoss ausbauen und herrichten lassen. Er wusste, Karla würde entzückt sein. So wie Henri, der ehrfürchtig auf der Schwelle stehen geblieben war, »Oh!« und »Ah!« ausgerufen und die Hände vor das Gesicht geschlagen hatte. Aus Angst, irgendetwas kaputt zu machen oder Schmutz hereinzutragen, war er nicht zu bewegen gewesen, auch nur einen Fuß hineinzusetzen.

Lucien hatte sich Karlas Meinung zu Herzen genommen

und sich bei der Innenausstattung für zarte, mediterrane Farbtöne entschieden. Hellgraue Wände, geweißtes Parkett mit einem grau-blau gemusterten Läufer, einen weißen Tisch, weiße Stühle. Das i-Tüpfelchen war das hellblau gekachelte Badezimmer. Falls Karla die Einrichtung zusagte, sollte sie das Konzept ruhig für ihren Teil des Hauses übernehmen, vielleicht sogar den Sommer über dort wohnen. Erik konnte bei ihm im Männer-Apartment unterschlüpfen, so hatte jeder seinen Freiraum. Lucien war da nicht zimperlich, mein Teil, dein Teil, sie würden sich schon einig werden. So wie er und Fritz sich immer einig geworden waren. Was das Finanzielle betraf, wollte er sich großzügig zeigen und den Löwenanteil des Kredits aufnehmen.

Karla hatte sich für den nächsten Morgen angekündigt; ihr Flieger landete kurz vor zehn in Nizza. Selbstverständlich würde er sie und Erik mit dem Leihwagen am Flughafen abholen. Sie sollte es bequem haben und nicht schon gestresst ankommen. Stress würde sie noch genug haben. Mit der Villa und mit ihren Erinnerungen an Fritz, die sich an diesem Ort unweigerlich einstellten.

Gegen neunzehn Uhr bekam Lucien Hunger. Zu Fuß machte er sich auf den Weg Richtung Altstadt. Er bummelte gerne durch die Straßen, auch durch die weniger repräsentativen Wohngebiete mit den uniformen Wohnhäusern, die in den Siebzigerjahren zuhauf in Cannes hochgezogen worden waren. Am liebsten aß er in einem der Lokale rund um den Marché Forville. Hin und wieder traf er dort auf Alfons und Amélie, ein reizendes älteres Ehepaar aus der Nachbarschaft, mit dem sich immer ein Schwätzchen halten ließ. Die beiden liebten es, von früher zu erzählen, und Lucien musste sich mit einer Spur Neid eingestehen, dass ihr Leben im Vergleich zu seinem weitaus aufregender gewesen war. Sie hatten die mondänen Zeiten an der Côte d'Azur erlebt, als die Stadt noch nicht verbaut war und der wahre Luxus darin bestand, in einem Fischerboot aufs Meer hinauszutuckern und abends mit Künstlern und Schauspielern in einem Strandlokal ein Glas Wein zu trinken.

Heute aber erspähte Lucien kein bekanntes Gesicht. Er orderte gratinierte Muscheln, dazu einen Rosé. Kaum stand das Essen vor ihm und der köstliche Duft von Knoblauch stieg ihm in die Nase, vibrierte das Handy in seiner Hosentasche.

Der Schreck fuhr ihm in die Glieder, als er den Namen seines Bruders auf dem Display las. Gérard und er standen sich nicht sehr nahe, eigentlich pflegten sie überhaupt keinen Kontakt, und wenn er sich meldete, war meistens etwas passiert.

Lucien legte die Gabel am Tellerrand ab, atmete tief durch, dann ging er ran.

»Gérard, grüß dich«, sagte er gespielt munter. »Wie geht's denn so?«

»Hör zu, Lucien, ich will nicht lange drum herumreden.« Er kiekste wie im Stimmbruch. »Onkel Paul … er ist gestern Nacht gestorben.«

Ein Ruck ging durch Luciens Magen. Onkel Paul …

»Lucien? Hörst du mich?«

»Wie ist es passiert?«

»Schlaganfall.«

»Aber er war doch …« Fit, wollte er sagen, doch dann fiel ihm ein, dass er seinen Onkel, der die letzten Lebensjahre mit seiner zweiten Ehefrau in Genf gelebt hatte, seit anderthalb Jahren nicht mehr besucht hatte und auch ihre Telefonate waren sporadischer geworden. Dass er tot sein sollte, klang wie ein schlechter Scherz, und Lucien schämte sich, ihn nicht öfter kontaktiert zu haben.

»Kannst du nach Genf kommen?«, drang Gérards Stimme wie durch eine wattige Wand an sein Ohr.

»Wann?«

»Morgen? Es gibt einiges zu regeln.«

»Okay, ich versuche es einzurichten.«

Er legte auf, ohne sich zu verabschieden, und bestellte die Rechnung, ohne die Muscheln auch nur anzurühren. Keine Frage, er würde fliegen. Es war ihm ein Bedürfnis, Onkel Paul die letzte Ehre zu erweisen. Hoffentlich erwischte er noch den Polier Pépin. Er musste ihm die Schlüssel anvertrauen und ihn bitten, sich morgen um Karla und Erik zu kümmern.

* * *

War das tatsächlich ihr Leben? Diese Aneinanderreihung lustvoller, ausgelassener und bizarrer Momente? Sie und der Eintänzer, der jetzt ihr Liebhaber war.

Sex am Morgen, bevor sie zur Arbeit aufbrach. Sex bis tief in die Nacht. Totale Erschöpfung. Einmal hatten sie sich in einem Hinterhof geliebt, weil sie es nicht mehr hatten abwarten können, nach Hause zu kommen. Karla erkannte sich kaum wieder. Diese lebenshungrige, liebestolle, in Flammen stehende Frau war doch nicht sie.

Sarah kommentierte ihren neuerlichen Lebenswandel mit den Worten: »Hab doch immer gesagt, du brauchst einfach mal einen richtigen Kerl.«

Und bevor Karla entgegnen konnte, wie sexistisch das sei, fügte ihre Freundin augenzwinkernd hinzu: »Und jetzt genieß es gefälligst. Es sei denn, du willst, dass ich ihn dir wegschnappe.«

Ja, Karla genoss es. Obgleich sie bisweilen ein ungutes Gefühl beschlich. Pascal war so jung, mehr als eine Affäre würde ohnehin nicht daraus werden. Und wollte sie das wirklich? Eine Weile Spaß haben, um am Ende doppelt und dreifach zu leiden?

Dennoch war die Versuchung groß, ihren Liebhaber nach Cannes einzuladen. In ihr Haus, auch wenn sie bisher keinen Handschlag getan hatte, um es bewohnbar zu machen. Lucien würde für gut zwei Wochen in Genf sein, um zusammen mit seinem Bruder die Beerdigung des Onkels zu organisieren. Vierzehn Tage, in denen Pascal und sie tun und lassen könnten, worauf sie Lust hätten. Erik hatte sicher eigene Pläne und falls nicht, wollte er ganz bestimmt nicht mit der Mama und ihrem Liebhaber im Palmengarten sitzen.

Im Flugzeug fasste sie sich ein Herz und fragte ihren Sohn, was er davon halten würde, wenn Pascal nachkäme. Erik sah sie mit schweren Lidern an, dann sagte er schief grinsend: »Du meinst deinen Lover?«

»Nenn ihn, wie du willst.«

»Mir egal«, erwiderte er, ohne dass das Grinsen in seinem Gesicht erlosch. »Aber ich weiß nicht, wie dein Lucien das finden wird.«

»Erstens ist er nicht mein Lucien, und zweitens ist mein Pascal längst wieder weg, wenn Lucien aus Genf zurückkommt.«

»Okay.«

Ende der Durchsage. Erik brauchte selten viele Worte. Und in Momenten wie diesen war das von Vorteil.

Sie landeten planmäßig in Nizza, folgten einem ortskundigen Marokkaner durch ein Labyrinth von Baustellen zum

Bahnhof Nice-Saint-Augustin, kauften sich Tickets am Schalter, dann lief auch schon der Zug nach Cannes ein. Ursprünglich hatte der Polier des Bautrupps sie in Nizza abholen sollen, doch kurz vorm Abflug hatte Lucien angerufen, um ihnen mitzuteilen, dass diesem bei der Arbeit ein Ziegelstein auf den Fuß gefallen war und er nicht Auto fahren konnte. Sie sollten sich in Cannes ein Taxi nehmen; Pépin würde vor Ort auf sie warten und ihnen aufschließen.

»Alles okay bei dir?«, hatte Karla gefragt, weil Lucien so kurz angebunden war.

»Ja, sicher. Ich bedauere es nur, dass ich dich nicht persönlich empfangen kann. Und wir heute Abend nicht zusammen essen gehen können.«

»Ja, das ist schade«, hatte Karla entgegnet und sich geschämt, dass sie nicht wie Lucien empfand. Im Gegenteil war es ihr sogar ganz recht, den ersten Abend mit Erik allein zu verbringen. Um sich in Ruhe einzugewöhnen.

»Aber du kommst ja bald«, hatte sie nachgeschoben und das Telefonat mit einem Anflug von schlechtem Gewissen kurz darauf beendet. Lucien hatte sich so viel Mühe gegeben und alles für sie und Erik hergerichtet, damit sie es so angenehm wie möglich hatten. Ihr schwirrte hingegen nur Pascal im Kopf herum, was ihr wie ein Verrat an ihrem guten Freund vorkam.

Karla spähte aus dem mit Graffitis besprühten Zugfenster. Schon seit geraumer Zeit flogen rechter Hand gelbe Wohnblöcke, Palmen, Oleander und üppige Bougainvillea vorbei, linker Hand das Meer, das im Licht der untergehenden Sonne wie ein expressionistisches Gemälde wirkte. Sogar Erik war aus dem Dämmerzustand aufgewacht und schaute fasziniert hinaus.

»Krass, oder?«, sagte er und musterte dann seine Mutter.

»Ist was?«

»Grinst du so wegen der Aussicht?« Er wies mit dem Kinn Richtung Meer. »Oder wegen deines Lovers?«

»Pascal ist ein guter Freund.«

»Nee, schon klar.« Erik setzte wieder seine Kopfhörer auf und wippte mit den Knien. Für ihn war es sicher nicht einfach, eine bis über beide Ohren verknallte Mutter zu haben, das war Karla bewusst, und doch ließ sich der Zug, auf den sie aufgesprungen war, nicht mehr bremsen.

Die Sommerpause an der Oper ... Jahr für Jahr hatte Karla die freie Zeit herbeigesehnt, um endlich durchatmen zu können, und dann hatten sich die Tage doch nur leer, ja oftmals sinnlos angefühlt. Zwei Urlaube hintereinander war sie mit Erik nach Rügen gefahren, im Jahr darauf mit Sarah für eine Woche nach Mallorca gejettet, aber die überdrehte Fröhlichkeit ihrer Freundin hatte sie damals bloß noch trauriger gestimmt. Nun, zwei Jahre später, bestand erstmals die Aussicht auf aufregende Ferien. Mit Pascal. Wenn er denn wollte.

Im Schutz ihrer Tasche nahm sie ihr Smartphone zur Hand und schrieb ihm eine Nachricht. Kaum war sie abgeschickt, hielt der Zug in Antibes und Erik sagte spöttisch grinsend, sie müsse nicht so heimlich mit ihrem Handy rumtun, sie sei doch kein Teenager mehr.

»Danke, dass du mich dran erinnerst. Du aber auch nicht. Obwohl du dich oft so benimmst.«

»Laber Rhabarber.«

Erik tauchte wieder in die Welt seiner Musik ab, der Zug fuhr weiter, und kaum dass sie sich entspannt zurückgelehnt hatte, piepte ihr Handy.

183

Wann soll ich kommen, Chérie?, las sie. Morgen? Gros bisous, Pascal.

Karla schlug das Herz bis zum Hals. Morgen! Pascal würde die Reise wirklich auf sich nehmen, und noch während sie antwortete, dass der morgige Tag perfekt sei, ging ihr auf, wie egal es ihr eigentlich war, was Erik oder Lucien von der Sache hielten. Es war ihr Leben, und das köstliche Stück Kuchen, das es ihr spendierte, wollte sie in vollen Zügen genießen. Wenn sie schon die ganze Torte nicht noch einmal bekommen würde. Denn die hatte sie mit Fritz gehabt, sahnig und mit kunstvollen Rosen verziert, obgleich es ihr damals nicht immer bewusst gewesen war.

In Cannes winkten sie ein Taxi herbei, der Fahrer fuhr eine Weile die Croisette entlang, und als wollte die Stadt sie besonders herzlich willkommen heißen, färbte sich der Himmel in dramatischen Rot-, Rosa- und Orangetönen. Wie ein Gemälde von William Turner, dachte Karla, und auch Erik blickte verklärt aus dem Fenster.

Nach einem knappen Kilometer verließ der Wagen die Küstenstraße. Zwischen Siebzigerjahre-Wohnhäusern und prächtigen Villen schlängelte er sich in die Stadt hinauf. Kurz spürte Karla einen Fausthieb im Magen, weil sie glaubte, die Unfallstelle wiederzuerkennen, aber schon war das Taxi daran vorbeigesaust, bog links ab, dann wieder rechts, das Straßengeflecht wurde enger, und schließlich hielt der Wagen vor der Einfahrt zur Villa.

»Vingt-deux Euros«, sagte der Fahrer, und Karla beglich die Rechnung.

»Da steht so ein Typ und raucht.« Eriks Nase klebte an der Scheibe. »Der lässt uns hoffentlich rein.«

Sie stiegen aus, und während der Taxifahrer das Gepäck

aus dem Kofferraum hievte, humpelte der Mann mit der Zigarette auf sie zu und sagte: »Bonsoir, je suis Pépin.«

»Karla.« Sie streckte ihm die Hand entgegen. »Und das ist Erik«, fuhr sie auf Französisch fort.

Sie wollte nach ihrem Koffer greifen, doch Pépin nahm ihn ihr aus der Hand, schloss das Tor auf und trug ihn trotz seiner Fußverletzung über die Kiesauffahrt. »Sehr schöne Villa. Ein Prachtstück. Sie waren schon mal hier?«

Karla nickte und verkniff sich die Bemerkung, dass ihr die schöne Villa, das Prachtstück, zur Hälfte gehörte.

Auf der Schwelle zum Eingangsbereich blieb sie stehen. Ihr Magen rebellierte, doch einen Sekundenbruchteil darauf war die Übelkeit verflogen, und sie bestaunte die restaurierten Mosaikkacheln und die cremeweißen Wände.

»Krass!«, rief Erik aus. »Sieht aus wie in einem Palast.«

Pépin, der bereits die Diele durchquerte, winkte sie zu sich. »Kommen Sie bitte! Das Haus ist ...« Er spitzte die Lippen und küsste schmatzend seine Fingerspitzen, als hätte er etwas überaus Köstliches probiert.

Kurz darauf war klar, was er meinte. Das Zimmer, das Lucien im Erdgeschoss hatte renovieren lassen, war ein Traum in Pastell. Die Wände waren in einem zarten Hellgrau gestrichen, die geweißten Dielen luden zum Barfußlaufen ein, und neben dem französischen Doppelbett, das eine hellblaue Tagesdecke zierte, stand ein farblich passender Schrank. Karla stieß einen Seufzer aus. Es rührte sie, dass Lucien sich ihre Kritik an dem grauen Apartment zu Herzen genommen hatte. Gleichzeitig überkam sie ein wehmütiges Gefühl, weil Fritz hier niemals schlafen, niemals duschen, niemals leben würde. Dabei hatte er es sich mehr als jeder andere Mensch auf der Welt gewünscht.

»Madame, s'il vous plaît!« Pépin lotste Karla ins Bad. Die Abendsonne fiel durch das kleine quadratische Fenster und ließ die lichtblauen Kacheln violett schimmern. Während Karla die Retro-Armaturen bewunderte, stieg Erik in die Regenwalddusche und trommelte sich wie Tarzan auf die Brust.

»Wie geil ist das denn?!«, rief er.

»Ja, geil, aber die lässt du jetzt schön aus.«

Erik zog die Stirn kraus, dann sagte er: »Wir könnten jedes Zimmer in einer anderen Farbe gestalten. Wie findest du das, Mama? Das hätte auch für die Gäste einen Wiedererkennungseffekt.«

»Darüber reden wir noch, einverstanden? Ich will erst mal ankommen.« Sie wandte sich Pépin zu, bedankte sich bei ihm und hielt ihm einen Zehner hin.

Als hätte sie den Mann in seiner Ehre gekränkt, lief er, französische Worte brabbelnd, hinaus.

Eriks Mundwinkel wanderten nach oben. »Mama! Der ist nicht dein Callboy. Er hat uns nur den Schlüssel gegeben.«

»Hast du gerade ein Mädchen an der Angel, oder warum denkst du nur noch in Kategorien unterhalb der Gürtellinie?«, schoss Karla zurück.

Erik lachte und ließ sich rückwärts aufs Bett fallen. Er befand die Matratze für saubequem und erkundigte sich, wer eigentlich wo schlafen würde.

»Lucien meinte, du und er, ihr könntet in seinem Apartment wohnen. Und ich hier. Eure Küche nutzen wir gemeinsam.«

»Gebongt«, sagte Erik und rauschte hinaus. Er schien geradezu erleichtert zu sein, sich die kleine Wohnung nicht mit seiner Mutter teilen zu müssen.

Karla ging hinter ihm her, da klingelte ihr Handy. Es war

Lucien, und bevor sie auch nur Hallo sagen konnte, prasselte ein Wortschwall auf sie nieder. Ob sie auch gut angekommen seien und Pépin ihnen den Schlüssel ausgehändigt habe … Es tue ihm so leid, er habe sich das wirklich anders vorgestellt … Aber so sei es nun mal, und er hoffe, dass sie auch ohne ihn klarkämen …

Karla versuchte in einer Atempause einzuhaken, doch Lucien ließ sie nicht zu Wort kommen.

»Sieh mal im Kühlschrank nach«, sagte er.

»Wieso?«

»Jetzt mach schon.«

Karla eilte hinauf in den ersten Stock, wo Erik auf dem anthrazitfarbenen Sofa lümmelte.

»Das ist ja noch viel cooler als auf den Fotos!«, rief er ihr entgegen.

Er hatte recht. Im warmen Abendlicht wirkte das Apartment mit dem hochwertigen Mobiliar behaglich, ohne überladen zu sein. Vielleicht war Eriks Vorschlag, jedem Raum eine eigene Farbnote zu geben, gar nicht mal verkehrt. Ein sonnengelbes Zimmer, ein Rosenzimmer, eins mit Zebratapete … der Fantasie waren keine Grenzen gesetzt.

»Gefällt's dir?«, unterbrach Lucien ihren Gedankenstrom.

»Ja, es ist wundervoll«, gestand sie. »Und das blaue Zimmer … hach, ein Traum!«

Sie hörte ihn lachen. »Das freut mich, Karla. Das freut mich wirklich sehr. Und jetzt mach endlich den Kühlschrank auf.«

Sie trat an die Küchenzeile, und in der Erwartung, dass er ihnen einen Crémant oder Weißwein hineingestellt hatte, zog sie ihn auf.

»O mein Gott!«, rief sie aus.

Die Fächer quollen über vor Leckereien. Es gab unzählige

Käse- und Schinkensorten, Eier, gesalzene Butter, Süßrahm-
butter, Biomilch, Weißwein und Champagner.

»Danke, Lucien … das ist …« Ihr fehlten die Worte.

»Wow!« Erik tauchte neben ihr auf. »Dann müssen wir
heute ja nicht verhungern.«

Karla legte den Zeigefinger auf die Lippen. »Lucien, du
sollst uns aber nicht so verwöhnen.«

»Das ist das Mindeste, was ich für euch tun kann.« Er
hüstelte. »Ich freu mich so, dass du dich wohlfühlst, Karla.
Vielleicht bleibst du dann ja ein bisschen länger als nur zwei
oder drei Wochen.«

Sie bedankte sich nochmals, das war sehr aufmerksam
von Lucien. Währenddessen schlich sich abermals dieser unschöne Gedanke ein. Ob es korrekt von ihr war, ihm
nichts von Pascal zu sagen?

Nein, das war es nicht, gab sie sich die Antwort. An seiner
Stelle wäre sie schon gerne darüber informiert, wer in ihrem
Apartment übernachtete, das verstand sich von selbst.

»Lucien«, hob sie an, da hörte sie Stimmen im Hintergrund und er sagte: »Tut mir leid, ich muss Schluss machen.
Mein Bruder braucht meine Hilfe.«

»Kein Problem«, erwiderte sie, bekundete abermals ihr
Beileid, und als sie auflegten, war sie heilfroh, dass sie das
Thema Pascal noch einmal hatte umschiffen können.

* * *

Erik stand am Fenster und schaute in den Palmengarten.
Über ihm im Dach hämmerte es, eine Säge kreischte, »Vite,
vite!«, überlagerte eine röhrende Männerstimme das Vogel-
gezwitscher, das sich seit Stunden mit dem Hormon-Over-
flow seiner Mutter vermischte. Gestern war Pascal angereist –

soweit ein ganz lässiger und gut aussehender Typ –, doch seitdem benahm sie sich wie ein Teenager auf Speed. Sie trug ein flatteriges Kleidchen mit Spaghettiträgern, das ihre nicht mehr taufrischen Oberarme frei ließ, lachte übertrieben und strich sich die Haare aus dem Gesicht, was sie wohl für eine sexy Geste hielt.

Letztlich konnte es ihm ja egal sein. Seine Mutter hatte ihren Spaß, und er blieb von ihren mütterlichen Anwandlungen verschont. Räum deine Sachen weg, Schatz. Erzähl mal, hast du dich endlich beworben? Und: Trink nicht so viel Bier. In Berlin ging das von morgens bis abends so. Jetzt war sie voll und ganz mit ihrem Loverboy ausgelastet. Strandspaziergänge, essen gehen, das neue Bett einweihen – so stellte sich Erik das vor. Gott sei Dank war er in der Wohnung im ersten Stock abseits vom Liebestreiben. Was für ein fantastisches Apartment! Es fehlte nur noch der WLAN-Anschluss, und sein Glück wäre perfekt. Fast perfekt. Knackpunkt war nach wie vor die Verkäuferin in der Patisserie, die er bisher nicht aufgesucht hatte, obwohl die Konditorei nur zweieinhalb Fußminuten von der Villa entfernt lag.

Logisch hatte er sie nicht vergessen. Nicht eine Sekunde, seit er am Geburtstag seiner Mutter das Riesenpaket Kuchen bei ihr gekauft hatte. Dreimal war er am Laden vorbeigeschlichen und hatte so getan, als würde er in die Auslagen spähen. In Wirklichkeit hatte er nach ihr Ausschau gehalten.

Beim ersten Mal stand eine rothaarige Verkäuferin mit einem herben Zug um den Mund hinterm Tresen. Beim zweiten Mal war das Geschäft voll schnatternder Weiber gewesen, und draußen hatte sich eine Schlange mit Schulkindern gebildet, die alle etwas Süßes kaufen wollten. Beim dritten Versuch sah er sie. Er klebte fast mit der Nase an der Scheibe, als sie in weißer Schürze und mit einem Blech vorm Bauch aus der Backstube trat. Der Schock fuhr ihm wie ein Blitz in die Glieder, und weil er fürchtete, ohnmächtig zu werden, war er weitergehastet.

Nun sollte Anlauf Nummer vier folgen. Es war erst zehn Uhr, und sein T-Shirt klebte ihm schon am Körper. Egal. Er war ein Volltrottel, wenn er es nicht noch einmal probierte. Jede Minute, die er in der Villa herumlungerte, war eine vergeudete Minute. Es war auch verplemperte Zeit, sich an den Strand zu legen, zu baden und so zu tun, als sei dies hier ein x-beliebiger Urlaub.

Er zählte das Kleingeld in seiner Hosentasche nach – vier fünfundsechzig, das war exakt die Summe, die er der Patisserie schuldete –, steckte noch dreißig Euro ein, dann dieselte er sich im Bad mit Aftershave ein und zog los. Er ersparte es sich, seiner Mutter und ihrem Liebhaber Tschüss zu sagen. Womöglich überraschte er sie noch bei etwas, das er auf keinen Fall mitbekommen wollte, und auf leisen Sohlen stahl er sich aus dem Haus.

Draußen schlug ihm die Hitze wie eine Wand entgegen. Er liebte diese spezielle Atmosphäre, wenn der Asphalt kochte, die Menschen sich in Zeitlupe fortbewegten und aus den Cabrios der Sommerhit des Jahres schallte.

Zügig überquerte er die Straße. Er schlängelte sich durch eine Gruppe Touristen hindurch, das Schild der Patisserie kam näher – nur noch ein paar Meter –, dann flutschte er mit einer knappen Kopfbewegung nach links am Laden vorbei.

Verdammt.

War er eigentlich von allen guten Geistern verlassen? In dem Stechschritt, den er draufgehabt hatte, hatte er nur schemenhaft erkennen können, dass gerade nicht viel los war. Aber ob sie arbeitete? Er wusste es nicht.

Unter der Markise eines Gemüseladens blieb er stehen und rief Guy an.

»Wo steckst du?«, brüllte dieser ihm ohne Begrüßung ins Ohr.

»In Cannes. Hab ich dir doch geschrieben.«

»Und wie ist es so?«

»Cool.« Er erzählte vom Haus, von dem Liebhaber seiner Mutter, von den Umbauten, über alles Mögliche redete er, nur die schöne Verkäuferin ließ er aus.

»Kann ich vielleicht mal zu Besuch kommen?«

»Klar. Aber bring deinen Schlafsack mit.« Im nächsten Moment ärgerte Erik sich über sein offenherziges Angebot. Erstens war das nicht mit Lucien abgesprochen, zweitens wollte er, wenn er bei der Kleinen auf Angriff ging, seinen Kumpel aus der Bahn haben.

»Und das Mädchen?«, fragte der in diesem Moment.

»Nichts ist mit dem Mädchen.«

»Und wieso nicht?«

»Weil ich einfach nur bescheuert bin!«

Er berichtete von den drei Anläufen, sie im Laden anzusprechen. Und dass er jedes Mal im letzten Augenblick gekniffen hatte.

Schweigen trat ein, dann hörte er Guy lachen. »Hör zu. Du gehst da jetzt rein und kaufst irgendein bescheuertes Stück Kuchen. Und wenn sie nicht da ist, kaufst du dir trotzdem ein bescheuertes Stück Kuchen und fragst nach ihr. Kapiert?«

Erik nickte der aufgedonnerten Frau zu, die an ihm vorbeistöckelte.

»Hallo?«, drang Guys ungehaltene Stimme an sein Ohr.

»Schon gut, ich mach's ja.«

»Und danach rufst du mich gleich an.«

Erik versprach es und steckte sein Handy weg.

Ein bescheuertes Stück Kuchen kaufen, ratterte er im Stillen runter, als könnte er Guys Vorschlag im nächsten Augenblick vergessen. Er kehrte um, holte einmal tief Luft und schlenderte gemächlich auf die Patisserie zu. Einundzwanzig, zweiundzwanzig, dreiundzwanzig, zählte er, dann zog er die Tür auf und trat unter dem Bimmeln der Ladenglocke ein.

»Bonjour!«, tönte eine tiefe Stimme, und ihm stockte der Atem.

Es war das Mädchen. Der Traum seiner schlaflosen Nächte. Wie beim ersten Mal trug sie die Haare zu einem nachlässigen Dutt geschlungen, und ihre Lippen leuchteten kirschrot.

»Vous désirez, Monsieur?«

Statt etwas zu sagen – irgendetwas! –, kramte er das Kleingeld aus seiner Tasche und legte es auf den Tresen.

»Pour vous«, sagte er, als sie ihn bloß verdutzt anstarrte.

»Warum für mich?«, entgegnete sie mit dieser erotisierend südfranzösischen Färbung in der Stimme.

»Weil… also vor ein paar Wochen… Sie erinnern sich nicht? Also, das Geld schulde ich Ihnen… ähm, der Patisserie…«

Wie entsetzlich, dieses Gestammel, und dann siezte er sie auch noch, obwohl sie garantiert keinen Tag älter war als er. Sein Französischlehrer hätte die Hände über dem Kopf zusammengeschlagen. Souverän ging anders. Es ärgerte ihn kolossal, dass er in der Schule so faul gewesen war und auch die Zeit in seiner Gastfamilie nicht genutzt hatte, um die Sprache zu erlernen. Stattdessen hatte er seiner Gastmutter in den Ausschnitt gestarrt und mit Guy jede Menge Unsinn angestellt.

»Je ne comprends pas.« Das Mädchen schüttelte hilflos den Kopf.

»May I speak english?«, startete Erik einen letzten Versuch. Mehr konnte er sich kaum zum Affen machen.

Ihr Dutt wippte auf und ab, als sie nickte. »But I just speak little english.«

»No problem, me too«, erwiderte er und lächelte ein Lächeln, das hoffentlich sexy rüberkam. Dreiunddreißig Prozent James Dean, dreiunddreißig Prozent Ryan Gosling, dreiunddreißig Prozent Orlando Bloom und nur ein Prozent er selbst. Seit er auf Netflix Serien im Original rauf und runter guckte, fühlte er sich im Englischen sicherer. Er erzählte, dass er vor einiger Zeit im Laden gewesen war, ein ziemlich großes Paket Kuchen gekauft hatte, ihm aber das nötige Kleingeld gefehlt hatte, um die Rechnung zu begleichen. Und dass sie ihm gesagt hatte, er könne es auch später bezahlen.

»Really?« Starrer, ungläubiger Blick. Hoffentlich ging das nicht nach hinten los.

Er nickte.

»Und das war wirklich ich?«

Sie hatte keine Ahnung, stand wirklich total auf dem Schlauch. Weil er nicht wusste, wie er ihrem Gedächtnis sonst auf die Sprünge helfen sollte, entschuldigte er sich gestenreich und sagte, dass er in Deutschland lebte, also in Berlin, und es deswegen nicht eher geschafft hatte. Cannes sei ja nicht gerade um die Ecke, blablabla. Und während er so vor sich hinfaselte, ging plötzlich ein Lächeln über ihr Gesicht. Es war das süßeste Lächeln, das er je gesehen hatte, und wäre er nicht schon bis über beide Ohren in sie verschossen gewesen, hätte in der Sekunde der Blitz bei ihm eingeschlagen.

»Ja, sicher, ich erinnere mich. Der Typ mit den achtzehn Kuchenstücken.«

Er nickte. Und war verwirrt. Dass ausgerechnet dieses unwichtige Detail bei ihr hängen geblieben war, nicht aber der ganze Rest. Also, er als Person. Als Mann. Als potenzieller Liebhaber.

»Und? Hat's geschmeckt?«

»Très bien.«

Von ihrer kurzen Nachfrage ermutigt, wollte er sich erkundigen, wann sie Feierabend habe, ein feiger Hund war er lange genug gewesen, da rief jemand nach einer Nathalie, das Mädchen winkte Erik knapp zu und verschwand in der Backstube. Eine Matrone im Alter seiner Mutter kam von hinten, stützte sich, während ihr mächtiger Vorbau bebte, auf dem Tresen ab und sah ihn fragend an.

»Äh, ich hab schon«, sagte er auf Deutsch und verließ eilig den Laden.

Mist, der Moment wäre perfekt gewesen, um sich mit ihr zu verabreden. Eine geradezu einmalige Gelegenheit! Und jetzt? Sollte er etwa jeden Tag aufs Neue herkommen, vor den bodentiefen Fenstern der Patisserie herumlungern und darauf warten, dass sich ihm eine neue Chance bot?

Nathalie – was für ein klangvoller Name! Immer wieder murmelte er ihn vor sich hin, während er durch die Gassen der Altstadt Richtung Meer flanierte. Er stellte sich vor, wie er sie küsste … Und wie es weiterging … Seine Fantasien nahmen Fahrt auf, doch bevor es zu heiß werden konnte, griff er zum Handy und rief Guy an.

»Ist doch gut gelaufen, Kumpel«, kommentierte der den Auftritt. »Beim nächsten Mal hast du sie am Haken.«

Ein schwacher Trost, aber was sollte Guy auch sonst

sagen? Er an seiner Stelle hätte ihm genauso gut zugeredet.
Guy erzählte, dass aus dem Besuch in Cannes vorerst nichts
werden würde. Seine Mutter habe ein Ferienhaus in Portugal
gemietet, in drei Tagen gehe es los.

Auch okay, dachte Erik und nach einer Runde Small Talk
legten sie auf. Runter zur Croisette. Er schlenderte den Küstenstreifen rauf, um ein optimales Plätzchen zum Faulenzen
zu finden. Doch fast überall musste man bezahlen, und an
den kostenfreien Strandabschnitten lagen die Urlauber dicht
an dicht wie Ölsardinen in der Dose.

Einige Hundert Meter weiter blieb er abrupt stehen. Dieses Pärchen auf dem Felsvorsprung, das waren doch seine
Mutter und Pascal. Die Köpfe aneinandergeschmiegt hock-
ten sie da und guckten aufs Meer. Einen Sekundenbruchteil
überlegte Erik, ob er zu ihnen rübergehen sollte, da näherten sich ihre Münder einander an, und sie küssten sich wie
die Teenies.

Das war zu viel, too much information, und er machte,
dass er wegkam. Auf der anderen Straßenseite lief er zurück,
schlug sich in die Altstadt und rettete sich in eine Eisdiele.
Drei Kugeln mit Sahne, das brauchte er in seinem unterzu-
ckerten Zustand. Am besten noch eine günstige Klamotte
kaufen, aber er wurde nicht fündig und entschied sich bei
Fnac für einen Gedichtband von Rimbaud. Rimbaud war
cool. Auch wenn er nicht jedes Wort von dem verstand, was
der damals Siebzehnjährige geschrieben hatte, fand er es lässig, das Buch mit sich herumzutragen und einen auf einsa-
mer Intellektueller zu machen. Das spiegelte seinen Seelenzustand wider, und würde es mit Nathalie nichts werden,
könnte er sich ein paar Zeilen aus *Le Bateau ivre* auf den Arm
tätowieren lassen.

Die Sonne sank tiefer, als er sich der Villa näherte. Pépin stand rauchend mit ein paar Bauarbeitern und dem Nachbarn Henri vor dem Haus herum, und plötzlich hatte Erik eine Eingebung. Er würde Nathalie – ganz altmodisch – einen Brief schreiben. Keinen Liebesbrief, das wäre zu banal. Irgendetwas Poetisches, das seinem eigenen Hirn entsprungen war.

»Salut!«, rief Pépin, und nach ein paar Runden Geplänkel übers Wetter fragte er ihn, ob er morgen beim Fliesenlegen mit anpacken könne. Einer der Arbeiter sei erkrankt, und er wolle etwas zum Vorzeigen haben, wenn Lucien demnächst aus Genf zurückkäme.

»Klar, gerne doch«, erwiderte Erik auf Französisch. »Aber kann ich das denn einfach so?« Es war erstaunlich: Sobald er mit Pépin oder einem der Arbeiter quatschte, kamen ihm die Wörter flüssig über die Lippen. Wohl, weil es um nichts ging und er sich kaum vor den Jungs blamieren konnte.

»Du wirst es lernen. Und du bekommst natürlich Geld.«

»Schon okay«, wiegelte Erik ab. Er wollte sich nicht von Lucien bezahlen lassen, wenn er schon kostenlos in dessen Apartment wohnte. »Könntest du mir dafür bei einem Brief helfen? Die Fehler verbessern und so?« Es war ihm zu peinlich, Guy darum zu bitten.

»Was für ein Brief?«

Erik winkte ab. »Kannst du oder kannst du nicht?«

»Klar kann ich das.« Pépin klopfte ihm auf die Schulter. »Im Aufsatzschreiben war ich früher immer der Beste!«

Grinsend trat er die Zigarette im Kies aus und ging mit Erik ins Haus.

14.

Die Rückenschmerzen waren verschwunden. Ohne Tabletten und ohne Osteopath, ganz wie von selbst. Ob es an der flirrenden Urlaubsstimmung lag, an der Seeluft oder an ihrem Liebesleben, Karla wusste es nicht, und es spielte auch keine Rolle. Jetzt, in diesem Moment, war alles perfekt. Was morgen sein würde, stand auf einem anderen Blatt.

Sarah, die seit einer kurzen Auszeit auf Rügen wieder mit ihrem reumütigen Ehemann zusammenlebte – angeblich sei die Affäre mit der Frau in der Kneipe nur ein Ausrutscher gewesen –, wiederholte bei einem ihrer Telefonate, was sie Karla schon seit Jahren predigte. Dass ihre Rückenschmerzen zu mindestens achtzig Prozent psychische Ursachen hätten. Womit ihrer Ansicht nach bewiesen war, wie gut ihr Pascal und die Liebe, Südfrankreich und das Haus täten.

Karla fragte zurück, wie es denn um ihre psychische Verfassung stünde und ob es vernünftig sei, Götz den Fehltritt zu verzeihen, ohne die Beziehung auf den Prüfstand zu stellen.

»Er hat mit ihr Schluss gemacht«, erwiderte Sarah, aber die Verletzung war ihrer Stimme anzumerken. »Ich denke, das ist Liebesbeweis genug.«

Karla konnte sich kaum vorstellen, dass von jetzt auf gleich alles wieder eitel Sonnenschein sein sollte, und bot ihr an, im Zweifelsfall nach Cannes zu kommen.

»Klar doch, mach ich!« Sarah klang so übertrieben munter, dass Karla ihr Götz' wundersame Wandlung umso weniger abkaufte. Aber was sollte sie tun? Die Zelte abbrechen, Pascal sich selbst überlassen und nach Berlin fahren? Das war absurd, und ihre Freundin hätte es auch niemals von ihr verlangt.

»Findest du mich eigentlich egoistisch?«, fragte Karla Pascal, als sie sich in der Mittagszeit ins Bett verzogen. Erik, der sich seit zwei Tagen auf dem Bau nützlich machte, war mit den Bauarbeiten in eine Kneipe um die Ecke zum Essen gegangen. Jede Minute, die Pascal und sie für sich allein hatten, musste ausgekostet werden.

»Wie meinst du das?« Er beugte sich über sie, um sie zu küssen, und seine Locken kitzelten ihr Gesicht.

»Dass ich hier mit dir rumliege und so Sachen mache…«

Pascal hielt inne und grinste. »So Sachen? Was denn für Sachen?« Mit einem Schwung drehte er sie auf den Bauch und begann ihre Rückseite mit Küsschen zu bedecken. Erst den Nacken und die Schulterblätter, dann den mittleren Rücken, wo sie besonders sensibel war, immer tiefer wanderten seine Lippen, bis zu ihren Pobacken. »Lass das«, protestierte sie lachend. »Das kitzelt!«

»Dann ist es ja gut«, murmelte er und machte genau da weiter, wo sie vor exakt zehn Minuten aufgehört hatten.

Pascal schien unersättlich zu sein, und sie war es auch, wohl zum ersten Mal in ihrem Leben. Sie schob es auf die lange Pause. Fünf Jahre hatte sie ohne all das auskommen müssen, was seit einigen Tagen so wichtig für sie war. Zwei Körper, die sich, eng umschlungen, wie beim Tanz bewegten. Eine altbekannte Choreografie und doch immer wieder neu. Karla spürte Pascals warmen Körper, sie lauschte seinem keuchenden Atem, sie genoss es, wie er intuitiv die richtigen

Knöpfe bei ihr drückte, und auch sein Alter war ihr plötzlich egal. Sie liebten sich. Jetzt. Und das war gut so.

Erschöpft und verschwitzt streckten sie sich später auf dem Laken aus. Pascal rutschte ein Stück hinunter, kuschelte sich in ihre Armbeuge und streichelte zärtlich ihre Hand.

»Hast du Fritz gegenüber ein schlechtes Gewissen?«, fragte er leise.

Karla zuckte zusammen. Den Namen ihres Mannes aus seinem Mund zu hören war ungewohnt und löste ein ungutes Gefühl in ihr aus. Gleich darauf fing sie sich wieder. Sie fuhr mit den Fingern durch Pascals Haare, die sich im Nacken durch den Schweiß umso mehr lockten, und sagte: »Ich weiß nicht... Fritz ist tot. Vielleicht eher, weil ich diese Sachen oder Dinge... nenn es, wie du willst... ausgerechnet in diesem Haus tue. Und...« Sie stockte. »Auch ein bisschen wegen Lucien.«

»Lucien? Warum das?« Pascal hob den Kopf und sah sie irritiert an.

»Na ja, er hat das Liebesnest hier hergerichtet...«

»Moment, er hat ein Apartment und ein Zimmer ausgebaut. Kein Liebesnest.«

»Aber ich nutze sein Zimmer als Liebesnest, verstehst du?«

»Glaubst du, er hätte was dagegen?«

Karlas Schultern zuckten auf und ab. »Vielleicht hätte ich ihm sagen sollen, dass du kommst.«

Pascal schwieg. Zu Recht. Sie an seiner Stelle wäre auch verstimmt gewesen. Eine Weile lag er regungslos da, er schien nicht mal zu atmen, dann fragte er, warum sie es ihm denn verschwiegen habe.

»Ich... es ging irgendwie nicht.«

»Warum nicht?«

»Lass doch, Pascal. Ich weiß es nicht. Mach bitte nicht den schönen Nachmittag kaputt.« Obwohl es stickig im Zimmer war, fröstelte sie plötzlich und zog sich das Laken über die Brüste.

»In Ordnung.« Er küsste sie flüchtig auf die Schulter.

Eine Weile lagen sie still nebeneinander. Karla spürte die Wärme, die von Pascals Körper auf sie abstrahlte, und fühlte sich geborgen wie in einem watteweichen Kokon. Könnte sie nur immer so daliegen, ohne die Wunden der Vergangenheit, ohne Rückenschmerzen, ohne Sorgen! Draußen fauchte eine Katze, im nächsten Moment drangen Stimmen durch das gekippte Fenster.

»Aufstehen, Pascal!« Sie strich ihm sanft über die Brust, gab ihm einen Kuss auf die Nasenspitze und schlüpfte in ihren Slip.

Die Bauarbeiter waren zurück, gleich würde es wieder unruhig werden. Meistens lief ein Kofferradio auf voller Lautstärke, und neben dem Sägen, Hämmern und Kreischen einer Säge brüllten sich die Männer gerne mal an, wenn etwas nicht klappte oder der eine das Werkzeug des anderen brauchte. Mittendrin Erik, der mit jeder Stunde, die er sich auf dem Bau nützlich machte, aufzublühen schien. Es bestätigte nur Karlas These, dass ihm das Herumhängen in seinem Zimmer nicht gutgetan hatte.

Sie erfrischten sich im Bad, bevor sie die Lust auf einen Kaffee in die Nachmittagshitze hinaustrieb.

»Es tut mir leid«, sagt Pascal, als sie einen Augenblick später in einem Café am Marché Forville saßen, ihre Badesachen in einer Basttasche zu ihren Füßen, und einen Café Noir tranken.

»Du musst dich nicht entschuldigen.« Karla griff nach seiner Hand. »Eher müsste ich mich bei dir entschuldigen. Es war blöd von mir, Lucien nichts zu sagen.« Sie kratzte einen Rest Zucker aus der Espressotasse. »Vielleicht hatte ich Angst, dass er Nein sagt und das Abenteuer gestorben ist, bevor es richtig angefangen hat.«

»Abenteuer?« Pascal schielte sie über den Rand seiner Pilotensonnenbrille hinweg an.

»Das Abenteuer Cannes.«

»Und ich?« Er nahm die Brille ab und taxierte sie. »Bin ich auch nur ein Abenteuer?«

Statt zu antworten, beugte sich Karla zu ihm rüber und küsste ihn. Er sollte ihre Verlegenheit nicht bemerken. Bisher hatte sie es sich verboten, darüber nachzudenken. Pascal war ein Glücksgriff, keine Frage. Eine Affäre mit einem elf Jahre jüngeren Mann war mehr, als sich eine Frau ihres Alters erhoffen konnte. Aber eine richtige Beziehung eingehen? Wie ein Ehepaar zusammenleben, den Alltag mit all seinen Facetten und Fallstricken leben und sich gegenseitig aushalten müssen? Sie wusste nicht, ob sie das wollte. Pascal und der tägliche Trott passten in ihrer Vorstellung nicht zusammen.

»Habe ich was Falsches gesagt?«, fragte er, als sie sich voneinander lösten.

»Nein, überhaupt nicht. Es ist nur ... Wir sollten nichts überstürzen. Das alles hier ... das ist traumhaft schön. Aber dir ist schon klar, dass wir uns in einer absoluten Ausnahmesituation befinden, oder?«

»Ja, wenn du meinst.« Sein Lächeln wirkte starr, als er sich die Sonnenbrille zurück auf die Nasenwurzel schob. Er zückte sein Portemonnaie und legte, wie es hier üblich war, Kleingeld auf den Tisch. »Magst du schwimmen gehen?«

»Sehr gerne.«

Weil sie wollte, dass die Stimmung wieder wie zuvor war, gab sie ihm einen langen Kuss, bevor sie aufbrachen. Und Pascal war feinfühlig genug, es dabei zu belassen.

Hand in Hand schlenderten sie durch die schattige Fußgängerzone in Richtung des alten Hafens. Pascal kaufte in einer Patisserie, die über Mittag geöffnet hatte, eine Aprikosentarte, über die sie sich gierig hermachten. Lachend und schwatzend zogen sie weiter und genossen jede Minute des Sommertags, als hätte es die kleine Unstimmigkeit zwischen ihnen nie gegeben.

Am Strand von Martinez, der zum gleichnamigen Hotel gehörte, zahlten sie einen Wucherpreis für zwei Liegen und einen Sonnenschirm. Karla musste sich mit ihrer hellen Haut in Acht nehmen. Obwohl sie sich regelmäßig mit hohem Lichtschutzfaktor eincremte, hatte sie unzählige Sommersprossen bekommen, die Pascal nicht müde wurde, hingebungsvoll zu küssen. Einmal stürzten sie sich ins kühle Meer, schwammen um die Wette und balgten wie die Teenager, dann wieder dösten sie auf den Liegen, hielten sich an den Händen und redeten über Opern, Ballettaufführungen, Komponisten und Regisseure. Alles war perfekt. Allein wegen dieser kleinen Augenblicke hatte es sich gelohnt, Pascal nach Cannes einzuladen.

Von der Hitze rammdösig, brachen sie am frühen Abend auf, um einen Happen essen zu gehen. Karla hatte Lust auf Fisch oder Meeresfrüchte, doch Pascal blieb vor einem Bistro mit Galettes stehen und studierte die Karte.

»Als Kind war ich ganz verrückt nach Galettes.« Er sah sie an, und seine Augen hatten einen eigentümlichen Glanz. »Die von meiner Tante waren die allerbesten.«

»Dann bleiben wir doch gleich hier«, schlug sie vor. »Und überprüfen, ob sie mit denen von deiner Tante mithalten können.«

Unter dem Sonnensegel des Lokals teilten sie sich einen Buchweizenpfannkuchen mit Porree und Jakobsmuscheln, einen anderen mit Reblochon, Speck und Zwiebeln. Dazu tranken sie kühlen Weißwein, und zwischendurch fanden sich immer wieder ihre Lippen.

»Und?«, erkundigte sich Karla. »Wie gut sind die Galettes auf einer Skala von eins bis zehn?«

»Im Vergleich zu denen von meiner Tante?«

Sie nickte.

»Acht bis neun.«

»Keine zehn?«

»Nein, eine zehn, das bist du.«

»Hör auf, du bist betrunken!« Sie lachte aufgekratzt.

»Und wenn schon.« Pascal rief nach der Kellnerin, bestellte eine weitere Flasche Weißwein, die er sich nur entkorken ließ, und die Rechnung.

»Was hast du vor?«

»Sonnenuntergang angucken. Oder findest du das kitschig?«

Karla verneinte. Sonnenuntergänge waren nicht kitschig. Nie. Sie waren vollendete Schönheit, Sinnbild aller unvergleichlichen Erlebnisse, die das Leben so reich machten.

Schulter an Schulter saßen sie wenig später auf einer Bank auf der Promenade und sahen zu, wie die pralle flammend rote Kugel im Meer versank. Sie vergaßen den Wein, vergaßen alles um sich herum. Ein paar Küsse darauf waren die Hügel oberhalb der Bucht in diesiges Licht getaucht, darüber zeigte sich ein zartrosa gefärbter Himmel, der Richtung

Wasser graublau ausfranste. Zu vorgerückter Stunde gingen die Straßenlaternen entlang der Croisette an und tauchten den Küstenstreifen in ein warmes Gelborange. An Pascal geschmiegt, beobachtete Karla das Meer. Es war unaufhörlich in Bewegung, sachte Wellen liefen am Strand aus, das Plätschern vermischte sich mit dem Summen der vorbeirauschenden Autos.

»Darf ich bitten, Karla?«, fragte Pascal und streckte eine Hand nach ihr aus.

»Wie bitte? Du willst hier tanzen?«

»Warum nicht?«

Da ihr keine passende Erwiderung einfiel, zog sie sich die Chucks aus und hüpfte barfuß in den Sand. Pascal mochte etwas schräg sein, aber genau dieses Quäntchen Verrücktheit verlieh ihrem Leben die Würze, auf die sie so lange verzichtet hatte.

Sie stapften über den Strand zum Saum des Wassers, wo der Sand fester war, und Pascal umfasste sie.

»Worauf hast du Lust?«, fragte er dicht an ihrem Ohr. »Vielleicht eine Rumba?«

»Hmmmm, Rumba ist super«, erwiderte sie. »Genau wie alles andere.«

Und zum Singsang des Meeres begannen sie zu tanzen. Auf die Rumba folgte ein langsamer Walzer, danach ein Cha-Cha-Cha. Bevor sie sich's versah, ließ Pascal den linken Arm sinken, zog sie näher zu sich heran und flüsterte ihr zu, dass er ihr ein paar Schritte Tango Argentino beibringen würde, Widerstand sei zwecklos.

Karla war wie elektrisiert. Am Strand von Cannes schien alles möglich zu sein. Und in seinen Armen gab es keine Grenzen. Er schob sie sanft, aber entschlossen vor sich her, unvermittelt drehte er sich um die eigene Achse, sodass Karla gar nicht anders konnte, als sich mitzudrehen. Pascal erklärte ihr, dass es beim Tango nicht um auswendig gelernte Schritte ging, sondern darauf ankam, die Absicht des Führenden zu erspüren und ihm oder ihr zu folgen.

»Aber wie?«, erwiderte sie mit leiser Verzweiflung.

»Ich deute beispielsweise durch eine Gewichtsverlagerung aufs andere Bein an, in welche Richtung ich mich bewegen möchte. Oder ich verstärke den Druck der Hand auf deinem Schulterblatt. Aber keine Sorge, es braucht ein wenig Geduld, um sich in den Tanz einzufühlen.«

Karla wollte ja die Geduld aufbringen, sehr gerne sogar, aber noch viel lieber wollte sie ihn küssen. Jetzt, sofort. Pascal küsste so zügellos, sie war süchtig danach und mochte kaum länger als ein paar Minuten darauf verzichten.

Als sie sich, ein wenig atemlos, voneinander lösten, sagte er: »Karla, du musst mir etwas versprechen.«

»Und was?« Ihr war plötzlich flau.

»Selbst wenn wir eines Tages denken sollten ...« Er vergrub den Mund an ihrem Hals und liebkoste sie dort zart. »Also, falls wir denken sollten, dass es besser wäre, sich nicht mehr zu küssen ...«

»Ja?«

»Versprich mir bitte, dass du die Sache zwischen uns als etwas Besonderes, wirklich Einmaliges in Erinnerung behältst.«

»Versprochen«, erwiderte Karla, und ohne dass sie etwas dagegen tun konnte, schossen ihr die Tränen in die Augen.

* * *

Sie war so anders als alle Frauen, die er bisher kennengelernt hatte. Frischer und jugendlicher, obgleich es an ihrem Geburtsdatum nichts zu rütteln gab. Nach einem Menschen wie Karla hatte er sich immer gesehnt. Auf den ersten Blick wirkte sie scheu, doch hinter der Fassade schlummerten Warmherzigkeit und Hingabe, gewürzt mit einer Prise Wildheit. Egal, ob sie spazieren gingen, redeten, sich liebten oder tanzten – sie tat alles mit einer Begeisterung und Unbekümmertheit, als wäre sie eben erst auf diesem Planeten gestrandet. Es gab so viel zu entdecken, so viel nachzuholen, und jeder einzelne Moment schien kostbar. Neu für ihn war, dass sie seine finanziell nicht berauschende Lage einfach hinnahm und keine bohrenden Fragen stellte. Ebenso wenig meldete sie Besitzansprüche auf ihn an. Die Frauen, mit denen er bisher zusammen gewesen war – nicht mal Anna war in ihrer Abgebrühtheit eine Ausnahme gewesen –, hatten geklammert, ihn wie eine Zitrone auszupressen versucht, was ihm oft die Luft zum Atmen geraubt hatte. Jetzt sehnte er sich danach, dass diese Sommer-in-Cannes-Affäre etwas mehr an Verbindlichkeit gewann. Manches Mal stellte er sich vor, wie er zu Andreas sagte: Das ist sie, meine neue Freundin Karla. Genauso würde er von ihr erwarten, dass sie vor Sarah, Lucien und ihren Bekannten in Berlin zu ihm stand. Wir sind zusammen, wir lieben uns, was ist schon groß dabei? Doch immer, wenn er das Thema anschnitt, wich sie aus. Und weil er aus eigener Erfahrung wusste, dass er mit Hartnäckigkeit das Gegenteil bewirkte, ließ er es irgendwann bleiben.

Er hatte ja auch keinen Grund, sich zu beklagen. Die Tage waren mit allem ausgefüllt, was Spaß machte, und schon bald stellte sich eine gewisse Routine ein: Sobald sie morgens die Augen aufschlugen, schliefen sie miteinander, verhalten, damit Erik und die Bauarbeiter, die früh um sieben anrückten, nichts davon mitbekamen. Pascal sprang als Erster unter die Dusche, und wenn Karla etwas später zum Frühstück in den Garten kam, hatte er Baguette und Croissants besorgt und den Tisch unter einer Schatten spendenden Palme gedeckt. Wie ein altes Ehepaar lasen sie Zeitung, und noch bevor die Sonne hoch am Himmel stand, ging es zum Baden an den Strand. An manchen Tagen setzten sie sich gleich nach dem Frühstück in Luciens Mietwagen und fuhren die Küste ab. Es ging nach Nizza und Menton, nach Ventimiglia und Sanremo, und einen ganzen Samstag lang trieben sie sich in Antibes herum. Der Ort war im Gegensatz zum mondänen Cannes eine Oase der Beschaulichkeit. Sie besuchten das Picasso-Museum – das war Kunstliebhaberin Karla ein besonderes Anliegen –, den Nachmittag vertrödelten sie in einem Café in der Altstadt, und wenn Pascal nicht mit ihr Händchen hielt oder ihr aus dem Reiseführer vorlas, tauschten sie verstohlene Küsse aus.

Es war früher Abend, und sie wollten aufbrechen, als ein älterer Herr mit weiß gelocktem Haar am Nebentisch Platz nahm und zu ihnen hinüberlächelte. Pascal erwiderte sein Lächeln, legte einen Schein auf den Tisch, dann schlenderten sie Arm in Arm davon.

»Was meinst du, warum er so gegrinst hat?«, fragte Karla.

»Er hat uns angesehen, wie glücklich wir sind, ganz einfach.«

Sie schmiegte sich an ihn. »So in etwa stelle ich mir deinen Vater vor. Dieser sympathische Gesichtsausdruck.«

»Meinen Vater?« Pascal lachte freudlos auf. »Tut mir leid, aber mit dem reizenden Herrn hat er leider überhaupt keine Ähnlichkeit.«

Schweigend setzten sie ihren Weg zum Parkplatz fort, wo sie den Mietwagen abgestellt hatten. Karlas Stirn war gekraust; in ihr schien es zu arbeiten.

Kaum dass Pascal das Auto angelassen und aus der Parklücke manövriert hatte, wandte sie sich zu ihm um. »Pascal?« Ihre Stimme hatte einen rauen Klang. »Was ist eigentlich mit deinem Vater?«

»Nichts. Was soll mit ihm sein?«

Sie blies einen Schwall Luft aus. »Tut mir leid, aber das kaufe ich dir nicht ab. Du hast schon damals, als wir tanzen waren, so merkwürdig reagiert.«

»Ach, Karla, was soll das jetzt? Ich muss mich aufs Fahren konzentrieren.«

»Kein Problem, lass mich ans Steuer.«

Sie sprang hinaus, marschierte ums Auto herum und öffnete die Tür auf seiner Seite. Statt auszusteigen, zog Pascal sie zu sich hinunter und küsste sie.

»Okay, aber nur ganz kurz«, sagte er. »Und ich fahre. Du hast schon was getrunken.«

Karla stieg folgsam wieder ein und blickte ihn mit vor der Brust verschränkten Armen an.

»Du willst es wirklich wissen?«

»Na sicher!«

»Also gut.« Er lenkte den Wagen zurück in die Parklücke, den Motor ließ er laufen. »Mein Vater war oder vielmehr ist, denn er lebt ja noch … Verzeihung, wenn ich das so hart sage … ein Arschloch.«

Karlas Augen verengten sich. »Inwiefern?«

»Wie soll ich das erklären …« Es kam ihm vor, als bekäme er keine Luft mehr. »Er war autoritär und egozentrisch. Wie es anderen ging, war ihm egal.«

»Und deine Mutter?«

»Das Gegenteil. Sie war der reinste Engel. Zumindest in meiner Erinnerung. Vielleicht stimmt das so nicht, ich weiß nicht ...« Er sah zu Karla rüber, die ihn regungslos musterte. »Ich kann mich kaum noch an sie erinnern. Dabei war ich schon zehn, als sie gestorben ist. Ist das nicht seltsam? Wie eine Amnesie.«

Sie nickte, und ein mitfühlendes Lächeln erhellte ihr Gesicht.

»Manchmal weiß ich gar nicht mehr, was ich tatsächlich erinnere, was man mir erzählt hat oder was ich mir anhand von Fotos zusammenfantasiert habe.«

Ihm ging die Puste aus, und er lehnte sich schwer atmend zurück.

»Wie ist es nach dem Tod deiner Mutter weitergegangen?«

»Ich hab bei meiner deutschen Großmutter gelebt. Mein Vater ist bald nach Paris zurückgekehrt und hat mich in Köln zurückgelassen.«

»O mein Gott!«, rief sie aus.

»Es war das Beste, was mir passieren konnte. In Paris mit meinem Vater und seinen vielen Frauen ...«

»Woher weißt du das mit den vielen Frauen?«

»Keine Ahnung. Irgendwie wussten es alle. Auch wenn niemand groß drüber geredet hat.«

»Hegst du deswegen so einen Groll gegen ihn?«

Er schüttelte den Kopf. »Wollen wir nicht erst nach Hause fahren, und dann erzähle ich den Rest?«

Karla griff über seine Beine hinweg und stellte den Motor aus. »Weißt du, was? Wir kaufen jetzt zwei Zahnbürsten und Zahnpasta, suchen uns eine schnuckelige Pension für die

Nacht, und dann gehen wir essen und betrinken uns. Ist das eine gute Idee?«

»Eine fantastische Idee.«

Er liebte Karla für ihre spontanen Aktionen. Die meisten Frauen, die er kannte, brauchten einen ganzen Kosmetik-koffer und eine riesige Auswahl an Garderobe, um irgendwo anders als geplant zu übernachten.

Sie zogen los, fanden zwar keine schnuckelige Pension, dafür ein teures Hotel, aber weil es ein besonderer Abend war, war ihnen das Geld egal. Selten genug breitete Pascal freiwillig sein Leben vor einem anderen Menschen aus. Eigentlich hatte er es noch nie getan, selbst Andreas und Marc kannten nur Bruchstücke seiner Vergangenheit.

»Meine Großmutter, Oma Ingrid, war großartig«, fuhr er fort, als sie den ersten Hunger mit ein paar Austern und etwas Baguette gestillt hatten. »Sie hat mich nach Strich und Faden verwöhnt. Irgendwie hatte ich viel mehr Freiheiten als die anderen in meiner Klasse. Ich durfte auf Partys gehen, Mädchen mit nach Hause bringen, ich musste keine guten Noten vorweisen, und nicht mal, als ich sitzen geblieben bin, gab es Stress.«

»Hast du deinen Vater gar nicht vermisst?«

»Wie kann man jemanden vermissen, der sich über-haupt nicht um einen kümmert? Er hat nur ab und zu Geld geschickt ... das hat aber vorne und hinten nicht gereicht ... und uns ansonsten in Ruhe gelassen.«

»Und in den Ferien? Hast du ihn wenigstens da gesehen?«

»Ja. Manchmal ist er gekommen, manchmal waren wir zusammen in der Bretagne bei meiner Tante. Die Sommer in Saint-Malo gehören zu meinen schönsten Kindheitserin-nerungen.«

Karla hatte aufgehört zu essen und schaute ihn mit halb geschlossenen Augen an.

»Schmeckt's dir nicht?«

»Doch, doch, die Austern sind fantastisch.« Sie griff nach einer weiteren, beträufelte sie mit etwas Zitrone und schlürfte das Fleisch aus der Schale.

»Trotzdem war ich immer wieder froh, wenn ich mit meiner Großmutter alleine war. Mein Vater ist erst wieder aufgekreuzt, als ich das Abitur in der Tasche hatte.«

»War er sauer, weil dein NC nicht seinen Vorstellungen entsprach?«

Pascal winkte ab. »Die Schule war ihm ziemlich egal. Er hätte es sowieso lieber gesehen, dass ich eine solide Ausbildung mache.«

»Statt zu studieren?«

»Ich wollte keine Lehre machen. Und auch nicht studieren.«

»Ich weiß.« Sie fuhr ihm sanft über den Arm. »Du wolltest Tänzer werden.«

Pascal schenkte sich Weißwein nach und nahm einen kräftigen Schluck. Seine Gesichtszüge verhärteten sich, als er fortfuhr: »Er hat mir einen Strich durch die Rechnung gemacht.«

»Inwiefern?«

»Er hat gedroht, mir den Geldhahn komplett abzudrehen, wenn ich mich zum Tänzer ausbilden lasse. Und ohne seine monatliche Finanzspritze hätte ich mir das nicht leisten können. Ich wollte es mir nicht verbieten lassen, wäre von mir aus auch nachts arbeiten gegangen, aber dann ist dieser blöde Bänderriss dazwischengekommen.«

Mit einem Schlag waren sie wieder da, diese unguten

Gefühle von damals. Wut und Hass, die sich mit der Trauer über ein nicht gelebtes Leben vermischten. Aber er erinnerte sich auch an die Ballettstunden bei Monsieur Morel, einem ehemaligen Tänzer, die ihm alles bedeutet hatten. Zu Hause hatte er ohne Unterlass Pirouetten und Sprünge geübt, und jeder noch so kleine Auftritt hatte ihn in seinem Wunsch bestärkt, eines Tages auf der Bühne zu stehen.

»Aber warum wollte er es nicht, Pascal? Was hatte er gegen das Tanzen?« Sie sah ihn fragend an.

Er nahm ein Stück Brot und zupfte ein paar winzige Krümel heraus. Dann hob er überfordert die Hände und sagte: »Ich weiß es nicht.«

Karla sah ihn ungläubig an. »Du kennst nicht mal den Grund?«

»Nein. Er hat's mir nie gesagt.«

»Und du hast nicht nachgefragt?«

»Anfangs schon, aber beim Thema Tanzen hat er immer gleich dichtgemacht. Irgendwann habe ich es dann gelassen und den Kontakt zu ihm mehr oder weniger abgebrochen. Das war damals meine Art, damit umzugehen.«

Karla hakte verwundert nach, er habe ihr doch erzählt, dass er ab und an zu seinem Vater fahren würde. Pascal gestand ihr, dass er ihn zuletzt vor drei Jahren besucht und sein Vater alles andere als begeistert reagiert hatte.

»Hat er dir die Tür vor der Nase zugeknallt?«

»Nein, aber er hat mich deutlich spüren lassen, dass ich unerwünscht bin.« Pascal schnaubte. »Er hat die ganze Zeit von seiner Physiotherapeutin gefaselt, die jeden Moment eintrudeln würde. Als wäre sie seine Geliebte.«

»Vielleicht war ihm das einfach zu intim? Also, dass du dabei zusiehst, wie er gepflegt wird?«

»Soll ich dir was sagen, Karla?« Er nahm das Weinglas und trank es in einem Zug leer. »Wenn der Sohn nach so vielen Jahren zu Besuch kommt, ist es geradezu die Pflicht des Vaters, ihn willkommen zu heißen und sich nicht auf die Physiotherapeutin zu freuen, oder? Es sei denn, er hat eine heiße Affäre mit ihr. Und nein, er ist nicht dement, falls du das gleich fragen wolltest.«

Eine Pause trat ein, und Karla taxierte ihre dunkelrot lackierten Fingernägel.

»Es tut mir leid«, sagte sie.

»Schon okay.«

»Ich wollte dir nicht zu nahe treten.«

»Das bist du auch nicht. Es fällt mir nur schwer, über ihn zu reden, und eigentlich möchte ich es auch gar nicht. Dafür ist mir die Zeit mit dir zu kostbar.«

Sie ließen das Thema fallen, Pascal bestellte Kaffee und eine Crème Brûlée mit zwei Löffeln, und ohne dass er Karla danach gefragt hätte, erzählte sie von ihren Eltern. Von ihrem Vater, der auch nicht immer ganz einfach gewesen und leider schon sehr früh verstorben sei. Umso glücklicher sei sie, ihre Mutter zu haben, eine quietschfidele Dame, die mit einer Schulfreundin in Reutlingen in einer Alten-WG lebe und ständig auf Achse sei. Busreisen nach Italien und Österreich, Yoga, Gedächtnistraining, Kochkurse – nichts ließ sie aus und erfreute sich noch immer des Lebens. Besser könne man nicht alt werden.

Ein Wind kam auf, es wurde frischer, und sie brachen auf. Weil Karla fröstelte, schlang Pascal den Arm um sie und hielt sie so fest, dass sie sich nur in Trippelschritten vorwärtsbewegen konnten.

»Hast du mal daran gedacht, dich mit ihm auszusprechen?«, fragte sie und schaute in den Sternenhimmel. »Ich meine, bevor es zu spät ist?«

Pascal nickte, um einen Wimpernschlag darauf den Kopf zu schütteln. Was sollte das bringen? Sein Vater wollte nicht über die Vergangenheit reden. Das hatte er ihm oft genug deutlich gemacht.

»Ich an deiner Stelle würde ihm eine letzte Chance geben.«

»Wozu?«

»Damit du es nicht eines Tages bereust und dir Vorwürfe machst. So, und jetzt verliere ich nie wieder ein Wort über deinen Vater. Es sei denn, du möchtest über ihn reden.«

Sie betraten die Lobby, die sie mit dem warmen Licht opulenter Kronleuchter empfing, und kurz darauf im Fahrstuhl küsste Pascal sie.

»Ich liebe dich, Karla«, flüsterte er ihr ins Ohr. »Und glaub mir, das habe ich in meinem Leben nicht oft gesagt.«

Sie atmete schwer an seiner Schulter aus, dann hob sie den Blick und lächelte ihn an.

»Sorry, ich war nicht ganz ehrlich«, schob er nach. »Ich hab's gerade zum ersten Mal gesagt.«

Tränen traten ihr in die Augen, schon machte es pling!, und die Fahrstuhltüren öffneten sich.

15.

Was für ein genialer Tag! Wolkenflotten zogen am tinten-
blauen Sommerhimmel vorüber, vom Meer wehte eine Brise
und wirbelte die Röcke der Mädchen hoch.

Mit dem Brief in der Hosentasche verließ Erik gegen elf
Uhr das Haus. Es war vollbracht. Bis spät in die Nacht hatte
Pépin, die Zungenspitze im Mundwinkel, an dem Text gefeilt,
den Erik in seinem stümperhaften Schulfranzösisch vorge-
schrieben hatte. Dafür hatte Erik einen richtig guten Rotwein
springen lassen, einen Bordeaux zu sechzehn Euro, den sie
bei der Arbeit geköpft hatten. Zugegeben, der Text war unter
Alkoholeinfluss blumig geworden, aber Mädchen standen ja
bekanntlich auf große Gefühle.

Erik hatte zwei Möglichkeiten. Er konnte in die Patisserie hineinspazieren und ihr den Briefumschlag vor keine
Ahnung wie vielen Augenzeugen über den Tresen schieben.
Oder ihn in den Hausbriefkasten werfen und abwarten,
was passierte. Wahrscheinlich war beides peinlich. In etwa
so peinlich wie das, was seine Mutter gerade mit Pascal ab-
zog.

Erik trat aus der Toreinfahrt und befühlte den Brief in
der Gesäßtasche seiner Jeans-Shorts, als er Nathalie auf der
anderen Straßenseite entdeckte. Ein Rauschen ging durch
seinen Schädel, als befände er sich in einem Laubwald bei

Windstärke neun. Ganz gemütlich schlenderte sie den Bürgersteig entlang, ihr Pferdeschwanz wippte auf und ab.

Ohne darüber nachzudenken, was richtig oder falsch war, straffte er sich und rief ihren Namen.

Sie blieb stehen, drehte sich um und schaute verwirrt an ihm vorbei.

»Hey, hallo, hier!«

Die Arme schwenkend überquerte er die Straße und stürmte auf sie zu, sodass sie einen Satz zur Seite machte.

»Salut«, sagte sie. Es klang herablassend, und ihre Mundwinkel hoben sich nur leicht. Im Sonnenlicht sah Erik den blonden Flaum auf ihrer sonnengebräunten Haut. Ein zartes Goldkettchen mit einem Herz schmiegte sich in die Mulde ihres Halses.

»Wie geht's?«, fragte sie auf Französisch, und ohne seine Antwort abzuwarten, fuhr sie auf Englisch fort: »Willst du bei uns Kuchen kaufen? Wie wär's mit achtzehn Teilchen?«

Er lachte. Immerhin, jetzt erinnerte sie sich an ihn.

»Nein, keinen Kuchen, aber ich wollte gerade zu dir.«

»Zu mir?«, wiederholte sie, als sei das ein Ding der Unmöglichkeit. Sie ging langsam weiter, und er heftete sich an ihre Fersen. »Ich muss zur Arbeit. Bin schon spät dran.«

»Ich wollte dir nur was geben.« Er zog den Brief aus seiner Hosentasche und hielt ihn hoch.

Nathalies Augenbrauen hoben sich skeptisch, und mit einem Schlag fühlte sich Erik wie ein Zehnjähriger, der zum ersten Mal mit einem Mädchen gehen wollte, aber zu feige war, sie geradeheraus zu fragen. Es war lächerlich, was er tat. Absolut uncool. Keiner dieser gebräunten Muskel-Typen vom Strand hätte sich so zum Affen gemacht. Nun kam er aus der Nummer nicht mehr raus.

»Was ist das?«

»Ein Brief.«

»Für mich? Warum schreibst du mir einen Brief?« Ihre fein geschwungenen Augenbrauen rutschten ein Stück höher.

Weil ich ein Idiot bin, eine unterbelichtete Flachpfeife, dachte er und stopfte den Umschlag zurück in die Hosentasche.

»Vergiss es. War eine dumme Idee.«

»Nein, gib schon her.« Nathalie trat auf ihn zu und streckte die Hand aus. Der Geruch sonnenwarmer Haut stieg ihm in die Nase. »Jetzt hast du mich neugierig gemacht.«

»Aber du darfst nicht lachen, okay?«

Sie legte den Kopf schief, taxierte ihn, und ein spöttisches Lächeln umspielte ihren Mund. »Ich versprech's dir.«

Er zog den Brief raus, sie schnappte ihn sich, tat, als würde sie sich Luft zufächeln, dann lief sie rasch weiter zur Patisserie.

»Morgen um fünfzehn Uhr hier?«, rief sie ihm zu, indem sie ihm einen Blick über die Schulter zuwarf. »Holst du mich ab?«

Natürlich holte er sie ab! Nichts lieber als das! Mit klopfendem Herzen ging er in die Gegenrichtung davon. Diesmal würde er es nicht verbocken. Das schwor er sich bei allem, was ihm heilig war.

* * *

Es gab solche Bilderbuchtage. Der Himmel über Berlin leuchtete tiefblau, keine Wolke in Sicht, schmeichelnde dreiundzwanzig Grad. Sarah zögerte nicht lange und nahm sich den Nachmittag frei. Es wurde Zeit, dass sie ihre vielen Überstunden abbummelte.

Ohne Eile streifte sie durch die Läden am Ku'damm, um neue Sachen für den Sommer zu kaufen. Was für ein Luxus! Viel zu selten kam sie dazu, mitten in der Woche bummeln zu gehen. Am Victoria-Luise-Platz aß sie ein Eis, dann fuhr sie nach Hause, um ihren neuen Tankini – er war knallrot und wirklich heiß – auf dem Balkon einzuweihen.

Vornübergebeugt begutachtete sie die Besenreiser an ihren Oberschenkeln. Über den Winter hatten sich etliche neue dazugesellt, mit einem Mal waren sie da, mäanderten über ihre Beine und erinnerten sie an ihre Vergänglichkeit. Aber so war es nun mal. Umso mehr galt das Motto: carpe diem! So wie Karla, die es gerade mächtig krachen ließ. Pascal war aber auch ein zu schnuckeliges Kerlchen. Wäre sie selbst ungebunden und an Karlas Stelle, also bitte ... Nicht eine Sekunde hätte sie gezögert!

Am Morgen hatte Karla ihr gesimst, wie glücklich sie mit Pascal sei. Wolke sieben mit Tendenz zu Wolke achteinhalb. Dass sie jede Minute auskosten würde, obgleich ein Teil von Fritz immer anwesend sei. Du kannst auch ruhig mal loslassen und nicht an ihn denken, hatte Sarah zurückgeschrieben, wobei sie natürlich wusste, wie schwierig das war.

Ein Aperol Spritz wäre jetzt das i-Tüpfelchen. Einfach so zu tun, als wäre sie im Karibik-Urlaub. Dummerweise hatte sie keinen Aperol im Haus, nicht mal einen Sekt, bloß noch den Weißwein von gestern, den sie und Götz zum Abendessen getrunken hatten. Götz hatte sich richtig ins Zeug gelegt und einen sardischen Auberginensalat mit Schwertfisch zubereitet, als zweiten Gang Pasta mit grünem Spargel, die sie in höchsten Tönen gelobt hatte. Es kam ja auch nur alle Jubeljahre vor, dass sich ihr Mann an den Herd stellte. Dabei war er ein ausgezeichneter Koch, der nach

Gutdünken kochte und die köstlichsten Gerichte auf den Tisch brachte.

Ja, es war ein harmonischer Abend gewesen. Kein Streit, keine Misstöne, dennoch hatte Sarah ein flaues Gefühl im Magen gehabt. Es gab diese Momente, in denen Götz' Ausrutscher immer noch an ihr nagte. Natürlich! Und dann fragte sie sich, ob sie ihm tatsächlich verziehen hatte und was sie eigentlich noch bei ihm hielt. Die Macht der Gewohnheit? Oder fürchtete sie sich vor dem Alleinsein? Götz und sie – ihr halbes Leben hatten sie zusammen verbracht. Das alles von einem Tag auf den anderen aufgeben zu wollen, war übereilt gewesen. Trotzdem musste sich etwas ändern, grundsätzlich. Und der erste Schritt würde sein, sich beruflich neu zu orientieren.

Seufzend nahm sie einen Schluck Wein. Und gleich noch einen. Kaum war das Glas zur Hälfte geleert, überkam sie eine bleierne Müdigkeit. Sie rückte den Liegestuhl in den Halbschatten und schloss die Augen.

Sie musste weggedämmert sein, denn plötzlich ließ Gelächter unterhalb des Balkons sie aufschrecken.

Eine Frau sagte etwas mit gedämpfter Stimme, im nächsten Moment lachte ein Mann kehlig auf, und es war, als würde ein Blitz durch ihren Körper fahren. Nur einer lachte so. Götz.

»Keine Sorge, die ist doch noch bei der Arbeit«, hörte sie ihn sagen.

Ein heftiger Schwindel erfasste sie, und ihr war klar, dass dies nicht vom Wein kam. Die Gedanken rasten nur so durch ihren Kopf. Was, wenn Götz gleich mit der Frau in die Wohnung platzte? Was hatten die beiden vor? Es in ihrem Ehebett treiben, während ihr Mann sie im Büro wähnte? Oder wollte er nur schnell etwas holen, um es mit der Dame woanders zu treiben? Oder lag sie komplett falsch und die gackernde Person war eine Kollegin, die aus Gründen, die sich Sarah in ihrem Gefühlstohuwabohu nicht erschlossen, bloß auf einen Sprung mitgekommen war?

Sie sollte sich aufrappeln, sich übers Geländer lehnen und dem Spiel ein Ende bereiten. Rechtzeitig. Bevor die beiden in die Wohnung kamen und es erst recht unangenehm werden würde. Doch Sarah fühlte sich wie gelähmt. Als hätte die Funktion in ihrem Kopf, die für Entscheidungen zuständig war, einen Defekt. Es knarzte im Schloss, schon sprang die Tür auf. Gelächter drang aus dem Flur zu ihr herüber.

Steh auf, Sarah! Steh endlich auf!

Mit zittrigen Armen stemmte sie sich aus dem Liegestuhl, dann torkelte sie, von der Hitze und vom Wein geschwächt, in die Wohnung.

Götz und Madame Unscheinbar – sie hatte es befürchtet. Aber dass die Dame ihre Chiffonbluse mit dem Seerosenmuster trug, die sie seit Wochen vermisste, ging zu weit.

»Du bist zu Hause?«, sagte Götz überflüssigerweise.

»Ja, das liegt daran, dass ich hier wohne.«

Die Frau an seiner Seite guckte wie ein hässlicher, ranziger Karpfen, was Sarah eine Genugtuung war.

Endlich kam Leben in sie. Sie schlüpfte in ihre Flip-Flops, warf sich eine Tunika über, griff nach dem Haustürschlüssel und sagte mit scharfer Stimme: »Du hast eine Stunde Zeit, deine Sachen zu packen. Ich bin um fünf zurück, dann will ich dich hier nicht mehr sehen.«

Sie zwängte sich an Götz vorbei, Übelkeit wallte in ihr auf, als ihr das beißend süßliche Parfüm der Frau in die Nase stieg. Und dann dachte sie, dass sie jetzt sechzig Minuten lang wie eine halb Irre in Tankini und Tunika durch die Straßen Berlins laufen musste und nicht mal Geld dabeihatte, um sich irgendwo zu betrinken.

* * *

Der erste Anruf kam um halb sechs, der zweite um Viertel vor sechs, und Karla wusste nicht, welcher sie mehr erschütterte.

Nummer eins war Sarah. Sie klang angetrunken, als sie fragte, ob sie eventuell, vielleicht, also unter Umständen kommen dürfe.

»Natürlich!«, erwiderte Karla. »Ich hab's dir doch angeboten.«

Das verstand sich von selbst, auch wenn die wilden Nächte mit Pascal damit der Vergangenheit angehörten. Sie konnte es Erik kaum zumuten, mit Sarah in einem Apartment zu schlafen.

»Was ist passiert?«

Ein klagender Laut entwich Sarahs Kehle. »Es ist aus. Aber jetzt wirklich. Ich hab die Schnauze gestrichen voll.«

Sie erzählte, dass Götz es wieder getan hatte. Dass er sie augenscheinlich die ganze Zeit über betrogen hatte und – das war der Gipfel aller Dreistigkeiten – sogar mit der Frau in ihrem Ehebett gevögelt hatte.

Karla tat es schrecklich leid, und sie bedauerte es, dass sie Sarah nicht geraten hatte, eher die Reißleine zu ziehen.

»Komm her. Nimm am besten gleich den nächsten Flieger.«

»So schnell geht das nicht. Ich würde in den nächsten Tagen anreisen. Kannst du Lucien bitte fragen, ob das in Ordnung geht?«

»Er wird nichts dagegen haben. Das weiß ich. Aber ich frage ihn natürlich.«

Kaum hatten sie das Telefonat beendet, ging Karlas Handy abermals. Gerade hatte sie Lucien anrufen wollen, jetzt kam er ihr zuvor.

»Alles gut bei euch?«, erkundigte er sich.

»Ja, alles bestens. Wie war die Beerdigung?«

»Bewegend und traurig, aber irgendwie auch schön.« Eine Pause trat ein. »Aber das Beste ist … mein Bruder und ich haben uns wieder einander angenähert.«

»Das freut mich, Lucien. Das freut mich wirklich.«

Was will er, was will er, was will er?, ratterte es in Dauerschleife durch ihr Hirn.

»Was ich dir nur sagen wollte, Karla …« Lucien klang geschäftig. »Mein Flieger nach Nizza geht morgen früh. Ich schätze, ich bin so gegen Mittag bei euch.«

»Ach, schon so früh!«, presste sie heraus, während ihr Herz wild klopfte. »Wie schön.«

»Wollen wir dann einen Happen essen gehen? Passt dir das? Oder hast du schon was anderes vor?«

»Äh, nein, natürlich nicht«, sagte sie und fragte, ob es für ihn in Ordnung sei, wenn Sarah zu Besuch käme. Sie habe sich von ihrem Mann getrennt und sei ziemlich neben der Spur.

»Selbstverständlich.« Er klang aufgeräumt. »Deine Freunde sind auch meine Freunde.«

Sie legten auf, und Karlas Magen krampfte sich zusammen. Seit sie hier war, hatte sie so getan, als gäbe es nur dieses Leben auf der Überholspur mit Pascal. Der Ausbau der Villa und Lucien waren darin nicht vorgekommen. Ein Schmerz schoss ihr in die Lenden, und sie ließ sich auf die Couch sinken.

Und jetzt? Sie wollte mit Pascal zusammen sein. Sie wollte mit ihm essen, lachen und Sex haben. Sie wollte neben ihm am

Strand liegen, dem murmelnden Wellenschlag lauschen, die salzige Luft schmecken und sich den warmen Sand durch die Finger rieseln lassen. In der Nacht wollte sie den Kopf in seine Armbeuge schmiegen, ihn riechen und anfassen und denken, dass alles gut war. Aber das ging nicht. Nicht mit Lucien in der Villa. Weil es auch sein Haus war. Und er ihr nicht dabei zugucken sollte, wie sie ihren zweiten Frühling erlebte.

»Karla?« Pascal steckte den Kopf durch die Tür und sah sie mit einem schmerzlichen Zug um den Mund an. »Alles in Ordnung?«

»Ja, sicher.«

»Sorry, aber das kaufe ich dir nicht ab.«

Er setzte sich zu ihr aufs Bett, nahm ihre Hand und fuhr die Adern auf ihrem Handrücken nach.

»Sarah hat sich von ihrem Mann getrennt.«

Pascal nickte. »Das hätte sie schon viel eher tun sollen.«

»Wenn man mittendrin steckt, ist es schwer, den Absprung zu schaffen.«

»Ich weiß.« Er verharrte in der Bewegung. »War das eben Lucien?«

»Ja.«

»Nicht dass du denkst, ich hätte gelauscht oder so ... Ich lausche nicht ...«

»Weiß ich doch.« Karla lehnte sich an seine Schulter und schloss die Augen. Nur einen kurzen Moment Kraft tanken. Für all das, was ihr jetzt bevorstand.

»Und? Was hat er gesagt?«

»Er kommt morgen Abend an. Und Sarah im Laufe der Woche.«

Schweigen trat ein. Karla fröstelte, als hätte eine Klima-anlage den Raum schlagartig runtergekühlt.

»Karla…« Pascal wandte ihr den Kopf zu. »Heißt das…
also, bedeutet das…« Sein Kinn zitterte, als er fortfuhr:
»Dass ich gehen muss?«

»Ich weiß es nicht, Pascal. Ich weiß nur…« Sie brach ab.

»Dass es ein Fehler war, mich hierher einzuladen?«

»Nein, natürlich nicht.« Sie presste die Zähne so fest aufeinander, dass es in den Kiefergelenken schmerzte. Es war ein
Fehler gewesen, Lucien Pascals Anwesenheit zu verschwei-
gen. Nun musste sie den doppelten und dreifachen Preis für
ihre Feigheit zahlen.

»Soll ich meine Sachen jetzt gleich packen?«

»Quatsch, nein. Wieso denn…?« Sie wandte ihm den
Kopf zu und gab ihm einen Kuss auf die stoppelige Wange.
»Es ist ja auch mein Haus. Wir könnten eine Matratze kau-
fen…«

Eine Matratze kaufen – was redete sie denn da? Das Bett
im hellblauen Zimmer war nach wie vor groß genug für zwei.
Und Lucien nicht der Aufseher eines katholischen Mädchen-
pensionats.

»Klar, kein Problem. Wir können auch ein Wasserbett
kaufen. Oder ein Zelt. Oder eine Isomatte…« Er sah sie verletzt an. »Du hast Lucien immer noch nichts von uns gesagt,
oder? Weiß er überhaupt…«

Karla deutete ein Kopfschütteln an.

»Ach, Karla!« Pascal schnaubte. »Was meinst du, wie ich
mich fühle? Wie ein Eindringling, ein Schmarotzer, ein Miet-
nomade, ein Lustknabe… tut mir leid, die Rolle kann und
will ich nicht spielen.«

Er stand auf.

»Was tust du?«

»Sag du mir doch, was ich tun soll!«

Ihre Schultern hoben und senkten sich. »Wir könnten ins Hotel gehen. Falls Lucien das alles hier, also, der viele Besuch und die Bauarbeiten zu viel wird.«

»Soll ich gleich meine Sachen packen?«

»Wir müssen uns nicht vor ihm verstecken, oder?«, erwiderte sie und fühlte sich so mies wie schon lange nicht mehr.

»Aber das haben wir doch die ganze Zeit getan.«

»Nein!«, widersprach sie, wohl wissend, dass er recht hatte. Von Anfang an hatte sie sich vor Luciens Reaktion gefürchtet. Und auch ein bisschen vor ihrer eigenen.

Pascal ging hinaus. Ohne ein Lächeln, ohne einen Kuss, und in diesem Moment wurde Karla bewusst, dass sie schuld an dem Riss war, der sich gerade zwischen ihnen aufgetan hatte. Und vielleicht war es auch der Anfang vom Ende. Von ihrer Affäre, von ihrer Liaison, von ihrem kurzen Ausflug zurück ins Leben.

16.

Der Flieger setzte zur Landung an, und Luciens Herz quoll über vor Glück. Nicht mehr lange und er würde Karla wiedersehen. Endlich würde er ein paar Wochen am Stück an dem Ort sein, den er seit Beginn der Renovierungsarbeiten mehr liebte als jeden anderen Flecken auf der Welt. Obwohl das Haus eine Baustelle war, eine Stätte permanenter Unruhe, fühlte er sich zum ersten Mal seit langer Zeit zu Hause. Es lag an so vielem. Am mediterranen Klima, an Henri und Pépin und natürlich an Karla, dieser Frau, die ein Gefühl tiefer, ja bedingungsloser Zuneigung in ihm zum Klingen brachte, von dem er nicht geahnt hatte, dass es in ihm steckte. Dass die Villa schleichend zu ihrem gemeinsamen Projekt geworden war, bedeutete ihm sehr viel. Nicht zuletzt fühlte er sich dadurch auch Fritz wieder näher als all die Jahre in Dubai. Sein Freund war zurück. Als Zuschauer und als stiller Berater in seinem Kopf.

Während er am Flughafen auf das Gepäck wartete, schaute er auf dem Handy nach den Abfahrtszeiten der Regionalzüge. Er musste sich beeilen, wenn er den nächsten Zug nicht verpassen wollte. Doch als er kurz darauf, den Koffer hinter sich herziehend, aus der Halle hastete, konnte er es plötzlich kaum erwarten, Karla wiederzusehen, und steuerte die Taxischlange an. Das bisschen Luxus gönnte er sich nach Onkel

Pauls Tod. Er würde erben, eine beträchtliche Summe, die er größtenteils ins Haus stecken wollte. Der Sturmschaden am Dach verschlang einiges, dazu mussten die Elektro- und Wasserleitungen erneuert werden, und er wollte Karla nicht mit zusätzlichen Kosten belasten. Den Löwenanteil wollte ohnehin er tragen. Er freute sich schon auf ihr Gesicht, wenn er sie mit der Nachricht überraschte. Er verlangte nichts dafür, nein. Karla sollte sich frei fühlen. Frei, tun und lassen zu können, wonach ihr der Sinn stand. Gefühle ließen sich nicht auf ein Konto einzahlen, in der Hoffnung, dass sie sich verzinsten. Aus Liebe wurde selten Freundschaft. Aber mit ein bisschen Glück wurde aus Freundschaft Liebe.

Das Taxi war schneller, als er erwartet hatte, in Cannes, es schaukelte an der Küste entlang, und das Meer begrüßte ihn tiefblau und mit tänzelnden Schaumkronen.

Lucien lotste den Fahrer in den Ort hinauf, wenig später bog das Taxi in die Kieseinfahrt ein.

Die Villa lag still und friedlich da – der Bautrupp machte Mittagspause. Nur ein Kopf lugte aus der Garage. Es war Pépin, der in seiner preußischen Arbeitsmanier rund um die Uhr am Haus werkelte.

»Monsieur, da sind Sie ja!«, rief er ihm entgegen.

Lucien beglich die Taxirechnung, stieg aus und begrüßte den Polier, der ihm breit grinsend die Hand schüttelte.

»Wird aber auch Zeit, dass der Chef wieder an Bord ist.« Er zwinkerte ihm zu. »Hier geht's ja zu wie in Sodom und Gomorrha!«

Lucien blieb keine Zeit zu fragen, was er damit meine, denn Erik hüpfte in ausgefranster Jeans und Ringelshirt die Treppenstufen herunter. Er hatte in der Zwischenzeit seinen Bart gestutzt, was ihn wieder jungenhafter erscheinen ließ.

»Salut, Erik, wie geht's denn so?«

Erik reckte den Daumen in die Luft, dann nahm er Lucien die Tasche ab. »Alles cool. Das war die beste Entscheidung, die Mama treffen konnte.«

»Ganz meine Meinung.« Er lachte. »Ist sie zu Hause?«

Erik kratzte sich am Kopf. »Ja, schon. Aber sie ist nicht ganz fit. Migräne. Kennst du ja.«

Arme Karla. Lucien hatte gehofft, dass das südfranzösische Klima ihr guttun würde. Ihre Rückenschmerzen, die häufigen Migräneanfälle – den meisten Menschen ging es mit der Klimaveränderung schlagartig besser.

Erregtes Stimmengewirr drang durch das offen stehende Fenster. Karla? Aber nein, jetzt sagte ein Mann etwas mit erhobener Stimme, eine Tür schlug zu, im nächsten Augenblick erschien ein junger drahtiger Kerl auf der Schwelle, dunkle Locken, eine Reisetasche geschultert.

»Salut?«, begrüßte Lucien ihn und fügte absichtlich ein Fragezeichen an. Er erinnerte sich nicht, den Lockenkopf mit dem Lederband um den Hals schon einmal gesehen zu haben, und Pépin hatte nicht die Befugnis, in seiner Abwesenheit weitere Bauarbeiter anzuheuern. Erik war die absolute Ausnahme gewesen.

»Salut et au revoir«, erwiderte der Mann. Er trat auf Erik zu, murmelte zum Abschied ein paar Worte, dann stapfte er über den knirschenden Kies davon.

»Wer war das denn?«, wollte Lucien wissen. »Ein Kumpel von dir?«

Erik rieb sich über die Bartstoppeln. »Also, ich sag nichts dazu, da musst du schon Mama fragen.«

Der Größe der Tasche nach zu urteilen, hatte der Kerl hier übernachtet. Bei Karla? In seinem Apartment? Oder war er nur auf einen Sprung vorbeigekommen und suchte sich nun ein Hotel?

»Jetzt sag schon. Wer war das, Erik?«

Doch der hob bloß die Augenbrauen und verschloss den Mund mit einem unsichtbaren Reißverschluss. Energische Schritte waren zu hören, da tauchte Karlas Silhouette in der Tür auf. Wie paralysiert blieb sie auf der Schwelle stehen. Die Sonne schien ihr aufs Gesicht, und Lucien sah, dass sie geweint hatte.

Alles klar. Vielleicht war er ab und zu blind, wenn er etwas nicht wahrhaben wollte, doch das hier ließ keinen anderen Schluss zu.

»Hallo, Lucien!«, rief sie mit zittriger Stimme, die so gar nicht zu ihrem munteren Lächeln passte.

Lucien steuerte auf sie zu, drückte sie an sich und raunte ihr ins Ohr, sie müsse ihm nichts erklären, er würde erst mal auspacken. »Dann gleich essen gehen oder später?«, fragte er und versuchte seinen Unmut hinunterzuschlucken.

»Später«, antwortete Karla.

Erik rannte hinter ihm her und meinte, er müsse noch schnell aufräumen, es sähe übel bei ihm aus.

Der Junge hatte maßlos übertrieben. Anders als in der Berliner Wohnung, in der er seine Mutter durch seine Unordnung zur Putzfrau und Hinterherräum-Bediensteten degradiert hatte, war alles picobello. Cannes schien ihm gutzutun. Nur ein Ladekabel, ein Rimbaud-Gedichtband und ein paar bekritzelte Notizzettel auf dem Nachttisch sowie ein zerknülltes T-Shirt auf dem Stuhl deuteten darauf hin, dass hier jemand wohnte.

»Soll ich jetzt lieber auf einer Isomatte schlafen?«, fragte Erik.

»Unsinn, wir kommen uns sicher nicht in die Quere.«

Zugegeben, ein wenig enttäuscht war er schon von Karla – sich einfach einen Typen herzubestellen… Er war zwar weder ihr Liebhaber noch ihr Ehemann, und in dem Haus, das ihnen zu gleichen Teilen gehörte, durfte sie empfangen, wen sie wollte. Trotzdem – diese Heimlichtuerei war das Allerschlimmste. Hatte er ihr jemals signalisiert, dass sie ihm nicht vertrauen konnte?

Er packte die Tasche aus – die Schmutzwäsche würde er später in die Maschine im Bad geben, die Pépin in seiner Abwesenheit hoffentlich angeschlossen hatte –, stellte seine Zahnbürste neben Eriks, legte die unbenutzte Wäsche in ein freies Fach im Einbauschrank, ganz, als wären sie eine Familie. Er wusch sich das Gesicht, spritzte sich etwas Eau de Toilette auf den Hals, dann drehte er eine Runde durch die Villa. Die Sanierung des Daches war im vollen Gange, im Treppenhaus war das Geländer fertiggestellt und fehlende Fliesen so kunstfertig eingefügt worden, dass kein Unterschied zum Original zu erkennen war. Einmal mehr dachte Lucien, dass er es mit Pépin gut getroffen hatte. Er würde sich in Form einer Prämie erkenntlich zeigen, und auch der Bautrupp sollte ein paar Kästen Bier bekommen.

»Lucien?«

Karla war auf leisen Sohlen in die Diele getreten, jetzt stand sie auf nackten Füßen da, die Zehennägel dunkelrot lackiert, und lächelte schmal.

»Tut mir leid.« Ihre Stimme klang dünn. »Ich hätte dich vorher fragen sollen.«

In dem Bemühen, sich seine Verletzung nicht anmerken zu lassen, entgegnete er: »Karla, du bist ein freier Mensch. Du kannst machen, was du willst.«

Sie schwieg einen Moment, dann fing sie stockend an zu reden. Wie sie und Pascal sich kennengelernt hatten, dass es etwa zwei Wochen später – sie wusste selbst nicht so genau, wie – zu dem Techtelmechtel gekommen war und es ihr peinlich gewesen war, ihm davon zu erzählen. Weil es so absurd war! Sie und dieser junge Mann, das war doch gar nicht ihre Art. Für sie habe es immer nur Fritz gegeben und … Sie brach ab und taxierte ihn mit schief gelegtem Kopf. »Was grinst du jetzt so?«

»Dafür, dass es nur ein kleines Techtelmechtel war, ist der junge Mann aber ganz schön sauer abgedampft«, antwortete Lucien ehrlich.

Es zuckte um Karlas Mundwinkel, ihre Augenbrauen führten einen nervösen Tanz auf, aber sie ließ sich nicht dazu herab, sich zu rechtfertigen.

»Kommst du mit in die Küche? Ich hab noch einen Chablis von gestern Abend offen. Oder möchtest du lieber einen Kaffee?«

»Wein ist gut.«

Sie stiegen hinauf in den ersten Stock, Karla wollte ihm den Vortritt lassen, aber er bestand darauf, dass sie vorging. Als wäre sie jetzt hier die Schlossherrin und er nur zu Besuch.

»Geht die Waschmaschine schon?«, fragte er, während Karla Wein einschenkte.

Sie nickte. »Soll ich deine Wäsche waschen?«

»Um Himmels willen, nein! Du bist doch nicht meine Haushaltsfee.«

»Aber deine Freundin.« Sie reichte ihm ein Glas. »Komm, stell dich nicht so an. Ich habe noch Weißwäsche und was Buntes …«

Er bedankte sich für das Angebot und trat mit dem Weinglas ans Fenster. Der Palmengarten war nach wie vor verwildert und gerade in seiner Ursprünglichkeit wunderschön. Dennoch musste er über kurz oder lang einen Gärtner kommen lassen. Einen, der verstand, was für eine Perle er vor sich hatte und damit umzugehen wusste.

»Tut mir leid, Lucien, ich habe mich wie eine pubertäre Göre aufgeführt.« Karla trank den Wein wie Wasser. »Verstehst du, dass mir das unangenehm war?«

Er nickte ihr knapp zu. Wer weiß, vielleicht wäre es ihm sogar ähnlich ergangen, hätte er sich ein junges Ding herbestellt, um eine bombige Zeit mit ihr zu verleben.

»War's wenigstens nett?«, versuchte er es auf die lockere Tour.

»Ja, schon.«

»Bist du verliebt?«

Sie lachte schrill auf, was alles andere als eine befriedigende Antwort war.

»Geht es mit euch weiter, Karla?«

»Ich weiß nicht … nein … ich glaube, nicht.«

»Ausgeschlossen?«

»Jetzt lass doch mal. Das ist im Moment unwichtig. Lass uns lieber über das Haus reden.« Sie stieß mit ihrem Glas gegen seins. »Erik hat vorgeschlagen, jedes Zimmer farblich anders zu gestalten. Wie findest du das?«

»Großartig. Ich hatte auch schon daran gedacht.«

Und in dem beruhigenden Gefühl, die alte Karla wiederzuhaben, die moralisch unantastbare Frau seines besten Freundes, nahm er die Gläser und die Weinflasche und setzte sich mit ihr nach draußen in den Palmengarten.

* * *

Ein Windstoß fuhr unter Nathalies Rock, als sie, die Sonnenbrille auf der Nase, aus der Patisserie trat. Es war ein mikrokurzer Moment, aber er gab die Sicht auf ihre Beine frei. Wow, Hammer-Beine! Nicht zu dünn, nicht zu kräftig, genau im richtigen Maße muskulös. Blitzschnell scannte er ihren Körper, er verweilte bei den Schlüsselbeinen, die unter dem Rundausschnitt des Blumenkleides hervorschauten, dann trafen sich ihre Blicke. Sie grinste. Oder kniff sie bloß die Augen zusammen?

»Gehen wir ein Stück?«, fragte sie.

Oder gleich in die Kiste?, erwiderte er im Geiste, antwortete aber mit einem Lächeln, das hoffentlich charmant rüberkam: »Sehr gerne.«

»Bisschen dalli, hab nicht viel Zeit.«

Sie marschierte so energisch drauflos, dass er kaum hinterherkam. Irgendetwas war doch los, oder hielt sie es etwa für ein romantisches Date, im Stechschritt durch die Gegend zu wetzen? Noch viel übler aber war, dass sie keinen Mucks von sich gab und auch nicht den Eindruck erweckte, als wollte sie sich mit ihm unterhalten. Dabei gab es so viel zu bereden. Der Brief. Ihre Arbeit in der Patisserie und ob es das war, was sie sich vom Leben erträumte. Doch kein Ton kam über ihre Lippen.

»Wohin gehen wir eigentlich?«, fragte er. Sein Hirn war wie leer gefegt, sein Mund pappig.

»Sag du es mir.«

»Ans Meer?«

»Ans Meer!« Sie lachte rau, zupfte das Gummiband aus ihrem Dutt und schüttelte die Haare auf. Traumlocken. Am liebsten hätte er sofort hineingegriffen, Nathalie zu sich herangezogen, sie geküsst, ihre glatten Beine gestreichelt und sein ganzes Leben mit ihr verbracht. »Warum sollte ich wohl mit dir ans Meer gehen?«, fuhr sie ihn an.

»Ich weiß nicht…« Verlegen kraulte er sich den Bart. Eine unschöne Angewohnheit, die ihm bei anderen Männern übel aufstieß. »Ich könnte dich zu einem Eis einladen.«

»Hör zu… Wie heißt du noch gleich? Ah ja, Erik.«

Mist, was war nur in sie gefahren? Passte ihr seine Nase vielleicht nicht? Oder war ihr sein poetischer Erguss zu schmalzig gewesen? Aber warum hatte sie sich dann mit ihm verabredet? Warum lief sie mit ihm durch die Gluthitze, statt ihn gleich vor der Patisserie abzuservieren?

»Ich fand die Idee mit dem Brief echt nett«, sagte sie, als ihm schon der Schweiß aus sämtlichen Poren brach. »Sehr süß von dir.«

Er nickte, da blieb sie ruckartig stehen und schob sich die Sonnenbrille in die Haare. Wow, diese Augen! So dunkel. So tiefgründig. Mit einem dichten Wimpernkranz.

»Gibt's ja heutzutage gar nicht mehr, dass einem mal jemand einen Brief schreibt. Ich mein, die Typen sind doch echt ausgestorben, oder?«

Mach dich nicht so klein, Erik, hatte er plötzlich Guys Stimme im Ohr. Du bist ein cooler Typ!

»Bin eben ein cooler Typ«, hörte er sich sagen.

Doch statt zu lachen oder wenigstens zu lächeln, schüttelte Nathalie den Kopf und sagte kühl: »Seh ich nicht so.«

»Nein?«

»Nein. Weißt du was, Erik? Diese Masche zieht bei mir nicht.«

Ihre Augen verengten sich, schon machte sie auf dem Absatz kehrt und stolzierte mit wippendem Rock davon. Der Wind ließ ihre Haare flattern, immer schneller lief sie, bis sie um die Ecke bog und aus Eriks Blickfeld verschwand. Und er, der allergrößte Trottel aller Zeiten, tat nichts, um sie aufzuhalten.

Es war erbärmlich. Nein, er war erbärmlich. Der ewige Loser. In seiner Not griff er zum Handy und wählte Guys Nummer, doch sein Kumpel nahm nicht ab. Erst Stunden später, es hatte zu regnen begonnen und Erik saß mit seiner Mutter und Lucien in einem Fresstempel in der Altstadt, rief Guy zurück. Erik hatte den Loup de Mer auf Pernodschaum bis auf einen kleinen Happen verputzt, legte die Serviette ab und eilte nach draußen in den Sommerregen. Ein herb-würziger Geruch hing in der Luft, und er atmete tief durch.

»Was gibt's so Dringendes? Hast du sie rumgekriegt?« Guy lachte blechern, aber Erik war nicht zum Scherzen aufgelegt.

»Leider nicht.«

Er erzählte von dem Brief und dass Nathalie den wohl nicht so cool gefunden hätte.

Guy wollte wissen, was er geschrieben habe, aber Erik hatte keine Lust, darüber zu reden. Der Drops war gelutscht, das Thema durch. Wieder mal hatte er es vermasselt.

»Komm, sag schon.«

»Ach, lass mich doch!«

»Ich will dir doch bloß helfen!«

Und nur, weil Guy partout nicht lockerließ, schickte er ihm den Brief, den er in einem Anfall von Selbstüberschätzung abfotografiert hatte.

»Rufst du mich an, wenn du ihn gelesen hast?«

»Klar doch.«

Der Regen wurde heftiger, und Erik suchte unter der Markise Zuflucht. Kurz darauf rückten auch schon seine Mutter und Lucien an. Nach der anfänglich angespannten Stimmung waren sie wie ausgewechselt. Sie schwatzten in einer Tour und lachten sich über Keine-Ahnung-was schlapp.

»Ihr seid ja hackedicht.« Erik hakte seine Mutter unter, deren Augen im Licht der Straßenlaterne glänzten.

»Jetzt reiß dich mal zusammen, Erik«, ermahnte sie ihn, woraufhin Lucien losprustete, als hätte sie den Witz des Jahrhunderts gemacht.

Erik konnte sich bloß wundern. Den ganzen Weg über zum Lokal und auch noch, nachdem sie die Bestellung aufgegeben hatten, waren die Mienen frostig gewesen. Minutenlanges Schweigen, und nur weil Erik Lucien wegen der Speisekarte ausgequetscht hatte, war überhaupt eine Art Unterhaltung zustande gekommen. Erst nach einer Karaffe Wein waren die beiden lockerer geworden. Lucien hatte Fotos von seiner Reise herumgehen lassen – die Mont-Blanc-Brücke in Genf, der mit Sonnenblumen und roten Rosen geschmückte Sarg seines Onkels –, und mit jedem Schluck hatten sie sich Pascal mehr und mehr aus dem Hirn gesoffen.

Zurück ging es über den Boulevard de la Croisette, der in farbiges Licht getaucht war. Rot, Lila, Pink, Grün – die grellen Farben wechselten abschnittsweise, und Erik kam es vor, als bewegten sich die Menschen in dieser irrealen Szenerie in Zeitlupe fort. Während seine Mutter und Lucien vorausschlenderten, setzte er sich auf einen der Stühle, die zum Verweilen einluden, und schaute aufs Meer. Ein finsteres Loch tat sich vor ihm auf, darüber spannte sich der schwarze Himmel mit unzähligen wie hingetupften Sternen. Wie gerne würde er hier neben Nathalie sitzen, ihre Finger zum zärtlichen Spiel ineinander verflochten, und den Wellen beim Plätschern zuhören.

Du bist so was von kitschig, sagte eine Stimme in ihm.

236

Wie zur Bestätigung schrillte sein Handy. Guy war dran, und Eriks Eingeweide knäulten sich zu einem klumpigen Etwas zusammen.

»Mama, ich komm später nach!«, rief er in die Richtung des davontorkelnden Paares. Seine Mutter warf ihm einen Blick über die Schulter zu und hob die Hand.

»Hi!« Erik bemühte sich um einen locker-entspannten Tonfall. »Weißt du eigentlich, wie irre die Croisette beleuchtet ist? Und die Palmen tragen Leuchtgirlanden. Wie an Weihnachten.«

»Du bist echt ein Idiot«, sagte Guy.

»Wieso?«

»Baise-moi. Wie kannst du so was nur schreiben?«

»Wieso, ich will sie doch küssen. Ist das verboten?«

»Alter!« Guy stieß einen abgrundtiefen Grunzer aus.

»Fick mich, hast du geschrieben. Fick mich! Das kannst du echt nicht bringen! Das ist einfach nur daneben.«

Der Klumpen in seinem Magen sackte eine Etage tiefer. Shit. Er hatte es vergeigt. Kein Wunder, dass Nathalie ihn abgefertigt hatte. Das war blamabel, nie wieder würde er ihr unter die Augen treten können.

»Bist du noch da?«, drang Guys Stimme aus weiter Ferne an sein Ohr.

»Klar.«

»Ich kapier's nicht, Erik. So was weiß man doch.«

»Ich anscheinend nicht.«

»Warum hast du mich nicht vorher gefragt? Oder einen anderen Franzosen? Gibt ja wohl genug davon in Cannes.«

Erik erzählte, dass er den Brief dem Polier der Baustelle anvertraut hatte, der sich wohl einen Spaß daraus gemacht hatte, ihn ins offene Messer laufen zu lassen.

Guy fing an zu lachen. »Ist doch irgendwie auch witzig.«

»Nein«, erwiderte Erik bitter. »Kein bisschen.«

Wut kroch in ihm hoch. Auf Guy, auf Pépin, aber auch auf sich selbst, weil er immer wieder in die übelsten Fettnäpfchen tappte.

»Na komm, ist doch kein Drama. Du gehst morgen zu ihr und klärst das Missverständnis auf.«

»Ja, danke und gute Nacht«, sagte Erik und legte auf.

Einen Teufel würde er tun. Er hatte genug. Von Frankreich, von den Mädchen, nicht mal auf die Arbeit in der Villa hatte er noch Lust. Am besten, er reiste ab. Gleich morgen früh.

17.

Den Kopf gegen die Scheibe gelehnt, schaute Sarah aus dem
Zugfenster. Endlich. Das Meer. Es war wie Balsam für ihr ver-
letztes Ich. So viele Jahre hatten Götz und sie damit verplem-
pert, so zu tun, als wären sie das Vorzeigepaar schlechthin.
Sie hatten den Segelschein gemacht, waren abends ins Kino
oder Theater gegangen, in den Ferien nach Dänemark oder
an die Ostsee gereist, sie teilten sich das Schlafzimmer und
schliefen auch hin und wieder miteinander. Nur eins hatten
sie augenscheinlich nicht getan: ihre Lebensmodelle klar und
deutlich formuliert, miteinander abgeglichen und rechtzeitig
die Notbremse gezogen, als es in die falsche Richtung ging.
   Wenn man mal ehrlich war, hatte es von Anfang an nicht
gepasst. Der brave, ja spießige Götz, dem ein braves, spießi-
ges Dasein mit Eigenheim, zwei Kindern und einem Golden
Retriever vorgeschwebt hatte. Anders Sarah. Sie hatte so viel
mehr gewollt, am liebsten die pralle Dosis Leben. Fernreisen,
wechselnde Jobs, ausgefallene Hobbys wie Tiefseetauchen,
Bienen züchten oder Schauspielern, alles ausprobieren und
ganz bestimmt nicht das Modell ihrer Eltern wiederholen.
Immer nur hatten sie sich für ihre Tochter krummgelegt, auf
so vieles verzichtet, was Spaß machte, und in ihrer Freudlo-
sigkeit waren die besten Jahre an ihnen vorbeigerauscht.
   Um den langweiligen Brotjob war Sarah nicht herumge-

kommen, und auch auf abenteuerliche Fernreisen hatte sie Götz zuliebe verzichtet. Und doch hatte sie ihn irgendwo auf freier Strecke verloren. Die Dame, deren Bluse über der Brust spannte, war schwanger. Das war der Gipfel der Geschmacklosigkeit. Mehr, es hatte ihr den Boden unter den Füßen weggezogen. Immerhin lagen die Dinge klar auf der Hand: Es war aus und vorbei. Es gab kein Zurück mehr.

Der Zug traf mit zehnminütiger Verspätung in Cannes ein. Sarah wandte sich gerade Richtung Ausgang, als sie mit einem jungen Mann zusammenstieß, der es offenbar eilig hatte, seinen Zug zu erwischen. Erst mit einiger Verzögerung fiel bei ihr der Groschen.

»Erik, was um Himmels willen tust du hier?«

Verwirrt sah sie ihm dabei zu, wie er hektisch den Inhalt seines Geldbeutels aufsammelte, der ihm bei dem Zusammenstoß aus der Hand geglitten war. Als er alles beisammenhatte, blickte er zu ihr auf.

Seine Augen waren rot gerändert. Hatte der Junge etwa geweint?

»Was soll ich schon hier tun? Sieht man doch.« Er zog eine Grimasse. »Hallo und Tschüss übrigens. Schön, dass du da bist. Mama freut sich bestimmt.«

Sarah nahm ihren Rollkoffer aus dem Weg und hob ein Centstück auf. »Lust auf einen Kaffee?«

»Ich muss meinen Zug kriegen«, erwiderte er knapp.

»Gar nichts musst du. Du gehst jetzt erst mal einen Kaffee mit mir trinken, und wenn du dann immer noch fahren möchtest, schieß ich dir gerne was dazu.«

»Warten die nicht in der Villa auf dich?«

»Ich kann auch eine halbe Stunde später kommen. Es ist ja noch früh.«

Sie überquerten die Straße, einmal links um die Ecke, in dem Café war Sarah schon damals mit Karla gewesen. Ungefragt bestellte sie Kaffee und Croissants für zwei.

Erik saß mit verschränkten Armen vor ihr und guckte demonstrativ in eine andere Richtung. Er sah aus wie das Sinnbild eines bockigen Teenagers, und Sarah musste sich ein Lachen verkneifen. »Na, welche Laus ist dir denn über die Leber gelaufen?«

Erik musterte sie aus schmalen Augen, wandte den Blick wieder ins Nirgendwo, dann schüttelte er genervt den Kopf. »Will nicht drüber reden.«

»Na komm, spuck's schon aus.«

»Nee, echt keinen Bock.«

»Ganz ehrlich, so fertig wie ich kannst du gar nicht sein. Mein Mann betrügt mich. Schon länger. Und jetzt ist die Dame auch noch von ihm schwanger.«

Erik schaute erschrocken auf. »Oh, echt? Das ist ja scheiße!«

Es auszusprechen, schmerzte sie mehr, als Sarah geglaubt hatte, doch sie winkte gespielt lässig ab. »Schon okay. Ich hab ihn rausgeschmissen. Der Schritt war längst überfällig.«

»Und jetzt willst du dich hier bei Mama und Lucien ... erholen?«

»Sagen wir ... ablenken lassen. Wenn man zwanzig Jahre verheiratet war, erholt man sich nicht in ein paar Tagen.«

Der Kaffee kam, und Erik trank seinen auf ex. Er schüttelte sich, als wäre es ein Schnaps gewesen.

»So, jetzt erzähl mal, Erik, was ist los? Hast du dich mit deiner Mutter gestritten und willst abhauen?«

»Nee, das nicht, aber ich will trotzdem weg.«

»Und warum?«

Erik bestellte auf Sarahs Drängen einen weiteren Espresso,

doch als er vor ihm stand, rührte er ihn nicht an, sondern fing stattdessen stockend an zu erzählen. Irgendwie ging es um ein Mädchen, das er irgendwie rattenscharf fand, dummerweise hatte er es aber irgendwie verbockt und musste deswegen irgendwie abreisen.

»Lässt sich das nicht irgendwie wieder gerade rücken?«, fragte Sarah und kicherte leise in den Ärmel ihres Shirts.

»Nee, irgendwie nicht«, gab Erik humorfrei zurück.

»Was ist denn passiert?«

»Das willst du gar nicht wissen. Es ist einfach nur... voll peinlich und schrecklich, und ich möchte am liebsten sterben.«

»Möchtest du nicht.«

Er zuckte mit den Schultern.

»Hör mal, solange du nicht handgreiflich geworden bist, sehe ich kein Problem.«

Eriks Wangen färbten sich rosig. »Und wenn man jemanden aus Versehen... also wirklich nur aus Versehen, weil man die Sprache nicht so gut beherrscht... verbal richtig übel angemacht hat?«

»Dann musst du zu ihr gehen und die Sache aufklären.«

»Ich kann aber nicht. Das ist voll peinlich.«

»Peinlich ist es, wenn du den Fauxpas einfach so stehen lässt und am Ende deines Lebens denkst, hätte ich doch nur...«

»Findest du?«

Sarah nickte. »Außerdem habe ich was dagegen, dass du hier auf trotziger Teenager machst. Erik, du hast deine besten Jahre vor dir. Also genieß sie gefälligst! Das bist du uns alten Schachteln schuldig!«

»Okay.«

»Okay?«, wiederholte sie.

»Ja, okay. Darf ich dich einladen?«

»Ganz bestimmt nicht von deinem hart verdienten Geld.«

Überrascht, dass sich Erik so schnell hatte umstimmen lassen, zückte Sarah ihr Portemonnaie.

»Deine Mutter wird sich riesig freuen, wenn du zurückkommst.«

»Sie weiß ja nicht mal, dass ich abgehauen bin. Kannst du bitte …« Er brach ab.

»Ich soll ihr nichts sagen?«

»Mhm, wär besser.«

Sarah versprach es ihm. Mehr konnte sie nicht für ihn tun. Außer ihm ein wenig den Kopf zurechtrücken, das auch.

* * *

Sie spielten Harmonie, und das war gut so.

Erik war der Wildfang, der sich unter südlicher Sonne alle erdenklichen Freiheiten rausnahm. Er packte zwar auf der Baustelle mit an, was Karla sehr beeindruckte, doch oftmals verschwand er für Stunden, ohne ihr zu sagen, wohin er ging und was er vorhatte.

Sarah, die in einem provisorisch eingerichteten Zimmer schlief, hatte die Rolle der Hypermutti übernommen. Sie kümmerte sich um das leibliche Wohl der bunt zusammengewürfelten Truppe, wusch die Wäsche, wischte und wienerte aufopferungsvoll die Küche, das Bad und die Toiletten. Ihren Trennungsschmerz ließ sie sich nicht anmerken, hatte ganz im Gegenteil oft einen flapsigen Spruch auf den Lippen und munterte Karla auf, wenn die mit Migräne darniederlag oder Rückenschmerzen ihr den Tag verhagelten.

Lucien war der Macher, klar und strukturiert wie eh und

je. Er trieb den Ausbau der Gästezimmer voran und legte Karla Farbkonzepte sowie bis auf den letzten Cent ausgetüftelte Finanzpläne vor, die ihre Ersparnisse weitaus weniger belasteten als seine. Das war sehr großzügig von ihm, aber sie mochte nicht in seiner Schuld stehen und zog in Erwägung, einen Kredit aufzunehmen. Sobald sie zurück in Berlin war, würde sie mit ihrem Bankberater reden.

»Willst du dich wirklich auf immer und ewig verschulden?«, fragte Lucien sie eines Morgens beim Frühstück. »Wir kennen uns schon so lange, du solltest mein Angebot annehmen. Fritz hätte das auch gewollt. Und falls du den Gedanken irgendwann später mal nicht ertragen solltest, dass ich mehr als du investiert habe, kannst du das Geld immer noch bei mir abstottern.« Grinsend strich er sich das schüttere Haar aus der Stirn. »Cent für Cent.«

»Also gut, von mir aus«, lenkte sie erleichtert ein. Das war ein Modell, auf das sie sich verständigen konnten. Lucien war augenscheinlich nicht nachtragend, und falls doch noch eine Spur Enttäuschung bei ihm mitschwang, wusste er dies gut zu verbergen.

Aber auch Karla spielte das Wir-sind-eine-Familie-Spiel mit, ohne sich jedoch im Klaren darüber zu sein, welche Rolle sie dabei innehatte. Die Harmoniesüchtige, die es allen recht machen wollte? Tagsüber riss sie sich am Riemen, doch nachts, wenn sie allein im Zimmer war, weinte sie in ihre Kissen. Weil sie Pascal mit jeder Faser ihres Körpers schmerzlich vermisste. Sie vermisste ihn als Freund, als Liebhaber, als das Beste, was ihr in den letzten Jahren passiert war. Aber es ging nicht anders, sie konnte es einfach nicht. Eine Affäre, die man im Rausch der Hormone für eine Beziehung hielt, war von vornherein zum Scheitern verurteilt. Es hatte auch gar nichts mit Lucien, mit seiner Freigiebigkeit und den Blicken zu tun, die bisweilen länger auf ihr ruhten, als ihr lieb war. Pascals Leben war mit ihrem auf Dauer nicht vereinbar. Er war so jung und frisch, so knackig und knusprig und tanzte in einer anderen Liga als sie. Gesetzt den Fall, sie wären eine Weile zusammen und durchlebten wie jedes normale Paar Höhen und Tiefen, war das Ende doch schon vorprogrammiert. Karla wollte eins nicht: den Moment erleben, in dem Pascal sie verließ. Weil sie ihm zu faltig, zu zerknittert und zu vertrocknet war. Oder weil eine Jüngere aufgetaucht war, mit der er noch mal von vorne anfangen konnte. Mutter, Vater, Kind, das ganze Programm.

An einem Freitag – Lucien hatte Karla und Sarah in einem Leihwagen mit nach Nizza genommen und plante, am Nachmittag zu einem Geschäftstermin nach Paris zu fliegen – schlug Karla ihrer Freundin vor, in einem Strandlokal zu Abend zu essen und einen späteren Zug nach Cannes zurückzunehmen. Zu Hause herrschte dicke Luft. Erik hatte sich mit Pépin gefetzt, wohl wegen der Arbeit, Genaues wusste sie nicht.

Bei einer recht dürftigen Salade Niçoise fragte Karla: »Jetzt mal ehrlich, Sarah. Wie geht es dir wirklich?«

»Beschissen. Und dir?«

»Auch beschissen.«

Sie sahen einander an und brachen in Gelächter aus. Das Liebesleid machte sie zu Verbündeten, was in diesem Moment guttat. Was gab es Besseres, als zwischen sonnenverbrannten Urlaubern zu sitzen, einen überteuerten Salat mit einem immerhin schön klingenden Namen zu essen und einen kühlen Weißwein zu trinken? Das war mehr, als man vom Leben erwarten konnte.

»Bereust du deine Entscheidung?«, wollte Karla wissen.

»Nicht eine Sekunde. Das Einzige, was ich bereue, ist, dass ich es nicht eher getan habe. Ich hätte mir viel Leid erspart.«

Karla schaute mit gerunzelter Stirn aufs spiegelglatte Meer, das unter der tief stehenden Abendsonne zu dösen schien. Pascal war fort. Auch sie hatte sich damit viel erspart. Noch mehr Tränen, noch mehr Liebeskummer, noch mehr Wunden, die am Ende womöglich Jahre brauchten, um zu heilen.

»Wie geht's jetzt bei euch weiter?«

Sarah verschränkte trotzig die Arme vor der Brust. »Am liebsten würde ich ausziehen und mir was Neues suchen. Eine schnuckelige kleine Wohnung, die mich nicht an Götz erinnert. Aber wahrscheinlich wird die genauso viel oder sogar mehr kosten als die alte.« Sie nahm das Weinglas und wischte den Lippenstiftabdruck ab. »Oder ich ziehe nach Südfrankreich. Gefällt mir eigentlich ziemlich gut hier.«

»Dann müsstest du aber deinen Job kündigen.«

»Das hatte ich sowieso vor.« Sie nippte an ihrem Wein, dann fuhr sie fort: »Meinst du, man kann mit fünfzig noch als Kellnerin anfangen?«

»Man nicht, aber du ganz bestimmt. Du lernst schnell, du bist nicht auf den Mund gefallen und sprichst super Französisch. Wär doch gelacht, wenn das nicht klappt.«

Karla redete, als wollte sie nicht nur ihrer Freundin, sondern vor allem sich selbst Mut zusprechen. Natürlich war es nicht leicht, mit fünfzig auf dem Arbeitsmarkt Fuß zu fassen. Und dann noch in einem neuen Beruf und in einem anderen Land. Aber vielleicht würde Sarah über kurz oder lang im Chambre d'Hôtes mit einsteigen können. So wie sie selbst. Doch im Augenblick war es zu früh, um etwas Konkretes dazu zu sagen und ihr Hoffnungen zu machen.

»Willst du dich eigentlich scheiden lassen?«, fuhr Karla fort.

»Irgendwann schon. Aber nicht sofort. Es ist mir im Moment einfach zu viel.« Sarah spießte ein Salatblatt auf und betrachtete es von allen Seiten, bevor sie es sich in den Mund schob. »Weißt du, was ich nie wollte?«, fragte sie kauend.

»Eine Scheidung?«

Sarah nickte, und Karla beugte sich über den Tisch, um ihre Hand zu streicheln.

»Es ist nicht dein Versagen. Du bist nicht die Erste, deren Ehe gescheitert ist.«

Sie ließen das Thema fallen und redeten über die zwei alten Damen in den maritimen Shirts, die am Nebentisch schnatterten und sich einen Sekt nach dem anderen genehmigten. Die beiden machten es goldrichtig. Sie genossen das Leben, und Karla wollte das auch. Ohne andauernd an Pascal zu denken.

Sarah pickte eine grüne Bohne auf, kaute genüsslich, dann legte sie die Gabel beiseite. »Darf ich dir mal was sagen, Karla?«

»Klar. Das weißt du doch.«

»Aber du wirst es nicht gerne hören.«

»Sag schon.«

»Du hast einen Fehler gemacht. Einen ziemlich gravierenden, wenn du mich fragst.«

Karla wurde schwindelig, und sie schloss für einen Moment die Augen. »Weil ich Lucien alle Entscheidungen mit dem Haus überlasse?«, fragte sie, als der Anflug wieder vorüber war. »Ja, du hast recht. Das sollte ich nicht tun. Er könnte mich übers Ohr hauen. Aber ich kann im Moment nicht anders. Mich überfordert das alles.«

»Das meine ich nicht. Lucien ist ein aufrichtiger Kerl, der es nur gut mit dir meint. Ich rede von Pascal.«

Pascal, ach so, ja, der. Sie seufzte leise.

»Warum hast du ihn gehen lassen?«

»Er ist nichts für mich.«

»Sagt wer?«

»Ich.«

Sarah atmete geräuschvoll durch die Nase, dann schüttelte sie den Kopf und angelte ein paar Thunfischreste und eine Olive aus der Salatschüssel.

»Pascal bringt nur mein Leben durcheinander, verstehst du?« Um ihren Worten mehr Gewicht zu verleihen, setzte sie sich kerzengerade hin. »Früher oder später wäre es sowieso vorbei gewesen.«

»Früher oder später ist alles vorbei, mein Schatz. Das ganze Leben. Dann bist du zu Staub zerfallen und kannst dich nicht mal mehr darüber ärgern, dass du diesen Wahnsinnstypen weggeschickt hast.«

»Es reicht, Sarah. Du hast zu viel getrunken.«

»Ach, habe ich das?«

Sie griff nach der Karaffe und schenkte erst Karla, dann sich nach.

»Ich finde das überhaupt nicht gut«, sagte Karla kühl und schmeckte der Säure des Weins nach. »Eher ziemlich daneben.«

»Was?«

»Dass du meinen Entschluss anzweifelst. Als beste Freundin tut man so was nicht.«

»Als beste Freundin macht man genau das! Das ist geradezu meine Pflicht. Sonst wäre ich nämlich eine ziemlich miese Freundin.«

Natürlich hatte Sarah recht, Karla wollte es bloß nicht hören. Weil es dann umso mehr schmerzte, dass sie Pascal hatte ziehen lassen. Nie wieder mit ihm tanzen gehen. Nie wieder von ihm begehrt werden. Sich nie wieder das dickste Stück der Torte genehmigen. Das war bitter.

»Crème Brûlée?«, fragte Sarah.

»Wenn du meinst, dass damit wieder alles im Lot ist.«

»Das nicht, aber ein süßer Trost ist besser als keiner.«

Die Sonne war bereits im Meer versunken, und der Himmel zeigte sein allabendliches Farbspektakel, als sie aufbrachen. Sie ließen sich durch die immer noch belebte Avenue Jean-Médecin treiben, schauten in die Auslagen der Geschäfte, und da bis zur Abfahrt des Zuges noch Zeit blieb, gingen sie auf einen Abstecher ins *Malongo Café*.

Sarah orderte zwei Kaffee am Tresen, als Karlas Handy in der Handtasche vibrierte. Bestimmt Erik, der sich in der Küche nicht zurechtfand oder die Waschmaschine nicht zu bedienen wusste, doch beim Blick aufs Display stolperte ihr Herz. Pascal. Mit zitternden Fingern berührte sie die Oberfläche des Handys, die schon wieder von ihrer Sonnencreme verschmutzt war, aber sie schaffte es nicht, über die Schaltfläche zu wischen und dranzugehen.

»Warum nimmst du nicht ab?« Sarah stöckelte mit einem Tablett auf sie zu, im nächsten Moment verstummte der Klingelton, und Karla ließ das Handy sinken.

»Er war's.«

»Pascal?«

Karla nickte.

»Geht's noch?! Was hast du dir dabei gedacht, nicht abzunehmen?«

»Ich ... ich konnte einfach nicht.«

Sarah stellte das Tablett auf einen Tisch und streckte die Hand aus. »Gib mir mal dein Handy.«

»Wozu?«

»Na los, mach schon.«

Sie reichte ihr wie willenlos das Smartphone.

»Entsperren!«, herrschte Sarah sie an.

»Aber du rufst ihn jetzt nicht an, oder?«

»Jetzt mach schon!«

Karla war nicht klar, warum sie ihren Daumen auf den Sensor legte und es zuließ, dass ihre Freundin Pascals Nummer wählte. Ihr Herz gab noch mal Gas, sie zählte die Sekunden, einundzwanzig, zweiundzwanzig, dreiundzwanzig, als sie bei fünfundzwanzig angekommen war, klickte Sarah die Verbindung weg und reichte Karla achselzuckend das Handy.

»Der Akku ist leer oder so, keine Ahnung. Du kannst es ja später noch mal bei ihm probieren.«

Später... Dieser winzige Moment, in dem sie es zugelassen hätte, war vorbei, und Karla wusste nicht, ob es einen weiteren geben würde.

18.

»Zum Bahnhof, habe ich gesagt!«

Ein blumiges Parfüm stieg Pascal in die Nase, und er ließ das Fenster ein Stück runterfahren.

»Ich bringe Sie ja zum Bahnhof«, erwiderte er, »keine Sorge.«

»Aber auch auf direktem Weg?«

»Ja, auf direktem Weg.«

»Und warum haben Sie dann Ihr Navigationsgerät nicht eingeschaltet?«

»Weil ich Berliner bin. Ich weiß schon, wie ich zum Hauptbahnhof komme.«

»Aber ich möchte zum Bahnhof Zoo!«

Pascal bremste an einer Ampel und blickte sich nach der Frau auf der Rückbank um. »Warum haben Sie das nicht gleich gesagt?«

»Das habe ich Ihnen gleich gesagt. Sie haben nicht zugehört. Berliner Taxifahrer sollen ja die schlimmsten sein. Sagt man immer. Und wissen Sie was? Es stimmt. Ich könnte Ihnen Geschichten erzählen!«

Die betuchte Dame, die Pascal in einer Villa in Zehlendorf abgeholt hatte, nervte ihn schon, seit er losgefahren war. Kurz zog er in Erwägung, sie rauszuwerfen, aber er hatte keine Lust, ihre Louis-Vuitton-Tasche im strömenden Regen aus dem Kofferraum zu zerren. Abgesehen davon würde ihm eine lukrative Tour durch die Lappen gehen.

»Ja, die Berliner Taxifahrer sind ganz übel«, sagte er und lächelte sie durch den Rückspiegel hindurch an. »Das weiß ich zufällig, weil ich selbst einer bin.«

»Beeilen Sie sich bitte ein bisschen, ja? Ich will meinen Zug nicht verpassen.«

Pascal schaltete das Radio an. Nur für den Fall, dass die Frau ihm gleich wieder unterstellen würde, dass er die falsche Route fuhr. Die *Brandenburgischen Konzerte* liefen, und sofort besserte sich seine Laune. Bach war Balsam für die Seele und brachte ihn in Nullkommanichts runter. Wenn er Bach hörte, sahen die Bäume gleich grüner, die Menschen heiterer aus, als würde er die Welt durch den gelblichen Filter einer Sonnenbrille betrachten.

»Ach, Sie hören Bach?«, tönte es von der Rückbank.

»Sehr gerne sogar. Sie auch?«

Statt einer Antwort schmunzelte die alte Dame, und unzählige Fältchen verliehen ihrem maskenhaft eingepuderten Gesicht Lebendigkeit und Frische. Ihr Kopf wippte auf und ab, und die silbernen Locken federten mit.

Eine Weile glitt das Taxi ruhig dahin. Wind kam auf, und die Bäume, die die Straße des 17. Juni säumten, bogen sich, als würden sie tanzen. Vielleicht war es doch nicht das Schlechteste, mit der knöterigen Kundin durch das wolkenverhangene Berlin zu fahren und Bach zu hören. Es lenkte ihn davon ab, dass Karla ihn zurückgewiesen hatte. Keine Frage, ihr Verrat hatte ihm schwer zugesetzt. Weil es für ihn mehr als bloß ein Techtelmechtel gewesen war, aber für sie augenscheinlich nicht genug, um es auf einen Versuch ankommen zu lassen.

»Junger Mann!« Die knochige Hand der alten Dame

rotierte durch die Luft. »*Violinkonzert a-Moll!* Das war das letzte, das ich in Hamburg in der Laeiszhalle gespielt habe.«

»Sie waren Violinistin?«

»Ganz richtig. Stört es Sie …?« Sie zog den Reißverschluss ihrer Tasche auf und nahm einen Piccolo heraus.

Pascal schüttelte den Kopf. Solange die Fahrgäste nicht seine Sitze einsauten, war es ihm egal, was sie konsumierten.

»Ich war fast mein ganzes Leben Orchestermusikerin. Und auch heute unterrichte ich noch stundenweise.« Sie schraubte das Fläschchen auf und prostete ihm zu. »Wie alt schätzen Sie mich denn?«

»Ich weiß nicht …?«

»Nicht so schüchtern, Herr Taxifahrer.«

»Siebenundsiebzig«, sagte er aufs Geratewohl. Frauen liebten es, für jünger gehalten zu werden. Aber war das bei Damen jenseits der achtzig auch noch so?

»Siebenundsiebzig!« Die Frau verschluckte sich, so sehr musste sie lachen. »Machen Sie Witze? Das wäre ich gerne noch mal. Ich feiere nächste Woche meinen Siebenundneunzigsten.«

Pascal pfiff anerkennend durch die Zähne.

»Und verraten Sie mir auch das Geheimnis Ihres langen Lebens?«

»Liebe, sehr viel Liebe, jeden Tag einen Apfel und ein Schlückchen Sekt. Aber das Allerwichtigste … Tragen Sie keinen Groll im Herzen. Das macht nur alt und hässlich.« Sie lächelte, und für einen Augenblick blitzte der Charme eines Mädchens in ihrem Gesicht auf. »Man soll es auch Taxifahrern nicht krummnehmen, wenn sie einen absichtlich dreimal um den Pudding fahren.«

»Moment, ich bin aber nicht …«

»Ein Scherz, junger Mann. Sie dürfen nicht jedes Wort auf die Goldwaage legen.«

Sie erzählte noch mehr, von Nächten im Bombenkeller, von den entbehrungsreichen Zeiten nach dem Krieg, von ihren drei Ehen, und dann fuhr Pascal am Bahnhof Zoo vor.

Sie verabschiedeten sich herzlich voneinander, und er strich ein sattes Trinkgeld ein.

Im Geiste spulte er die Lebensweisheiten der betagten Dame ab, während er die letzten beiden Kunden für heute, ein dauerknutschendes Pärchen, nach Friedrichshain brachte. Sie hatte recht, man vermieste sich bloß das Leben, wenn man nicht verzeihen konnte. Trotzdem war das keine leichte Übung. Und bei den Menschen, die man am meisten liebte, fiel es besonders schwer. Vielleicht konnte Karla einfach nicht anders. Weil ihr ihre Erziehung, der Tod ihres Mannes, ihr nicht ganz leichtes Leben mit Erik – und letztlich auch sie sich selbst – im Weg stand.

Kurz darauf hatte er Feierabend, und er fuhr rüber nach Oberschöneweide, wo er mit Andreas in einer Pizzeria an der Spree verabredet war. Zum Glück schenkte das Lokal keinen Alkohol aus, sonst hätte er sich womöglich sinnlos betrunken. Über Gefühle zu reden war ihm schon immer schwergefallen, und die Tatsache, dass ihm sein bester Freund gegenübersaß, machte es nicht leichter.

»So ein Quatsch, du hast gar nichts bei ihr verbockt«, sagte Andreas und hielt ihm ein Stück seiner Büffelmozzarella-Pizza hin.

Er schnappte sich den Happen und kaute genießerisch. »Ich weiß nicht … vielleicht hätte ich es langsamer angehen sollen. Nicht gleich von null auf hundert. Manche Leute fühlen sich dadurch überrumpelt.«

Andreas lachte auf. »Weißt du, wie du redest? Wie ein Opa. ›Wäre ich nicht so mit dem Rollator durch die Gegend geheizt, hätte ich jetzt kein Herzstolpern.‹ Pascal, sie hat dich doch nach Cannes eingeladen. Du hättest dich nur nicht wie ein Schuljunge wegschicken lassen sollen!«

Pascal pflückte ein Stück Parmaschinken von seiner Pizza und schob es sich in den Mund. Er hatte sich nicht wegschicken lassen. Er war ihr zuvorgekommen, ehe sie ihn noch mit einem Ticket Cannes–Berlin hätte abspeisen können. Er erzählte Andreas von ihrem Vorschlag, ihn auf eine Matratze umzuquartieren.

»Eine Matratze, verstehst du? Ich hab mich gefühlt, als wäre ich sechzehn! Damals hatte ich eine Freundin aus einem streng katholischen Elternhaus in Freiburg. Da musste ich auch immer auf die Matratze, wenn ich zu Besuch war.« Sein Blick ging zur Spree, wo ein Pärchen eng umschlungen auf einer verwitterten Bank saß und sich küsste. »Das ist demütigend. Sie hat mich vor ihrem Architektenfreund wie ihren Lustknaben behandelt.«

Andreas' Mundwinkel hoben sich. »Darauf könntest du allerdings stolz sein. Ich wär auch gern mal ein Lustknabe.«

Pascal fand das nur mäßig witzig. Auch die Liaison mit Anna hatte immer diesen schalen Beigeschmack gehabt.

Sein Freund klopfte ihm amüsiert auf die Schulter. »Du siehst halt zu gut aus, Pascal. Pech gehabt.«

»Du meinst, so ein Quasimodo wie du hat es leichter?«

Sie lachten versöhnt, dann wollte Andreas wissen, ob er Karla seit seiner überstürzten Abreise kontaktiert hätte.

Pascal verneinte.

»Ihr habt euch nicht einmal geschrieben oder telefoniert?«

»Nein.«

»Ihr habt euch also gar nicht ausgesprochen?«

»Herrje, nein!« Er verschwieg Andreas, dass er am Abend zuvor versucht hatte, Karla anzurufen, sie aber nicht rangegangen war. Seitdem tendierte seine Lust, es noch einmal zu probieren, gen null.

»Tut mir leid, mein Freund, aber dann ist dir auch nicht mehr zu helfen.«

Nein, ihm war nicht mehr zu helfen. Und er wollte die Pizza essen, solange sie noch lauwarm war. »Wie geht's eigentlich Marc?«, fragte er und säbelte sich ein Stück heraus.

»So weit ganz gut.«

»Nur ganz gut?«

»Was willst du hören? Dass er voll in seinem Element ist? Ja, das ist er. Er meldet sich kaum noch bei uns.«

Seufzend entriegelte Andreas sein Smartphone und zeigte ihm Fotos von seinem Sohn. Die meisten kannte er bereits, Marc hatte sie ihm ebenfalls geschickt, doch seit er in Cannes war, hatte er zu seinem Beschämen nicht mehr auf die Nachrichten geantwortet. Aber er freute sich für ihn, sehr sogar. Der Junge versprühte auf den Bildern so viel Lebensfreude. Und die Aufnahme, die ihn mit konzentriertem Gesichtsausdruck beim Training an der Ballettstange zeigte, trieb Pascal die Tränen in die Augen.

»Wie geht's dir jetzt damit?« Er versuchte die Frage beiläufig klingen zu lassen.

Andreas schob die Pizzareste auf dem Teller zusammen. »Psychostunde, oder was?«

»Nenn es, wie du willst.«

»Es ist, wie es ist.« Er kaute angestrengt, und während er den Kopf in den Nacken legte und in den Abendhimmel schaute, sagte er: »Marc ist glücklich, also sind Christina und ich es auch.«

Es klang, als hätte sich Andreas die Worte immer wieder eingeredet, um sie eines Tages selbst glauben zu können.

»Wart's ab. Wenn du deinen Sohn erst auf der Bühne siehst, platzt du vor Stolz und Glück. Wetten?«

Andreas lehnte sich zu ihm rüber, und sein Grinsen hatte in der hereinbrechenden Dunkelheit etwas Diabolisches. »Könnte dir auch so gehen. Sofern du endlich über deinen Schatten springst und diese Frau anrufst.«

Was wusste Andreas schon? Er mit seiner harmonischen Dauerbeziehung. Die Liaison mit Karla hatte sich erledigt. Er liebte sie, und er verzieh ihr auch, aber er war kein Masochist, der sich ein weiteres Mal von ihr verletzen ließ.

19.

Es war Hochsommer, und die Touristen fielen wie ein Schwarm ausgehungerter Heuschrecken über die Côte d'Azur her. Sie bevölkerten die Restaurants und Cafés entlang der Croisette, lagen Liege an Liege, Handtuch an Handtuch an den Stränden, dösten auf ihren Jachten oder fuhren auf Motorbooten hinaus aufs Meer, wo ein kühlerer Wind wehte.

Erik störten die Temperaturen nicht. Auch wenn er den ganzen Tag auf der Baustelle arbeitete. Im Gegenteil, es war seine persönliche Therapie gegen Liebeskummer. Mit einem Sonnenhut von Lucien, Sonnencreme und einer griffbereiten Flasche Wasser ließ es sich selbst in der prallen Sonne aushalten. Er liebte es, wenn der Schweiß floss. Wenn er jeden Muskel spürte. Und seifte er sich am Ende des Tages den inzwischen tiefbraunen Körper unter der Dusche ein, war er mit sich im Reinen. Weil er mit seinen Händen etwas für die Ewigkeit erschaffen hatte.

Bis tief in die Nacht saß er mit der Familie auf Zeit im Palmengarten, aß die Köstlichkeiten, die Sarah gebrutzelt hatte, trank ein oder zwei Bier und sah zu, wie Lucien seine Mutter mit Blicken verschlang. Er beobachtete auch die undurchsichtige Miene seiner Mutter, und jedes Mal, wenn er zu Sarah rüberguckte, rollte diese verstohlen mit den Augen.

Coole Frau. Wie versprochen, hatte sie dichtgehalten

und seiner Mutter nichts von der Beinaheabreise und von Nathalie gesagt. Das Mädchen war nach wie vor sein wunder Punkt. Er hielt sich an einem Traumort auf, das Meer lag vor der Haustür, aber er wagte sich kaum noch hinaus. Ständig war da die Angst, er könne ihr zufällig über den Weg laufen und wie ein Idiot vor ihr stehen, ihren verächtlichen Blicken ausgesetzt.

»Ich glaub, du musst da mal was klären«, sagte Sarah, als sie eines Abends die Spülmaschine einräumten.

Lucien und seine Mutter saßen draußen über Baupläne gebeugt da und besprachen den Ausbau der Gästezimmer. Ständig tauchten neue Probleme auf, ständig mussten neue Entscheidungen getroffen werden.

»Nicht dass du mich falsch verstehst, Erik«, fuhr sie fort. »Ich will dich zu nichts drängen, das steht mir weiß Gott nicht zu. Du solltest es nur für dich selbst tun.«

Ein Teller mit Miesmuschelschalen glitt Erik aus der Hand und zersprang auf den Fliesen.

Sarah bückte sich, um das Malheur zu beseitigen. »Bist du so lieb und reichst mir mal den Lappen?«

Aber Erik hatte sich schon die Küchenrolle geschnappt und kehrte das Gröbste mit dem Papier zusammen.

»Sie wird mich zum Teufel jagen.«

»Ja, vielleicht. Aber dann weißt du wenigstens, dass sie eine dumme Nuss ist. Und dass es sich nicht lohnt, ihr auch nur eine Träne nachzuweinen.«

Eine Nacht und einen halben Tag lang ließ er Sarahs Worte auf sich wirken, dann meldete er sich für den Nachmittag bei Pépin ab. Der war ihm sowieso noch etwas schuldig, nachdem er ihn so übel reingelegt hatte. Okay, er hatte ihn nicht direkt reinlegt, ihn aber auch nicht auf das mögliche Missverständnis hingewiesen. Es tat ihm im Nachhinein schrecklich leid, er hatte es nicht böse gemeint, und hätte er geahnt, was für Konsequenzen das für Erik haben könnte, hätte er niemals… und so weiter und so fort.

Und so weiter und so fort bestand darin, dass er Erik, kaum dass er mit einem flauen Gefühl im Magen auf die Straße getreten war, hinterherlief und ihm ein kleines Samtkästchen in die Hand drückte.

»Das gibst du ihr«, sagte er. »Und dann sagst du ihr, dass nicht du der Idiot bist, sondern ich.«

»Woher weißt du, dass ich zu ihr will?«

Pépin boxte ihn auf den Oberarm. Dabei grinste er, wobei sein schiefer Schneidezahn hervorschaute. »Menschenkenntnis, mein Junge. Ich bin doch schon ein paar Tage älter als du.«

Erik starrte auf das Kästchen, das in seinen Händen zitterte. Der grüne Samt war an den Kanten weggescheuert, der Schnappverschluss rostig.

»Mach mal auf«, verlangte Pépin.

Er lüpfte den Deckel, und zwei silberne Seestern-Ohrstecker kamen zum Vorschein.

»Gefallen sie dir?«

»Keine Ahnung, äh, ja.«

»Die sind von meiner Großtante Mathilde. Ihr Mann ist zur See gefahren und hat meiner Tante die Ohrstecker aus Puerto Rico mitgebracht. Tante Mathilde hat sie meiner Mutter vererbt, und als die verstorben ist, habe ich sie bekommen.«

»Dann sollst du sie auch behalten.«

Pépin schüttelte den Kopf, und eine graue Locke fiel ihm in die Stirn. »Ich habe immer auf den richtigen Moment gewartet, um sie weiterzuverschenken.« Ein schiefes Lächeln erschien auf seinem Gesicht.»Und der ist jetzt gekommen.«

»Danke, Pépin.« Erik ließ die Schachtel in seine Hosentasche gleiten.

Er hatte nicht vor, Nathalie Pépins Erbstück zu geben. Niemals! Wer war er denn, dass er fremden Schmuck verschenken musste, um eine Frau für sich zu gewinnen? Aber vielleicht waren die Ohrstecker eine Art Glücksbringer.

»Grüß sie von mir, mein Junge!«

»Ja. Alles klar.«

Erik drehte sich nicht mehr nach ihm um; er hatte es plötzlich eilig. Hoffentlich war Nathalie im Laden, jetzt, in diesem Augenblick. Er wollte die Sache einfach nur hinter sich bringen. In wenigen Sätzen überquerte er die Straße, er sah das weiße Schild der Patisserie schon von Weitem und fing an zu rennen. Keine fünfzehn Sekunden später zog er die Tür auf, die Ladenglocke bimmelte vertraut, er sah ihren wippenden Dutt, und bevor er es sich doch noch anders überlegen konnte, zwängte er sich an den Wartenden vorbei und stieß ein heiseres »Bonjour!« aus.

Nathalie blickte auf, ihre Augenbrauen hoben sich fragend, da blaffte ihn eine Frau mit kurzen grauen Haaren an. Erik stellte die Ohren auf Durchzug. Er musste sich darauf konzentrieren, dass er den Text, den er sich auf Französisch zurechtgelegt und auswendig gelernt hatte, nicht vergaß.

»Nathalie«, sagte er und umfasste den Glücksbringer in seiner Hosentasche. »Ich bin gekommen, weil... weil ich dir etwas sagen möchte.«

»Aha, der junge Mann hat es so eilig, dass er nicht bis zum Feierabend warten kann?« Nathalies Kollegin, die Rothaarige mit dem herben Zug um den Mund, starrte ihn über die Küchenvitrine hinweg an.

Die Frau, die ihn eben noch beschimpft hatte, hob beschwichtigend die Hand, und schlagartig war es mucksmäuschenstill im Laden. Alle Blicke ruhten auf ihm. Als hätte sich der Theatervorhang gehoben, und als wäre der Spot plötzlich auf ihn gerichtet.

»Oui?« Nathalie sah ihn frostig an. Kein Wimpernschlag, nicht mal die Andeutung eines Lächelns zeigte sich auf ihrem Gesicht.

»Tut mir leid, dass ich einfach so reingeplatzt bin«, fuhr er auf Französisch fort, »aber ich möchte mal was klarstellen.« Bingo, das war ihm schon ganz flüssig über die Lippen gekommen. Das stundenlange Gequatsche mit Pépin zahlte sich aus.

»Die Sache ist mir ganz schön peinlich, das musst du mir glauben.«

Nathalie lächelte spöttisch. »Und weiter?«

Von hinten schob sich der muskelbepackte Bäcker mit dem dicken Bauch in den Verkaufsraum und verschränkte die Arme vor der Brust. Jederzeit zur Verteidigung seiner schönen Kollegin bereit.

»Das alles ist nur ein Missverständnis«, sprach er weiter. »Schuld daran ist mein schlechtes Französisch.«

»Was, alles?« Nathalies Augenbrauen rückten näher zusammen.

Eriks Herz schlug so heftig, dass er glaubte, keine Luft mehr zu kriegen, dann brach es aus ihm hervor: »Erinnerst du dich an den Tag, an dem ich in der Bäckerei achtzehn Stücke Kuchen gekauft habe und nicht genug Geld dabeihatte?«

»Das passiert hier laufend!« Der Bäcker lachte jovial.

»Ich habe mich damals, und das ist jetzt kein Scherz, in dich verliebt.«

Es strengte ihn ungeheuer an, ihrem Blick standzuhalten, doch einen Mikromoment lang sah es aus, als würde sie lächeln. Vielleicht hatte es aber auch nur um ihre Mundwinkel gezuckt.

»Wie romantisch!«, hörte er eine Frau in seinem Rücken seufzen. »Er hat sich beim Kuchenkaufen in sie verliebt.«

Und eine andere, die nach einer Tüte Kekse im Regal griff, schaute zu ihm rüber und reckte den Daumen in die Luft.

»Es war vielleicht naiv«, fuhr er fort, »ich kenne dich ja überhaupt nicht, aber so war's nun mal. Und es ist auch keine Masche von mir. So was wie mit dir ist mir noch nie passiert.«

Stille im Laden. Es war, als hätte jemand die Zeit angehalten und die Leute um ihn herum wären in einen Tiefschlaf verfallen. Nur ihn hatte man vergessen. Und während er dastand und sein Blick zwischen dem Mädchen und den köstlichen Kuchenstücken in der Vitrine hin- und herswitchte, brach ihm der Schweiß aus sämtlichen Poren.

Sag was, Nathalie, flehte er sie im Stillen an, irgendetwas!, doch sie blieb stumm.

Eine Wespe surrte heran, verirrte sich in der Deckenlampe und fand schließlich den Weg in die Kuchenvitrine, wo sich schon Dutzende über die süßen Backwaren hermachten.

»Was für ein famoser junger Mann!« Die Frau mit der Kekstüte stellte sich auf die Zehenspitzen und reckte den Hals. »Also, wenn ich noch mal jung wäre … ich würde ja nicht eine Sekunde zögern.«

Die Kundin, die neben ihr stand, nickte ihr zustimmend

zu, applaudierte verhalten, und nach und nach fielen alle im Laden in den Beifall mit ein. Nur Nathalie starrte ihn weiterhin wie versteinert an.

Der Bäcker löste sich aus seiner Erstarrung, strich sich über den Kugelbauch und flüsterte ihr etwas ins Ohr.

»Mais non!«, entgegnete sie.

»Mais oui!«

Ein erregter Wortwechsel entspann sich, dann band sich Nathalie die Schürze ab, wies mit dem Kinn Richtung Tür und verschwand im hinteren Teil des Ladens. Hatte er sie richtig verstanden und sie wollte ihn gleich draußen auf der Straße treffen?

»Bonne chance!«, sagte die Grauhaarige.

»Merci«, erwiderte er und taumelte aus der Patisserie. Die Nachmittagshitze stand wie eine Wand vor ihm, und erschöpft lehnte er sich gegen einen Fahrradständer. Sein Mund fühlte sich ausgedörrt an, der Kreislauf war kurz vorm Versagen. Mit einem knappen Schulterblick stellte er fest, dass sich die Kundinnen und der Bäcker in einer Reihe am Fenster aufgestellt hatten, als wollten sie den letzten, alles entscheidenden Akt der Vorstellung keinesfalls versäumen. Das könnte euch so passen, dachte Erik und wartete ein Haus weiter unter der gestreiften Markise eines Elektrogeschäfts. Er kickte ein paar Steinchen weg und scannte immer wieder die Straße. Warten war eine Kunst, die er nicht beherrschte. Schon als Kind war es ihm schwergefallen, die Tüte Gummibärchen nicht gleich im Laden aufzureißen.

Nathalie kam nicht. Nicht nach fünf Minuten, nicht nach zehn und auch nicht nach fünfzehn. Entweder hatte sie ihre Meinung geändert oder sie wollte ihn absichtlich schmoren lassen.

Das Publikum in der Bäckerei hatte längst die Logenplätze geräumt, als Nathalie, die Hände wie eine Klosterschülerin vorm Bauch gefaltet, um die Ecke bog.

»Salut«, sagte Erik, als hätten sie sich heute noch nicht gesehen.

»War das eben dein Ernst?«, entgegnete sie.

Erik nickte. »Und es tut mir wirklich leid wegen dieses bescheuerten Ausdrucks«, fuhr er auf Englisch fort. Er beteuerte, dass er es nicht so gemeint hatte. Und dass Pépin, also der Bauarbeiter in seinem Haus, mit dem er den Brief vorher durchgegangen war, ihn schlecht beraten hatte.

»Okay«, sagte Nathalie. Ein Grinsen überzog ihr Gesicht wie Zuckerguss einen Donut, und sie versetzte ihm einen Boxhieb auf die Schulter.

»Okay?«

»Ja, okay!« Sie erzählte, dass sie den Brief dem Bäckermeister gezeigt und der gleich vermutet hatte, dass er sicher etwas anderes hatte schreiben wollen. Und dass das kleine Malheur nur passiert war, weil er kein Muttersprachler sei.

Der dicke Muskelprotz, alles klar. Erik schämte sich, dass er keine gute Meinung von ihm gehabt hatte.

»Pépin hat es im Nachhinein auch total leidgetan.« Automatisch waren sie losgelaufen, die Straße runter Richtung Altstadt. »Es war keine böse Absicht. Er hat einfach nicht richtig nachgedacht.« Erik kramte in seiner Hosentasche und hielt Nathalie die Schmuckschatulle hin. Die Idee war ihm ganz spontan gekommen. »Das soll ich dir von ihm geben.«

»Was ist das?«

»Mach's auf.«

Sie öffnete den Deckel, starrte ihn perplex an, dann stieß sie einen Juchzer aus. Solche Ohrstecker habe sie schon ewig gesucht, und wo dieser Pépin die bloß herhabe, und ob sie die wirklich annehmen dürfe.

»Darfst du.«

Sie sah ihn zögerlich an, und in der Spätnachmittagssonne leuchteten ihre Augen bernsteinfarben.

»Du musst sogar. Und du brauchst dich deswegen auch zu nichts verpflichtet zu fühlen. Also, was mich betrifft, meine ich.«

»Danke.« Sie ließ die Schachtel in die Hosentasche gleiten. »Und sag Pépin bitte, dass ich mich riesig gefreut habe und die Stecker ganz bestimmt in Ehren halten werde.«

Hammerfrau, ging es Erik durch den Kopf. Er konnte kaum glauben, dass er an ihrer Seite durch Cannes spazierte.

»Wo gehen wir eigentlich hin?«, fragte sie.

»Ich weiß nicht? Musst du denn nicht mehr arbeiten?«

»Jérôme hat mir freigegeben. Weißt du, was er gesagt hat?«

Erik schüttelte den Kopf.

»Dass ich mir einen Typen, der mir vor so vielen Leuten eine Liebeserklärung macht, nicht durch die Lappen gehen lassen soll.«

»Und du tust alles, was Jérôme sagt?«

Sie lachte. Zum ersten Mal sah er sie aus vollem Halse lachen und verliebte sich noch ein Stückchen mehr in sie. Falls das überhaupt möglich war. Dann zogen sie los Richtung Croisette, er mit einem Dauergrinsen im Gesicht, weil er den Jackpot geknackt hatte.

20.

Lucien trug Karla auf Händen.

Er war ihr Chauffeur, Reiseführer und ihre Strand-Beglei-
tung, Eincreme- und Eishol-Service inklusive. Er war ihr
Sommelier, Kaffeekocher und Perrier-Menthe-Mixer. Ihr Zu-
hörer, Seelentröster und Entertainer. Kurzum, der Mann für
jede Lebenslage.

Hin und wieder war Sarah mit von der Partie, was der
Harmonie zwischen ihnen keinen Abbruch tat. Nach einer
ersten Phase, in der sie ihren Trennungsschmerz gekonnt vor
ihnen versteckt hatte, war sie wie verwandelt. Diese eigentlich so exzentrische Frau war nun ruhiger, in sich gekehrt,
mit einem Hang zur Melancholie. Karla meinte, der Befrei-
ungsschlag sei längst überfällig gewesen. Ihre Freundin brauche nur ein wenig Zeit für sich, um wieder zu ihrer alten
Form zurückzufinden.

Die Tage flossen ruhig dahin. Die noch angenehm kühlen Morgenstunden nutzte Lucien, um auf der Baustelle nach
dem Rechten zu sehen. Die Arbeiter legten früh um sieben
los, lange ausschlafen war ohnehin nicht seine Sache. Karla
und Sarah waren meistens auch schon zeitig auf den Beinen.
Oft zogen sie ohne Frühstück mit ihren Badetaschen los, um
den leeren Strand entlangzuspazieren und anschließend ein
paar Bahnen im Meer zu schwimmen. Gegen neun kamen

sie zurück, die Haare nass und eine Tunika über die sonnengebräunten Körper geworfen, und brachten frisches Baguette
und Croissants mit.

Während die Frauen das Meerwasser abduschten, deckte
Lucien den Tisch im Garten, briet Eier, pflückte ein paar
wilde Pfirsiche und Feigen und stellte alles, was der Kühlschrank hergab, auf den Gartentisch. In Kürze war das
gemeinsame Frühstück zu einer Art Ritual geworden. Selbst
Erik ließ dafür manchmal die Arbeit ruhen und kam auf
einen Sprung vorbei. Seit er eine Freundin hatte, die Kleine
aus der Patisserie von schräg gegenüber, war er wie verwandelt. Rund um die Uhr versprühte er gute Laune, er packte
freiwillig im Haushalt mit an und schob auf dem Bau Überstunden. Karla reagierte verhalten auf die Liaison ihres
Sohns, und Lucien fragte sich, was sie gegen dieses entzü-
ckende und zugleich bodenständige Mädchen hatte.

»Gönnst du Erik etwa nicht, dass er verliebt ist?«, sprach
er sie an einem Samstagnachmittag darauf an. Er hatte eine
kleine Jacht gechartert und Karla zu einem Ausflug aufs Meer
mitgenommen. Baden, sich in der Sonne aalen, ein Gläschen
Champagner trinken, es sich gut gehen lassen. Erik und
Sarah hatte er ebenfalls eingeladen, aber der Junge war mit
seiner Freundin verabredet, und Sarah hatte eine Shopping-
tour durch Nizza vorgezogen.

»Doch, natürlich.« Karla, die sich auf der Liegefläche ausgestreckt hatte, blinzelte schläfrig unter ihrem Sonnenhut
hervor. Die Sonnenbrille lag auf ihrem wohlgeformten Bauch.

Lucien schaltete den Motor ab, dann zog er sich das
T-Shirt aus und legte sich, den Kopf im Schutz des Sonnen-
segels, neben sie.

»Wirklich?«

Karla drehte sich zu ihm um, und zum ersten Mal fielen ihm die vielen Sommersprossen auf ihrer Nase auf, die sie erst hier unter der südländischen Sonne bekommen hatte.

»Ja, sicher. Ich mag das Mädchen. Ich will nur nicht, dass Erik sich zu sehr reinhängt und am Ende leidet. Wie meistens.«

Sie erzählte, dass ihr Sohn noch nie eine längere Beziehung hatte und sie sich so sehr wünschte, dass mal eine bei ihm bliebe.

»Was machst du dir solche Gedanken? Die beiden wirken so verliebt.«

»Kann sein. Aber wenn Erik eine Ausbildung in Berlin anfängt..., da erzähl du mir mal, wie das halten soll.«

Lucien musterte Karla im Profil. Den blonden Flaum auf ihrer sonnengebräunten Haut. Den Aufwärtsschwung ihrer Augenbrauen. Ihre Lippen, die so weich aussahen, dass er sich am liebsten über sie gebeugt und sie geküsst hätte.

»Und wenn ihr beide ganz hierherzieht?«, fragte er. »Erik kann auch in Cannes eine Ausbildung machen oder studieren. Mittlerweile ist er doch ganz fit im Französischen. Und du...« Er stockte, weil zwei steile Falten zwischen Karlas Brauen aufgetaucht waren.

»Ich?«, sagte sie.

Sie schirmte die Augen gegen die Sonne ab, kam dann aber auf die Idee, nach ihrer Brille zu fischen und sie aufzusetzen.

»Was machen eigentlich deine Rückenschmerzen?«

»Mal so, mal so.«

»Heißt im Klartext?«

Karla stieß einen missbilligenden Laut aus. »Ich weiß, was du hören willst. Wenn ich nicht im Büro sitzen muss, geht's mir besser.«

»Und ist es so?«

»Ja, schon.«

»Siehst du.« Lucien stupste sie am Ellenbogen an. »Im Ernst, Karla. Wenn die Vermietung der Zimmer erst mal anläuft, kannst du deinen Job in Berlin an den Nagel hängen.«

»Und was soll ich hier machen?«

»Alles, was du möchtest. Und nichts, worauf du keine Lust hast.«

Karla winkte ab. »Erik und ich in einem Fünfzig-Quadratmeter-Apartment, das gibt Mord und Totschlag.«

»Wir könnten ihm ein Zimmer unterm Dach herrichten, kein Problem. Über kurz oder lang möchte ich das Dachgeschoss sowieso ausbauen lassen. Die Leitungen werden nächste Woche verlegt.« Ihm wurde zu heiß, und er rückte etwas mehr in den Schatten. »Und wenn er nicht bei seiner Mutter leben will, was ich gut verstehen könnte, mieten wir ihm irgendwo in der Stadt ein Zimmer.«

Karla drehte sich auf den Bauch und vergrub den Kopf zwischen den Armen. »Für dich ist immer alles ganz leicht.«

»Man entscheidet selbst, ob man das Leben leichtnimmt oder nicht.«

Schweigen trat ein. Dem sanften Schaukeln der Jacht nachspürend, beobachtete Lucien, wie die Sonne hinter einer Wolkenformation verschwand und die Ränder erleuchtete, als würden sie brennen.

Plötzlich stützte sich Karla mit den Ellenbogen auf und strich sich benommen über die Stirn. »Hast du vielleicht was Prickelndes für mich?«

»Wasser? Champagner?«

»Sekt, Champagner, was du dahast.«

Lucien verschwand im Bauch des Bootes, holte die eisgekühlte Flasche aus der Kühlbox, zwei Gläser und etwas zu knabbern.

»Was ist los?«, fragte er. »Du trinkst doch sonst nicht am helllichten Tag.«

Karla hatte sich Socken angezogen und ein Ringelshirt übergestreift. Dann schlang sie die Arme um ihre angezogenen Knie, als würde sie frösteln. »Ich möchte, dass wir an jemanden denken und auf ihn anstoßen.«

Natürlich war ihm klar, wen Karla mit diesem Jemand meinte, und da Lucien auch nach Jahren beinahe täglich an Fritz dachte, tat er ihr gerne den Gefallen.

Er ließ den Korken knallen. Beim Einschenken schäumten die Gläser über, und Karla musste kichern. Vielleicht war es ein glückliches Lachen, vielleicht ein verzweifeltes, das nur zu vertuschen versuchte, wie es tatsächlich in ihr aussah. Auf Fritz anstoßen – tief im Innern konnte es ihr nicht gut gehen.

Ihre Gläser klirrten aneinander, und Karla murmelte: »Auf dich, mein Schatz.«

Dabei glitt ihr Blick hinauf zu den Wolken, die sich mehr und mehr verdichtet hatten und nur ein zerfranstes tiefblaues Loch freiließen. Als würde Fritz irgendwo dort oben, wo der Himmel blau und unversehrt war, wohnen und ihnen zuwinken.

»Auf dich, Fritz«, murmelte Lucien und war in diesem Moment ganz Kind, das alles glaubte, was die Erwachsenen ihm weismachen wollten.

»Meinst du, er hat gelitten?«, fragte Karla ein Champagnerglas später. Eine Frage, die er sich selbst so oft gestellt hatte.

»Nein«, antwortete er. Und noch einmal: »Nein!«

Es sollte ein Trost sein, doch Karla nahm die Sonnenbrille ab und wischte sich eine Träne aus dem Augenwinkel.

»Ich weiß«, sagte Lucien und legte den Arm um sie. »Es wird immer wehtun. Das hat die Natur so eingerichtet.«

»Warum?«

»Damit wir nicht vergessen?«

Eine Weile saßen sie still da. Das Meer sah aus wie aus Blei gegossen, ab und zu hörte man eine Möwe kreischen. Alles schien so friedlich, und Lucien genoss diesen intimen Moment mit Karla. Es war, als gäbe es nur sie beide, sie beide und Fritz, denn der war ja ohnehin immer in ihren Köpfen.

Lucien wusste nicht, wie viel Zeit vergangen war, ein paar Sekunden, ein paar Minuten, womöglich eine halbe Stunde, da begannen Karlas Schultern zu beben. Zunächst nur ganz leicht, kaum spürbar, dann heftiger, bis sie sich aus seinem Arm befreite und schluchzend auf der Sitzbank zusammen-sackte.

»Karla«, sagte er und strich ihr über den Rücken. Was sollte er auch sagen, was er ihr nicht schon hundertmal gesagt hatte? Dass Fritz es dort, wo er war, ganz bestimmt gut hatte. Dass sie ihr Leben bestmöglich weiterleben sollte. Und dass er für sie da war, wann immer sie ihn brauchte. Aber er ließ sie weinen. Weil seine Phrasen auch nichts besser machten.

Seine rechte Hand lag auf ihrer Schulter, in der linken Hand hielt er das Champagnerglas, da drehte sie sich in Zeitlupe auf den Rücken, hob den Kopf und zog ihn zu sich heran. Einen Moment glaubte Lucien, das sei nicht real, das konnte nicht real sein, doch dann spürte er ihre salzigen Lippen auf seinen und die warme Zunge, die seine berührte.

* * *

Ein Teil von ihr war dabei, als es geschah, auf dieser Jacht im Meer, über ihnen nur der stahlblaue Himmel. Ein anderer befand sich in einem Zwischenuniversum, wo Pascal mit ihr Tango tanzte, geschmeidig, voller Hingabe und Energie. Vielleicht war es an der Zeit, dass es endlich passierte. Diese eine Sache, die schon viel früher hätte geschehen sollen, wäre es nach Lucien gegangen. So oft hatte er mit den Augen gefragt, doch immer hatte sie so getan, als würde sie es nicht bemerken.

Dann, nach zwei Gläsern Champagner, war es zu diesem Kuss gekommen. Karla hätte im Nachhinein nicht mal zu sagen gewusst, wer die treibende Kraft gewesen war. Sie oder er oder hatten sich ihre Münder gleichzeitig aufeinander zubewegt? Ein winziger Trostkuss, doch dann hatte sich das Mosaik Steinchen für Steinchen zusammengesetzt. Lucien war ihr so nah gewesen. Als hätte sie ein Stück von Fritz zurückbekommen, vielleicht hatte sie es aber auch nur gemacht, um Pascal wie einen Mantel abzustreifen. Zweimal hatte er ihr geschrieben, belanglose Nachrichten, die sie gleich wieder gelöscht hatte. Das Leben, das sie mit Lucien, Sarah und Erik führte, war ein gutes Leben. Vielleicht ein ausbaufähiges, dachte sie, während sie mit Lucien schlief und der Himmel sich glutrot verfärbte.

Lange danach lagen sie aneinandergeschmiegt da, und weil Karla sich plötzlich ihrer Nacktheit schämte, bedeckte sie sich mit ihrem Shirt.

Lucien drehte sich auf die Seite, stützte den Kopf in die Hand und lächelte sie an.

»Was ist?«

»Nichts. Es war nur … sehr schön.«

»Ja, das war es.«

Nackt sah Lucien so anders aus, um den Bauch fülliger, als sie ihn sich vorgestellt hatte, und doch war ihr sein Anblick nicht unangenehm. Ja, es war schön gewesen. Schön im Sinne von sexuell erfüllend, doch anders als bei Pascal wurde ihr Gehirn nicht von Glückshormonen geflutet. Es war ein vertrautes erstes Mal mit Lucien gewesen, fast, als würde man nach einer langen Reise nach Hause kommen.

»Danke, Karla«, sagte er und zog sich, halb liegend, seine Shorts an.

»Wofür?«

Er taxierte sie aus schläfrigen Augen. »Dafür, dass es dich gibt.«

Verunsichert, vielleicht auch eine Spur überfordert lachte Karla auf. Lucien hatte ihr ein Kompliment gemacht, ein sehr großes Kompliment, doch kaum hatte er es ausgesprochen, lastete es schwer auf ihr. Was, wenn sie morgen aufwachte und feststellen musste, dass es ein Irrtum war? Dass sie es weder hätte forcieren noch sich darauf einlassen dürfen? Weil Sex mit Lucien weder wettmachte, dass sie Fritz verloren hatte, noch sie die Sache mit Pascal vergessen ließ. Es war in einem schwachen Moment passiert. Nicht mit irgendwem, sondern mit Lucien. Diesem intelligenten, warmherzigen und humorvollen Mann, der ihr so vertraut war und bei dem sie sich geborgen fühlte. Aber war das auch Liebe?

Er schmiegte sich an sie. »Wir sollten langsam aufbrechen. Es wird bald dunkel.«

Karla wollte aufspringen, doch Lucien hielt sie zurück. »Karla?«

»Ja?«

»Wirklich alles okay?«

»Sicher, warum nicht?«

»Ich dachte nur …«

»Hör zu, Lucien. Ich bin erwachsen. Ich kann tun und lassen, was ich will. Fritz … den gibt es nur noch hier.« Sie tippte sich an die Brust. »Und Pascal ist weg.«

Ihr Ton war augenscheinlich etwas zu harsch gewesen, denn Lucien wandte sich irritiert ab, dann kleidete er sich wortlos an.

Die Rückfahrt verlief ebenso schweigsam, und Karla fragte sich, was in ihm vorgehen mochte. Ob er glaubte, sie habe nur mit ihm geschlafen, um mit jemandem Sex zu haben? Das wäre ein fatales Missverständnis.

Erst zu Hause – Sarah hatte eine Pissaladière, einen südfranzösischen Zwiebelfladen mit Sardellen und schwarzen Oliven, gebacken – taute Lucien langsam wieder auf. Er erzählte Sarah und Erik von dem atemberaubenden Blick auf die Küste, von den Farbspielen auf der Meeresoberfläche und von den vielen Seevögeln, die sie beobachtet hätten.

»Nächstes Mal müsst ihr unbedingt mitkommen«, sagte er und nickte Sarah und Erik eifrig zu.

»So, müssen wir«, gab Sarah süffisant lächelnd zurück. Natürlich roch sie den Braten. Man sah ihnen das auf dem Boot Geschehene wohl an, Karla hatte nicht mal einen Ton sagen müssen.

Lucien lachte auf. »Hier wird niemand gezwungen. Aber ihr würdet wirklich etwas verpassen. Nicht wahr, Karla?« Er sah zu Karla rüber und signalisierte ihr mit einem einzigen Wimpernschlag, wie sehr er sie begehrte.

* * *

Mitten in der Nacht schreckte Karla hoch. Im ersten Moment glaubte sie, in ihrem Bett in Berlin zu liegen, und war irritiert, dass das Fenster auf der falschen Seite lag, erst dann fiel ihr ein, wo sie sich befand. Côte d'Azur, Bootsfahrt, Lucien, Sex auf der Jacht, Sex im Apartment … Einen Sekundenbruchteil darauf trat exakt das ein, was sie befürchtet hatte. Mit derselben Gewissheit, mit der sie mitten im Meer und unter freiem Himmel gefühlt hatte, dass Luciens und ihr Moment gekommen war und dass sie ihn nicht verstreichen lassen sollte, wusste sie jetzt, dass es ein Fehler gewesen war.

Traumfetzen drangen in ihr Bewusstsein. Sie und Pascal in einem schummerigen Tanzsaal. Ein Mischmasch unterschiedlichster Musikrichtungen schallte aus übergroßen Boxen, und auch wenn es schwierig war, die Melodien einem Tanzstil zuzuordnen, hatten sie sich harmonisch dazu bewegt. Es war eine eigene Choreografie aus Salsa, Rumba, Tango und wohl noch viel mehr gewesen, Karla erinnerte sich nicht genau. Von den Klängen getragen, waren sie dahingeflogen, hatten die Füße kaum auf dem Parkett gespürt.

Karla schaute links neben sich, wo Lucien schlief. Er schnarchte nicht, ein Segen. Und doch dachte sie wehmütig an Pascal, der mal leiser, mal geräuschvoller geatmet und sie so manche Stunde um den Schlaf gebracht hatte. Aber es hatte ihr nichts ausgemacht. Nicht eine Sekunde, in der sie zusammen gewesen waren.

Jetzt lag dieser andere Mann neben ihr, der ihr so vertraut war, als wären sie seit Jahrzehnten verheiratet. Aber es war nicht richtig, dass er neben ihr lag. Sie spürte es, ohne es zu begreifen. Wie einfach doch alles sein könnte, würde sie sich an ihn schmiegen, seine Hand nehmen und einschlafen. Endlich die Vergangenheit hinter sich lassen. Endlich in einem neuen Lebensabschnitt ankommen. Dafür war Lucien perfekt. Er kannte sie so gut wie sonst niemand in ihrem

Umfeld, er hatte Verständnis, dass Fritz immer ein Teil von ihr sein würde, und er würde sie verwöhnen, ein Leben lang.

Es war spät geworden am Abend. Nach der Pissaladière hatten sie Camembert und saftige Pfirsiche aus dem Garten verspeist, einen Espresso getrunken und eine zweite Flasche Wein aufgemacht.

Erik war gleich nach dem Essen zu seiner Freundin abgezischt, Sarah wollte im Schlafzimmer lesen, und plötzlich stand diese eine Frage im Raum: zu mir, zu dir oder geht jeder in sein eigenes Bett? Karla hatte gezögert, der Tag war lang gewesen, aber Lucien hatte sie an die Hand genommen und mit sanftem Druck ins Apartment geführt. Sie kam nicht mal dazu, ihre Zahnbürste und ihr Schlafshirt zu holen, denn als hätte Lucien die bevorstehende Nacht wie ein Gebäude minutiös durchgeplant, hatte er bereits alles, was sie benötigte, parat. Wie jedes normale Paar hatten sie sich bettfertig gemacht, die Schlafsachen angezogen und erst als Karla sich auf dem Bett ausstrecken wollte, hatte Lucien sie mit einem Schwung auf sich gezogen und umschlungen. Eine Weile lagen sie still aufeinander, und Lucien flüsterte ihr Dinge ins Ohr, die Karla nun, da sie ihr wieder einfielen, ängstigten. Dass dies sein Glückstag sei. Weil er sie liebe und hoffe, dass Fritz ihm, wo auch immer er jetzt sein mochte, verzeihen würde.

Liebe ... Karla tat sich so schwer mit dem Wort. In der Vergangenheit hatte es nur einen Mann gegeben, dem sie »Ich liebe dich« gesagt hatte, und zwar ihren Mann. Liebe entstand nicht an einem Nachmittag auf dem Meer, Liebe war wie eine Pflanze. Erst gab es nur das Samenkorn, dann kamen zarte Triebe, und es dauerte eine ganze Weile, bis die Pflanze üppiger wuchs und eines Tages blühte.

»Chérie«, drang seine Stimme aus der Dunkelheit, und Karla erschrak. Einen Pulsschlag darauf schob Lucien seine warme Hand unter ihre Decke und legte sie schwer auf ihren Bauch. »Du schläfst nicht?«

»Ich kann oft nicht schlafen.«

»Aber du hast leise geseufzt.«

»Nein, habe ich nicht«, widersprach sie.

Seine Hand wanderte zu ihrem Arm und blieb dort liegen. »Schlaf jetzt, Liebes. Morgen sehen wir weiter.«

Er drehte sich um und war im nächsten Augenblick wieder eingeschlafen.

Karla schloss die Augen, atmete tief in den Bauch, aber ihr Gedankenstrom wollte nicht zum Stillstand kommen. Was hatte Lucien damit gemeint? Sie hatte ja wohl kaum laut gedacht und ihn an dem, was in ihr vorging, teilhaben lassen. Ihr fiel ein, dass es Probleme beim Ausbau des Badezimmers gab – die falschen Fliesen waren geliefert worden –, und beruhigt, dass es ihm womöglich gar nicht um ihr Verhältnis gegangen war, driftete sie endlich in den Schlaf. Es würde sich schon alles fügen, irgendwie.

21.

Der Dreck in den Straßen Berlins widerte Pascal an. Alles widerte ihn an. Wenn die Sonne schien und ihn zu früh weckte. Wenn der Sommerwind beim Gang zum Bäcker über seine nackten Unterarme strich. Wenn er aneinandergeschmiegte Pärchen auf der Straße sah. Vor allem dann, und jedes Mal versetzte es ihm einen Stich. Das waren vom Leben reich beschenkte Menschen. Weil sie etwas hatten, was er mit Karla hätte haben können. Sofern sie alle Zweifel, Zwänge und Denkmuster über Bord geworfen und Ja zu ihm gesagt hätte. Ohne Wenn und Aber. Hatte sie aber nicht. Sie hatte sich gegen ihn entschieden, das nagte an ihm, das kratzte an der Oberfläche seines Egos.

Allein die Aussicht auf einen Auftrag der Eintänzer-Agentur brachte Abwechslung in seinen faden Alltag. Der jährliche Swingball im Adlon stand an. Er war kein geübter Swingtänzer, doch die Damen genossen es, wenn er ihre Grundkenntnisse auffrischte oder mit Neulingen den Grundschritt einübte. Eins, zwei, drei und vier, drei und vier und Left Side Pass, drei und vier, drei und vier. Es war eine Freude, in ihre beseelten Gesichter zu sehen, und für wenige Minuten versetzte es auch ihn in Hochstimmung. Obwohl keine Frau wie Karla war, als sie sich das erste Mal begegnet waren. Geschmacklos gekleidet und in ihrer zurückhaltenden Art so ungeheuer attraktiv.

Der Abend war lang, und als er weit nach Mitternacht im Bett lag – vom vielen Wein angeheitert –, griff er zum Handy und schrieb Karla eine Nachricht. In knappen Worten berichtete er von dem mit Blumenbouquets geschmückten Wintergarten, von den stilvoll angezogenen Menschen und wie sehr er gehofft hatte, sie würde überraschend aufkreuzen, obwohl dies mehr als unwahrscheinlich war.

Zwei Tage lang schwieg sein Handy. Dann eben nicht, dachte er, und als er am Morgen darauf aufwachte, zutiefst betrübt über die gescheiterte Liebesbeziehung, fasste er einen Entschluss: Er würde ihr nicht noch einmal schreiben, auch nicht im Suff. Er duschte, braute sich einen doppelten Espresso, da piepte sein Handy, und ihr Name tauchte auf dem Display auf. Ihm wurde heiß und kalt, mit zittrigen Händen wischte er über die Schaltfläche und las: Freut mich, dass du wieder tanzen warst. Grüße aus dem Regen. Karla.

Er hätte die Sache auf sich beruhen lassen sollen, distanzierter hätte sie kaum schreiben können, aber entgegen seines Vorsatzes – vielleicht war es nur Trotz – flogen seine Daumen über die Tastatur.

Wie schade, dass es regnet, tippte er. Das tut mir leid.

Er überlegte einen Moment, dann ergänzte er: Gehen die Arbeiten am Haus voran? Und den Satz »Das tut mir leid« änderte er in: Das tut mir aufrichtig leid!

Die Absicht dahinter war, ihr eine Frage zu stellen, irgendeine, nur damit sie sich genötigt sah, ihm zu antworten.

Etwa zwanzig Sekunden später meldete sich sein Handy erneut. Sie schrieb, dass zwei weitere Zimmer fertig waren, dass sie die besten Austern ihres Lebens gegessen hatte, Erik mit der aparten Brünetten aus der Patisserie zusammen war und die Touristen bei dem durchwachsenen Wetter derzeit nicht mehr den Strand fluteten. Er antwortete ebenso unverbindlich, als wären sie entfernte Bekannte, die sich mal wieder auf den neuesten Stand bringen wollten.

Es war ein riskantes Spiel, und mit jeder Runde tastete sich Pascal in privatere Bereiche vor. Wachsam und beständig in der Hoffnung, Karla würde sich ihm öffnen, ihm Dinge verraten, die sie fühlte, sich aber nicht auszusprechen traute. Doch zu seiner Enttäuschung blieben ihre SMS oberflächlich. Ging er einen Schritt vor, wich sie aus, schrieb Belanglosigkeiten, und nicht mal auf die Frage, ob sie sich bald in Berlin wiedersehen würden, bekam er eine Antwort.

Ein paar Tage später, er hatte eine Flasche Rotwein aufgemacht und ein Glas getrunken, wurde er abermals schwach und tippte ins Smartphone:

Karla, ich bin verliebt in dich. Si tu savais combien je t'aime! Falls du auch etwas für mich empfindest und sei es nur ein Fünkchen, lass es mich wissen. Ich habe alle Zeit der Welt. Ich warte auf dich.
Dein Pascal

Keine zwei Sekunden später rief sie an.

»Ja?« Sein Mund fühlte sich staubtrocken an, und es rauschte in seinen Ohren.

»Ich bin's, Karla.«

»Ja, ich weiß.« Er lachte, und weil er Angst hatte, sie könne gleich wieder auflegen, fragte er sie, ob das Wetter sich gebessert habe.

»Ach ja, das, es war eh nur ein kurzer Sommerregen.«

Sie klang verhalten.

»Hör zu, Pascal«, fuhr sie fort. »Wir sollten das hier lassen.«

Ein Ruck ging durch seinen Magen. »Was denn? Das Telefonieren? Ich meine... Du hast angerufen!«

»Ja, ich weiß. Aber wir sollten nicht telefonieren. Und uns auch nicht mehr schreiben.«

Eine kleine Pause trat ein. Zum Glück war das Weinglas in greifbarer Nähe, und er nahm einen großen Schluck.

»Und warum nicht, wenn ich fragen darf?«

»Weil wir...« Sie klang heiser »Also, unsere Leben... die sind nicht kompatibel. Das geht einfach nicht zusammen.«

»So, findest du. Schön, dass du wieder mal alles am besten weißt.«

»Pascal, was soll das denn? Sarkasmus ist doch jetzt völlig fehl am Platz.«

»Gut, dann mal ganz ernst. Sag mir einfach, dass ich dir egal bin. Damit kann ich was anfangen. Aber dass unsere Leben nicht kompatibel sind... oder wie hast du das gleich ausgedrückt?... Das ist doch lächerlich!«

Ein Hubschrauber dröhnte über den Häuserblock hinweg. Als er sich wieder entfernte, sagte sie: »Ich mag dich sehr, Pascal, und das weißt du auch, aber...«, sie seufzte kaum hörbar, »ich bin jetzt mit Lucien zusammen.«

Lucien... Er hatte es geahnt! Und lange Zeit nicht wahrhaben wollen. Aber klar. Lucien, der Mann von Welt, dem überdies die andere Hälfte der Villa gehörte. Es war nur folgerichtig und er selbst zu blauäugig gewesen, um es rechtzeitig zu begreifen.

»Bist du noch da?«, hörte er ihre Stimme wie von fern.

»Ja.«

»Es tut mir so leid.«

»Heißt das, dass du erst mit mir im Bett warst, obwohl du Lucien liebst? Sorry, aber da komme ich nicht ganz mit.«

»Ich war nicht in Lucien verliebt, als wir zusammen waren, und das weißt du auch.«

Aus seinem Lachen troff beißender Spott. »Das ging aber verdammt schnell mit dem Herrn Architekten. Ich meine, dafür, dass du dich fünf Jahre lang in überhaupt niemanden verliebt hast.«

»Lass das bitte, ja?«

»Oder war ich nur der Warm-Upper für dich? Wie diese Typen bei den Fernsehshows? Kurz bevor die eigentliche Show losgeht?«

Pascal wusste, dass seine Worte verletzend waren, aber ein Teil von ihm wollte ihr in diesem Moment wehtun. Er fühlte sich von ihr abserviert, eine neue Erfahrung, die an den Fundamenten seines Ichs rüttelte. Gleichzeitig war es erbärmlich, dass ihre kurze, aber unvergleichliche Liebesgeschichte auf so traurige, ja stillose Art endete. Lass gut sein, Pascal, sagte er sich, während sich der Streit mehr und mehr hochschaukelte. Aber dann stellte er ihr doch die eine Frage, die er sich besser verkniffen hätte: »Warum Lucien, Karla? Warum er und nicht ich?«

Schweigen trat ein. Er hörte ein leises Brummen, sah, dass eine Hummel durchs Fenster geflogen war, ein paar verwirrte Runden durch das Zimmer drehte und wieder hinausflog. Wenn er ihr doch nur folgen könnte, irgendwohin, wo andere Gesetze herrschten und er den Schmerz, den er fühlte, wie einen Umhang abstreifen könnte.

»Ich weiß es nicht«, sagte sie, doch es klang wenig überzeugend.

»Ist es wegen meines Alters?«

»Nicht schon wieder, Pascal …«

»Oder weil ich im Gegensatz zu Lucien keinen anständigen Beruf vorzuweisen habe?«, fuhr er fort.

»So ein Quatsch!«

»Ich bin nicht blöd, ich hab schon mitgekriegt, wie sehr du es deinem Sohn vorwirfst, dass er nicht aus dem Quark kommt.«

Sie hob die Stimme, und der schrille Tonfall brachte sein Ohr zum Fiepen. »Was soll das, Pascal? Akzeptier es einfach, okay? Es ist mir schwer genug gefallen, dich anzurufen.«

»Warum hast du's dann getan? Um mir zu sagen, dass du mit Lucien zusammen bist? Dass ihr auf große Liebe und glückliche Familie macht? Ganz ehrlich? Das wollte ich gar nicht so genau wissen.«

»Ich muss Schluss machen.« Sie klang geschäftig. Als hätte sie stundenlang mit ihm diskutiert und nun wäre alles gesagt.

»Gut, machen wir Schluss. Noch mal. Weil's doch immer wieder schön ist.«

»Das ist nicht schön, und das weißt du auch.«

Es kostete ihn Überwindung, aber dann sagte er ihr, dass er ihr nur das Allerbeste wünschte. Für ihr Leben mit Lucien. »Und vergiss nicht, tanzen zu gehen, ja?«, fügte er hinzu. »Mit wem auch immer.«

»Ja, vielleicht.«

»Versprich es mir.«

Sie lachte leise, fast schon wieder versöhnt. »Okay, ich gehe tanzen. Versprochen. Aber du …«, sie machte eine bedeutungsvolle Pause, »du musst mir auch etwas versprechen.«

»Ja?«

»Rede endlich mit deinem Vater. Sofern du es noch nicht getan hast.«

Ein plötzliches Unwohlsein rauschte wie eine Welle heran und brach in einem Schwindelanfall über ihm zusammen. Als er sich wieder im Griff hatte, fragte er: »Was soll das deiner Ansicht nach bringen?«

»Du wirst es sonst eines Tages bereuen, Pascal. Man soll niemals im Streit auseinandergehen.«

Er fragte sich, was sie das eigentlich anging. Warum sollte er ausgerechnet dem Menschen die Hand reichen, der einen nicht unerheblichen Anteil an seinem missratenen Leben hatte? Da verabschiedete sie sich eilig und legte auf.

* * *

Es war der coolste Sommer seines Lebens. Ein Wahnsinnssommer, und Erik fragte sich, warum er erst hatte zwanzig werden müssen, um so etwas zu erleben: eine Amour fou, wie er sie nur aus französischen Filmen kannte.

Er war jetzt eine Woche mit Nathalie zusammen. Sieben Tage voller Liebe, Sex und überschäumender Gefühle. Das ganze Programm, und erstmals wusste er, wie es sich anfühlte, verliebt zu sein. So richtig, mit allem Pipapo. Die Male davor waren dagegen Gedöns, Geplänkel und Rumprobieren gewesen. Liebe schauspielern, ohne zu wissen, wie es in Wirklichkeit geht.

Nathalie war anders als die Mädchen, die er bisher kennengelernt hatte. Sie spielte keine Spielchen, sondern sagte geradeheraus, was sie dachte. Und sie machte sich auch nicht am laufenden Meter wichtig. Seine Ex-Freundinnen waren sich immer selbst die Nächsten gewesen. Hier ein Selfie, da ein Selfie, das Gesicht unter einer Schicht Make-up verborgen.

Umso mehr begeisterte ihn Nathalies natürliche Art. Nach ihrem ersten Mal gestand sie ihm, dass er ihr auf Anhieb gefallen hatte. Sie habe ihn sich aber gleich wieder aus dem Kopf geschlagen, weil sie mit Männern auf Kriegsfuß stand. Die meisten hätten immer nur eine Trophäe in ihr gesehen und sie abserviert, sobald sie an ihr Ziel gekommen waren. Auch bei Erik war sie skeptisch gewesen, nach dem Brief mit der anzüglichen Bemerkung umso mehr. Doch dann seine Liebeserklärung in der Patisserie … Das sei so mutig gewesen. Vor all diesen Leuten!

Es hätte nicht besser laufen können. Nathalie bekam ein paar Tage frei, Erik durfte ebenfalls auf der Baustelle pausieren, und sie setzten alles daran, die kostbare Zeit auszuschöpfen. Stundenlang lagen sie am Strand, ließen sich die Sonne auf den Pelz brennen und schwammen im Meer. Am Abend nahm Nathalie ihn mit in ihr kleines Apartment, das etwas außerhalb von Cannes lag. In der Villa ließ sich Erik nur selten blicken, meistens, um seiner Mutter die Dreckwäsche in die Hand zu drücken und frisch gewaschenen Nachschub einzusacken. Hotel Mama, klar, aber er wusste, sie freute sich für ihn und half ihm gerne aus.

An einem Nachmittag – sie hatten einen exzessiven Sex-Marathon hinter sich – richtete sich Nathalie plötzlich im Bett auf und erklärte mit ernster Miene: »Ich habe über uns nachgedacht.«

Der Schreck fuhr Erik in die Glieder. Er dachte ebenfalls über Nathalie und sich nach, es gab kaum einen Moment, in dem er es nicht tat, aber er schoss nicht nach einer perfekten Nummer in die Senkrechte und legte ein dramatisches Gesicht auf.

»Dann erzähl mal.« Er zog sie zurück in seine Arme und

malte zärtlich Kreise um ihren Bauchnabel. Inzwischen sprachen sie Französisch miteinander, und er schämte sich nicht mehr für seine Fehler.

»Ich möchte nicht, dass es vorbei ist, wenn du nächste Woche nach Berlin fliegst.«

Berlin – ganz schlechtes Thema. Die neue Spielzeit an der Oper fing an, und er hatte seiner Mutter versprochen mitzukommen, um das Badezimmer zu renovieren. Wo er doch jetzt fast so was wie ein Profi war. Natürlich wäre er lieber hiergeblieben, aber er fand es nur fair, ihr ein bisschen unter die Arme zu greifen.

»Was denkst du denn?«, murmelte er. »Ich doch auch nicht. Warum sollte es auch vorbei sein?«

Sie drehte sich auf den Bauch, und er betrachtete ihren milchkaffeebraunen Rücken mit den blonden Härchen und den herzförmigen Po. »Aber wir werden uns erst mal nicht sehen können«, brummte sie ins Laken. »Wahrscheinlich sehr lange nicht. Ich habe dieses Jahr kaum noch Urlaub.«

Erleichtert, dass sie nicht plötzlich an ihrer Liebe zweifelte, küsste er ihr Schulterblatt mit dem Tattoo. Ein winziges Seepferdchen, das ihn anzulächeln schien.

»Ich könnte kündigen und mir einen Job in Berlin suchen«, schlug sie vor.

»Aber das musst du gar nicht.«

»Du willst nicht, dass ich komme?« Sie rollte sich auf die Seite, stützte sich mit dem Ellbogen ab und sah ihn enttäuscht an.

Natürlich wollte er das! Nichts lieber als das. Doch von plötzlichem Aktionismus erfasst, hatte er in schlaflosen Nächten längst eine Karriere am Reißbrett entworfen. Weiter Französisch lernen, am besten in Cannes oder Umgebung.

So lange es eben nötig war, um eine Ausbildung zum Bauzeichner antreten zu können. In einer stillen Stunde hatte
er Lucien ins Vertrauen gezogen. Der fand die Idee ausgezeichnet und hatte ihm, ohne zu zögern, seine Unterstützung
zugesichert. Er versprach ihm, seine Kontakte in Cannes
spielen zu lassen; eine Unterkunft könne er ihm auch besor-
gen, falls es ihm in der Villa zu familiär oder eng werden
würde.

Nathalies Mund klappte auf und gleich wieder zu, als Erik
ihr nun von seinen Überlegungen erzählte.

»Wow, wirklich?«

Er nickte.

»Das wäre ja…« Sie beendete den Satz nicht. Beugte sich
stattdessen vor und küsste ihn. Aus dem Küssen wurde eine
wilde Fummelei und es endete, wie es immer endete. Erik
fiel der Tag ein, an dem er wie ein Penner auf der Straße
gesessen hatte, und im Stillen dankte er seiner Mutter, dass
diese dunklen Zeiten der Vergangenheit angehörten.

22.

Karlas Rückenschmerzen waren zurück. Vielleicht lag es am Wetterumschwung – seit zwei Tagen war es bewölkt und schwül –, vielleicht an der bevorstehenden Abreise. Aus ursprünglich vierzehn Tagen waren fünf Wochen geworden. Aber dennoch... Berlin war der Ort, an dem sie alles an Pascal erinnern würde. Der Weg zur Arbeit, *Clärchens Ballhaus*, an dem sie so oft vorbeikam, wenn sie in Mitte Besorgungen machte, selbst die Philharmonie würde für immer mit ihm verknüpft sein.

Es war aus und vorbei, endgültig. Es gab keine Zukunft für sie beide. Lucien war jetzt der Mann an ihrer Seite. Karla hatte ein paar Tage gebraucht, um dem neuen Paar-Gefühl Raum zu geben, es wachsen zu lassen und genießen zu können. Abend für Abend saßen sie mit einem Glas Rotwein im Palmengarten und schmiedeten Zukunftspläne. Lucien legte Karla nahe, alles in Ruhe anzugehen und erst dann an der Oper zu kündigen, wenn sie sich wirklich sicher wäre. Er wolle sie zu nichts drängen, zumal die Fertigstellung des Chambre d'Hôtes noch einige Zeit beanspruchen werde. Im Übrigen könnten sie jederzeit Verstärkung einstellen, die sich um die Vermietung, Buchhaltung und sonstige Arbeiten kümmerte. Einerseits wusste Karla seine Großherzigkeit zu schätzen, andererseits machte es sie unterschwellig aggressiv.

Kein Mensch war immer nur verständnisvoll, ja selbstlos. Nicht mal Fritz war so gewesen, und manchmal ertappte sich Karla bei dem Gedanken, dass Lucien ein womöglich raffiniertes Spiel trieb, um sie an sich zu binden. Im nächsten Moment schämte sie sich für die Unterstellung. Er hatte es immer nur gut mit ihr gemeint. So wie es auch zwischen ihm und Fritz niemals Misstöne gegeben hatte.

Einen Tag vor ihrer Abreise – Erik hatte für Sarah gleich ein Ticket mitgebucht – sprach ihre Freundin sie beim Kofferpacken an. Lucien, Pépin und ein Gärtner standen unter dem geöffneten Fenster und redeten über die Bepflanzung des Gartens.

»Was ist eigentlich mit dir los, Karla? Und jetzt streite es bitte nicht ab. Du weißt genau, wovon ich rede.«

Karla blickte sie überrascht an. War sie so durchschaubar? Oder standen ihr die geheimsten Gedanken auf der Stirn geschrieben?

»Ich streite ja gar nichts ab.« Automatisch senkte sie die Stimme.

»Du liebst ihn.«

»Ja, vielleicht, ich weiß es nicht. Es muss sich erst alles einspielen.«

Sarah stand auf und schloss rasch das Fenster, bevor sie sich neben Karla aufs Bett sinken ließ. »Ich rede nicht von ihm…« Sie wies mit dem Daumen Richtung Palmengarten.

»Herrje, Liebe«, erwiderte Karla und versuchte sich nicht anmerken zu lassen, wie sehr es in ihr brodelte. »Das ist ein ganz schön großes Wort, findest du nicht?«

»Nein, gar nicht. Du traust dich bloß nicht, dir gegenüber ehrlich zu sein.«

Karla verspürte den Impuls aufzuspringen und sich ein

Glas Wein einzuschenken. Dabei wusste sie, dass der Alkohol ihre Probleme auch nicht lösen würde.

»Ich hab's verpatzt, Sarah«, gestand sie. »Ich habe Pascal vergrault. Und Lucien…« Sie sah zum Fenster rüber, als könnte er jeden Moment hereinspähen. »Er tut alles für mich. Ich kann ihn nicht vor den Kopf stoßen.«

Sarah nickte bedächtig. »Trotzdem solltest du ihm nichts vormachen. Das wäre unfair.«

Sie hatte recht, aber Karla fühlte sich wie in einem Gespinst auswegloser Gedanken gefangen, unfähig, sich der Zukunft zu stellen. Wo war nur ihre Energie, ihre Tatkraft abgeblieben? Und plötzlich dämmerte es ihr, wie es in Erik all die Jahre ausgesehen haben musste. Als sie wieder und wieder in ihn gedrungen war, ja, ihn angebettelt hatte, endlich etwas mit sich und seinem Leben anzufangen.

»Eigentlich hast du es ziemlich gut, Karla«, bemerkte Sarah, und die Anspannung wich aus ihrem Gesicht. »Dich lieben gleich zwei Männer. Und mich? Kein Prachtexemplar in Sicht.«

Karla entschuldigte sich bei ihrer Freundin. Viel zu selten hatte sie Sarah in letzter Zeit gefragt, wie sie sich nach der Trennung von Götz fühle, immer war es nur um sie, um die Villa und um Lucien oder Pascal gegangen.

»Schon okay, Karla. Ich durfte bei euch unterschlüpfen, dafür bin ich euch sehr dankbar.«

Karla sah sie prüfend an. »Und sonst? Wie sieht's so in dir aus?«

Sarahs Schultern zuckten auf und ab. »Mal so, mal so. Was ja nur normal ist, wenn man so viele Jahre verheiratet war. Trotzdem war es die richtige Entscheidung. Ich habe Götz geschrieben, dass ich ihn nicht sehen will, wenn ich zurückkomme. Er soll bis dahin seine Sachen gepackt haben.« Ihre Pupillen jagten hin und her. »Am liebsten würde ich gar nicht mehr zurückfahren. Die Zelte in Berlin abbrechen und woanders neu anfangen.« Sie lächelte. »Zum Beispiel hier.«

»Das trifft sich gut. Ich wollte deswegen sowieso mit dir reden.«

Sarah drapierte den bunt gestreiften Strandrock dekorativ um ihre Knie, dann sah sie Karla mit hochgezogenen Augenbrauen an.

»Ich habe schon mit Lucien darüber gesprochen. Wir brauchen in absehbarer Zeit eine kompetente Person, die die Buchhaltung für uns macht.«

»Ach, wirklich? Aber das kannst doch du …«

»Nein, du kennst dich da besser aus als ich«, fiel sie ihr ins Wort. »Außerdem weißt du ja, dass Schreibtischarbeit Gift für meinen Rücken ist.«

Sarah stieß einen Kiekser aus. »An wen schicke ich meine Bewerbung? Wann soll ich anfangen? Also, ich könnte sofort loslegen. Wo steht mein Schreibtisch?«

Karla musste sie in ihrem Enthusiasmus ein wenig bremsen. Der Neuanfang in Frankreich brauchte seine Zeit. Dennoch zweifelte sie keine Sekunde daran, dass es nur gut war, Sarah mit ins Boot zu holen. Um die beste Freundin in den turbulenten Zeiten an ihrer Seite zu haben. Und um nicht mit Lucien alleine sein zu müssen. Aber das war ein Gedanke, den sie nicht mal vor sich selbst zuließ.

* * *

Der letzte Abend in Cannes. Er war so perfekt, wie man es sich von einem letzten Abend nur wünschen konnte.

Sie wählten ein Lokal mit Meerblick; Karla bestand darauf, obgleich es ein wenig touristisch war. Bei der Vorspeise – Schnecken im Weinsud – ging die Sonne langsam unter. Beim Hauptgang – es gab Loup de mer für alle – warf sich der Himmel in ein flammend rotes Kleid. Und bei der Mousse au Chocolat funkelten schon die ersten Sterne.

Erik hatte seine Freundin mitgebracht, die beiden hielten Händchen, und Karla musste sich bremsen, ihren Sohn nicht mit einem sentimentalen Glucken-Blick anzugrinsen. Aber sie freute sich nun mal so für ihn. Seit er mit Nathalie zusammen war, schien er von innen zu leuchten. Endlich hatte er eine berufliche Perspektive. Und, was das Schönste war, sie und ihr Sohn waren sich wieder nähergekommen. In den letzten Tagen hatte er einige Male ihren Rat gesucht, und Karla hatte ihn, soweit sie denn konnte, moralisch unterstützt.

Als Lucien schon die Rechnung bestellen wollte, schaute Pépin mit seiner Frau Cathérine vorbei, und Lucien lud sie kurzerhand auf ein Glas Wein ein. Sie alle hatten ihm so viel zu verdanken. Die Villa nahm jeden Tag ein wenig mehr Gestalt an und wurde zu dem Chambre d'Hôtes, das ihnen vorschwebte.

Lucien, Erik, Cathérine und Pépin waren bald ins Gespräch vertieft, immer wieder brachen sie in Gelächter aus, weil der Polier etwas Witziges gesagt hatte. Karla bekam nicht mit, worüber sich die vier amüsierten, aber das machte nichts. Glücklich, dass Erik in der kurzen Zeit mehr Französisch gelernt hatte als in seiner Zeit als Austauschschüler, musterte sie ihn. Er wurde Fritz immer ähnlicher. Die gerade abfallende Nase, die hageren Gesichtszüge, die erst jetzt, da er sich den Bart abrasiert hatte, zum Vorschein kamen.

Unvermittelt legte Lucien die Hand auf Karlas, er umfasste

sie, dann befühlte er den Ring, den er ihr geschenkt hatte. Sie trug ihn nicht täglich, aber heute war so ein Tag, an dem sie ihm zeigen wollte, wie dankbar sie ihm war. Für alles, was er für sie und Erik getan hatte und immer noch tat.

»Was schaust du ihn so an?«, raunte er ihr zu.

»Wen? Erik?«

Lucien nickte.

»Es ist alles so schnell gegangen. Ich meine…« Sie lachte heiser. »Plötzlich ist er erwachsen.«

»Das hat das Leben so an sich. Auf einmal sind die Kinder groß, und in der Rückschau war es bloß ein Wimpernschlag.«

Ein Wimpernschlag… Vielleicht war es auch erst einen Wimpernschlag her, dass Fritz verunglückt war. Und dass sie Pascal kennengelernt hatte, das sowieso.

»Er sieht Fritz sehr ähnlich, findest du nicht auch, Karla?«

Sie nickte. »Auf jeden Fall mehr als mir.«

»Er hat deine Augen.«

»Nein, die hat er von Fritz.«

Lucien strich ihr über die Wange, eine zärtliche Geste, die sie rührte, aber nicht berührte.

»Ich hoffe, es wird was zwischen den beiden«, fuhr sie fort.

»Sieht doch ganz danach aus. Und falls es eines Tages doch vorbei sein sollte… dann hat er trotzdem diese wundervolle Zeit mit ihr gehabt.« Er nahm seinen Panamahut ab, versenkte sich in ihre Augen und fügte hinzu: »So wie ich mit dir.«

Karla lachte irritiert auf und wandte sich Sarah zu, die Rotwein auf ihrem Kleid verschüttet hatte und ihre Hilfe brauchte.

Der Abend klang mit einem Spaziergang über die Croisette aus. Pépin und seine Frau verabschiedeten sich am Palais des Festivals, und Lucien winkte nach einem Taxi.

»Ich bringe Nathalie nach Hause«, sagte Erik, und Arm in Arm schlenderten die beiden in Richtung Bushaltestelle davon.

Karla war froh, den Weg zur Villa nicht laufen zu müssen. Der Koffer war noch nicht gepackt, sie musste ihre Papiere ordnen und eigentlich auch ihr halbes Leben.

»Schläfst du bei mir?«, erkundigte sich Lucien, als sie im Schlafshirt und mit Zahnbürste im Mund vor dem Spiegel stand.

Sie nickte, spuckte aus, dann folgte sie ihm barfuß ins Schlafzimmer. Rasch entkleidete er sich und streckte die Hand nach ihr aus.

»Du bist so schön, Karla.«

»Du übertreibst maßlos.«

»Nein, gar nicht. Ich meine das so. Aber selbst wenn du nicht schön wärst, würde ich dich lieben.«

Er beugte sich zu ihr runter und küsste sie. Innig, zärtlich, eine Spur hitzig. Es war der perfekte Kuss, doch nichts rührte sich in Karla.

Behutsam löste sie sich aus der Umarmung und löschte das Licht, bevor sie das Fenster öffnete. Sie wollte das Rauschen der Palmenblätter im Garten hören, das entfernte Summen der Stadt und die Kühle der Sommernacht auf ihren Armen spüren. Ganz für sich Abschied nehmen.

Doch Lucien ließ sie nicht. Kaum dass er zu ihr ins Bett gekrochen war, wanderten seine Hände über ihre Brüste, und dann schliefen sie miteinander. Es war ähnlich wie die Male zuvor und doch anders. Als wäre nur ihr Körper anwesend und sie selbst an einem fernen Ort. Sie spielte ihre Rolle perfekt, vermutlich merkte Lucien nicht mal, dass sie nicht bei der Sache war, denn er flüsterte ihr Schmeicheleien und Liebeserklärungen ins Ohr, die sie aufseufzen ließen. Es war kein lustvolles Seufzen, sondern ein trauriges, doch es stachelte ihn weiter an und brachte ihn zum großen Finale.

Eine Weile lagen sie still da. Lucien musste erst zu Atem kommen, und Karla lauschte den zirpenden Zikaden im Garten, was etwas Tröstliches hatte. Sie dämmerte schon weg, als er ihr eine Strähne aus dem Gesicht strich, ihr einen Kuss auf die Stirn hauchte und sagte: »Alles gut, Karla?«

Nein, nichts war gut, es war alles verworrener denn je, und dann kamen ihr die Tränen.

»He! Was ist los?«

Statt etwas zu sagen, irgendetwas, stand sie auf und verschwand im Bad. Sie hatte das dringende Bedürfnis, sich Luciens Küsse aus dem Gesicht zu waschen.

Als sie zurückkam, hatte er das Nachttischlicht wieder angeschaltet und saß, ein Kissen in den Rücken gestopft, die langen Beine übereinandergeschlagen, im Bett und blickte ihr regungslos entgegen.

»Komm mal her.« Er klopfte neben sich.

Karlas Schritte waren kraftlos, dann setzte sie sich aufs Bett.

»Ist es dieser junge Mann?«

»Ich weiß nicht, Lucien…«

»Doch, du weißt.« Er zog das Laken bis zu den Lenden. »Wenn es so ist, möchte ich dir nicht im Weg stehen.«

Hitze kroch in ihr hoch. Es war Scham, Beklemmung, Erleichterung, alles auf einmal. Gleichzeitig fühlte sich ihre Kehle so trocken an, dass sie am liebsten aufgestanden wäre, um sich ein Glas Wasser zu holen. Aber sie traute sich nicht. Nicht in diesem Moment, wo es um alles oder nichts ging.

»Karla, ich möchte nicht, dass du nur wegen der Villa und all dem hier mit mir zusammen bist«, fuhr er fort.

Sie nickte. Wagte es nicht, ihn anzusehen.

»Sag doch was.«

»Willst du…«, setzte sie zu einer Erwiderung an, doch ein Kloß blockierte ihre Kehle.

»Was?«

»Willst du alles hinschmeißen?«

Ein schmerzliches Lächeln flog über sein Gesicht. »Unser Projekt geht weiter, ist doch klar. Nur sind wir dann eben wieder Lucien und Karla. Freunde. So wie früher.«

Abermals stiegen Tränen in ihr auf, doch sie biss die Zähne zusammen. Die Situation war so irreal. Warum schrie er sie nicht an und jagte sie zum Teufel? Warum gab er sich auch jetzt noch verständnisvoll? Wie hielt er es nur aus, so zu sein? War es seine immer noch tiefe Verbundenheit zu Fritz, die ihn zum Heiligen machte?

Lucien schlug das Laken beiseite und tapste ohne ein weiteres Wort nach nebenan in die Küche. Sie hörte es plätschern und klappern, dann rief er: »Magst du auch einen Espresso?«

»Nein, danke.«

Es war weit nach Mitternacht, und sie war schon aufgekratzt genug.

Einen Augenblick darauf surrte die Espressomaschine, und Lucien kam mit der Tasse in der Hand zurück. Nackt. Ein absurdes Bild. Noch im Gehen trank er einen Schluck und fluchte.

»Mist. Kalt!«

Kein Wunder. Er hatte ja die Maschine nicht vorgeheizt.

»Hör zu, Karla, ich will ehrlich sein.« Er ließ sich neben sie auf die Bettkante sinken. »Im Moment kann ich mir nicht vorstellen, dass du und ich und dieser Mann, dass wir alle gleichzeitig hier wohnen.«

»Aber wer sagt denn das? Pascal und ich haben uns getrennt. Und ich glaube auch nicht…«

Luciens freie Hand wirbelte durch die Luft, und Karla verstummte. »Gib mir ein wenig Zeit, um…«, er sah sie aus schmalen Augen an, »… um das alles zu verdauen. Dann überlegen wir uns ein neues Modell. Irgendwas wird uns schon einfallen, hm?«

Karla nickte, dann stand sie auf und schlappte in Flip-Flops hinaus in den Palmengarten. Dort setzte sie sich auf ihren Lieblingsstuhl, auf dem sie jeden Morgen beim Frühstück gesessen hatte, schaute in den sternenklaren Himmel und dachte an Fritz. Er war nicht mehr da und ihr Leben aus den Fugen. Woran allein sie schuld war. Eine üblere Bilanz konnte es für die vergangenen Wochen kaum geben.

23.

Pascal lag auf einer speckigen Matratze in einer Dachman-sarde in Saint-Germain-des-Prés. Drei Stockwerke unter ihm brauste der Pariser Verkehr, und obwohl die Fenster seit seiner Rückkehr aus dem *Memphis* weit offen standen, roch es nach Mottenkugeln, abgestandenem Zigarettenrauch und schweißigen Socken. Er atmete tief ein und stellte sich vor, wie viel Staub gerade in seine Lungen drang. Aber das ließ sich jetzt nicht ändern. Es war die Folge einer Verket-tung selbst verschuldeter Ereignisse. Angefangen hatte alles mit zwei Gläsern zu viel, vor ein paar Tagen, in Berlin. Sein Unbewusstes hatte ihm wohl eingeflüstert, sich noch tiefer in die Scheiße zu reiten. Dabei hatte er mit der Kundin, die er zu einem Lindy-Hop-Abend in Prenzlauer Berg begleitet hatte, nicht mal geschlafen. Er hatte ihr im Alkoholrausch Avancen gemacht, das schon. Um seinen Liebeskummer zu betäuben, wobei ihm jede einzelne Sekunde klar gewe-sen war, dass es rein gar nichts bringen würde. Für die Kun-din hatte es sich jedoch so dargestellt, als hätte er es auf Sex mit ihr abgesehen, für den sie ihn bezahlen sollte. Das war unter ihrem Niveau – zu Recht –, und er schämte sich in Grund und Boden, dass es zu dem peinlichen Missverständ-nis gekommen war.

Nur änderte das leider auch nichts mehr. Die Dame, deren

Namen er augenblicklich aus seinem Hirn gestrichen hatte, war zu Samuel gelaufen, hatte von Begrapschen gesprochen und dann die Me-too-Debatte ins Feld geführt. Verständlich, dass Samuel ihm gekündigt hatte. Fristlos. Weil es, wie es seinem Chef zu Ohren gekommen war, ja wohl nicht das erste Mal war, dass Pascal mit einer Kundin angebändelt hatte. Er stritt alles ab. Die Sache mit Karla ging nur sie und ihn etwas an. Doch Samuel war stur geblieben. Mit der Folge, dass er innerhalb weniger Tage den Taxijob gekündigt, seine Wohnung untervermietet und sich ein möbliertes Zimmer in Paris gesucht hatte. Selbst seinen Handyvertrag hatte er aufgelöst, um fern der Heimat neu anzufangen.

Was hielt ihn denn noch in Berlin? Marc kam nur alle paar Wochen zu Besuch, das Taxifahren war nichts weiter als ein Job, der ihm in der Zeit, als er seine Schulden abstottern musste, über die Runden geholfen hatte, und allein die Freundschaft zu Andreas konnte es auch nicht sein. In Paris hatte er Bekannte und Freunde von früher, allen voran Alain, der ihm das Zimmer bei einer alten Dame zur Untermiete besorgt hatte. Es war funktionell eingerichtet, sogar mit einem penetrant surrenden Kühlschrank, aus dem er sich jetzt ein Bier nahm. Das hatte er sich verdient, nachdem er seinen Einstand beim Nachmittags-Tanztee im *Memphis* bravourös über die Bühne gebracht hatte. Taxiboys – so nannten sich hier die Eintänzer, die mit den tanzfreudigen, bisweilen menschlich bedürftigen Damen gegen ein Honorar eine kesse Sohle aufs Parkett legten.

In Paris waren Standard- und Lateintänzer wie er heiß begehrt. Und hatten sie die sechzig noch nicht überschritten, ein gepflegtes Äußeres und tadellose Manieren, umso mehr. So hatte er bei seiner Vorstellung im Traditionstanzlokal *Memphis* offene Türen eingerannt. Er hatte mit der maskenhaft geschminkten Chefin Eléonore einen Foxtrott, einen Wiener Walzer und einen Tango getanzt und wurde vom Fleck weg engagiert. Im Beisein ihres Ehemanns, einem Elvis-Verschnitt mit schwarz gefärbten Haaren und ultralangen Koteletten, hatten sie die Modalitäten besprochen. An fünf Nachmittagen die Woche musste Pascal für jeweils vier bis fünf Stunden zur Verfügung stehen. Zu seinen Aufgaben gehörte es, mit den Damen zu tanzen, die ihn aufforderten, aber auch bei jenen in die Offensive zu gehen, die allein vor ihrem Getränk saßen und sich nicht trauten. Ablehnen durfte er keine. Wie unbegabt sie auch sein mochte. Körperliche Annäherungen, die über die geschlossene Tanzhaltung hinausgingen, waren ihm strikt untersagt.

»Trauen Sie sich das zu, junger Mann?«, hatte der Elvis-Typ gefragt.

»Mais oui!«, hatte Pascal geantwortet, und einen Handschlag später war der Vertrag besiegelt.

Sein Salär war nicht üppig, aber es reichte, um über die Runden zu kommen und die im Sommer angesparte Reserve nicht anzubrechen. Über kurz oder lang war sogar ein komfortableres Zimmer drin. Und vielleicht konnte er auch weiterhin ein paar Euros für die geplanten Fernreisen zurücklegen.

Noch am selben Nachmittag folgte der erste Einsatz. Ein Kollege war wegen Krankheit ausgefallen, und Pascal hatte sich nicht lange bitten lassen. Im Gegenteil, er lechzte danach loszulegen, etwas Sinnvolles zu tun, das spannender war, als Leute von Friedrichshain nach Schönefeld zu chauffieren. Die überwiegend älteren Damen, stark einparfümiert, geschminkt und in offenherzigen Kleidern, rissen sich um ihn. Er war der Liebling des Nachmittags, und als es ihm kurz vor Dienstschluss gelang, mit einer elegant gekleideten Frau im Rollstuhl ein paar Tanzrunden zu drehen und ihr ein Lächeln ins Gesicht zu zaubern, wusste er, dass er die richtige Entscheidung getroffen hatte. Er war angekommen. Und er musste kein Taxi mehr fahren, was ihn mehr erleichterte, als er gedacht hatte.

Mit der Bierflasche in der Hand trat Pascal ans Fenster und blickte auf das nächtliche Paris. Es brummte und summte, Sirenen heulten auf, und dann fiel ihm sein Vater ein, der in dem Gewimmel der Metropole lebte und nicht mal ahnte, dass sein Sohn nur wenige Métro-Stationen von ihm entfernt war.

* * *

Götz hatte Wort gehalten und war ausgezogen. Im Schlafzimmerschrank fehlten seine Anzüge, Hemden, Jeans, Shirts und Pullover, im Bad seine Kosmetikartikel, im Bücherregal die wichtigsten Aktenordner. Jedes freie Regalbrett, jede leere Schublade riss die schon vernarbten Wunden ihrer Seele erneut auf. Und doch war es gut so. Sarah wollte nichts mehr in der Wohnung haben, das sie an Götz erinnerte, und machte sich ans Aufräumen. Sie trug seinen Nachttisch in den Keller, verteilte ihre Kleider großzügiger im Schrank, sodass alle Fächer ausgefüllt waren, und die Porzellantänzerin, die sie von ihrer Oma geerbt und die Götz stets missbilligt hatte, erhielt einen Ehrenplatz auf der Fensterbank. Das Badezimmerregal dekorierte sie mit ihren Parfümflaschen, auf die Ablage über dem Waschbecken, wo Götz' Rasierapparat seit Jahr und Tag zu Staub zermahlene Bartstoppeln hinterlassen hatte, kamen edle Cremetiegel und ihre

Schminksachen. Mehr Mühe bereitete ihr das Wohnzimmer. Alle Möbel hatten sie zusammen ausgesucht, die blaue Couch, die farblich passenden Kissen, den niedrigen Glastisch und den Ledersessel. Götz hatte nur den Flatscreen mitgenommen. Ganz großes Kino! Ihr stand eh nicht der Sinn nach Fernsehen, und wenn er und seine neue Freundin nichts Besseres zu tun hatten, als vor der Glotze zu hocken, schien es mit ihrer Liebe ja nicht weit her zu sein. Es versetzte ihr lediglich einen Stich, dass die Wagenfeld-Leuchte auf der Kommode im Flur fehlte. Sie hatten sie sich zu ihrem zwanzigsten Hochzeitstag angeschafft, und dass Götz sie mitgenommen hatte, ohne sich mit ihr abzusprechen, war infam.

Aufgebracht griff sie zum Handy und rief ihn an.

»Was regst du dich auf, mein Schatz?«, sagte er, und sie sah sein süffisantes Grinsen förmlich vor sich. »Dafür kriegst du doch alle Möbel.«

»Vielleicht will ich sie aber gar nicht haben. Und dein Schatz bin ich schon mal gar nicht.«

Götz lachte auf diese abfällige Art, die sie noch nie hatte ausstehen können. »Willst du einen Rosenkrieg?«

»Ganz sicher nicht. Deswegen spreche ich es ja an.«

»Okay, dann bringe ich die Lampe zurück und nehme das Sofa und die Sessel.«

Sie legten auf, und Sarah zeigte dem Telefon den Stinkefinger. Typisch Götz. Aber nur gut, wenn er den ganzen Krempel abholte. Was sollte sie auch mit den leblosen Gegenständen, die sie an ihre gescheiterte Ehe erinnerten? Nach Frankreich würde sie sie ohnehin nicht mitnehmen können. Falls das Chambre d'Hôtes in Cannes denn eines Tages Realität werden würde. Nichts war derzeit sicher; alle Pläne lagen auf Eis. Luciens Architekturbüro hatte den Zuschlag für ein Großprojekt in Reykjavík bekommen – das Regierungsviertel sollte um mehrere Neubauten ergänzt werden –, und Karla hatte sich trotz bohrender Rückenschmerzen wieder in ihren Berliner Alltag gefügt. Es schien so, als hätte es die Villa und das Wie-Gott-in-Frankreich-Leben nie gegeben.

Eines Abends fasste sie sich ein Herz und sprach ihre Freundin darauf an. Es war ein lauer Spätsommerabend, sie hatten bei *Monsieur Vuong* einen köstlichen Glasnudelsalat gegessen, und nach einem vietnamesischen Kaffee mit gezuckerter Kondensmilch waren sie zu einem Spaziergang entlang der Spree aufgebrochen. An der *Strandbar Mitte* pausierten sie, kauerten sich auf die Holztreppe und sahen den tanzenden Paaren zu.

»Karla, so geht's doch auch nicht weiter«, sagte sie.

»Was meinst du?« Karla rieb sich gedankenverloren das schmerzende Kreuz.

»Ruf ihn an.«

»Lucien?«

»Nein, Pascal.«

»Niemals.«

»Aber ich seh doch, wie sehr du leidest.«

»Das gehört zum Leben dazu.«

Karla wollte schon aufstehen und weiterziehen, aber ein Glatzkopf mittleren Alters kam auf sie zu und hielt ihr die Hand hin.

»Also, ich weiß ja nicht«, stotterte sie überrumpelt.

»Aber ich weiß.« Sarah nahm ihr die Handtasche ab und wies mit dem Kinn Richtung Tanzfläche.

Etwas ungelenk stakste Karla hinter dem bulligen Kerl her, doch nach ein paar Takten war sie in ihrem Element.

Aus einem Tanz wurden zwei, aus zwei drei, und als sie fünf Musikstücke später zurückkehrte, glänzten ihre Augen.

»Danke, Sarah.«

»Gern geschehen. Taugt der Tänzer was?«

»Nein!« Sie lachte. »Aber es hat Spaß gemacht.«

»Siehst du. Genau deswegen wollte ich, dass du über deinen Schatten springst.«

»Komm«, sagte Karla.

Untergehakt zwängten sie sich durch die Schaulustigen hindurch und überquerten die Brücke am *Bode-Museum.* Eine Barkasse mit einer ausgelassen feiernden Gesellschaft glitt heran. Jugendliche tanzten mit Bierflaschen auf dem Deck, grölten, und Sarah glaubte französische Sprachfetzen herauszuhören. Auf der anderen Flussseite blieb Karla stehen, lehnte sich über das Geländer und schaute ins Wasser, das im Licht der Straßenlaternen glitzerte.

»Hier hab ich vor einiger Zeit schon mal gestanden.«

»Mit ihm?«

Karla nickte. »Wir hatten uns zufällig in der Philharmonie getroffen.«

Sie blickte sich suchend um, als könnte er im nächsten Moment um die Ecke biegen. Doch nur eine Gruppe englischer Touristen zog vorbei.

»Am besten rufst du ihn gleich an.«

»Du meinst aber nicht jetzt?«

»Doch, genau das meine ich. Wenn du es nicht tust, wirst du es dir ewig vorwerfen.«

Karlas Atem ging stoßweise und viel zu schnell.

»Alles okay mit dir?«

»Ja klar, aber …«

»Soll ich ihn für dich anrufen?«

»Untersteh dich!« Karla klemmte sich die Handtasche unter und stob los. »Du bleibst hier!«, rief sie Sarah mit einem knappen Blick über die Schulter zu. »Ich kann das nicht, wenn jemand zuhört.«

Sarah setzte sich auf einen Poller und sah ihre Freundin in der Dunkelheit verschwinden. Zwei Minuten verstrichen, fünf, dann kehrte Karla auch schon wieder zurück. Sie war aschfahl.

»Erzähl. Was ist passiert?«

»Nichts.«

Ihre Schultern hoben und senkten sich, und einen Wimpernschlag darauf füllten sich ihre Augen mit Tränen. Während der Wind eine melancholische Tangomelodie zu ihnen hinübertrug, erklärte sie, dass es unter Pascals Nummer keinen Anschluss mehr gebe.

»Sarah, er hat sein Telefon abgemeldet!«

»Aber warum sollte er das tun?«

Wieder zuckten ihre Schultern, gleichzeitig liefen die Tränen. »Es gibt ihn nicht mehr, hörst du? Er ist einfach aus dieser Welt verschwunden!«

Sarah konnte sich keinen Reim darauf machen – was war nur in Pascal gefahren? – und schloss ihre Freundin tröstend in die Arme.

* * *

Seit Tagen ging das schon so: Erik fühlte sich wie auf Ecstasy. Dabei hatte er gar nichts genommen, er trank nicht mal mehr Kaffee als sonst, trotzdem hätte er Bäume ausreißen können. Sarah, die seit der Trennung von ihrem Ehemann öfter bei ihnen zu Hause abhing, meinte, endlich habe er Pfeffer im Arsch. Das habe sie so bei ihm vermisst.

Zwei Tage lang renovierte er das Badezimmer, und weil er gerade so richtig in Fahrt war, strich er gleich noch die Küche und den Flur. Die Abende verbrachte er in seinem Zimmer vorm Laptop und chattete mit Nathalie. Sie erzählten sich, was am Tag passiert war, küssten sich virtuell und sprachen über ihre gemeinsame Zukunft, die – er mochte es kaum glauben – immer mehr Gestalt annahm.

Am zweiten September würde er zurück nach Cannes fliegen. Bereits am dritten begann sein vierwöchiger Französisch-Intensivkurs, ab Oktober hatte er einen Praktikumsplatz in einem Architekturbüro in der Altstadt. Parallel dazu liefen die Vorbereitungen für seine Bewerbungen als dessinateur en bâtiment – als Bauzeichner. Lucien, der wegen des Großprojekts oft in Reykjavík war, half ihm in jeder freien Minute. Er besorgte ihm eine Vorlage für den Lebenslauf, schickte ihm einen Beispieltext für das Anschreiben, der Rest machte sich wie von selbst. Fotos anfertigen lassen, Daten und Foto einfügen – ça y est. Stolz wie Oscar, dass er so rasch ein vorzeigbares Ergebnis hatte, präsentierte er die Bewerbung seiner Mutter. Sie blickte nur kurz auf, sagte »Schön, mein Schatz« und schnippelte weiter Gemüse.

Okay, es ging ihr nicht gut. Rückenschmerzen, die Trennung von Lucien und die Tatsache, dass Pascal spurlos verschwunden war, schienen ihr ganz schön zuzusetzen. Sie stritt zwar alles ab, wenn er sie darauf ansprach, aber er war ja nicht blöd und wusste, dass er an ihrer Stelle kaum anders reagiert hätte. Selbst wenn sie wollte, sie konnte Pascal nicht kontaktieren – dumm gelaufen. Die Eintänzer-Agentur, bei der er gearbeitet hatte, durfte ihr keine Auskunft erteilen, das Taxiunternehmen ebenfalls nicht, an dem Klingelschild in Prenzlauer Berg stand ein fremder Name und zu allem

Überfluss war ihr der Nachname seines besten Freundes entfallen.

»Warum sucht sie nicht im Internet nach ihm?«, fragte Nathalie ihn eines Abends beim Skypen. Inzwischen flutschte es mit seinem Französisch schon richtig gut, und er ließ sich auch liebend gerne von seiner Chérie verbessern.

»Hat sie doch schon«, erwiderte er.

Nathalie kam näher an die Kamera heran, und ihre Nase wurde zu einem riesigen Zinken.

»Ist sie in solchen Dingen denn so fit wie wir? Ich mein, kennt sie alle Kanäle und Plattformen?«

Sie entfernte sich wieder und grinste ihn an. Da war er wieder, dieser süße hervorstehende Eckzahn. In den hatte er sich auf Anhieb verknallt.

Nathalie hatte recht. Seine Mutter surfte zwar häufig im Internet, aber mit den sozialen Netzwerken kannte sie sich weniger aus. Die Idee war so verblüffend einfach, dass sich Erik noch vorm Schlafengehen auf die Suche nach Pascal machte. Übermäßig viel war nicht über ihn zu finden. Er hatte einen Facebook-Account, den er jedoch nicht pflegte. Andere soziale Medien schienen total an ihm vorbeigegangen zu sein, oder er hatte kein Interesse daran. Darüber hinaus wurden Erik zwei ältere Artikel angezeigt, in denen Pascal als Eintänzer namentlich erwähnt wurde.

Erik holte sich ein Wasser – so schnell gab er nicht auf –, dann checkte er Pascals Facebook-Freunde. Bei rund sechshundert Kontakten war das eine ziemliche Fleißarbeit. Er wurde müder und müder, beinahe fielen ihm schon die Augen zu, da stieß er bei Marc Dancer auf ein verwackeltes Selfie, das erst vor wenigen Tagen in einem funzligen Klub aufgenommen worden war. Es zeigte besagten Marc mit einer

Bierflasche in der Hand; im Hintergrund sah man ältere Paare beim Gesellschaftstanz. Erik zog das Foto größer auf, und Adrenalin pumpte durch seine Adern. Einer der tanzenden Männer war Pascal, deutlich an den Locken und der Leder-band-Kette mit dem Sternanhänger zu erkennen, die er in Cannes Tag und Nacht getragen hatte. Über dem Foto stand: »Marc Dancer ist hier: *Le Memphis.*«

Es toste in Eriks Ohren, als er das Lokal in die Google-Suchmaschine eingab. Paris, Impasse Bonne Nouvelle, zeigte ihm Google an. Rüber ins Schlafzimmer zu seiner Mutter.

»Mama?«

Sie hatte augenscheinlich schon geschlafen und schreckte hoch.

»Was ist denn, Schatz?«

»Ich hab ihn.«

»Wen?« Sie rieb sich schlaftrunken die Augen.

»Na, wen schon! Er ist in Paris!«

24.

Die Pariser Straßen glänzten regennass, als Pascal aus der Métro stieg. Ein Platzregen hatte die Hitze weggespült, während er in der Bahn gesessen hatte, und alles sauber gewaschen. Die Blätter der Bäume, die Bürgersteige, die cremeweißen Fassaden der Häuser mit den verschnörkelten Balkonen.

Kurz blieb er am Ausgang der Métro stehen und holte tief Luft. Beim letzten Mal war es auch Sommer gewesen. Vierunddreißig Grad im Schatten, und der Schweiß war ihm in Rinnsalen die Schläfen hinabgelaufen, als er die Treppe des Altbaus nach oben gestiefelt war. Sein Vater wohnte gleich über der Boulangerie im ersten Stock; die beiden französischen Fenster hatten einladend offen gestanden. Diesmal waren sie geschlossen und die Gardinen zugezogen. Einen Moment überlegte er, ob er sich schräg gegenüber im *Café du Metro* Mut antrinken sollte. Einen Pastis auf Eis oder einen doppelten Espresso, doch selbst dazu war er zu angespannt.

Er trat an die Haustür, und sein Herz pumpte schneller. Was, wenn sein Vater weggezogen war? Oder verstorben und man versäumt hatte, ihn, den einzigen Sohn, zu informieren? Beides war gleichermaßen unwahrscheinlich, da entdeckte er den Namen Mercier auf dem Klingelschild und atmete erleichtert auf. Karla hatte recht gehabt. Er musste das hier zu Ende bringen. Alles andere war verkehrt, feige, erbärmlich.

Sein Zeigefinger näherte sich nur langsam dem Klingel-knopf, dann fasste er sich ein Herz und läutete. Nichts ge-schah. Lass ihn zu Hause sein, flehte er. Denn er wusste, dass er kein weiteres Mal herkommen würde.

Er klingelte ein zweites und ein drittes Mal, da ging der Summer, und er stieß die Tür auf.

»Wer ist da?«, schallte die brüchige Stimme seines Vaters durchs Treppenhaus.

»Ich bin's. Pascal!« Er bemühte sich, vergnügt zu klingen. Auch wenn ihm tief im Innern zum Heulen war.

Er stieg die Treppe hinauf, von Stufe zu Stufe wurden seine Schritte schwerfälliger, dann stand er ihm gegenüber, diesem kleinen, gebeugten Mann mit den wässerigen Augen, der sich mit aller Kraft am Rollator festhielt.

»Papa!«, sagte Pascal, und ein warmes Gefühl für den kranken Greis stieg in ihm auf.

»Du bist in Paris?« Sein Vater rührte sich keinen Millime-ter vom Fleck.

Wonach sieht's denn aus?, hätte er am liebsten gekontert, doch er verkniff sich die patzige Bemerkung und sagte: »Ja, seit zwei Wochen.«

»Und da meldest du dich erst jetzt?«

»Ich wusste nicht, ob du mich sehen möchtest.«

»Komm rein, mein Junge.«

Er versuchte, den Gehwagen zu wenden, stieß dabei mit den Rädern gegen die Tür und fluchte. Pascal wollte ihm zu Hilfe kommen, aber sein Vater blaffte ihn an, er solle lieber in der Küche nachschauen, ob noch Kaffee da sei.

Die Kaffeedose, die Pascal in einem der Hängeschränke über der Spüle fand, war halb voll, und ungefragt setzte er Wasser auf. Der Kessel kam nur langsam in Fahrt, und Pascal sah sich unauffällig um. Alles war tipptopp aufgeräumt. Bestimmt hatte sein Vater jemanden, der ihm im Haushalt half, was ihn in gewisser Weise beruhigte. Er nahm zwei Tassen aus dem Schrank, fand auch ein Tablett, die Zuckerdose und die Milch im Kühlschrank.

»Kommst du dann, Junge?«, tönte die Stimme seines Vaters aus dem Wohnzimmer.

»Einen Moment noch!«

Er goss den Kaffee auf, richtete das Tablett her, dann balancierte er es über den schummrigen Flur, der mit Paris-Fotos gepflastert war. Auch das Wohnzimmer mit der olivgrünen Couch, auf der er schon als Junge herumgetollt hatte, und dem Bett in der Ecke zeigte keinerlei Spuren von Verwahrlosung.

Pascal stellte das Tablett auf dem kleinen Louis-XIV-Tisch am Fenster ab und setzte sich, da sein alter Herr in dem ledernen Ohrensessel thronte, aufs Sofa.

»Wie geht's dir, Vater?«

»Es sind noch Kekse da«, erwiderte der und wies mit dem unrasierten Kinn zum Teewagen neben seinem Bett.

Pascal schnappte sich die Keksdose, weiter ging's mit der schrulligen Art der Konversation. Stellte Pascal eine Frage, antwortete sein Vater vollkommen unpassend oder gar nicht. Sicher brauchte er nach der langen Funkstille etwas Anlauf. Genau wie er selbst, und erst nachdem er eine angebrochene Flasche Rotwein aus der Küche geholt hatte und sie einen Schluck getrunken hatten, wurde der Alte gesprächiger. Pascal erfuhr, dass ihm die Hüfte Schwierigkeiten bereitete, er sich jedoch vor einer OP scheute. Abgesehen von ein paar weiteren Zipperlein war er aber topfit.

»Und du kommst noch ganz alleine klar?«

»Na ja … also fast. Marie hilft mir.«

»Wer ist Marie?«

Der Unterkiefer seines Vaters zitterte, und zum ersten Mal, seit Pascal hier war, zeigte sich die Spur eines Lächelns auf seinem Gesicht.

»Also, es ist nicht das, was du denkst, Pascal.«

»Ich denke doch gar nichts.«

Er hatte tatsächlich keinerlei Hintergedanken, und falls sich der Alte in seine Haushaltshilfe verliebt hatte, war es umso besser. Für ihn, aber auch für Pascal. Das entlastete ihn und minimierte sein unterschwellig schlechtes Gewissen.

»Stell dir vor, Marie ist ein Jahr älter als ich.«

Er gluckste, und Pascal erfasste ein Anflug von Glück. Wann hatte er seinen Vater zuletzt lachen sehen? Hatte er überhaupt je gelacht?

»Ich habe sie unten in der Boulangerie kennengelernt«, fuhr er fort. »Ein halbes Jahr ist das jetzt her. Sie ist Witwe und … na ja … schon ein bisschen einsam. Also, ich bin immer gut allein zurechtgekommen, nicht dass du denkst, ich hätte so was nötig.«

Alles klar, Papa, dachte Pascal und grinste in sein leeres Weinglas. Nur die anderen leiden unter ihrer Isolation, du natürlich nicht. Deswegen ist aus dir auch so ein knorriger Kauz geworden.

Er erzählte, dass Marie und er ab und zu Kaffee trinken waren, wobei sie ihre Leidenschaft fürs Kartenspiel entdeckt hatten und seitdem so etwas wie eine Freundschaft plus pflegten. Sie kaufte für ihn ein, kochte und putzte, er regelte im Gegenzug, da ihre Rente kaum ausreichte, das Finanzielle.

»Liebt ihr euch?«

»Um Himmels willen, nein! Wir mögen uns. Das ist alles.

Und du weißt ja, dass deine Mutter das sicher nicht gutheißen würde.«

»Mutter ist tot, Papa. Sie würde bestimmt nicht wollen, dass du ganz allein bist.«

Sie wechselten das Thema, sein Vater schimpfte über die Halunken von Politikern, die sich immer nur die eigenen Taschen vollstopften, über den verdorrten Kaktus auf der Fensterbank und erzählte, dass er sich bald einen neuen Fernseher anschaffen wollte, aber noch auf ein Sonderangebot wartete. Nur eins tat er nicht: Er fragte Pascal nicht, wie es ihm ging, was ihn beschäftigte, ob er mit sich im Reinen war oder eben nicht. Und wieder mal sah er sich darin bestätigt, dass sein alter Herr ein Egomane war, der sich auch auf der Zielgeraden seines Lebens nicht mehr ändern würde.

Erst als er zum Aufbruch blies und neben seinem Vater und dem Rollator im Flur stehen blieb, fragte der Alte ihn: »Junge, was hat dich nach Paris verschlagen?«

»Ich will mein Leben in Ordnung bringen, Papa. Nur mein Leben in Ordnung bringen.«

Er stürmte die Treppe hinab, Tränen strömten ihm übers Gesicht, und er fragte sich, wer jetzt eigentlich der Versager war. Sein alter, gebrechlicher Vater, der sich kaum für ihn interessierte, oder er selbst, weil er es nicht geschafft hatte, anzusprechen, was ihm schon so lange auf der Seele lag. Deswegen war er hergekommen, nicht, um sich Geschichten über Marie und einen vertrockneten Kaktus anzuhören.

Die Haustür schlug hinter ihm zu, gleichzeitig ertönte der Summer, und aus einem Reflex heraus drückte er ihn.

»Komm wieder rauf, Junge! Ich hab noch Käse und Baguette da.«

* * *

Karla hatte die Entscheidung nur treffen können, weil alle hinter ihr standen: Erik, Sarah, letztlich sogar Lucien. Seit er in Reykjavík und sie wieder in Berlin war, skypten oder telefonierten sie nahezu täglich. Bei allen Formalitäten, die es wegen der Villa zu besprechen gab, ließ er durchblicken, dass er ihr und Erik das Terrain in Cannes überlassen wollte. Der Großauftrag in Reykjavík würde ihn für zwei, wenn nicht drei Jahre an Island binden. Karla spürte seine Erleichterung darüber. Bei allem Verständnis, das er nach wie vor an den Tag legte, schien es ihm dennoch nicht leichtzufallen, von jetzt auf gleich auf Freundschaft umzuschalten.

Und jetzt die Reise nach Paris. Es war eine Schnapsidee, sie würde Pascal in der Metropole ohnehin nicht aufspüren – einziger Anhaltspunkt war dieses verwackelte Selfie, das in dem Tanzklub *Le Memphis* aufgenommen worden war – und womöglich würde sie deprimierter abreisen, als sie hingefahren war. Doch bei allem Gefühlswirrwarr reizte sie die Stadt, in der sie bloß ein einziges Mal gewesen war. Damals mit Sarah im zweiten Semester an der Uni. Im *Musée Rodin*, im *Centre Georges-Pompidou* und im *Louvre* hatte sie ihre Liebe zur Kunst entdeckt, in der Pariser Oper zum ersten Mal *Carmen* gehört und in den Cafés im Quartier Latin bei Café au Lait und Rotwein über das Leben philosophiert. Und die Liebe, die war ihr auch in Paris begegnet. Mehdi. Sie hatte ihn im Kino kennengelernt und eine Affäre mit ihm gehabt. Nichts Ernstes, aber es war aufregend und wie eine Eintrittskarte ins Erwachsenenleben gewesen. Erst jetzt, als sie für Sarah und sich eine Unterkunft gebucht hatte, war ihr die Liebelei wieder eingefallen. Weil das Hotel nahe der Porte Saint-Martin, diesem imposanten Triumphbogen aus dem siebzehnten Jahrhundert, gelegen war und er ein paar Straßen weiter gewohnt hatte.

Nun war es wieder ein Mann, wegen dem es sie nach Paris zog, und sie war nicht weniger aufgeregt, als sie frühmorgens in den Flieger stieg. Ein verlängertes Wochenende in Paris – Karla hatte sich zum Glück drei Tage freinehmen können. Sie wollte die Zeit genießen, weder Sarah noch sich selbst mit ihrem Liebesschmerz – oder was auch immer es war – behelligen.

Am ersten Tag bummelten sie durch den Jardin du Luxembourg. Bald zwei Stunden saßen sie im *Les Deux Magots* und ließen die Zeit bei Café Crème und Macarons dahintröpfeln. Irgendwann rissen sie sich los, schlenderten, in Erinnerungen schwelgend, durchs Quartier Latin, dann zogen sie weiter über die Pont-Neuf zum *Louvre*. Doch die Schlange war so lang, dass sie bald aufgaben und zum Hotel zurückfuhren, um sich für ein Stündchen aufs Ohr zu hauen.

»Heute Abend ins *Memphis*?«, fragte Sarah und schälte sich aus dem Wickelkleid.

»Ganz sicher nicht.« Karla hatte sich bereits auf dem Bett ausgestreckt und versuchte den Fahrstuhl, der wie aufs Stichwort in ihrem Magen zu rumpeln begann, zu stoppen.

»Warum nicht? Deswegen sind wir doch hier.«

»Aber nicht nur.«

»Mein Routenplaner sagt mir, dass wir zu Fuß nur fünf bis acht Minuten brauchen. Je nachdem, welchen Weg wir nehmen.«

Karla richtete sich abrupt auf. »Du bist ja verrückt! Wieso sind wir überhaupt in einem Hotel, das so dicht am *Memphis* liegt?«

»Weil du es gebucht hast?« Lachfältchen fächerten sich

rund um Sarahs Augen auf. »Ich dachte, das sei Absicht gewesen.«

»Nein, war es nicht.«

Weil ihr Kreislauf schlappmachte, legte sie sich rasch wieder hin. Karla wollte ihn sehen. Eigentlich. Ihre Reise trug ja die vage Möglichkeit in sich, ihm über den Weg zu laufen. Gleichzeitig hatte sie Angst davor, es noch heute konkret werden zu lassen. Es war ein Risiko, ihm zu begegnen. Was wusste sie denn schon über sein gegenwärtiges Leben? Nichts. Vielleicht hatte er eine neue Freundin, mit der er sich gerade eine Existenz in Paris aufbaute.

»Karla, wenn du keine Lust hast …«, drang Sarahs Stimme an ihr Ohr. »Ich gehe auf jeden Fall hin. Ich will's wissen.«

Ihre Freundin hatte recht. Unverzeihlich, wenn sie ins Flugzeug stieg, ohne es wenigstens probiert zu haben. Und nach dem Abendessen in einem Bistro zwei Straßenecken weiter, wo sie appetitlos an einem kalten Stück Huhn genagt hatte, machte sie sich fürs Ausgehen zurecht. Zähne putzen, Haare kämmen, umziehen. Aus unerfindlichen Gründen hatte sie das gelbe Kleid mitgenommen, das sie beim ersten Treffen mit Pascal getragen hatte, aber als sie es vor dem Spiegel prüfend an ihren Körper hielt, schüttelte Sarah bloß den Kopf. Die Alternative war ein schlichtes schwarzes Etuikleid, das sie erwachsener und eleganter, aber auch eine Spur schwermütig aussehen ließ. Doch da das genau ihrer Stimmungslage entsprach, entschied sie sich fürs kleine Schwarze.

Kurz darauf zogen sie los. Sarah mit knallrot bemalten Lippen, Karla etwas dezenter geschminkt, und wäre ihre Freundin nicht beherzt vorausgelaufen, Karla hätte womöglich noch auf den letzten Metern gekniffen.

* * *

Der Nachmittags-Tanztee im *Memphis* war kein Vergnügen gewesen. Vielleicht lag es am wolkenverhangenen Himmel, dass die Damen nicht in Schwung gekommen waren. Eine verkniffene Blondine, die in ihrer Jugend Turniere getanzt hatte, hatte sich bei Eléonore beschwert, dass er den Kreisel beim Langsamen Walzer nicht korrekt ausgeführt hatte. Mon dieu, ja! Er war nicht ganz bei der Sache gewesen. Nach wie vor schwirrte ihm die Begegnung mit seinem Vater im Kopf herum, und beinahe sekündlich wechselte seine Gefühlslage. Mal war er beschwingt, ja euphorisch, weil sie sich einander angenähert hatten – der Schritt war längst überfällig gewesen –, mal kroch die Wut auf seinen alten Herrn in ihm hoch, mal leckte er sich selbstmitleidig die Wunden. Tanzwütige Damen übers Parkett zu schieben war nicht das Schlechteste, an manchen Tagen erfüllte es ihn sogar, doch es war kein Ersatz für ein nicht gelebtes Leben.

Sein Vater hatte ihn erneut hochgebeten, an diesem verregneten Nachmittag. Sie hatten eine zweite Flasche Wein geköpft, die noch grausiger schmeckte als die erste, und Pascal ließ sein Glas nach ein, zwei Schlucken stehen. Aber der Alte brauchte den Fusel, wohl, um ihm endlich zu sagen, was er so viele Jahre mit sich herumgeschleppt, ausgeblendet und verdrängt hatte.

Schuld oder vielmehr Auslöser für seine rigide Haltung dem Tänzerberuf gegenüber war Pascals Großmutter väterlicherseits. Diese geheimnisumwitterte Marie-Paule, die vor seiner Geburt gestorben war. Ohne ihr jemals begegnet zu sein, hatte Pascal sich auf unerklärliche Weise mit ihr verbunden gefühlt. Es existierten Fotos von seiner überirdisch schönen Großmutter. Lange rote Haare, zart und lungenkrank wie Mimi aus *La Bohème*. Genau wie er hatte sie die klassische Musik geliebt, sie hatte gesungen, Klavier gespielt und Gemälde von Tänzerinnen im Stil von Edgar Degas gemalt. Oftmals war er als kleiner Junge die Holzstiege in den Keller hinabgeklettert, um sich die Bilder, die sein Vater zwischen allerlei Gerümpel gequetscht hatte, anzuschauen. Sie waren für ihn Sinnbild der großen weiten Welt gewesen, und vermutlich hatten sie in ihm – der Gedanke war ihm erst später gekommen – den Traum vom Leben auf der Bühne erweckt. Nach dem Auszug seines Vaters aus der Kölner Wohnung waren die Bilder plötzlich verschwunden, ob dies aus einem bestimmten Grund geschah oder nicht, Pascal hatte es nie herausbekommen.

Noch ein Glas Wein, dann lockerte sich die Zunge des Alten, und er erzählte stockend, dass seine Mutter – er war damals noch ein Kind – etwas sehr Schlimmes getan hatte. Sein Blick war glasig, als er mit brüchiger Stimme fortfuhr: »Sie hat uns im Stich gelassen, mein Junge. Mich… ich war gerade mal neun… meine große Schwester und auch meinen Vater.«

»Wie meinst du das?«, hakte Pascal nach und fühlte das Blut in den Schläfen pulsieren. »Was ist passiert?«

Der Kopf seines Vaters sackte aufs Brustbein, und seine Nase tauchte tief ins Glas. »Sie hat sich einfach aus dem Staub gemacht«, sagte er, als er wieder aufsah. »Wir wohnten damals in Nantes, mein Vater hatte dort Arbeit in der Fabrik, aber meine Mutter… dieses selbstsüchtige Ding… sie hat es vorgezogen, nach Paris zu gehen, um…« Seine Augen weiteten sich, dann stieß er hervor: »Um Revuegirl bei einer Tanzshow zu werden!«

Ein kalter Luftzug wehte Pascal an, aber alle Fenster und Türen waren geschlossen.

»Warum hast du mir das nie erzählt?«, durchbrach er nach endlos langen Sekunden die Stille.

Die Schultern seines Vaters hoben und senkten sich. »Über so was spricht man eben nicht. Revuegirl!« Er schnaubte leise. »Das war zu der Zeit sehr anrüchig. Und dann hieß es auch noch, dass deine Großmutter ...« Er brach ab.

»Was denn, Papa?«

Es kostete ihn sichtlich Überwindung, aber dann brachte er es endlich über die Lippen. »Dass sie etwas mit einer anderen Tänzerin hatte!«

Pascal trank nun doch von dem billigen Fusel. Er brauchte einen Moment, um das Gesagte zu verarbeiten und im Durcheinander seines Kopfes abzulegen. Drei Informationen waren bei ihm hängen geblieben: Seine Großmutter hatte die Familie verlassen. Sie war Tänzerin geworden. Und sie hatte ein Verhältnis mit einer anderen Frau gehabt.

Pascal stemmte sich aus dem Sessel, ging rüber ins Bad und ließ sich kaltes Wasser über die Handgelenke rinnen. Der Spiegel war nahezu blind, doch er konnte erkennen, wie schrecklich blass er war.

Als er kurz darauf zurückkam, blieb er im Türrahmen stehen. »Und deswegen ... sollte ich nicht Tänzer werden? Ist das so, Papa?«

Sein Vater saß mit leerem Blick da, den Rücken gekrümmt, und starrte regungslos ins Glas.

»Sie hat euch verlassen, das ist traurig, das kann ich verstehen. Aber dass sie Frauen geliebt und getanzt hat ... Tut mir leid, aber daran kann ich nichts Verwerfliches erkennen.«

Das Weinglas zitterte in den Händen seines Vaters, und als er aufsah, hatte er Tränen in den Augen. »Es waren andere

Zeiten, mein Junge. Ich wünsche mir manchmal auch, ich könnte das Rad der Zeit zurückdrehen. Neu anfangen. Aber das geht nun mal nicht.«

Den Rest des Nachmittags hatte Pascal wie im Delirium auf dem Sofa des alten Mannes verbracht. Es war absurd. Dass seine Großmutter, die Frau, die er niemals hatte kennenlernen dürfen, mit ausschlaggebend für seinen heutigen Seelenzustand war. Doch noch während er dort gesessen und den Toulouse-Lautrec-Druck mit der frivolen Varieté-Tänzerin neben dem Fernseher angestarrt hatte, war die Erkenntnis in ihm aufgekeimt, dass nicht nur Grand-mère Marie-Paule und das Trauma seines Vaters schuld an seinem Scheitern waren. Ebenso trug er selbst Verantwortung für sich, und es war noch nicht zu spät, das Ruder herumzureißen. Nein, Profitänzer würde er nicht mehr werden, die Bühnen dieser Welt mussten ohne ihn auskommen, aber vielleicht ließ sich das Glück woanders finden.

Auf dem Heimweg vom *Memphis* kehrte er in einem Straßencafé ein, trank zum Runterkommen einen Pastis und beobachtete die Menschen, die wie in Zeitlupe vorüberzugleiten schienen. Seine Gedanken wanderten zu Karla. Er dachte an ihr unnahbares Lächeln, bei dem sich ihre Lider ein wenig senkten, an den Sex mit ihr, der feurig und laut gewesen war, und an ihren ernsten, konzentrierten Gesichtsausdruck beim Tanzen. Er war nicht mehr Teil von Karlas Leben, aber es tat gut zu wissen, dass er es eine Weile hatte sein dürfen.

Er blätterte in der *Le Monde*, die vor ihm auf dem Tisch lag, las ein paar Zeilen, und als er wieder aufblickte, sah er eine Frau mit kurzen weißblonden Haaren, an ihrer Seite eine aschblonde, im Gewühl verschwinden. Einen Sekundenbruchteil lang stockte ihm der Atem – die beiden hatten wie Sarah und Karla ausgesehen –, doch dann schalt er sich einen Verrückten, weil er offenbar grundlos halluzinierte.

25.

Karla glaubte nicht mehr daran, Pascal irgendwo im Großstadtgetümmel zu finden. Er ging in den Supermarkt und zum Bäcker, sicher war er auch ab und zu in einem Museum oder in der Oper anzutreffen, aber die Chance, auf ihn zu stoßen, tendierte gegen null.

Der Abend im *Memphis* war ernüchternd gewesen. Die Disco mit den plüschigen Leopardenbänken, kitschigen Spiegeln und pinkfarbenen Neonlichtern entsprach so gar nicht ihrem Geschmack. Nach einem Drink an der Bar hatten sie die verschiedenen Dancefloors abgegrast – ohne Erfolg.

Karla wollte bereits aufbrechen, da waren sie mit einer deutschen Touristin ins Gespräch gekommen. Man tauschte sich aus, Geplänkel an der Oberfläche, doch dann brachte die Frau die Sprache auf den Tanztee am Nachmittag. Eine herrlich nostalgische Veranstaltung sei das. Wer den Paartanz liebe und sich nicht vor Heerscharen von Best Agerinnen fürchte, sei hier an der richtigen Adresse.

Tanztee! Warum war Karla nicht gleich darauf gekommen? Sarah bedankte sich überschwänglich für den Tipp. Das würden sie sich nicht entgehen lassen, sie hätten ja noch ein paar Tage in dieser pulsierenden Metropole.

Nach einer unruhigen Nacht – Karla hatte sich nur hin und her gewälzt und auch ihre Freundin damit auf Trab gehalten – brachen sie zum *Louvre* auf. Sarah hatte online zwei Tickets für zehn Uhr reserviert. Kaum hatten sie sich ein paar Renaissance-Maler, Romantiker und Impressionisten angesehen, überfielen Karla so heftige Rückenschmerzen, dass sie nur noch ins Hotel zurückwollte. Sich auf dem Bett ausstrecken, lesen, ein bisschen dösen. Manchmal ging es ihr nach einer Stunde in der Horizontalen wieder besser.

Sarah verabschiedete sich, um sich in den *Galeries Lafayette* am Boulevard Haussmann die prachtvolle Jugendstil-Glaskuppel anzusehen und auf der Aussichtsterrasse den Blick über Paris zu genießen.

Wie gerne hätte Karla sie begleitet, aber sie brauchte die Verschnaufpause, um einer Migräneattacke vorzubeugen. Mit dem Handy in der Hand legte sie sich aufs Bett. Erik hatte geschrieben. Er wünschte ihr und Sarah eine megacoole Zeit, und auch Nathalie, die für ein paar Tage nach Berlin gekommen war, ließ herzlich grüßen. Mit einem wohligen Gefühl im Bauch stellte sie das Handy auf lautlos. Nach den jahrelangen Anlaufschwierigkeiten lief Eriks Leben endlich rund. Er war verliebt und ausgeglichen und dabei, seinen Weg zu finden. Mehr konnte sie sich für ihr Kind nicht wünschen.

Sie musste eingeschlafen sein, denn sie schreckte hoch, als Sarah mit raschelnden Einkaufstaschen ins Zimmer platzte.

»Vite, vite!«, rief sie und ließ die Papiertüten am Fußende des Bettes fallen. »Umziehen! Wir wollen doch zum Tanztee!«

»Wir könnten ihn auch ausfallen lassen«, murmelte Karla schlaftrunken. Die Sonne schien, und sie hatte Lust auf einen Bummel entlang der Seine. Irgendwo einen Kaffee trinken, quatschen und Leute angucken.

»Das können wir auch noch danach machen.«

»Gut, wie du meinst.« Karla quälte sich murrend aus dem Bett, putzte sich die Zähne und zog sich, weil das schwarze Kleid einen Fleck am Ausschnitt hatte, das gelbe Vogelscheuchenmodell an.

»Das ist jetzt nicht dein Ernst, oder?«

»Ist doch egal. Pascal ist sowieso nicht da.«

Sarah kippte die Tüten auf dem Bett aus und wollte Karla eine ihrer neuen Errungenschaften leihen, aber sie lehnte ab. Ihr Geschmack stimmte nicht mit dem von Sarah überein, und im Moment fühlte sie sich in dem gelben Kleid pudelwohl.

Auf dem Weg zum Tanzlokal überkamen Karla erneut Zweifel. Was sollte das überhaupt alles? Machte sie sich nicht gerade kolossal lächerlich? Teenager stalkten ihren Schwarm, aber doch nicht eine gestandene Frau wie sie. Sarah redete ihr die Bedenken aus und zog sie wie einen störrischen Esel hinter sich her.

Kurz darauf betraten sie den Tanzsaal mit der flirrenden Discokugel und ergatterten zwei freie Plätze auf einer der Leopardenbänke. Klopfenden Herzens scannte Karla die Tänzer, die die grauhaarigen Ladys über die Tanzfläche schoben. Keiner von ihnen war Pascal.

Auch gut. Sie würden ein Weilchen hier sitzen, etwas trinken und den Tanzpaaren zusehen, die sichtlich ihren Spaß hatten. Später würden sie einen Happen essen gehen, und wenn dieser Paris-Trip vorbei war, würde Karla ihr Leben wie bisher weiterleben.

Sarah stand auf und zog ihren Rock straff: »Ich guck mich mal ein bisschen um.«

»Du lässt mich hier sitzen?«

Ihre Freundin hauchte ihr einen Luftkuss zu. »Vielleicht wirst du ja aufgefordert. In deinem hübschen gelben Kleid.«

Sarah blieb eine ganze Weile fort, und Karla vertrieb sich die Zeit mit ihrem Handy. Alles, bloß nicht aufgefordert werden. Sie hatte keine Lust zu tanzen. Und schon gar nicht an diesem Ort mit einem fremden Mann.

Mit einem Mal drang Sarahs schrille Lache an ihr Ohr, im nächsten Augenblick ließ sie sich neben Karla fallen, im Schlepptau hatte sie einen jungen Mann mit Oberlippenbart.

»Darf ich vorstellen? Gérard – Karla!« Sarah wirkte erhitzt, und Karla war fast sicher, dass sie sich mit dem Franzosen schon ein Sektchen genehmigt hatte. »Er arbeitet hier als Eintänzer. Was meinst du, wollen wir? Er tanzt bestimmt hervorragend.«

Karla verneinte so vehement, dass es womöglich unhöflich rüberkam.

»Schade.«

»Du kannst doch mit ihm tanzen«, raunte Karla ihr zu.

»Ich wollte bloß, dass du mal auf andere Gedanken kommst.« Sie senkte die Stimme. »Ich hab ihn gefragt. Hier arbeitet kein Pascal.«

Ein Ruck ging durch Karlas Magen. Sie hatte es ebenso befürchtet, wie sie es gehofft hatte. Es war eine vollkommen idiotische Idee gewesen, hierherzukommen.

»Gut, gehen wir dann jetzt?«

»Ach, Karla, komm! Nur noch ein Viertelstündchen. Wir müssen ja nicht tanzen. Aber der Laden ist doch wirklich skurril, das musst du zugeben.«

»Dir gefällt der Typ, stimmt's?«

»Um Himmels willen, nein!« Sarahs Hände mit den lackierten Nägeln flatterten empor.

»Ich seh's doch. Er gefällt dir.«

»Und wenn schon…«

»Okay, dann bleiben wir noch.«

Sarah verschwand mit dem jungen Kerl auf der Tanzfläche, und Karla schaute den beiden zu. Es war schön mitzuerleben, wie sehr ihre Freundin den kleinen Flirt genoss. Auch wenn sie immer noch nicht tanzen konnte, hatte sie es sich nach dem Desaster mit Götz verdient.

Karla bekam Durst und schlenderte zur Bar rüber, doch auf dem Weg dorthin überlegte sie es sich anders und bog ab zu den Toiletten. Sie rempelte gegen eine Schulter, blickte auf, um sich zu entschuldigen, und dann sah sie sich ihm gegenüber. Pascal. Er war es tatsächlich, und sein Mund stand halb offen und ihrer vermutlich auch.

»Hi«, stotterte er, und Karla spürte, wie ihre Knie weich wurden.

Und bevor sie etwas erwidern konnte, wurde ihr schwarz vor Augen.

* * *

Sie wusste nicht, wie sie hierhergekommen war, in diesen miefigen Sessel. Der Raum war klein und fensterlos, mit Kartons und Aktenordnern vollgestopft, und über ihr surrte eine Neonröhre. Ein Grüppchen stand um sie herum. Darunter waren Pascal, Sarah, der junge Mann mit dem Oberlippenbart, und alle redeten über ihren Kopf hinweg, als wäre sie gar nicht anwesend. Sarah wechselte ein paar Worte mit Pascal, Gérard schleppte einen Ventilator heran und brachte ihn zum Laufen. Im nächsten Moment schlurfte ein älterer Typ mit einer Rock-'n'-Roll-Tolle herein und drückte ihr ein Glas Wasser in die Hand. Sie bedankte sich, trank einen Schluck, und nachdem sie wiederholt beteuert hatte, dass es ihr gut gehe, verließ einer nach dem anderen den Raum. Nur Sarah und Pascal blieben bei ihr.

Pascal hockte sich hin und umfasste ihre Knie, als bestünde die Möglichkeit, dass sie ohnmächtig vom Sessel rutschen könnte.

»Ich lass euch beide mal allein«, erklärte Sarah. »Ich bin an der Bar, falls ihr mich sucht.«

Pascal nickte ihr zu, und ihre Freundin rauschte hinaus.

»Du bist also hier«, stellte Pascal fest.

»Nein, ich bin eine Fata Morgana.«

»Du kannst schon wieder scherzen. Das ist gut.«

Sie wollte ihre Position im Sessel verändern, aber er ließ ihre Beine nicht los.

»Sarah hat's mir erzählt.«

»Was?«

»Die Kurzfassung. Also, dass du gekommen bist«, er tastete nach dem Sternanhänger am Lederband, »um mich zu suchen. Und was in letzter Zeit so bei dir los war.«

»Auch in Kurzfassung?«

»Ganz genau. Gibt es denn eine Langfassung?«

Sie nickte. »Wenn du willst, erzähle ich sie dir auch … bei einem Kaffee oder einem Glas Wein.«

»Klingt gut.« Er löste die Hände von ihren Beinen und streichelte ihr über den Arm. Eine intime Geste, die sie sehr berührte. »Hübsches Kleid übrigens.«

Karla lachte auf. »O bitte, keinen Sarkasmus!«

»Das war nicht sarkastisch gemeint. Ich mochte das Kleid schon damals.« Er sah sie ohne Wimpernschlag an. »Schön, dass du da bist.« Seine Hand blieb ruhig auf ihrem Arm liegen. »Ich habe dich vermisst.«

Ich dich auch, dachte sie und sagte stattdessen: »Was ist bei dir denn so passiert? In Kurzfassung.«

Pascal fuhr sich verlegen durch die Locken. »Ich habe in Berlin etwas sehr Dummes getan. Die Miettänzeragentur hat mich gefeuert, ich hab daraufhin meinen Taxijob gekündigt, meine Wohnung untervermietet und bin nach Paris gekommen. Um hier als Eintänzer Amaury anzufangen«, er lachte übers ganze Gesicht, »das klingt romantischer als Pascal. Ach, und mit meinem Vater habe ich übrigens auch geredet. Reicht das als Kurzfassung?«

Karla nicke. »Aber die lange Version würde ich auch gerne hören.«

»Wann?«

»Heute Abend? Heute Nacht? Morgen ginge es auch.«

Ein schalkhaftes Lächeln huschte über sein Gesicht. »Sehr gerne. Die nächsten zehn Jahre habe ich übrigens auch noch nichts vor.«

Dann drückte er sich an der Lehne hoch, quetschte sich zu ihr in den Sessel und küsste sie. Und das erste Mal seit Langem wusste Karla, dass sie genau das Richtige tat.

* * *

Sarah hatte Verständnis, dass Karla und Pascal sich zum Austausch der längeren Versionen ein eigenes Zimmer nahmen. Pascal wollte Karla nicht zumuten, sich mit ihm auf die speckige Matratze seines schäbigen Apartments zu legen. Also buchten sie ein weiteres Zimmer in dem kleinen Hotel im zehnten Arrondissement, und Karla musste nach einem eilig hinuntergeschlungenen Abendessen nur ihre Kulturtasche und frische Wäsche mit rübernehmen.

Das Erzählen der längeren Versionen schoben sie vorerst

auf. Weil es Wichtigeres zu tun gab. Sie liebten sich auf dem breiten französischen Bett, während die Geräusche der Großstadt durch das offen stehende Fenster drangen. Sie liebten sich mit einer Intensität, als müssten sie die versäumten Tage aufholen und schon in die Zukunft hineinlieben, um bloß keine Sekunde zu vergeuden.

Immer wieder ging das Spiel von vorne los. Karla fühlte sich so wach, so lebendig und erotisiert, dass sie endlos hätte weitermachen können. Erst als es dämmerte und die Vögel ihr morgendliches Konzert anstimmten, wandten sie sich einander zu, hielten sich an den Händen und sahen sich erstaunt an, als könnten sie beide nicht glauben, dass dies hier real war. Pascal räumte ein, sich wie ein beleidigter Junge aufgeführt zu haben, aber Karla ließ das nicht gelten und nahm alle Schuld auf sich. Sie allein sei für das Fiasko verantwortlich. Sie hätte ihn niemals gehen lassen dürfen, egal, was mit Lucien und dem gemeinsamen Projekt war. Weil sie ihn liebte und weil man Menschen, für die man so empfand, nicht einfach in die Wüste schickte. Pascal gab ihr zwar recht, allerdings nur im ersten Moment, denn sogleich fügte er hinzu, sein Abgang sei ebenfalls nicht die feine englische Art gewesen. Weil er sie nämlich rein zufällig auch liebe und er, soweit ihn seine Erinnerung nicht im Stich lasse, so etwas noch nie zuvor erlebt habe. Karla bestand darauf, doch ein wenig mehr Schuld zu haben, was Pascal ihr abermals unter vielen zärtlichen Küssen ausredete.

So ging ihr Geplänkel weiter. Immer verrücktere Selbstbezichtigungen fielen ihnen ein, sie foppten sich gegenseitig und lachten, bis sie kaum noch die Augen offen halten konnten. Und weil sie selbst zum Küssen zu müde waren, schmiegten sie sich aneinander und bedeckten sich mit dem Laken.

»Das heute«, murmelte Pascal an ihrem Ohr, »das war die vollkommene Nacht.«

»O ja, das war es«, erwiderte Karla.

Und gerade, das wurde ihr in diesem Moment bewusst, fing ihr neues Leben an.

Epilog

Drei Tage Paris. Drei Tage verrückter Wahnsinn.

Sie ließen sich durch die Stadt treiben, aßen opulente Menüs, tanzten mit Sarah bis zum Morgengrauen im *Memphis*, und bei allem, was sie anstellten, wussten sie nicht, wohin es sie am Ende führen würde. Nach Berlin, nach Cannes, vielleicht sogar an einen anderen ihnen noch unbekannten Ort. Nur eins war klar: Sie wollten zusammen sein, allen Widrigkeiten zum Trotz, und Paris war ihre persönliche Generalprobe.

Den Herbst verbrachte Karla in Berlin, Pascal kam zweimal zu Besuch, ein anderes Mal flog Karla nach Paris. Unterdessen verständigte sie sich mit Lucien über den Stand der Umbauten in der Villa. Lucien wirkte aufgekratzt, wie unter Strom, und nur durch beharrliches Nachfragen bekam sie heraus, dass er in Reykjavík eine Frau kennengelernt hatte. Eine Norwegerin, wie er Architektin, mit der er sich eine Zukunft vorstellen konnte. Vermutlich in Island, daher war ihm sehr daran gelegen, dass sich Karla und Sarah in nicht allzu weiter Ferne um das Chambre d'Hôtes in Cannes kümmerten.

Für Karla war das eine fantastische Nachricht. Den Winter wollten sie und Sarah nutzen, um eine Website erstellen zu lassen, damit sie im Frühjahr mit der Vermietung loslegen konnten. Während Sarah Hals über Kopf kündigte und sich in das Projekt Cannes stürzte, ließ Karla es etwas langsamer angehen. Nach einigen Tagen des Grübelns sprach sie endlich mit ihrem Chef. Er bedauerte, dass sie andere Pläne hatte, aber einer vorzeitigen Aufhebung des Vertrags stand nichts im Weg.

Und dann, an einem Samstag, ein Herbststurm hatte die Blätter von den Bäumen gefegt, trudelte eine Nachricht von Pascal aus Paris ein.

»Darf ich bitten, Karla?«, las sie.

»Wie meinst du das?«, schrieb sie zurück.

»Ich möchte mit dir tanzen. In meiner Tanzschule in Cannes.«

Karla griff zum Hörer, und das, was Pascal ihr erzählte, war wie ein Paukenschlag. Sein Vater hatte, vielleicht aus einem Schuldgefühl heraus oder weil er eine wundersame Wandlung vollzogen hatte, Wertpapiere verkauft und ihm eine großzügige Summe überwiesen. Damit sich sein Sohn endlich den Traum vom Tanzen erfüllen konnte. Pascal hatte nicht mal gewusst, dass es diese Wertpapiere überhaupt gab, so bescheiden, ja ärmlich, wie sein Vater lebte. Aber das Geld, das war ihm sofort klar geworden, konnte sein Leben von Grund auf verändern. Eine Tanzschule in Cannes war nicht dasselbe wie eine Bühnenkarriere in Paris oder Berlin, aber es war ein wunderbarer Ersatz. Und ja, er wollte das Risiko noch einmal eingehen.

»Das müssen wir feiern!«, sagte Karla. »Ein Glas Champagner morgen um siebzehn Uhr im *Memphis*?«

»Du kommst nach Paris?«

»Wenn du willst, ja.«

»Ja, ich will.«

Sie beendete das Gespräch, ging nach nebenan und fuhr den Computer hoch, um ein Ticket zu buchen.

Die Zukunft lag wie ein offenes Buch vor ihr. Alles schien möglich. Und das war mehr, als sie sich vom Leben erhofft hatte.

Danksagung

Der Tanz spielt seit meiner Kindheit eine wichtige Rolle in meinem Leben. Mein Ballettlehrer Hans-Joachim Volkmann, ein ehemaliger Tänzer, hat mir nicht nur Pliés und Pirouetten beigebracht, er war auch mein größter Mentor. Dafür danke ich ihm sehr. Ebenso meinen Eltern, die beide im Juli 2018 verstorben sind. Ob Kinder-, Jugend- oder Erwachsenenbuch, meine Mutter war stets meine erste Leserin, und es macht mich unendlich traurig, dass sie diesen Roman nun nicht mehr lesen kann. Ich danke meinem Mann und meiner Schwester, die mir in der schweren Zeit immer zur Seite gestanden haben.

Mein besonderer Dank geht an Erle Bessert von der Staatsoper Hamburg für ihre Tipps bei der Entwicklung von Karlas Beruf, Anett Diestel für ihre Hilfe bei Fragen rund um die Renovierung der Villa, Annett Bär für Einblicke in die Stage School Hamburg, Aneta und Marcel Polk für den schönen Tag in Cannes, an dem ich auf die Idee gekommen bin, das Buch genau dort spielen zu lassen, die Tanzschulen »Die mobile Tanzschule Berlin« und »Tangotanzen macht schön« für den launigen Tanzunterricht. Ein dickes Extra-Dankeschön geht an den Piper Verlag, an meine wunderbare Lektorin Nora Haller und an Antje Röttgers für den respektvollen und professionellen Umgang mit meinem Text.

Quellen

Claus Heinrich Bill: Eintänzer. Zur Kulturgeschichte eines deutschen Sozialtyps aus der Weimarer Republik (Teil 1), in: Nobilitas. Zeitschrift für deutsche Adelsforschung, Folge Nr. 41, Jahrgang IX., Sønderborg på øen Als 2006, Seite 70–104; Teil 2 in: Folge Nr. 42, Jahrgang IX., Sønderborg på øen Als 2006, Seite 107–116.

http://www.spiegel.de/karriere/job-als-eintaenzer-tanzpartner-auf-bestellung-a-853936.html